Tres deseos

Barbara Delinsky

Tres deseos

Traducción de
Valeria Watson

CÍRCULO de LECTORES

UNA NOTA PERSONAL
DE LA AUTORA

Siempre me ha gustado expresar deseos. Deseo algo al ver la primera estrella de la noche, al tirar la espoleta más larga de la pechuga de un pavo, en notas secretas escritas en cortezas de abedul y luego arrojadas a la fogata de un campamento y, por supuesto, al soplar las velas de una tarta de cumpleaños. Algunos de mis deseos son generales y constantes, sobre todo pidiendo salud y felicidad. Otros son más específicos.

En ocasión de la publicación de este libro, ofrezco tres de estos últimos. En primer lugar, deseos para el cumpleaños de Steve: voto porque tenga otros treinta años. En segundo lugar, mis deseos para la graduación de Anthony y de Jeremy: deseo que cada uno de ellos encuentre una profunda satisfacción en la carrera que decidan seguir. En tercer lugar, deseos matrimoniales para Jodi y Eric, con los sueños más dulces de salud, felicidad y, no puedo resistirme a desearlo, un amor verdadero y perdurable.

Este año he expresado otros deseos. Gracias a mi representante, Amy Berkower, y a mi editora, Laurie Bernstein, ya se han hecho realidad. Ambas saben lo que falta. Lo desearemos juntas.

[illegible] forma contra [illegible] Pero ahora [illegible] que se [illegible] que quizá [illegible]

I

No era la primera nevada de la temporada. Panama, en Vermont, estaba bastante al norte como para haber visto ya varios amaneceres bajo la cellisca. Pero ahora no era el amanecer y esos copos no eran aguanieve. Cayeron desde las primeras horas de la tarde hasta el anochecer, pesados, grandes y húmedos.

Los camioneros que se detenían en el restaurante se quejaban de los caminos resbaladizos, pero la advertencia no hacía mella en la gente del lugar. Sabían que volvería a salir el sol y que aún tenía que llegar el veranillo de San Martín antes de que se instalara definitivamente el invierno. Esa nevada no era más que de las típicas del otoño, en la que los copos pesados ahogaban el ruido de las hojas coloridas, arrojando un grueso manto blanco sobre los bancos verdes de la ciudad, las caléndulas que, indolentes, todavía se alineaban a la vera de los senderos, una bicicleta apoyada contra una verja...

La escena era tan pacífica, que nadie podía imaginarse el accidente que estaba a punto de ocurrir, y Bree Miller menos que nadie. El invierno era su estación predilecta. Había algo en la nieve que suavizaba el mundo, que lo convertía durante breve tiempo en un mundo lleno de fantasías, y aunque no era una mujer que dejara en absoluto volar en exceso su imaginación, algo que habría negado de inmediato si la hubiesen acusado de ello, tenía sus sueños secretos.

No se molestó en ponerse una chaqueta. El recuerdo del calor del verano todavía estaba demasiado presente en ella. Además, debido a la gente del pueblo, que quería comer antes de que el tiempo empeorara, y los camioneros, que eran cada vez más numerosos, el restaurante había estado lleno hasta los topes, de manera que ella estaba lejos de sentir frío.

Salió sigilosamente y cerró la puerta, sofocando el sonido de las conversaciones, el chisporroteo de la parrilla, el tono de voz provocativo de Shania Twain. En el súbito silencio, bajó con agilidad los escalones, cruzó el aparcamiento y luego la calle. Al llegar a la acera opuesta, apoyó la espalda contra el tronco rugoso de un enorme arce, cuyas hojas de color ámbar colgaban, cargadas de nieve, y miró hacia atrás.

El restaurante era una visión de acero inoxidable y luces de neón, de tonos verdes y púrpura que se reflejaban en la superficie plateada, que parecía más nueva a través de la nieve que caía. Habían desaparecido los pequeños detalles que ella tenía en la lista de lo que debía repararse: el raspón que el camión de Morgan Willis había hecho en el extremo de un panel, la abolladura de la verja delantera, la suciedad que dejaban caer los pájaros desde el borde del tejado. El resto aparecía limpio y resplandeciente, invitador, empezando por el logotipo del restaurante colocado al borde de la carretera, una serie de anillos concéntricos de neón que formaban una gran sartén. Había lámparas doradas detrás de cada una de las diez amplias ventanas del frente del restaurante, y tras ellas, en reservados, los clientes comían con aspecto cómodo y feliz. El local no era de Bree. Ella sólo trabajaba allí. Pero le gustaba mirarlo.

Lo mismo le sucedía con Panama. En lo alto de la colina, en el lugar donde East Main formaba un óvalo alrededor del parque del pueblo, la nieve cubría los techos de acero de la hilera de altos edificios del gobierno y, más allá, la aguja de la iglesia. Colina abajo, en el lugar donde el camino pasaba junto al viejo depósito ferroviario, la nieve ocultaba las manchas dejadas por años de exceso de gasóleo y ponía una alegre nota blanca sobre el gran vaso de madera que anunciaba la fábrica de cerveza Sleepy Creek.

Panama quedaba en un desvío, a diez minutos de la ruta de camiones que hacían el recorrido entre Concord y Montreal. El que no estuviera ni en una parte ni en la otra constituía una de las grandes ventajas del lugar. No existían subdivisiones ni urbanizaciones diseñadas por arquitectos que construían casas rodeadas de porches. En Panama las casas tenían esa clase de porches desde la época de la revolución, no por una cuestión de estilo sino por el bien de la comunidad. Eran tan auténticos como las personas que los usaban. Si a eso se agregaba la ausencia de crímenes y el bajo costo de la tierra, la supervivencia del pueblo estaba asegurada. Las personas inteligentes buscaban allí refugio y encontraban inspiración. La fábrica de cerveza sólo era un ejemplo. También había una panificadora, talleres que producían juguetes de madera y muebles tallados a mano, y una fábrica de helados. Los nativos de Panama hacían de éste un lugar estable. Los recién llegados traían dinero consigo.

Bree aspiró una gran bocanada de aire gélido, la retuvo por un instante en los pulmones y luego exhaló con lentitud. Algún copo de nieve ocasional se desprendía de las hojas de los árboles e iba a caer sobre sus brazos, en los que se demoraba unos segundos hasta derretirse. Obedeciendo a un impulso, Bree rodeó el árbol para contemplar el bosque. Allí, la nieve recogía de una manera mística las luces del restaurante. Bree imaginó que los montones de hojas que se arremolinaban eran hadas que jugaban. De pronto surgieron en su mente imágenes infantiles de tiovivos, payasos y navidades, todas ellas fruto más de los sueños que de los recuerdos. Aguzó el oído, casi convencida de que percibiría el sonido de duendes mezclados con los de esas criaturas nocturnas. Pero, por supuesto, no oyó nada de eso.

Mira que eres tonta, Bree, se dijo. La nieve está haciendo que pierdas la razón. Es hora de entrar. Sin embargo, permaneció allí, como paralizada por algo que le humedecía los ojos y ponía un nudo en su garganta. Si se trataba de que deseaba algo, ignoraba qué podía ser. Estaba contenta con la vida que llevaba.

Pero permaneció allí.

A sus espaldas se oyó un murmullo de conversaciones cuando se abrió la puerta del restaurante, y luego el rugir del motor de un camión grande, y después de un segundo. Cuando salieron del aparcamiento, bajaron por la colina y se dirigieron hacia la carretera, sólo se oyó el susurró de la nieve al caer.

La puerta del restaurante volvió a abrirse y esa vez oyó una voz más fuerte.

–¡Bree! Te necesito.

Se enjugó las lágrimas y se alejó del árbol. Instantes después corría de regreso por el camino, con la cabeza gacha para evitar que los copos más grandes le diesen en la cara, y repentinamente tan desesperada por volver a estar dentro del local que patinó y aun cuando hizo esfuerzos para no perder el equilibrio, cayó al suelo. Se puso de pie de inmediato, se sacudió la nieve de los tejanos negros y, después de hacer una breve pausa para quitarse la nieve de las manos, entró en el restaurante, donde fue recibida con aplausos, varios silbidos y un grito de:

–¿Por qué te has ido, Bree?

La frase la pronunció un camionero que era cliente habitual del local. Bree recibió más aplausos cuando, camino de la cocina, rodeó con sus manos heladas el ancho cuello del camionero y le dio un cariñoso apretón.

Flash, el dueño del restaurante y cocinero del mismo, se encontró con ella junto a la puerta oscilante. En las manos sostenía un gran recipiente lleno de leche.

–Se ha vuelto a estropear –explicó, cerrando la puerta en cuanto ella hubo entrado–. ¿Qué vamos a hacer? Mira el estado de los caminos. Por un tiempo no vendrá ningún repartidor.

–Tenemos más –le aseguró Bree mientras abría la puerta de la nevera para verificarlo.

–¿Crees que será suficiente? –preguntó Flash, mirando dentro.

–Más que suficiente.

–Listo el pedido de la mesa diecisiete, Bree –anunció el hombre encargado de la parrilla.

En el restaurante cabían cincuenta y dos clientes instalados en diez reservados y doce taburetes ubicados junto a la barra. En los momentos de mayor actividad se formaban colas frente a la puerta, pero el mal tiempo había hecho que mermara la afluencia de clientes. En ese momento sólo había treinta y cinco. Lee Ann Conti se ocupaba de servir a la mitad de ellos. Del resto se encargaba Bree. Haciendo equilibrio con cuatro platos que contenían un total de doce huevos, doce tajadas de beicon, seis salchichas y suficiente pan para acompañarlo todo, Bree entregó la comida a los cuatro hombres que estaban sentados a la mesa diecisiete, el reservado que se encontraba a la derecha de la puerta principal. Los conocía de toda la vida. Ellos también habían asistido al instituto del lugar y siguieron trabajando en la zona. Sam y Dave en el aserradero, a tres pueblos de distancia, Andy en la tienda de artículos de su familia, y Jack en la granja que el padre les había dejado a él y a su hermano. Eran hombres corpulentos, de apetito insaciable.

Los Little, dos reservados más allá, eran otra historia. Ben y Liz habían huido de una agencia de publicidad de Nueva York para instalar una propia que manejaban por ordenador, teléfono y fax desde Vermont. Junto con Benji, de siete años, Samantha, de cinco y Joey, de dos, iban al restaurante varias veces a la semana para aprovechar los abundantes platos servidos por Flash y compartir entre todos tres raciones de pavo, puré de patatas y guisantes y chop suey. En ese momento compartían una ración de pastel de manzana y otra de tarta de chocolate.

Al ver aparecer a Bree, el pequeño de dos años colocó sobre su plato su trozo de tarta de chocolate, se puso de pie sobre el asiento y le tendió los brazos. Ella lo alzó.

–¿Te gusta la tarta?

Joey le dedicó una sonrisa llena de chocolate que derritió el corazón de Bree.

–¿Queréis algo más? –preguntó a los padres.

–Sólo la cuenta –contestó Ben–. Sigue nevando. No será fácil conducir.

Cuando Joey se retorció en sus brazos, Bree le besó la cabeza y volvió a colocarlo sobre el banco. Pidió la cuenta en la barra, se la entregó a los Little y comenzó a limpiar la mesa del reservado contiguo, donde habían comido los camioneros que acababan de marcharse. Retiró los paltos sucios, se metió la propina en el bolsillo, le pasó un trapo a la superficie de formica negra, y puso en fila el salero, el pimentero y los recipientes para el aceite, el vinagre y los condimentos. Colocó manteles individuales limpios que eran una réplica del logotipo de la sartén, con el menú impreso en el medio. Los platos especiales estaban escritos a mano en dos pizarras colocadas una en cada extremo de la barra.

Bree se dirigió a continuación al reservado donde comían los integrantes de la elite del poder de Panama: el jefe de correos Earl Yarum, el jefe de policía Eliot Bonner y la secretaria del ayuntamiento, Emma McGreevy. Ante ellos había platos que un rato antes contenían un bisté, una costilla de cerdo y pollo asado. Los tres platos y la panera estaban vacíos, lo cual era una excelente noticia. Una vez satisfechos, Earl, Eliot y Emma eran inofensivos.

–¿Listos para el postre? –preguntó Bree con una sonrisa.

–¿Qué nos ofreces? –quiso saber Eliot.

–¿Qué les gustaría comer?

–Una tarta.

–Muy bien. Tenemos pastel de manzana, de melocotón y de arándanos. También fresas con nata, plátanos con jarabe de arce, tarta de limón...

–¿Hay algo con chocolate? –la interrumpió Earl.

–Tarta de chocolate con nueces, *mousse* de chocolate, crema de chocolate con ron...

–¿Y *brownies*?

Bree debería haber adivinado que acabaría pidiéndole eso. Earl era previsible.

–Un *brownie*, entonces –dijo Bree. Miró a Emma enarcando una ceja–. ¿Té?

–Por favor. –Emma nunca bebía nada que no fuera té.

Antes de pedir helado de fresas, Eliot dejó, como era habitual en él, que Bree recitara la lista de todos los tipos de helados posibles, pues Flash era en parte dueño de Panama Rich y siempre tenía los veintitrés sabores de helados que allí se producían.

Trabajando alrededor de Lee Ann, el cocinero y Flash, Bree calentó el *brownie* y le agregó nata, chocolate caliente y nueces, como a Earl le gustaba, y luego sirvió el helado de fresas de Eliot. También sirvió una ración de pollo frito para Martin Sprague, el único abogado de Panama, que estaba sentado en el sexto taburete de la barra, y costillas de cerdo con chili para Ned y Frank Wright, los fontaneros locales, sentados dos taburetes más allá. Con una jarra de café en cada mano, sirvió a los que ocupaban los reservados y luego comenzó a hacerlo con los que estaban sentados frente a la barra.

En el extremo más alejado estaban sentadas Dotty Hale y su hija, Jane. Ambas eran altas y delgadas, pero mientras Dotty siempre tenía el rostro tenso, el de Jane era más suave, lo cual no guardaba ninguna relación con la edad de ambas. Aunque en ese sentido Bree no podía ser imparcial, ya que Jane era una de sus mejores amigas.

Lee Ann estaba delante de ellas, con los codos apoyados en la barra. En comparación con las Hale, Lee Ann era de baja estatura y entusiasta, tenía el cabello rubio y corto y unos ojos que parecían ocuparle toda la cara. En ese momento parecían más grandes que nunca.

–¿Dónde dices que pasó la noche Abby Nolan? ¡Pero si acaba de divorciarse de John!

–Técnicamente hace una semana que están divorciados –puntualizó Dotty, asintiendo con la cabeza–. Los papeles del juzgado llegaron por correo. Earl los vio.

–Y entonces, ¿por qué está durmiendo con él?

–No duerme con él –aclaró Jane.

Dotty se volvió hacia ella.

–No soy yo quien lo dice –repuso–. Eliot vio el coche de ella en el sendero de entrada de la casa de John. –Volvió a dirigirse a Lee Ann–. ¿Por qué? Porque está embarazada.

Lee Ann no podía contener su curiosidad.

–¿Espera un hijo de John? ¿Cómo es posible?

Bree esbozó una sonrisa cuando se unió al grupo.

–Supongo que de la manera habitual –dijo–. Sólo que el bebé no es de John, sino de Davey Hillard.

–¿Quién te dijo eso? –preguntó Dotty con intención.

–Abby –contestó Bree. Ella, Abby y Jane eran amigas desde la escuela primaria.

–Entonces, ¿por qué pasó la noche con John? –inquirió Lee Ann.

–No lo hizo –afirmó Jane.

–¿Tú estabas allí? –preguntó Dotty, socarrona.

–Abby sólo fue a conversar con John –dijo Bree para distraer la atención de Dotty–. Ella y John siguen siendo amigos. Abby quiso darle la noticia en persona.

–Eso no es lo que dice Emma –arguyó Dotty. Emma era su hermana y su más importante fuente de chismorreos–. ¿Sabéis qué más dice? Julia Dean recibió una postal.

–¡Mamá! –exclamó Jean en tono de súplica.

–Bueno, es un hecho –replicó Dotty–. Earl vio la postal y se lo contó a Eliot, ya que él es quien debe mantener la paz en el pueblo, y una familia angustiada puede ser fuente de problemas. A la familia de Julia no le gusta que ella esté aquí. La tarjeta era de su hija, que está en Des Moines, y en ella decía que era una pena que Julia se estuviera asilando y que comprendía lo mucho que la había afectado la muerte de su marido, al igual que a todos, pero que tres años de duelo ya eran suficiente. De manera que ¿cuándo pensaba volver a su casa?

–¿Le puso todo eso en una postal? –preguntó Bree.

No sabía mucho acerca de Julia, aparte de que tres años antes había abierto una pequeña floristería y que dos veces a la semana renovaba los arreglos florales del restaurante. De vez en cuando pasaba por allí para comer, pero siempre se mantenía alejada de los demás. Bree tenía la sensación de que era una persona tímida pero dulce, y que sin duda no era la clase de persona que se prestase a chismorreos.

–La familia de Julia no está enterada de lo de Earl –musitó Jane.

–¿En serio?

Bree miró hacia la ventana cuando allí se reflejaron las luces de otro camión que entraba en el aparcamiento.

–Por no hablar de Verity –intervino Dotty, echando también un vistazo a la ventana–. Ella asegura que vio otro ovni. Eliot dice que las luces eran de un camión, pero Verity insiste en que hay una marca en la parte de atrás de su coche, allí donde lo tocó el platillo volador.

Lee Ann se acercó aún más.

–¿Volvió a ver esas naves pequeñitas?

–No se lo pregunté. –Dotty se estremeció–. Esa mujer es muy rara.

A Bree siempre le había parecido quc Verity era más divertida que rara, y lo habría comentado si en ese momento Flash no hubiera anunciado:

–El pedido de la mesa veintidós ya está listo, Lee Ann.

–Deja, ya voy yo –dijo Bree a su compañera.

Sirvió el café de Dotty y volvió a colocar las jarras sobre los calentadores. Cogió la ración de pollo frito que ya estaba preparada y esperando, y se encaminó hacia los reservados. El veintidós era el último de la hilera, ubicado junto al tocadiscos automático. Ante ella había un hombre solo, como era costumbre desde hacía siete meses. Nunca hablaba mucho ni invitaba a la conversación. Lo habitual, como en ese momento, era que estuviera leyendo un libro.

Se llamaba Tom Gates. Había comprado la casa de los Hubbard, un bungaló ubicado en West Elm, al que en años no se le había hecho arreglo alguno, desde que la salud de Hubbard comenzó a deteriorarse. Desde que Tom Gates tomó posesión del lugar, repuso las tejas faltantes, enderezó las persianas, pintó el porche y cortó la hierba del jardín. Lo que sucedía dentro era menos sabido. Skipper Boone cambió la instalación eléctrica y los Wright instalaron una caldera nueva, pero aparte de eso, nadie sabía nada. Y ello a pesar de que Bree había hecho preguntas. Siempre le había gustado la casa de Hubbard. Aun cuando era más pequeña que su casa estilo victoriano, tenía muchísimo más encanto. De haber sido más decidida, tal vez la hubiese comprado, pero había heredado la casa donde vivía de su padre, quien a su vez la había heredado del suyo. Los Miller habían vivido en South Forest durante tantos años que ya todos habían perdido la cuenta y eran demasiados para que ella se animara a mudarse. De modo que tuvo que conformarse con escuchar todos los chismes posibles acerca de las restauraciones realizadas en el bungaló de West Elm.

Ninguna de esas informaciones le llegó por intermedio de Tom Gates. Él no era sociable. Bien parecido sí que lo era, incluso demasiado como para estar solo. Pero no era sociable.

–Su pedido –dijo Bree. Cuando él apartó el libro, ella colocó el plato sobre la mesa. Luego se limpió las palmas de las manos en la parte trasera del tejano y se las metió en los bolsillos–. ¿Está leyendo algo interesante?

Él miró el plato y luego el libro.

–No está mal.

Bree se inclinó para leer el título, pero toda la portada parecía escrita.

–¡Qué portada más rara!

–Todavía no ha sido publicado.

–¿En serio? ¿Y cómo ha hecho para conseguirlo?

–Porque conozco a alguien.

–¿Al autor?

Cuando él negó con la cabeza, la luz del restaurante se reflejó sobre su pelo brillante, castaño claro y bastante ralo.

–¿Es usted crítico? –preguntó ella.

–No exactamente –respondió él, cambiando de postura.

–Entonces no debe de ser más que un lector ávido –decidió Bree, y no porque tuviera aspecto de intelectual.

Estaba demasiado bronceado, era demasiado alto, tenía hombros demasiado anchos. Iba y venía a grandes zancadas. Flash apostaba a que debía de ser un político que había huido después de perder unas elecciones amañadas. Dotty apostaba a que era un empresario cuyo negocio había quebrado, porque Earl comentaba que recibía correspondencia de Nueva York. Lee Ann, por su parte, apostaba a que era un aventurero que estaba reponiéndose después de una expedición agotadora.

A Bree no le costaba imaginar que era un aventurero. Por su aspecto bien podía serlo. No significaba mucho que hubiera comprado una casa en el pueblo. Hasta los aventureros necesitaban descansar en ocasiones, pero no permanecían mucho en un mismo lugar. Los hombres que amaban el riesgo encontraban muy aburrido Panama. Ése no tardaría en marcharse.

Era una pena, porque Tom Gates tenía unas manos espléndidas. Sus dedos eran largos y delgados, y los movía de una manera que sugería que era capaz de hacer con ellos cuanto se propusiera. Bree jamás le había visto las uñas sucias, lo cual lo diferenciaba de la mayoría de los hombres que comían allí, y aunque no tenía las manos callosas como los demás, se notaba que trabajaba con ellas. Unos meses antes se había hecho un corte y le habían dado algunos puntos. La cicatriz tenía casi cinco centímetros de largo y ya comenzaba a desaparecer.

–Acabo de terminar el nuevo de Dean Koontz –dijo ella–. ¿Ya lo ha leído?

–No –respondió él, sin apartar la vista de su tenedor.

–Es bastante bueno. Vale la pena leerlo. ¿Le apetece algo más? ¿Otra cerveza? –Señaló con el mentón la botella que había sobre la mesa–. Supongo que sabrá que ésa se fabrica aquí, ¿verdad? Sleepy Creek Pale. La cervecería está en esta misma calle.

Los ojos de Tom se encontraron con los de ella. Eran maravillosamente grises.

–Sí –contestó–. Lo sabía.

Esos ojos la habrían instado a decir algo más si en ese momento no se hubiera abierto la puerta y hubieran entrado cuatro camioneros seguidos de una ráfaga de viento y nieve. Se sacudieron ésta de la cabeza y las chaquetas, saludaron a los presentes y estrecharon la mano de los que ocupaban la mesa diecisiete, lo que significaba que debían ser atendidos por Bree.

–¿Nada más? –volvió a preguntarle ella a Tom Gates. Cuando él meneó la cabeza, Bree añadió con una sonrisa–: Que disfrute de su comida. –Sin dejar de sonreír, se alejó rumbo a los recién llegados–. ¡Hola, chicos! ¿Cómo estáis?

–Con frío.

–Cansados.

–Hambrientos.

–¿Una ronda de cerveza para empezar? –preguntó ella.

Al ver que todos asentían, se encaminó hacia la nevera colocada detrás de la barra y sacó dos Sleepy Creek Pale, una Sleepy Creek Amber y una Heineken. Una vez de regreso en el reservado, extrajo un abridor del bolsillo del delantal negro y las abrió.

–¡Ahhh! –exclamó John Hagan después de beber un gran trago–. ¡Qué agradable en una noche como ésta!

Bree miró por la ventana.

–¿Cuántos centímetros calculáis que ha nevado?

–Cuatro –contestó John.

–No, por lo menos son ocho –replicó Kip Tucker.

–Cerca de veinte –señaló Gene Mackey.

–¿Veinte? –preguntó Lee Ann, que pasaba por allí.

Bree le dio un golpecito a Gene en el hombro.

–¡Es broma, Lee! ¡Venga, chicos, portaos bien!

–¿Qué tiene de divertido eso de portarse bien? –preguntó Gene mientras le pasaba un brazo por la cintura y la acercaba a sí.

Ella se apartó y, con actitud altanera, respondió:

–Comer bien es la única diversión que vais a recibir. Volveré a tomar el pedido una vez que haya terminado de limpiar unos platos.

–Comeré lo de siempre –dijo Kearns antes de que ella se alejase.

–Yo también –acotó Gene.

John se señaló y asintió, indicando que quería pastel de carne con puré de patatas y un plato abundante de verduras con mantequilla.

Kip estudiaba la pizarra donde aparecían los platos especiales.

–¿Qué me recomiendas de todo eso?

Bree, que conocía los gustos de Kip, respondió:

–Trucha al horno con arroz, tomates fritos, setas y brécol.

Kip dejó escapar un suspiro de placer.

–Perfecto –dijo–. Y gracias, muñeca.

Panama se encontraba en una región de colinas. A partir del primero de noviembre en casi todas las esquinas había barriles llenos de arena, los camiones llevaban cadenas en las ruedas y los habitantes que no tenían coche con tracción en las cuatro ruedas les ponían neumáticos para nieve. Pero ese día no era el primero de noviembre, sino 9 de octubre, y nevaba con fuerza. A las ocho, en el restaurante sólo quedaban unos pocos rezagados.

Armada con su ordenador portátil y un plato de trucha con arroz y brécol, Bree se sentó frente a Flash. Él leía el periódico y alternativamente bebía sorbos de café y mordisqueaba uno de los bollos que tenía en el plato, sin duda su cena. Bree nunca lograba sobreponerse a la sorpresa que le provocaba que un hombre tan habilidoso e imaginativo cuando de cocinar para los demás se trataba, tuviera hábitos alimentarios tan abominables.

–Te estás perdiendo una trucha estupenda –le advirtió.

–Odio las espinas.

–No tiene espinas. Tus truchas jamás las tienen.

–Es lo que les decimos a los clientes –contestó él sin levantar la vista–, pero nunca estoy seguro de haberlas sacado todas y si encontrase una me arruinaría la comida. Además –añadió levantando la mirada–, casi nunca quedan bollos después de las cinco. ¿Por qué habrán sobrado hoy?

Bree abrió el ordenador.

–Porque Angus, Oliver y Jack no han venido –respondió, al tiempo que pensaba que eso demostraba que eran inteligentes, porque los tres tenían más de ochenta años y estaban mejor en su casa que en medio de la tormenta.

–¿Flash? –dijo Lee Anne mirando al último cliente que quedaba sentado a la barra–, dice Gay que como no he traído botas, me llevaría a casa, pero que no puede quedarse hasta que cerremos. –Enarcó las cejas.

Flash señaló con la cabeza a Bree.

–Pregúntaselo a Bree. Será ella quien cubra tu puesto.

Con un gesto, Bree le indicó a Lee Anne que se fuera.

–Ya no vendrá nadie más. Por lo menos esta noche. Vete.

Lee Ann se marchó.

–Se va antes de la hora con mucha frecuencia –comentó Flash–. Tienes un corazón demasiado tierno, Bree.

–El tuyo es más tierno que el mío; es por lo que no te negaste. Además, ella tiene hijos que la esperan en casa. Yo no.

–¿Por qué no? –preguntó él.

–Creo que ya hemos hablado de eso –repuso Bree.

–Dímelo de nuevo. Sobre todo me gusta esa parte en que aseguras que para tener hijos te hace falta un hombre, como si no pudieras tener a cualquiera de los que entran en este restaurante. ¿Sabes lo que los excita? Tu desinterés.

–No es desinterés. Es cautela.

Lo de la cautela era cierto, pero también lo era lo de su desinterés. Los hombres que pasaban por el restaurante estaban bien para conversar y reír con ellos. Admiraban su abundante y oscura cabellera, y su cuerpo, que era más atractivo que el de la mayoría de las mujeres del pueblo. Pero lo que más les gustaba era que los sirviera sin discutir y, todavía más, que supiera lo que querían aun antes de que lo dijeran. Era algo que también a su padre le había gustado. Ella había sido su cocinera, su sirvienta, su sastre, su peluquera, su secretaria... entre otras muchas cosas. Durante los días que siguieron a su muerte, Bree comprobó por primera vez lo que significaba tener tiempo para sí misma. Ahora, tres años después, seguía siendo una novedad para ella y una posesión que guardaba celosamente.

–Cautela –dijo Flash–. Ésa eres tú, Bree. Cautelosa hasta la exageración. ¿Y has contratado a alguien para que te instale un sistema de calefacción decente o todavía andas pidiendo presupuestos?

–Sigo pidiendo presupuestos.

Flash dirigió la mirada hacia la ventana, detrás de la cual seguía nevando.

–Se te ha acabado el tiempo.

–Ya verás cómo pronto vuelve a brillar el sol.

–No haces más que postergar lo inevitable. El año pasado llegabas corriendo y casi congelada. ¿Para qué esperar? Tienes el dinero.

–Lo reservo para un coche nuevo. Es lo primero que figura en mi lista. La calefacción es lo segundo.

–Me parece una locura.

–¿Por qué? Tengo una estufa de leña, mantas y edredones. Puedo mantenerme abrigada funcione o no la caldera. Pero sin un coche no puedo ir a ninguna parte. –Señaló la pantalla del ordenador–. Tenemos que hablar sobre la necesidad de contratar a un nuevo proveedor de leche.

–No.

–Stafford es del pueblo –dijo ella, suavizando el tono de voz–. Ambos queremos apoyarlo, pero por lo general sus entregas llegan tarde y últimamente un veinticinco por ciento de lo que nos trae está en mal estado. Piensa en lo que sucedió hace un par de horas. Estabas al borde del pánico.

–Estaba cansado, eso es todo. Stafford está haciendo todo lo que puede.

–Hace dos años que está haciendo todo lo que puede, pero sin resultados.

–Dale un poco más de tiempo –repuso Flash. Levantó el periódico y volvió a la lectura.

Bree no sabía si reír o llorar. Flash era muy bondadoso, pero en ocasiones parecía tonto, y en ello residía gran parte del encanto del restaurante. Era un verdadero artista. Por más que se esforzara por tener aspecto de camionero con sus tejanos negros, su camiseta roja y su gorra, no engañaba a nadie. A pesar de su cabello largo, su mirada lo delataba, sobre todo cuando alguno de los habitantes más pobres del pueblo le decía que no le alcanzaba el dinero para pagar lo que acababa de comer.

Bree no se quejaba. Si su jefe hubiese sido otro, habría seguido trabajando de camarera, pero a Flash no le interesaban las formalidades. Bree era buena para los números, de manera que le había encargado que llevara los libros. También era buena con las fechas de pago, de manera que le había encargado que pagara las cuentas y todo lo que tuviese que ver con los proveedores. Hambrienta, comenzó a devorar la trucha con arroz y brécol. Fijó su atención en la pantalla del ordenador e introdujo las entregas que se esperaban esa semana, anotó las mercaderías que se habían acabado, hizo una lista de los pedidos que se harían en cuanto enchufara el ordenador al módem del despacho ubicado detrás del salón comedor. En eso Flash también era demasiado blando. El módem estaba instalado veinticuatro horas después de que ella comentó que sería una buena idea tener uno. El chirrido de los neumáticos de un camión la obligó a mirar por la ventana hacia el aparcamiento. Al cabo de un minuto, los neumáticos consiguieron afirmarse y las luces traseras del vehículo desaparecieron entre la nieve que caía.

A las nueve menos diez el último cliente ya se había marchado, las mesas estaban limpias y preparadas para servir el desayuno, los platos estaban lavados, la comida sobrante guardada y la parrilla limpia. Instantes después de que Flash declarara que la jornada de trabajo acababa de finalizar, el personal se fue.

Bree se estaba poniendo la cazadora cuando él le dijo:

–Te llevaré a tu casa en coche.

Ella meneó la cabeza.

–Hay demasiada nieve; llegaré antes andando. –Se levantó las perneras de los tejanos para mostrarle las botas que llevaba puestas–. Además, tú vives colina abajo y yo vivo colina arriba. No es prudente retroceder en medio de una tormenta como ésta.

Flash insistió. La tomó del brazo y salieron del local.

El mundo había sufrido un cambio total desde la última vez que Bree había estado fuera. Con excepción de los lugares donde los otros empleados habían aparcado sus coches y acababan de partir, todo era de un blanco purísimo y hacía frío, mucho más frío que antes.

–Es demasiado pronto para esto –gruñó Flash al tiempo que la conducía al Explorer.

Mientras buscaba detrás del asiento una pala para quitar la nieve, Bree empezó a limpiar las ventanas con la manga de la cazadora. Cuando Flash la auxilió con un cepillo, ella subió al automóvil. Se inclinó sobre la palanca de cambios y puso en marcha el motor y, una vez que el parabrisas estuvo limpio, encendió los limpiaparabrisas.

Desde la última limpieza del aparcamiento habían caído varios centímetros de nieve. Entre esos centímetros y lo que quedaba alrededor de los coches que habían estado aparcados, la superficie del suelo era desigual. Flash dio marcha atrás y luego puso la primera. El Explorer saltó hacia la calle.

Bree miraba fijamente al frente. Por lo que ella lograba ver, lo único que marcaba el camino era la capa algo más delgada de nieve que lo cubría. Los faros del Explorer trazaron un arco brillante hacia East Main. Flash aceleró. Las ruedas giraron, se afirmaron y comenzaron a subir lentamente por la colina. No habían llegado lejos cuando volvieron a patinar. El Explorer se deslizó hacia un costado. Flash frenó y volvió a intentarlo.

–¿Problemas con los neumáticos? –preguntó Bree.

–Problemas con los caminos –murmuró él.

–No si fueses colina abajo. Por favor, déjame ir andando.

Flash se resistió e hizo varios intentos más, pero fue inútil. El Explorer apenas había llegado a la primera de las cinco casas que se alzaban en la colina, por encima de la plaza del pueblo, cuando comenzó a patinar de costado y hacia atrás. Flash se dio por vencido. Bree se cubrió la cabeza con la capucha de la cazadora y se apeó.

–Gracias por intentarlo. Hasta mañana.

Cerró la portezuela, se arrebujó en la cazadora y empezó a ascender por la colina.

Al principio, el Explorer que retrocedía le iluminaba el camino, pero cuando Flash dobló al llegar a la altura del restaurante y comenzó a avanzar, las luces desaparecieron. Instantes después ya ni siquiera se oía el ruido del motor.

En medio del silencio, Bree siguió subiendo. Sobre el camino la nieve no era profunda y sólo le tapaba los pies, pero ella tenía el mismo problema que el Explorer. Con el descenso de la temperatura, la capa inferior de nieve se había congelado debajo de la que había caído recientemente. Bree no hacía más que patinar.

Hundió las manos en los bolsillos y siguió andando. Cuando volvió a patinar, tuvo que hacer esfuerzos para conservar el equilibrio. Había sacado las manos de los bolsillos, lamentó el no llevar guantes, más aún cuando al cabo de un minuto patinó una vez más, aterrizando ahora sobre la nieve. Se levantó, se sacudió y siguió adelante. Después de patinar de nuevo, se dirigió al borde del camino. Allí la nieve era más profunda, le llegaba por encima de los tobillos, con lo cual el avance era más seguro, aunque más agotador.

Inclinó la cabeza para protegerse la cara de los copos de nieve. Había recorrido ese mismo camino durante años y ni siquiera le hacía falta levantar la mirada para saber dónde estaba. Cuando pasó por delante de la última de las casas, sus muslos empezaban a sentir el cansancio. Sintió un alivio inmediato cuando el camino se hizo llano en lo alto de la colina.

Dobló a la izquierda y comenzó a rodear la plaza del pueblo bajo el reflejo ámbar de las farolas. No se veían automóviles por los alrededores, sólo formas cubiertas de nieve en los senderos de entrada de las casas. El humo de leña surgía de altas chimeneas e impregnaba el aire. La nieve se deslizaba y caía con un golpe seco desde los tejados. La curva del camino la llevó a pasar frente al edificio que albergaba el banco, con pequeñas oficinas en el primer piso, donde trabajaban el abogado, el administrador de fincas y el quiropráctico. En la casa contigua vivía la familia Chalifoux, en la de al lado los Nolan y junto a ésta estaba la biblioteca. Más adelante, en una casa mucho más modesta, vivía el clérigo con su familia. Y en un extremo de aquel óvalo, con su alta aguja, sus grandes persianas verdes y sus puertas rodeadas de nieve, se erguía la iglesia.

La cerca de madera que rodeaba el patio del templo había desaparecido bajo la nieve, lo mismo que la de metal que rodeaba la plaza del pueblo. Pero era imposible dejar de ver ésta. Como zona comunitaria, había albergado gente que tomaba el sol y personas a quienes les gustaba contemplar las estrellas. Ahora, las ramas de los arces, abedules y abetos se inclinaban bajo el peso de la nieve.

El sonido de un motor rompió el silencio. En el extremo opuesto de la plaza, una camioneta avanzaba lentamente por Pine Street. Al llegar a la altura de Bree, se detuvo.

Curtis Lamb bajó la ventanilla.

–¿Te han entretenido en el trabajo?

Bree levantó un brazo para protegerse los ojos de la nieve.

–Sí –respondió.

–¿Quieres que te lleve?

Curtis vivía colina abajo, no lejos de la casa de Flash. Bree sonrió, negó con la cabeza y señaló con un gesto Birch Hill, que estaba justo detrás de la iglesia.

–Ya casi he llegado. Sigue adelante.

Curtis subió la ventanilla. La camioneta avanzó con lentitud, al llegar al banco dobló hacia la derecha y comenzó a bajar por East Main.

Bree continuó ascendiendo, ahora con rapidez y hasta disfrutando de la nieve, que parecía limpiarlo todo tras el bochorno del verano.

Se oyó de pronto el sonido de otro motor. Bree adivinó que el vehículo subía por Birch Hill. Acababan de aparecer los faros cuando una segunda camioneta bajó por Pine, a su izquierda. Iba rápido, demasiado rápido. La vio patinar sobre el óvalo y dirigirse con rapidez hacia donde ella estaba.

Ansiosa por apartarse de su camino, Bree apuró el paso. Al llegar a la esquina dobló por Birch Hill. El vehículo que ascendía por la colina, un jeep descapotable, se encontraba a poco más de cincuenta metros de distancia, pero se acercaba sin reducir la velocidad, así que ella saltó de la calle a la nieve más honda del costado del camino.

La camioneta estaba cada vez más cerca. Alarmada por la velocidad del vehículo, pero con una mezcla de fascinación y horror, Bree se detuvo. Parecía un vehículo viejo, de azul desteñido. Bree supuso que quien iba al volante debía de estar borracho, o quizá se tratase de un conductor inexperto o sencillamente imbécil.

–¡Más despacio! –gritó.

A la velocidad que llevaba sin duda patinaría en el momento de doblar. Y no tendría más remedio que hacerlo, hacia la derecha por Birch Hill o hacia la izquierda para rodear el óvalo. Si seguía derecho, la arrollaría.

De repente tuvo miedo y echó a correr todo lo rápidamente que le permitía la nieve por Birch Hill abajo. Pero fue un movimiento mal calculado. Segundos después de haber pasado junto al jeep, escuchó un estruendo metálico y entonces el jeep empezó a patinar hacia atrás, con más rapidez que la que ella podía desarrollar corriendo y en la misma dirección. El impacto con ella fue más silencioso. Bree sintió un dolor intenso y por un instante tuvo una sensación de ingravidez y luego, nada.

2

El primer impacto hizo patinar el jeep hacia un costado y hacia atrás. Cuando la camioneta trató de apartarse del camino, también resbaló y se estrelló contra el jeep, arrojándolo hacia un murete de piedra, luego rebotó hacia atrás hasta el centro del camino y se deslizó colina abajo.

Tom Gates no alcanzó a ver nada de eso. Sólo pensaba en una cosa. Con el corazón latiendo con fuerza, golpeó una vez con el hombro contra la puerta del jeep, pero al comprender que estaba demasiado dañada como para que pudiese abrirla, pasó por encima de la palanca de cambios hacia la puerta del acompañante. Al ver que ésta tampoco cedía, levantó los pies, rompió el cristal de la ventanilla de una patada y saltó fuera del vehículo. Antes de caer sobre la nieve, rozó el borde del murete de piedra, pero en un instante se puso de pie, trepó el muro y rodeó el jeep.

Miró a un lado y otro del camino pero no vio nada. Cayó de rodillas junto al jeep y buscó debajo, corrió hacia donde la carrocería estaba incrustada en el muro y, haciendo acopio de todas sus fuerzas, logró mover el vehículo lo suficiente como para comprobar que no había nadie atrapado allí, y tampoco junto a las ruedas. Frenético, miró alrededor. Estaba seguro de que alguien había doblado por la esquina segundos antes de que chocase contra la camioneta. Y quienquiera que fuese, él lo había atropellado. De eso también estaba seguro.

Acababa de ver un bulto oscuro en la nieve cuando una luz se encendió en la casa más cercana.

–¿Hay alguien herido? –preguntó Carl Breen a voz en cuello.

–Sí –contestó Tom–. Llame a una ambulancia.

Se dejó caer de rodillas junto a aquella forma inerte, estiró los brazos para tocarla y luego se detuvo. ¿Y si al moverla le causaba un daño mayor? Las piernas parecían estar bien, no se encontraban en ningún ángulo grotesco, pero el resto del cuerpo estaba cubierto por una cazadora demasiado grande. Se inclinó sobre la cabeza y vio una cara, lo cual significaba que quien fuera no estaba sofocándose en la nieve, suponiendo que la persona no hubiese muerto en el momento del impacto. Al menos no se veían rastros de sangre.

–¿Puede oírme? –preguntó con ansiedad.

La mitad del rostro estaba cubierto por la capucha. Cuando Tom echó ésta hacia atrás, reconoció de inmediato a la accidentada. No importaba que la cara estuviese pálida, casi cenicienta. Si la armonía de sus facciones no hubiera revelado su identidad, lo habrían hecho los mechones de cabello oscuro.

Tom cerró los ojos y se meció sobre los talones. Era Bree, la dulce camarera del restaurante.

–¡Dios mío! –susurró acercándosele más.

Le tocó las mejillas heladas y volvió a subir la capucha para protegerle el rostro de la nieve que seguía cayendo. Le apoyó una mano sobre el cuello para comprobar si tenía pulso, pero el que percibió era tan fuerte que no supo si era el de ella o el suyo.

Sin embargo, bajo la ropa, la piel de Bree estaba tibia. Se aferró a esa esperanza, se quitó la chaqueta y la cubrió con ella.

Fue entonces cuando vio la mano asomar por la manga. Estaba fría y laxa. La tomó con suavidad entre las suyas y la frotó para calentarla.

–Bree.

Ella no se movió, no gimió, no parpadeó.

Tom deslizó una mano dentro de la capucha y la apoyó sobre la mejilla de la muchacha.

–¿Me oye, Bree?

Un haz de luz pasó por encima de él, luego volvió a iluminarlo. Entrecerró los ojos y vio que Carl Breen se acercaba por la nieve. Su abrigo flameaba sobre los pantalones de un viejo pijama. Tenía la cabeza cubierta por un gorro de lana e iba calzado con unos chanclos de goma.

El haz de luz iluminó a la muchacha.

–¿Ha muerto? –preguntó Carl.

–Todavía no. ¿Ha llamado a la ambulancia?

–Sí, ya está en camino.

–¿Cuánto tardará en llegar?

–Con buen tiempo, diez minutos. Con este tiempo, veinte.

–¿Veinte? –exclamó Tom–. ¡Dios mío! No podemos esperar tanto.

Carl se inclinó sobre Bree y le levantó la capucha.

–¿Qué estaba haciendo? –preguntó–. ¿Volvía de su trabajo?

–Veinte minutos es demasiado tiempo –susurró Tom.

–No habrá que esperar tanto. El jefe de policía está en camino. Travis también. Él es enfermero. ¿Hace falta una manta?

–Sí –respondió Tom, y mientras Carl regresaba a la casa mantuvo una mano sobre la de Bree y la otra sobre su mejilla, para que supiera que no estaba sola–. ¡Dios mío, cuánto lo lamento! –murmuró–. Tres metros más arriba o más atrás y no la hubiera atropellado. –Se inclinó en busca de alguna señal de vida–. ¿Me oye, Bree? Estoy aquí, a su lado. –No sabía lo que haría si ella llegaba a morir; el remordimiento no lo dejaría vivir. Una cosa era ser un cretino egoísta, y otra muy distinta provocar la muerte de otra persona–. Aguanta, pequeña –susurró mientras miraba el camino, impaciente–. ¿Por qué demonios tardan tanto?

Carl regresó abriendo la cremallera de un saco de dormir.

–Es de mi nieto –explicó, y cubrió a Bree con él. Se puso en cuclillas y añadió–: He oído un ruido terrible. ¿Qué sucedió?

Tom miró alrededor.

–¿Dónde están? –preguntó.

Cuando llamé al jefe estaba en Creek Road. Vendrá por East Main. –Carl iluminó el rostro de Tom con la linterna–. Está usted sangrando.

Tom apartó el haz de luz.

–Tiene un corte en la cara –dijo Carl.

A Tom no le importaba; lo único que sentía era miedo. Volvió a buscar pulso en la garganta de Bree y esa vez estuvo seguro de haberlo encontrado, aunque era muy débil. Deslizó la mano dentro de la capucha y le cogió la cabeza.

–Ya casi han llegado, Bree.

Y como por arte de magia, allí estaban. En lo que a Tom le pareció lo mejor que le había sucedido en muchos meses, los faros del Chevy Blazer que hacía las veces de coche patrulla de Eliot Bonner, el jefe de policía de Panama, dobló por la esquina segundos antes que otro automóvil, conducido por Travis Finch. Los vehículos se detuvieron a los extremos del jeep, las puertas se abrieron al mismo tiempo y sus conductores corrieron por la nieve iluminados por los faros.

Travis, un hombre de poco más de treinta años, muy alto, vestía pantalones y cazadora oscuros. Eliot era un poco mayor, un poco más bajo y un poco más pesado. Con su chaqueta y su gorra de lana anaranjada más parecía un cazador que el jefe de policía, lo cual, considerando las mínimas necesidades de Panama en lo que a seguridad se refería, era lógico.

Aunque Tom se apartó para permitir que Travis tuviera acceso a la herida, mantuvo los dedos apoyados contra la mejilla de Bree.

–No se ha movido –informó, al borde del pánico–, ni abrió los ojos ni pronunció una sola palabra.

Travis la auscultaba debajo del saco de dormir que la cubría.

El jefe de policía se dejó caer de rodillas junto a Tom. En una voz grave que casaba a la perfección con su vientre de bebedor de cerveza, dijo:

–El jeep ha quedado hecho añicos. ¿Qué sucedió?

Tom no apartaba la mirada de Travis y se preguntaba si ese hombre sabría lo que estaba haciendo.

–Una camioneta me llevó por delante. Y yo la atropellé a ella.

–Debe de haberla atropellado con mucha fuerza para arrojarla tan lejos. ¿Dónde está la camioneta?

Tom se volvió para mirar el camino. La camioneta no estaba a la vista. Soltó un juramento entre dientes y se volvió hacia Bree.

–¿Cómo se encuentra? –le preguntó a Travis.

–El cuello está bien. La columna vertebral, también. Creo que el problema es interno.

–¿Qué quiere decir con eso?

–El estómago o algo así. Al palpar noto algo duro.

–¿Un derrame interno, tal vez?

–Eso parece.

–¿Quién conducía la camioneta? –preguntó el jefe de policía.

–¿Es posible que muera desangrada? –inquirió Tom, a quien en ese momento no le interesaba pensar en la camioneta.

–Quizá –contestó el enfermero–. Al menos las piernas no han sufrido fracturas.

–Hay que hacer algo para detener la hemorragia.

–Eso es tarea de los cirujanos; yo no puedo hacer nada. –Travis volvió a cubrir a Bree y se incorporó–. Necesitará un buen cirujano. Veré de conseguir uno. –Se marchó bajo la nieve en dirección a su coche.

–¿Adónde la llevarán? –le preguntó Tom a Bonner.

No quería que Bree se muriera. Por primera vez en siete meses deseó estar de regreso en Nueva York. Allí, sin lugar a dudas, ella habría contado con médicos excelentes. En ese lugar, no estaba seguro.

–Hay un centro médico en Ashmont –contestó Bonner.

Tom lo conocía, había estado allí. Había recurrido a ellos para que le hicieran una sutura en la mano, pero Bree no se había cortado con una sierra.

–Hay que llevarla a un hospital.

–Lo que necesita es una atención inmediata –repuso el jefe de policía–. Con esta nevada es imposible que levante vuelo un helicóptero, de manera que tendrá que ir a Ashmont. Llamarán a un cirujano de Saint Johnsbury. Si sale ahora mismo, llegará a Ashmont al mismo tiempo que ella.

–¿En Ashmont hay quirófanos?

–¡No somos unos paletos ignorantes! –exclamó Bonner–. Tal vez nuestros quirófanos no sean tan modernos como los de ustedes, pero funcionan igual de bien. Al igual que a ustedes, a nosotros no nos gusta morir.

Tom se enderezó. No era un hombre que se dejase arredrar. Sin embargo, lo que sentía en ese momento se parecía mucho a lo que había sentido meses antes, de pie y solo junto a la tumba de su madre, sin poder hacer otra cosa que llorar.

–Alguien debe llamar a su familia –dijo.

–Bree no tiene ningún familiar –repuso Bonner–. La madre la abandonó cuando tenía pocos meses. El padre la crió, pero ya hace tres años que ha muerto. No tiene hermanos ni hermanas. Ni marido. Ni hijos.

Tom se mostró sorprendido. Había visto trabajar a Bree. Siempre le había parecido una mujer con los pies sobre la tierra, de manera que había supuesto que tenía una familia en la que apoyarse. La imaginaba con marido y uno o dos hijos, tal vez con una madre o una hermana para que la ayudaran con los niños mientras ella trabajaba. Siempre le había envidiado esa sensación de pertenencia que transmitía.

Bonner se incorporó.

–Flash es lo más cercano a un familiar que tiene. Lo llamaré.

Se alejó en el momento en que Travis regresaba.

–La ambulancia está a tres minutos de aquí –informó el enfermero–. No tiene sentido que la movamos. Ellos deben de tener una camilla especial para estos casos.

Tom se arrodilló en la nieve. Tocó el cuello de Bree, su frente, sus mejillas, deseando hacer algo y sintiéndose un inútil. Apartó la nieve de su capucha, pero ¿en qué podía beneficiarla eso? La muchacha estaba en el lugar equivocado justo en el momento equivocado. Y él también.

Deseando con desesperación poder echarle la culpa a alguien, levantó la mirada al cielo. Las nubes eran de un gris oscuro, y estaban cargadas de nieve.

–¡Estamos en octubre, por el amor de Dios! –exclamó–. ¿Cuándo se supone que dejará de nevar?

Carl, que continuaba iluminando a Bree con su linterna, contestó:

–Según el hombre del tiempo, parará mañana.

–También anunciaron que hoy iba a llover.

–Lluvia, nieve... ¿cuál es la diferencia?

Tom estuvo a punto de replicar, pero en ese momento oyó que llegaba la ambulancia. Se volvió y vio el centelleo de sus luces rojas y blancas.

Se inclinó sobre Bree y sintió un repentino alivio, un miedo terrible y un deseo profundo de proteger a aquella muchacha. Le habló en voz baja, diciéndole que acababa de llegar la ayuda, que pronto se repondría, que no debía preocuparse por nada. No le gustó que el equipo de la ambulancia lo hiciera a un lado, ni que uno de ellos lo cubriera con una manta y le examinase la cara. Pero lo que más le molestó fue que no le permitieran viajar con Bree.

–En este momento yo soy lo único que tiene –argumentó, muy consciente del peso de sus palabras.

Tal vez Bree no tuviera familia, pero tenía amigos. Había comprobado su manera de tratar a la gente. Flash sólo sería el principio. Una vez que se corriera la voz de que había sufrido un accidente, los amigos acudirían a verla y su presencia a su lado sería inútil.

La forma en que Eliot Bonner lo cogió del brazo le indicó que eso ya empezaba a suceder.

–Usted y yo hemos de hablar. Seguiremos a la ambulancia en el coche patrulla. A menos –agregó con aspereza– que haya ejercido de médico en la ciudad. –Las puertas de la ambulancia se cerraron–. Pero nunca dijo que lo hubiese hecho.

Poco después de que Tom llegase al pueblo, el jefe de policía le había hecho una visita.

–Quería darle la bienvenida –le explicó con una sonrisa demasiado amplia, aunque lo de la bienvenida tal vez fuera cierto.

Tom no era tan desconfiado como para dudarlo. Pero el verdadero motivo era la curiosidad que inspiraba el más nuevo de los residentes de Panama.

Durante los diez minutos en que conversaron en el sendero de entrada de la casa de Tom, éste fue vago. Lo que más deseaba en el mundo era permanecer en el anonimato, y aún lo deseaba. Pero después de haber estado involucrado en un accidente en el que resultó malherida una de las vecinas más queridas del lugar, se encontraba en una situación precaria. Tal vez en el pasado le hubiera mentido a sus amigos y a su familia, y hasta se hubiera mentido a sí mismo, pero sabía que le sería imposible mentirle a la ley.

–Soy escritor –confesó.

Bonner suspiró.

–¡Ah! Otro escritor. Ha venido en busca de inspiración, ¿verdad?

–En realidad, no. –Tenía otras muchas cosas que buscar antes de preocuparse por encontrar inspiración.

–¿Entonces, qué?

Tom no contestó. Había decidido ir a Panama para alejarse del hombre arrogante y egoísta en que se había convertido. Necesitaba permanecer a solas para pensar, para analizar su alma, para mirar en su interior y comprobar cuánto de decencia le quedaba..., todo lo cual era pura autoindulgencia y no tenía la menor relevancia con lo sucedido esa noche.

Por primera vez, cuando vio arrancar a la ambulancia, tuvo frío. De alguna manera le resultaba reconfortante saber que Bree tenía su cazadora..., aunque se preguntaba si no la habrían hecho a un lado para atenderla. La imaginó sujeta a una camilla, con un collarín en torno al cuello, conectada a una serie de monitores y recibiendo suero. Oró para que resistiera.

El jefe de policía lo condujo hacia el Blazer.

–Está temblando. No irá a entrar en estado de shock, ¿verdad? Será mejor que suba al coche.

Le abrió la puerta del acompañante en lugar de hacerlo subir al asiento trasero, lo cual era una buena señal. No obstante, entrar en el coche patrulla fue un verdadero desafío. A Tom empezaba a dolerle todo el cuerpo.

Bonner, sentado al volante, volvió la mirada hacia él.

–¿Se siente bien? –preguntó.

–Sí, estoy bien.

El enfermero le había dado un par de gasas y esparadrapo para que se cubriera la herida de la mejilla. Tom se la apretó y le hizo señas a Bonner de que siguiera a la ambulancia, que ya se había alejado con Bree dentro.

El Blazer avanzaba por la nieve con lentitud exasperante.

–Bueno. ¿Qué sucedió? –quiso saber Bonner.

Los temblores de Tom arreciaron, como si surgieran de su vientre.

–¿Gates?

Tom hizo un esfuerzo por recordar lo que había ocurrido, pero todo parecía brumoso y poco claro.

–Yo subía por la colina en dirección a la plaza.

–Y patinó, ¿verdad?

Tom no recordaba haber patinado.

–No demasiado. Los neumáticos del jeep tienen buena adherencia.

–¿Qué hacía a estas horas por ahí?

No había ninguna razón especial. Se sentía inquieto, solo incluso. Pensaba en lo distinta que era la vida en ese momento de lo que lo había sido antes. Sin duda hubo pesares, remordimientos y, con seguridad, autocompasión.

–Sencillamente me apetecía dar una vuelta.

–¿Estuvo bebiendo?

Tom lo miró fijamente a los ojos.

–Cuando llegó al lugar del accidente se acercó mucho a mí –dijo–. ¿Olía mi aliento?

Bonner esbozó una sonrisa.

–Digamos que no olía solamente a café.

–Usted me vio en el restaurante. Bebí una cerveza con la cena. Bree me preguntó si quería otra. Respondí que no. Lee Ann me sirvió el café. Bebí dos tazas. –Tom miró a través del parabrisas y se vio en una especie de túnel formado por los haces de luz que despedían los faros del Blazer. Ante esa visión espectral no pudo por menos de estremecerse–. ¿Dónde está la ambulancia?

–Más arriba –respondió Bonner–. Bien. Bebió su café y después salió del restaurante. ¿A qué hora fue eso?

–Aproximadamente a las ocho. –Le dolía el costado izquierdo. Cambió de posición, pero cada movimiento del Blazer le provocaba un nuevo dolor–. Fui a casa, estuve allí alrededor de media hora y después salí.

–¿Le divierte conducir en la nieve?

–No –respondió Tom. De hecho, hacía mucho tiempo que nada le divertía–. Sólo quería dar un paseo.

–¿Hacia dónde?

–Pensaba dar una vuelta por el pueblo, tomar el camino a Lowell y llegarme hasta Montgomery. Como le he dicho, el jeep marcha bien en la nieve.

–¿De modo que quería comprobar hasta qué punto era bueno en la nieve?

–Si lo que me pregunta es si quería saber la velocidad que podía desarrollar y que por eso el vehículo patinó, la respuesta es no. ¡Por el amor de Dios, Bonner! Usted mismo examinó las huellas de los neumáticos. ¿Le pareció acaso que subí la colina haciendo eses?

–No.

–En cuanto la camioneta chocó contra mí, perdí el control. Fue como si un tractor me empujara de costado hasta incrustarme en el muro.

–¿En qué momento vio por primera vez la camioneta?

Tom respiró hondo, pero se contuvo de inmediato al sentir una punzada de dolor. Debía de tener alguna costilla rota, además de las heridas en las manos que recibió cuando salía del jeep y de sólo Dios sabía qué más en el costado izquierdo, donde recibió la mayor parte de la fuerza del impacto. Pero todo eso no era nada comparado con lo que le había sucedido a Bree.

–¿Gates? –dijo Bonner.

Tom cerró los ojos con fuerza y trató de recordar esos segundos perdidos. Por fin suspiró y levantó la mirada.

–Lo único que recuerdo son los faros que se acercaban.

–¿Qué clase de vehículo era?

–No lo sé.

–¿Color?

De nuevo trató de recordar.

–No era grande. Lo más probable es que en efecto se tratara de una camioneta. En cuanto al color, tal vez fuese negra. Diablos, cuando me encandilan unos faros no puedo ver mucho. Pero le aconsejo que le eche un vistazo a mi jeep. Debe de tener rastros de pintura.

–Ya lo he hecho. Era marrón.

–¿Y qué me dice de los neumáticos?

–Corresponden a una camioneta, pero estaban completamente lisos. ¿Cuándo vio a Bree por primera vez?

–No la vi. Al menos directamente. Tuve consciencia de haber pasado junto a una forma oscura justo antes de que la camioneta doblara en la esquina, pero sólo divisé una sombra, tal vez una farola. No me enteré de que se trataba de una persona hasta que oí el golpe. Hasta que lo sentí. –Tom dudaba que alguna vez llegara a olvidarlo–. ¿Cuánto falta para que lleguemos?

–No mucho. De modo que no sabe quién conducía la camioneta...

Tom dejó escapar un suspiro de desesperación.

–Si lo supiera, ¿no cree que se lo habría dicho?

–No lo sé. No lo conozco demasiado.

–Pues le aseguro que se lo habría dicho.

–¿Sí? Sería extraño que lo hiciera. En las presentes circunstancias, casi todos mantendrían la boca cerrada.

–Sólo si tuvieran algo que ocultar, lo cual no es mi caso. Usted inspeccionó la escena. Sabe que no tuve posibilidades de hacer nada.

–A pesar de ello, usted es un tipo de ciudad. Creí que empezaría a pedir a gritos un abogado.

–Yo soy abogado. –Tom no tenía intenciones de decirlo, pero lo hizo.

Bonner le dirigió una mirada de desconfianza.

–Creí que había dicho que era escritor.

–Y lo soy. Escribo libros sobre leyes.

–¡Ah! –Bonner soltó un juramento–. Otro que quiere convertirse en el nuevo Grisham.

–En realidad yo ya escribía mucho antes de que Grisham lo hiciera –dijo Tom, porque suponía que Bonner lo averiguaría de cualquier manera, pero también por una cuestión de orgullo, que sobrevivía a pesar de los meses que llevaba tratando de aniquilarlo.

–Es lo que dicen todos.

–Mis libros fueron publicados antes que los de Grisham.

Tras una pausa, Bonner dijo con cautela:

–¿Ah, sí? ¿He leído algo que usted haya escrito?

–*Mientras el jurado no estaba.* –Miró a Bonner y añadió–: Es una suerte que mi nombre sea tan corriente, ¿verdad? Hace siete meses que estoy aquí y nadie lo ha sospechado siquiera. ¡Pero ahora lo harán! –murmuró, volviendo a fijar la mirada en el camino–. ¿Cuánto falta?

–No mucho. ¿Por qué quiere mantenerlo en secreto?

–He tenido unos años difíciles. Necesitaba un poco de paz, estar en un lugar donde la gente no supiera quién soy.

–¿Por qué?

–Tuve problemas –respondió Tom, recordando su maldito orgullo.

–¿Problemas legales?

–Problemas de ego. –Tom miró por la ventanilla las primeras casas de Ashmont. Las pequeñas casas de madera estaban cada vez más cerca las unas de las otras, y en algunas de ellas había luces encendidas. El Blazer seguía a un tractor que arrojaba arena sobre la calle y que se detuvo para darles paso. Tom se impacientó–. ¡Adelántelo!

–¡Ni lo sueñe! Prefiero estar a salvo que arrepentirme luego. Y también usted debería preferirlo. No es necesario que tenga dos accidentes en una misma noche. De modo que se hizo famoso y engreído.

Tom apartó la gasa de la mejilla, la miró y volvió a ponérsela.

–Algo así.

–¿Hicieron películas también?

–Sí.

–Está forrado, ¿verdad?

–Ya no.

–¿Acaso está en la ruina?

–No. –Tom miró a Bonner–. Si Bree no tiene un seguro me haré cargo de los gastos.

–Me parece muy generoso de su parte, gracias, pero Bree no lo aceptará. Es una mujer independiente. Además, no debe sentirse culpable. Si usted no hubiese estado donde estaba, la camioneta la hubiera embestido directamente a ella, y el vehículo era mucho más grande que el suyo.

–¿Significa eso que si muere estará menos muerta? –preguntó Tom–. No se trata de que me sienta culpable.

–¿De qué se trata, entonces?

«Redención» fue la palabra que acudió a su mente. Sabía que esta vez no podía darle la espalda.

El Centro Médico de Ashmont, pequeño y relativamente nuevo, era un edificio de dos pisos en un extremo de un largo sendero que trazaba una curva detrás del antiguo edificio del ayuntamiento. Tom recordaba el aparcamiento como un lugar cuidado y decorado con plantas, pero la sensación de paz que le habían producido tanto verde y tantas flores había desaparecido. Las luces de neón teñían la escena de un amarillo chillón.

En un lado del edificio había una pequeña entrada de emergencias. La ambulancia estaba aparcada allí, vacía. El Blazer se detuvo y, a los pocos segundos, Tom ya se había apeado. Empujó la puerta y se encaminó hacia la enfermera ubicada detrás de un mostrador.

–¿Bree Miller? –inquirió, aun cuando antes de formular la pregunta ya sabía que ella no se encontraba allí.

La sala de emergencias era diminuta. Los tres cubículos que la formaban estaban vacíos y en silencio. Significaba que Bree debía de estar arriba o en el depósito de cadáveres. Ante esta posibilidad, sintió un nudo en el estómago. La enfermera, una mujer de aspecto competente, rodeó el mostrador.

–Usted debe de ser el otro herido. Me pidieron que esperara su llegada.

–Se llama Tom Gates –informó Bonner–. Necesita que le cosan la herida. Y que le examinen las costillas. Y las manos.

Tom no estaba dispuesto a que le hicieran nada hasta que le hubieran dado alguna noticia de Bree.

–¿Cómo está Bree?

–Se encuentra arriba.

–¿Vive?

–Sí.

Tom exhaló un breve suspiro.

–¿Ha llegado el cirujano?

–No, pero está al caer.

Haciendo caso omiso de las protestas de la enfermera y de su propio cuerpo, Tom se encaminó hacia los ascensores, pero decidió subir por las escaleras que había al lado de éstos. Minutos después entraba en la sala de enfermeras del primer piso.

–Busco a Bree Miller –dijo.

Vio una serie de habitaciones, lo que parecía una cocina, una especie de depósito, una sala de espera y una serie de puertas cerradas.

La enfermera era más joven y amable que la anterior, pero muy segura de sí. Se puso de pie para recibirlo y le quitó la gasa que Tom llevaba en la mejilla.

–¿Usted también estuvo involucrado en el accidente?

–Sí, pero me encuentro bien.

La enfermera estudió atentamente el corte de la mejilla.

–Tendré que aplicar unos puntos de sutura. ¿Cómo consiguió eludir a Margo?

–Me limité a subir por las escaleras. Dígame cómo se encuentra Bree y volveré a bajar. ¿Dónde está?

–Si se lo digo es posible que trate de verla, en cuyo caso contaminaría todo lo que tratamos de mantener estéril.

Tom retrocedió.

–De acuerdo. Sólo le pido que me tenga al corriente de su estado. ¿Ha recuperado el conocimiento?

–Que yo sepa, no.

–Los enfermeros dijeron que padecía una hemorragia interna. ¿Encontraron algo más los médicos?

–Algunas escoriaciones y lesiones menores, pero lo peor es la hemorragia.

–Mi sangre es del tipo A. ¿Puede servir?

–No. La de ella es B. Tenemos un pequeño banco de sangre y un listado de donantes. Ya hemos citado a varios.

Eso significaba que el estado de Bree revestía gravedad. Tom sintió que le fallaban las piernas.

–¿Cuántos médicos hay?

–Por lo general, sólo uno. Llamamos a otro que vive en nuestra ciudad. Junto con el cirujano que está en camino desde Saint Johnsbury, serán tres.

–¿Y los dos con que cuenta el centro se han visto alguna vez ante un caso como éste?

Tom sabía que estaba comportándose como un pedante, pero aun así formuló la pregunta, a pesar de que la enfermera parecía un poco ofendida.

–Sí –contestó ella–. Aquí los médicos lo saben todo y lo hacen todo. Son mejores que los de ciudad. Por fuerza tienen que serlo. –Lo cogió del brazo–. Creo que debería volver abajo.

Tom se mantuvo firme.

–Y después, ¿dónde podré esperar? En cuanto hayan terminado, quiero saber cómo se encuentra Bree. Quiero hablar con el cirujano.

–Está temblando.

Tom había tratado de hacer caso omiso, pero el sonido del golpe cuando su jeep atropelló a Bree todavía resonaba en sus oídos.

–¿Acaso usted no estaría temblando si hubiera atropellado a alguien con su coche?

–Sí, pero en este momento no puede hacer nada por ella –contestó la enfermera en tono suplicante–. Los médicos se están ocupando de ella y usted no puede permanecer aquí. De manera que le aconsejo que permita que Margo le cure esa herida, por favor.

Entre la limpieza de la herida, los puntos de sutura y las radiografías, Tom estuvo abajo una hora. Durante ese tiempo llegó el médico de Saint Johnsbury y dio comienzo la operación.

Cuando Tom por fin pudo volver a subir, Flash O'Neil estaba en la sala de espera. El jefe de policía había debido de informarle acerca del accidente, porque le preguntó:

–¿Se encuentra bien? –Eso fue todo.

Era cerca de medianoche. Tom se dejó caer en un sofá y durante un rato permaneció con la cabeza gacha, porque estaba mareado. Después, cerró los ojos y estiró las piernas, muy rígidas. Cualquier movimiento que se producía en el quirófano lo hacía erguirse con rapidez, pero las noticias eran pocas. Entonces volvía a sentarse y bajaba la cabeza, luego se echaba atrás, cambiaba de posición, se estiraba. De haber sido un hombre piadoso, habría rezado, pero hacía años que no lo hacía. Después de la muerte de su madre no se sintió digno de ello y antes, bueno, no sentía la necesidad de hacerlo. Él mismo era su mayor fuente de fortaleza, de inspiración, de admiración; siempre ciego, fiel a sí mismo y terco.

Y allí estaba.

Alrededor de la una, Flash empezó a hablar. Tenía los codos apoyados sobre las rodillas y miraba fijamente el suelo.

–Bree fue la primera persona a quien conocí en Panama. Me enteré de que el restaurante estaba en venta y vine a verlo. Ella nos atendió a mi mujer y a mí y nos entusiasmó con la idea de trabajar en un pueblo habitado por gente amigable como ella lo era. Después de comprar el local, lo mantuvimos cerrado durante un mes para hacer algunos arreglos. Bree fue la única que dijo que esperaría y que trabajaría para nosotros cuando volviéramos a abrir. E hizo más que esperar. Nos echó una mano, nos hizo sugerencias, ya sabe, qué cosas le gustarían a la gente del lugar, cosas que nosotros ignorábamos porque éramos extraños en el pueblo. Ella y Francine, mi mujer, se llevaban muy bien.

Tom nunca había visto a la mujer de Flash.

–¿Qué pasó con Francine?

–Se fue –murmuró Flash–. Pero Bree no. Ya hace catorce años que trabaja para mí. Debería convertirla en mi socia.

Una enfermera salió de la sala de operaciones y cruzó corriendo la sala de espera. Tom se puso de pie. Ella levantó una mano, sacudió la cabeza al pasar y desapareció por una puerta. Instantes después volvió a salir cargada de cosas, pero tampoco entonces tuvo tiempo de hablar con él. La que se acercó a ellos para ponerlos al corriente fue la joven enfermera de la planta.

–Va muy lento. Ha perdido mucha sangre.

Tom volvió a sentirse frustrado por no estar en Nueva York, y aunque una parte de su ser sabía que aun allí la operación tal vez sería igualmente lenta, no le sirvió de consuelo.

–Le ofrecí llevarla en coche a su casa –dijo Flash, cada vez con mayor emoción en la voz–, pero el camino estaba tan resbaladizo que me di por vencido. Si hubiera seguido intentándolo, esto no habría sucedido.

Tom soltó un suspiro que parecía de consuelo.

–No fue culpa suya.

–Y entonces, ¿de quién fue la culpa?

–Del que conducía esa camioneta.

–¿Y quién la conducía?

–¿Cómo demonios quiere que lo sepa?

–Usted estaba allí. Fue su coche el que se llevó por delante a Bree. ¿Qué le pasó, se quedó dormido al volante? –Apenas hubo pronunciado esa frase, Flash levantó una mano–. Lo siento. Estoy muy asustado.

Tom sabía muy bien de qué hablaba.

–¿Usted y Bree…?

–No –contestó Flash–. Ella no quiere. Le gusta volver sola a su casa. Dice que lo necesita después de un día de trabajo. Pero, caray –sacudió la cabeza–, es mi mano derecha en el restaurante. Si llega a sucederle algo…

–No le sucederá nada –aseguró Tom.

–¿Cómo lo sabe?

–Lo sé, sencillamente.

–¿Cómo?

Tom abrió la boca para contestar, pero volvió a cerrarla. Una parte de su ser tenía tanto miedo de que Bree muriera como lo tenía Flash, pero otra parte decía que el accidente había sucedido por un motivo y que la muerte de Bree no tenía nada que ver con ello. Por supuesto que esa clase de pensamientos no eran lógicos, y él era un tipo la mar de lógico: frío, calculador y astuto, como lo había acusado de ser su padre antes de darle definitivamente la espalda. Tal vez el viejo tuviera razón. Con respecto a la familia y a los amigos, Tom había sido frío, calculador y astuto.

Pero no en lo profesional. En ese sentido había sido creativo y le importaba mucho la defensa de sus clientes, tan creativo como cuando de idear las tramas de sus novelas se trataba. Y sin lugar a dudas no le faltaba imaginación. Algo debía de explicar la sensación espectral que había sentido al pasar por ese túnel de luz que los faros del Blazer cavaban en la nieve. Todavía experimentaba esa sensación espectral, la sentía en lo más profundo de sus huesos cansados.

Mientras Tom esperaba noticias con los ojos cerrados, las piernas cruzadas y los brazos cruzados sobre las costillas magulladas, Bree observaba fascinada la manera en que cinco profesionales hábiles hacían esfuerzos por resucitar su corazón.

3

–Despierta, Bree. Es hora de levantarse.

Bree se esforzó por abrir los ojos. Le llevó un minuto de gran esfuerzo conseguirlo.

–Así me gusta. Me oyes, ¿verdad?

Ella asintió. En realidad, fue más un pensamiento que un acto. Enseguida trató de mirar alrededor. La mujer que acababa de hablarle era de un verde pálido. Detrás de ella vio una habitación en penumbras, fresca y completamente diferente del lugar donde acababa de estar segundos antes, cuyo recuerdo le produjo una gran calma.

–¿Está despierta? –preguntó otra voz, ésta de hombre, y por un instante ella pensó que sería la de él; pero el rostro del hombre tenía facciones, en tanto que el otro era demasiado brillante para que alcanzara a verlo.

Entonces, ¿cómo supo que se trataba de un hombre? Y ¿cómo supo que sonreía? ¿O sólo habría imaginado una sonrisa?

–¡Hola Bree! –volvió a decir esa nueva voz–. ¡Bienvenida de regreso!

La voz le resultaba familiar, pero nada más.

–¿Le conozco? –preguntó Bree en un murmullo.

–Soy Paul Sealy, uno de los que han estado ocupándose de ti durante las últimas cinco horas.

Ella trató de humedecerse los labios con la lengua, pero la tenía reseca.

–¿Dónde estoy? –preguntó.

–En la sala de posoperatorio. ¿Cómo se encuentra?

Bree se sentía confusa y triste, como si hubiese estado en un lugar más agradable que ese en el que ahora se hallaba y no hubiera querido abandonarlo. Pero a la vez, experimentaba una extraña felicidad.

–¿Tiene algún dolor?

Tal vez, a la altura del estómago, pero era más bien sordo. Los pensamientos iban y venían, y le resultaba difícil manejarlos. De pronto se veía a sí misma en la mesa de operaciones, como si hubiera abandonado su cuerpo y estuviera elevándose hacia un lugar mejor. Si no supiera que era un disparate, habría pensado que había muerto y estaba en el cielo. Pero, evidentemente, eso no era el cielo. Por lo tanto, habían vuelto a enviarla a la tierra. Lo cual era realmente extraño.

Era mucho más fácil no pensar y quedarse dormida.

Ese primer día lo pasó en un estado de semiinconsciencia. Se adormilaba y despertaba, se adormilaba y despertaba. Le preguntaban cómo se sentía y si algo le dolía, la palpaban y luego le hacían cruzar el vestíbulo rumbo a su habitación. Los médicos y las enfermeras flotaban en torno a ella. Más de una vez luchó contra una especie de niebla íntima para decirles que se pondría bien, porque estaba segura de que así sería. No estaba segura por qué, pero lo sabía.

Era la única certeza que tenía. Entre los efectos remanentes de la anestesia y las drogas que le administraban contra el dolor, estaba confundida con respecto al lugar donde se encontraba y no sabía a qué se debía el dolor. Estaba confundida con respecto a quién estaba con ella, durante un minuto veía rostros familiares y al instante siguiente caras nuevas, y cada vez que recordaba lo sucedido en el quirófano, le resultaba imposible descifrar qué era real y qué un sueño.

Dormir seguía siendo una maravillosa manera de escapar.

A la segunda mañana, los efectos de la anestesia habían desaparecido y estaba lo bastante despierta para contestar a las preguntas que le hacían las enfermeras. Sí, le dolía el estómago. No, no estaba mareada. Tampoco tenía náuseas. ¿Sed? Sí.

Nadie mencionó la operación. Bree supuso que de eso se ocuparía Paul Sealy. Cuando él se presentó ya era media mañana, la nieve que se acumulaba en el techo del hospital había comenzado a derretirse y caía al otro lado de la ventana, bajo el sol de octubre. La mente se le estaba aclarando y ella necesitaba información.

De pie junto a la cama, con la mano en el bolsillo de la bata, él le habló de las heridas que había sufrido su abdomen.

–Se produjo una hemorragia masiva. Tuvimos que encontrar la causa y detenerla; después hubo que volver a poner todo otra vez en su lugar. Durante un buen rato no sabíamos si lograría sobrevivir.

–¿Si lograría sobrevivir? –preguntó ella con voz áspera.

–Durante unos instantes no conseguíamos dar con su pulso –explicó él con una sonrisa.

–¿Acaso estuve muerta?

–No exactamente. La mantuvimos con vida hasta que su corazón volvió a trabajar por su cuenta.

–Utilizaron electrochoque.

No fue una pregunta, pero el médico la interpretó como tal.

–Sí, eso fue lo que hicimos. En situaciones como la suya es el método más eficaz.

–¿Cuánto tiempo estuvo sin latir mi corazón?

–No el suficiente para provocarle daños irreparables.

Pero Bree quería saber. El tiempo que los había visto trabajar sobre su cuerpo se le antojaba una eternidad, por no mencionar el tiempo que estuvo flotando hacia la luz brillante, y la sensación de absoluto bienestar.

–¿Fueron segundos? ¿Minutos?

–Su cerebro recibió oxígeno en todo momento –contestó el médico, con lo cual no respondía a su pregunta, de manera que Bree intentó obtener la respuesta de otra manera.

–¿Cuántos participaron en la operación?

–Fuimos siete: tres médicos y cuatro enfermeras.

–¿En el momento en que se me detuvo el corazón?

–No –contestó él tras reflexionar por un instante–, en ese momento éramos cinco en el quirófano: Jack Warren y yo, dos enfermeras y Simon Meade, que llegó de Saint Johnsbury.

Simon Meade. El alto con bata azul. El que le aplicó los electrochoques que le devolvieron la vida. Porque tuvieron que aplicarle más de uno.

–Sentí esos electrochoques –murmuró. Fue al final. Estaba en paz consigo misma y con el mundo, y completamente feliz y de repente...

–Es lo que a menudo dicen los pacientes –admitió el médico con una sonrisa–, pero le aseguro que no sufrió usted; estaba completamente anestesiada.

–Lo sentí –insistió Bree, pero con suavidad, porque existía la posibilidad de que él tuviera razón.

Tal vez lo que había visto fuese producto de su imaginación o de los medicamentos que le habían suministrado. Quizás estuviera recordando imágenes del pasado. Después de todo, la serie *Urgencias* era una de sus favoritas. Sabía lo que sucedía en las salas de operaciones.

También estaba enterada de la existencia de experiencias cercanas a la muerte. Era difícil que una ávida lectora no las conociera, sobre todo cuando tantos libros y artículos periodísticos trataban acerca del tema. De modo que tal vez lo que creyó cierto no fuera más que una sugestión, o incluso un sueño.

Pero el sueño se negaba a disiparse. A medida que transcurría el día, penetraba en su malestar con detalles cada vez más nítidos. Los amigos pasaban a verla, sólo para que las enfermeras les dijeran que no estaba en condiciones de recibirlos. Flash fue uno de los pocos a quienes se les permitió quedarse. Llegó a última hora de la tarde, con un paquete de exquisiteces del restaurante. Bree estaba despierta, pero aun no podía comer nada sólido. Le dolía el estómago. Le dolía todo el cuerpo, la mejilla, el brazo, la cadera, las piernas. No tenía nada de hambre, aunque sí mucha sed.

–¿Ni siquiera quieres una pasta? –preguntó Flash–. Las traje exclusivamente para ti. Sé que te encantan.

–Es a ti a quien le encantan –contestó ella con voz ronca e hizo un gesto de dolor cuando se inclinó hacia la taza que tenía en la mesa de luz–. ¡Tengo tanta sed! Ayúdame, Flash. No consigo alcanzar esa taza.

Cuando él se le acercó, ella sacó varios cubos de hielo y se los llevó a la boca.

–¿Qué tenemos aquí? –preguntó Flash, acercándose a la ventana. Sobre el alféizar había un tiesto lleno de hermosas flores–. Geranios rosados, algunos de color púrpura, flores de azafrán... Las ha enviado Julia Dean. ¡Qué amable por su parte! –Se acercó nuevamente a la cama–. He hablado con los médicos. Me han dicho que seguirás internada otros cinco días y que luego podrás volver a casa. En un par de semanas estarás en condiciones de regresar al trabajo. Jillie te reemplaza en tu ausencia, y si cuando te repongas por completo no tienes ganas de seguir trabajando como camarera, ella seguirá haciéndolo. Tú puedes sentarte en el despacho y administrar el restaurante. En cualquier caso, recibirás tu sueldo. No debes preocuparte por nada.

Bree no había pensado en lo que vendría después; lo que de verdad le preocupaba era lo que había ocurrido en el quirófano.

–Mientras me operaban estuve muerta por unos instantes –dijo.

–No, no lo estuviste. Tu corazón se saltó algunos latidos hasta que lograron que volviera a funcionar. Eso no es morir.

Pero ella no estaba dispuesta a que la hicieran callar. Flash era uno de sus mejores amigos. Tenía necesidad de decirle lo que le había sucedido.

–Supe en qué momento exacto dejaba de latir. Sentí cosas.

–¿Qué clase de cosas? –preguntó él con escepticismo.

–Fue como si hubiese abandonado mi cuerpo. Atravesé el cielo raso.

–Yo también cuando Eliot me dijo lo del accidente. Sabía que debería haberte llevado en coche hasta tu casa. Si lo hubiera hecho, en este momento no estarías aquí. Quienquiera que condujese esa camioneta, era un cabrón.

Bree estaba escuchándolo. Frustrada, cerró los ojos. Pero una necesidad más grande la obligó a abrirlos de nuevo.

–¿Qué sabes sobre experiencias cercanas a la muerte?

–Todo lo que necesito saber –contestó él, y soltó un bufido que indicaba que no creía en esas cosas–. Cuando morimos, morimos. Me tienen sin cuidado el paraíso y el infierno.

Flash no creía en Dios. Se lo había dicho más de una vez y, aunque ella no estaba de acuerdo con él, respetaba sus convicciones. También respetaba el que se hubiera graduado en Historia del Arte en Columbia. Flash no tenía un pelo de tonto.

–¿Y si yo te dijera que vi el cielo? –preguntó ella.

–Pues contestaría que fue por efecto de los medicamentos. Te están administrando morfina, no lo olvides.

Ella sacudió la cabeza.

–Los medicamentos no tienen nada que ver.

–¿No? Óyete hablar. Articulas mal las palabras. Es a causa de la medicación.

Tal vez estuviese en lo cierto. Sin embargo, Bree había visto y sentido aquella luz benevolente.

–Yo no suelo creer en esa clase de cosas –dijo.

–¡Por supuesto que no crees en ellas! –exclamó él–. Verity sí cree. ¿Quieres que la gente se ría de ti como se ríe de ella?

–¡Pero es que lo vi con tanta claridad! –dijo ella en tono suplicante.

–Te aseguro que es la morfina –insistió Flash–, y si no es eso, debe de ser la anestesia. Ya se te pasará. –Con más miedo que humor, agregó–: Será mejor que se te pase. Te necesito con los pies sobre la tierra. Tú eres una persona muy sensata, Bree. No pierdas la chaveta, ¿quieres?

Bree no pensaba perder la chaveta. Flash tenía razón. Ella siempre era la sensata. Pero cada vez que cerraba los ojos, se veía de nuevo en el quirófano, flotando sobre la mesa de operaciones; después se elevaba, y entonces aparecía esa luz. Por confusa que estuviera acerca de lo que era real y lo que no lo era, no podía negar la calma que se apoderaba de ella cada vez que pensaba en esa luz.

Y la experiencia no terminaba allí. No le había dicho a Flash ni la mitad de lo sucedido. Cada vez que permanecía despierta recordaba más cosas; en su mayor parte sólo constituían un esbozo, pero excitante, sorprendente, atemorizador incluso, si lo que creía haber oído era cierto.

Llegó el anochecer. Bree volvió a soñar con el quirófano, soñó que flotaba y miraba hacia abajo. En esta ocasión vio un lunar en la nuca de una de las enfermeras.

Despertó convencida de que no había sido un sueño. La noche del accidente había visto aquel lunar en el quirófano. Pero ¿cómo, si estaba inconsciente? Sólo había una manera.

Abrió los ojos con un estremecimiento. La única luz de la habitación procedía de la lámpara colocada en un rincón. Era una luz más suave que la del techo, y su presencia la tranquilizaba. No le habría gustado despertar en medio de la oscuridad y preguntarse en qué mundo se encontraría.

Permaneció un rato inmóvil, tratando de separar el dolor de otras necesidades, y decidiendo si quería actuar con respecto a algunas de ellas y, de ser así, cómo. La primera prioridad, la más fácil de conseguir, era agua. Todavía tenía la boca terriblemente reseca.

Apenas empezó a apoyar un codo en la cama en un intento de sentarse, cuando la silla junto a la ventana cobró vida. Bree abrió mucho los ojos al ver al hombre que se acercaba a ella. Era muy alto y delgado, con el cabello castaño claro, demasiado largo... No había posibilidad de confundir su identidad.

El hombre vertió agua fresca de la jarra en un vaso que había junto a ésta, dobló la pajita para que pudiera beber con mayor comodidad y le pasó un brazo por la espalda para sostenerla.

–No tense los músculos del estómago. Haré el trabajo por usted.

Ella lo miró fijamente mientras se preguntaba porqué estaría allí, pero tenía la boca demasiado reseca para articular palabra. Y él estaba en lo cierto. Sentía menos dolor si permitía que él sostuviera su peso. Con el torso apenas elevado, bebió, hizo una pausa, volvió a beber. Luego susurró:

–¿Por qué tengo tanta sed?

–Por la anestesia. El suero aporta el líquido que su cuerpo necesita, pero no evita que esté sedienta.

–Ni que desee otra clase de cosas –contestó Bree, porque ir al lavabo era su segunda prioridad.

–Creo que para eso será mejor que llame a una enfermera –dijo él, volviendo a colocar el vaso sobre la mesa de noche.

–No me refiero a eso. Si usted pudiera ayudarme a cruzar la habitación...

Bree apartó la manta y bajó las piernas al suelo; el dolor la obligaba a respirar de forma superficial.

–¿Quiere que la lleve alzada?

–No –repuso Bree–. Necesito caminar, y no sólo por el estómago. El cuerpo se me está enquilosando por falta de ejercicio.

Él observó su mejilla hinchada.

–Para que sus heridas sanen por completo necesita tiempo y descanso. –Volvió a mirarla a los ojos–. Lo siento, Bree –añadió–. Si hubiera tenido una manera de evitar que fuese atropellada, lo habría hecho.

Era algo que ella sabía desde el momento en que Eliot le había hablado del accidente. Tom siempre la había impresionado como un hombre simpático y amable. En el restaurante era respetuoso y le dejaba buenas propinas. Además, recordaba cómo había ocurrido el accidente y sabía que él conducía el jeep, no la camioneta. Por el aspecto de su cara, en la que se veía una cicatriz reciente, él tampoco había salido indemne. Y sin embargo allí estaba. El gran Thomas Gates.

Esa jugada del destino no era fácil de entender. Si hubiese estado mejor, tal vez se hubiera sentido atemorizada, pero en ese momento analizar la vida que llevaban las celebridades no era una de sus prioridades. Tampoco lo era hablar de libros. En lo que a prioridades se refería, su cuerpo las reclamaba todas.

Sosteniendo las vendas que le cubrían la herida del vientre, y con la ayuda de Tom, se puso lentamente de pie. Le llevó un largo minuto enderezarse por completo para poder caminar.

Él soportó su peso con un brazo y con el otro desplazó el aparato del gota a gota mientras ella avanzaba. Cuando Bree terminó en el lavabo, deseaba volver cuanto antes a la cama.

Tom la ayudó a acostarse y la tapó.

–En la cocina hay gelatina –dijo–. ¿Me pedirá cuando quiera comer un poco?

Ella asintió, con los ojos ya cerrados y, para aliviar su dolor, recordó la luz.

Debió de haberse adormilado, porque cuando volvió a abrir los ojos, el reloj que había en la pared señalaba las diez. Una enfermera estaba cambiando la bolsa de suero en el dispositivo intravenoso. Bree trató de comprobar si tenía un lunar, pero había muy poca luz. La enfermera se marchó en silencio, y entonces Bree se acordó de Tom.

Dirigió la mirada hacia el rincón, y allí estaba. Con las piernas estiradas, la cabeza apoyada contra el respaldo de la silla y los dedos entrelazados sobre el vientre, decididamente no parecía un personaje famoso. El libro que tenía sobre las rodillas indicaba que pensaba quedarse un tiempo haciéndole compañía.

Al principio Bree creyó que estaba dormido. Tenía los párpados cerrados y permanecía inmóvil. Pero en ese momento en sus labios se dibujó una sonrisa.

Hasta entonces nunca lo había visto sonreír. Por lo general se mostraba serio e introvertido, y debía admitir que tenía una sonrisa encantadora, como sus grandes manos, que ahora Bree imaginaba escribiendo en su ordenador. Eso le hizo pensar en la clase de vida que había debido de llevar antes de instalarse en Panama y en el tipo de gente que debía de conocer. Comparada con ésta, ella no era nada, y se preguntó por qué estaría allí sentado, en aquella habitación.

Como no quería que el motivo fuese que se sentía culpable, prefirió no averiguarlo.

–¿Cómo consiguió que las enfermeras le permitieran quedarse? –inquirió en cambio.

Él se desperezó y respondió:

–Las convencí de que si yo podía serles de ayuda aquí, ellas tendrían menos trabajo.

–¿Saben que es usted escritor?

Tras un breve silencio, él contestó con recelo:

–Espero que no. ¿A usted quién se lo dijo? ¿Eliot?

–Sí.

–Preferiría que lo olvidara. El hombre que escribió esos libros nunca me gustó demasiado. Estaba tratando de poner distancia entre él y yo.

–¿Lo ha conseguido?

–No lo sé. De lo que estoy seguro es de que mi vida ha cambiado. Y me ayudó el que nadie supiera quién soy.

–No se lo diré a nadie.

–El problema es Eliot, no usted –repuso Tom–. Una palabra a Emma y lo sabrá Dotty, y cuando Dotty lo sepa, lo sabrá todo el mundo. –Respiró hondo–. Pero eso no tiene importancia. –Hizo a un lado el libro y se puso de pie–. Más tarde o más temprano tenía que suceder. ¿Cómo se siente?

Bree estaba dolorida, pero también tenía la boca reseca, y pensó que algo húmedo le vendría bien.

–Hace un rato mencionó que había gelatina.

–Sí. Dígame su deseo; hay de fresa, de cereza y de limón.

«Dígame su deseo»; qué forma extraña de expresarlo.

–De cereza.

–¿Desea primero ir al lavabo?

–Sí, por favor.

La ayudó a ir al lavabo y luego a regresar a la cama. Le ahuecó la almohada y le sostuvo el vaso para que bebiera. Ella agradeció poder descansar mientras él iba en busca de la gelatina, pero cuando él se ofreció a darle ésta en la boca, se negó, de manera que Tom levantó la cabecera de la cama y se retiró a la silla mientras ella comía.

Lo hacía con lentitud, pues el brazo le dolía y le temblaba la mano. Se sentía débil y no le ayudaba en nada recordar todo lo sucedido. Al contrario que pensar en la luz. Le daba fuerzas.

Tenía ganas de hablarle a Tom de ello, quería que él le dijera que no habían sido imaginaciones suyas, que las experiencias cercanas a la muerte existían, que la luz era real, y también todo lo demás. Pero sería un duro golpe si él también se mostraba escéptico, sobre todo ahora que sabía quién era él.

Así que terminó la gelatina, le permitió que le bajara la cabecera de la cama, cerró los ojos y se quedó dormida.

Despertó despacio, no abrió los ojos, no se movió; sólo pensaba en la luz, porque acababa de soñar con ella, después en el silencio de la noche, y luego en la herida de su vientre. Durante uno de los exámenes médicos alcanzó a ver lo que había debajo de los vendajes. La incisión era enorme; en realidad se trataba de dos cortes entrelazados. Por supuesto que eran un precio nada alto por haber salvado la vida, pero no eran bonitos.

Había visto esas incisiones cuando todavía estaban abiertas. Entonces tampoco eran bonitas. Le resultaba difícil creer que aquel cuerpo fuera el suyo.

De manera que tal vez no lo hubiera sido. Quizás hubiese conjurado la escena sacándola de alguna película.

Sólo que los mechones que le caían sobre los ojos eran suyos y alcanzó a escuchar hablar a quienes la rodeaban. «¡Vamos, Bree, aguanta! Tú puedes hacerlo, Bree.»

¡Había sido todo tan real! Deseaba que lo hubiese sido. Jamás había estado en presencia de alguien tan alegre, cariñoso y bueno como aquel ser de la luz. Estar con él no se parecía en nada a lo que sentía al fumar la marihuana que cultivaba Curtis Lamb, y eso que era una hierba muy buena.

Abrió los ojos y dejó escapar un suspiro. Lo primero que vio fue el reloj, que marcaba las dos, luego miró al hombre de la silla, que seguía allí, leyendo. Sorprendente. Díselo, Bree. Se reirá. ¿Y qué? ¡Pero si es Thomas Gates!

Tom levantó la vista, como si la hubiera oído, y advirtió que estaba despierta; apoyó la mejilla sobre un puño, sonrió y de repente a Bree no le pareció justo que él fuera quien era y que le importara si se reía de ella o no. No parecía justo que fuera tan apuesto, ni que perteneciesen a esferas sociales tan distintas.

–¿No está cansado? –murmuró ella, y fue más una acusación que una pregunta.

–No. Me he pasado casi todo el día durmiendo.

–No es necesario que se quede aquí. El accidente no fue culpa suya.

–No es por eso por lo que estoy aquí.

–Entonces, ¿por qué?

Tom demoró unos segundos en contestar.

–Porque esto es mejor que estar sentado en la nieve esperando a que llegue la ambulancia, o aguardando a que los médicos salieran del quirófano.

Ella olvidó su resentimiento.

–¿Significa eso que estuvo usted aquí todo el tiempo?

Tom asintió.

–¿Estaba al corriente de cómo marchaba la operación?

–Digamos que me mantenían lo suficientemente informado.

Bree no se animaba a aceptar el verdadero significado de aquella constatación.

Pero ¿por qué no? se dijo. Olvídate de quién es. Otro invierno en Panama y se habrá marchado. ¿Qué importa que crea que estás loca?

Cerró los ojos y esperó oír que volvía una hoja del libro, enfrascado otra vez en la lectura, pero no lo oyó. Por fin, sin abrir los ojos, preguntó:

–¿Le dijeron que se me detuvo el corazón?

–Sí.

–Es tremendo, ¿verdad?

–Imagino que sí.

Entonces, debido a que para escribir como Tom escribía era necesario un gran conocimiento del mundo y porque algo en eso de morir y volver a nacer la animó a arriesgarse, Bree abrió los ojos y dijo:

–¿Cree usted en las experiencias cercanas a la muerte?

Tom permaneció un momento en silencio, con el libro sobre las rodillas y una pierna cruzada sobre la otra.

–No lo sé –respondió al cabo.

–¿Conoce a alguien que haya tenido alguna?

–No. Pero eso no significa nada. –Dejó el libro a un lado y se puso de pie. Bree pensó que lo hacía a desgana, pero desechó la idea cuando él se le acercó a la cama y preguntó–: ¿Usted sí ha tenido alguna?

Ella buscó signos de burla en su voz, pero no encontró ninguno.

–Tal vez. Por lo general no creo en esas cosas.

–Yo tampoco. Pero eso no significa nada. En ocasiones hay que ver para creer.

–¡Y yo he visto! –exclamó Bree, envalentonada por que él la alentaba.

De repente se sintió fuerte, pero había vuelto a resecársele la boca.

Tom la ayudó a incorporarse y le acercó un vaso de agua a los labios. Después de darle la vuelta a la almohada, le ayudó a apoyar la cabeza sobre el lado más fresco, se sentó en el borde de la cama y dijo:

–Cuénteme lo que vio. –Parecía auténticamente interesado.

Alentada por su actitud, Bree dijo:

–En primer lugar les oí decir que habían perdido el pulso, y advertí que tenían miedo. Entonces fue como si algo me succionara, haciéndome salir de mi propio cuerpo y elevarme, y de repente me encontré viendo lo que sucedía. Me sometieron a estimulación cardiopulmonar. Dos de ellos se ocupaban de eso, uno comprobaba mis constantes vitales y otro me inyectaba adrenalina, pero mi presión sanguínea seguía bajando y era incapaz de respirar por mis propios medios. Estaban cada vez más asustados, me daba cuenta por el tono de sus voces. Sólo que yo no tenía miedo –en ese momento se sintió invadida por una profunda tranquilidad–, porque estaba con esa… cosa, y era tan agradable. –Ignoraba de dónde sacaba las fuerzas para seguir hablando, pero las palabras parecían surgir por sí solas–. Tenía los brazos, o lo que fuera, abiertos en señal de bienvenida. Era fuerte, pero delicado. Y poderoso. Podía hacer lo que quisiera, incluso milagros. Tal vez lo que me sucedió a mí fuese eso, un milagro. No lo sé. Pero sí sé que estaba con ese ser muy brillante e inteligente, puro, bondadoso y dulce, y que me quería.

Cerró la boca, conteniendo el torrente de palabras y temerosa de haber ido demasiado lejos.

–¿Y entonces qué sucedió? –preguntó Tom, al parecer intrigado.

–¿Usted cree que estoy perdiendo la razón?

–No.

–Admito que es bastante insólito, pero…

–Dígame qué sucedió después.

–Me hicieron electrochoques, por dos veces. Mi cuerpo se sacudió tal como se ve en las series de televisión, sólo que cuando el que está allí abajo es el cuerpo de uno, no resulta tan divertido. Era espantoso, y no sólo verlo, sino sentirlo.

–¿Usted lo sintió? –inquirió Tom.

–Sólo la última vez. Antes de eso estaba con esa persona, con ese ser, y me sentía en paz y feliz.

–¿Feliz? ¿Por qué?

Bree no estaba segura. La palabra salió de su boca sin que ella lo pensara.

–Feliz por estar allí, supongo. Tal vez por saber que ese lugar existe. ¿Se trataría del cielo?

–No lo sé. ¿Vio alguna otra cosa, aparte de ese ser?

Ella sacudió la cabeza y tendió un brazo hacia el vaso de agua.

Él cogió el vaso y lo acercó a la boca de Bree.

–¿Qué aspecto tenía?

Después de beber varios sorbos, ella respondió:

–No era más que luz. No tenía rostro, pero sonreía y era muy bello y hablaba. –Frunció el entrecejo–. En realidad no oí ninguna voz. Sólo… sentí lo que pensaba.

–¿Y qué pensaba?

–No estoy segura de poder expresarlo con palabras –respondió

Bree, conteniéndose por primera vez. Ésa era la parte más nueva de sus recuerdos, y tal vez la más increíble. La timidez le impidió correr el riesgo de quedar como una tonta ante un hombre muy bien parecido al que apenas si conocía. Tal vez hubiera estado al borde de la muerte, pero no por ello había perdido el orgullo.

Él volvió a dejar el vaso sobre la mesa de noche.

–¿Ya se va? –preguntó Bree.

Él negó con la cabeza.

–Me quedaré un rato –respondió.

–No es necesario que lo haga. Yo volveré a dormirme. No necesitaré nada hasta la mañana.

–Entonces leeré un rato.

Tom se apartó de la cama y se dirigió hacia la silla, se dejó caer en ella y cruzó las piernas.

Llevaba zapatillas. Fue lo último que Bree vio antes de cerrar los ojos, pero no fue lo último en lo que pensó. Lo último en lo que pensó fue que no le importaba que él estuviese allí movido por un sentimiento de culpa; hasta entonces, nunca nadie había pasado la noche sentado junto a su cama.

Al cabo de dos horas despertó con un gran dolor. En un instante Tom estuvo a su lado y llamó a la enfermera, pero como ésta no acudió enseguida, fue en su busca.

La morfina le produjo un alivio inmediato. También la envolvió en una especie de neblina fría que redujo sus inhibiciones. De nuevo a solas con Tom, sentado en el borde de su cama como si se tratara de su mejor amigo, Bree susurró:

–Hay algo respecto de ese ser de luz que aún no le he dicho.

–¿De qué se trata?

–Es todavía más extraño. Durante todo el tiempo podía oír sus pensamientos.

–¿Qué le dijo?

–Me concedió tres deseos. –A Bree le costaba articular las palabras–. Estuve muerta, sólo que no había llegado mi momento. De modo que me mandaron de regreso con un regalo: tres deseos hasta mi siguiente muerte, como si se tratara de una especie de recompensa.

–¿Para compensarla por lo del accidente?

El ser de luz no lo había dicho.

–Tal vez. –Bree se abrió paso a través de la neblina en busca de otras posibilidades–. O para compensarme por lo de mi madre, o por lo de mi padre. Como quiera que sea, tengo una buena vida; tal vez haya sido sencillamente porque sí. –Cerró los ojos y volvió a abrirlos con esfuerzo–. Esta parte es más difícil de creer que el resto.

–¿Por qué?

Bree tardó un minuto en empujar sus pensamientos a través de la morfina.

–Los deseos pertenecen al futuro –respondió–. El resto, la luz brillante y todo lo demás, son el pasado.

–Tal vez no haya manera de probar que la luz brillante fue real, pero sí es posible demostrar si los deseos lo son o no.

–Exactamente.

–¿Usted quiere que sean reales?

–Supongo que sí –respondió Bree con el entrecejo fruncido. No estaba segura, pero ignoraba por qué.

–¿Sólo lo supone? ¿Acaso no hay nada que le gustaría desear?

–Por supuesto que lo hay. –Algo hacía que Bree se sintiera molesta.

–¿Y entonces?

En ese momento, lo recordó.

–Tres deseos antes de que vuelva a morir. –¿Sería ése el mensaje que había recibido o estaría confundiéndola la medicación? Miró a Tom–. Supongo que me preocupa un poco lo que pueda suceder después del tercer deseo. –Lo miró para comprobar si comprendía lo que le decía, pero no atinó a deducir nada–. Por lo visto he vuelto para utilizar los deseos –prosiguió–, pero si eso fuera cierto, ¿significaría que una vez que se haya cumplido el tercero mi tiempo se habrá terminado?

–Comprendo lo que quiere decir –repuso él, asintiendo con la cabeza.

Ella lo miró fijamente hasta que Tom le pasó una mano por delante de los ojos. Entonces Bree pestañeó y bostezó.

–Está bien. –La voz de Bree sonaba distante–. De todos modos lo más probable es que nada de todo eso sea cierto.

En ese momento se dio cuenta de algo, frunció el entrecejo y levantó la mano que él acababa de pasar por delante de sus ojos. Tenía la palma cubierta de heridas sin cicatrizar.

–Me las hice al salir del jeep –explicó él.

Bree le miró la mejilla.

–Le quedará una cicatriz.

–Será un toque personal. Me vendrá bien.

–¿Y si se me ocurriese desear que esa cicatriz desaparezca?

–¡Ni lo intente!

–Entonces, que no me queden cicatrices a mí.

–¿Sería capaz de gastar un deseo en eso?

–Supongo que no –respondió Bree. Se le cerraron los párpados. No sabía si se debía al ser de luz, o a la compañía de Tom o a los efectos de la morfina, pero lo cierto era que sentía que una profunda paz la embargaba–. Tal vez utilice sólo dos y me reserve el otro. ¿Entiende lo que quiero decir?

–Es un pensamiento positivo.

Bree esbozó una sonrisa y se entregó a lo que fuera que la hacía sentir tan bien.

Cuando Tom se marchó al amanecer, ella seguía durmiendo. Las enfermeras del turno de la mañana acababan de llegar, y él deseaba darse un baño caliente y dormir un rato en una cama; pero ante todo necesitaba información.

Volvió a su casa en el automóvil que había alquilado el día anterior. Todavía quedaba nieve a los costados del camino, pero dos días de sol y de aire cálido la habían derretido considerablemente. Las ramas que antes se inclinaban bajo el peso de la nieve volvían a estar erguidas. La carretera se encontraba húmeda, pero libre de placas de hielo.

West Elm estaba alejado de Pine Street, tres kilómetros más arriba de la plaza del pueblo. Allí las casas estaban más apartadas que las del centro y ocultas unas de otras por setos vivos. Eso fue lo primero que a Tom le gustó de su bungaló. Lo segundo, que fuera sencillo, y lo tercero, que no se pareciese en nada a sus casas anteriores.

Dobló en el sendero de entrada y bajó del coche a tiempo de llamar al repartidor de diarios, que pasaba montado en su bicicleta. Panama no era lo bastante importante como para tener un periódico local, de modo que las noticias relacionadas con el pueblo aparecían en el diario de Burlington, en la última página.

Tom sacó un dólar del bolsillo.

El muchacho detuvo la bicicleta apoyando los pies en el suelo.

–Me han dicho que se supone que debe usted suscribirse.

–Cuando me marché de Nueva York juré que no volvería a leer un periódico.

–Entonces, ¿por qué me compra uno siempre que me ve?

–Porque de vez en cuando he de enterarme de lo que ocurre.

Tom quería saber si se mencionaba el accidente y, de ser así, si se revelaba su identidad. Metió el dólar en el bolsillo del muchacho.

–Los Johnston están de vacaciones. Esto es para sus periódicos.

Dobló el diario bajo el brazo, volvió a subir al coche y lo metió en el garaje. Al entrar en la cocina, se sacó las zapatillas, dejó el periódico sobre la mesa y subió por las escaleras de dos en dos. En la planta superior había tres habitaciones. La única puerta abierta era la de su dormitorio, en el que había una cama de matrimonio. Abrió la puerta del extremo del pasillo y entró.

Ésa era la habitación que, siete meses antes, cuando se mudó a Panama, llamaba su estudio. Podía contar con los dedos de una mano las veces que había entrado allí, y se notaba. Las cajas cerradas permanecían allí donde las habían dejado los empleados de la empresa de mudanzas. Las paredes estaban desnudas y las ventanas no tenían cortinas. El único indicio de que alguien la utilizaba eran dos abultados maletines que se encontraban sobre el hermoso escritorio de caoba detrás del cual, en una época, practicaba la abogacía.

Abrió uno de los maletines, sacó de él un ordenador portátil, lo enchufó y lo encendió. Mientras entraba en el programa que necesitaba, Tom se frotó el costado dolorido. Se inclinó sobre el escritorio, comprendió que su cuerpo le estaba exigiendo un poco de descanso, acercó un sillón y lo ubicó delante del ordenador. Lo primero que comprobó fue que tenía correspondencia. No le sorprendió. Todas las semanas su representante le enviaba algún mensaje por correo electrónico.

Por un instante pensó en hacer caso omiso, pero siempre existía la posibilidad de que alguien se interesara por él.

Encontró uno, dos, tres mensajes de Nathan Gunn, enviados en el transcurso de las últimas tres semanas. No le hacía falta leerlos para saber que Nathan quería otro libro. La súplica era siempre la misma.

Al menos a Nathan le importaba lo suficiente como para mantenerse en contacto con él. Nadie más lo hacía, y el único culpable de eso era el propio Tom. Los amigos que solían enviarle correo electrónico con regularidad habían borrado su nombre de su agenda de direcciones hacía meses.

Por un instante se sintió molesto, pero no se dejó arrastrar por la autocompasión. Pasó a Internet, escribió «experiencias cercanas a la muerte» y pulsó la tecla de búsqueda.

4

Tom leyó docenas de narraciones personales acerca de experiencias cercanas a la muerte, así como extractos de libros, comentarios de investigadores, transcripciones de entrevistas. Leyó hasta que le ardieron los ojos y se sintió demasiado cansado incluso para ese baño caliente que su cuerpo dolorido le pedía a gritos. Se quitó la ropa, se arrastró hacia la cama y durmió hasta mediodía, cuando lo despertó un dolor agudo al volverse inadvertidamente hacia el costado izquierdo.

Tomó una ducha, ingirió un calmante contra el dolor, volvió a acostarse y durmió hasta media tarde. Entonces lo que lo despertó fue el hambre. No comía desde hacía casi veinticuatro horas, cuando había recalentado unos trozos de pizza antes de dirigirse al hospital.

Esa vez, las sobras de la pizza no le alcanzaban. Se vistió y marchó hacia el restaurante. Los caminos estaban secos. La única prueba de la tormenta que los había azotado tres días antes era el lodo de los arcenes y alguna ocasional mancha de nieve sin derretir. Soplaba una brisa agradable, cálida incluso. Era una de esas dulces noches de octubre con las que Tom soñaba cuando se había mudado al norte, la clase de noche que podría haberlo decidido a echar a andar siguiendo el curso del arroyo para luego sentarse a la luz de la luna y llevar a cabo esa conexión consigo mismo que tanto necesitaba desde hacía mucho tiempo. Era una de esas noches silenciosas en la que podría haber oído sus pensamientos más profundos, si no hubiera estado preocupado por Bree.

El restaurante estaba repleto, como cada domingo. Todos los reservados se encontraban ocupados, había dos grupos de cuatro personas esperando y un único taburete vacío ante la barra. Tom prefería la intimidad de un reservado, pero tenía demasiada hambre para esperar y estaba demasiado ansioso por regresar al hospital. Pasó junto a los ocho que esperaban al lado de la puerta y había recorrido la mitad del camino hacia el taburete vacío cuando advirtió que todas las conversaciones se detenían. En su lugar se oía el chisporroteo de las hamburguesas sobre la parrilla, el tintineo de platos en la cocina y la voz de Vince Gill, que parecía solo y triste.

Tom estaba acostumbrado a ser el centro de todas las miradas. Había sido una estrella del fútbol en la escuela secundaria y en la universidad, el mejor remero en la facultad de derecho, un campeón de los desheredados cuando trabajaba en la oficina del defensor del pueblo y un igualmente famoso salvador de sus clientes ricos en un ámbito de su actividad que acabó por absorberlo. Como escritor, fue perseguido por el éxito desde la publicación de su primer libro, que mereció los elogios de las revistas *Time, Newsweek* y *People*, hasta aquella discusión con su editora, que era también la mujer con quien salía y que mereció un informe detallado por parte de *Inside Edition.*

En ese tiempo, convencido de que aun la mala publicidad era favorable, no le molestó. Pero ahora era distinto. El hecho de que todos lo observaran invadía el espacio que estaba tratando de poner entre él y su pasado.

No conocía bien a esa gente. Era la clase de habitantes de un pueblo pequeño para quienes había firmado, sin mirarlos siquiera, libros en presentaciones y librerías, la clase de gente que escribía cartas a su editor, que era quien se encargaba de responderlas. El antiguo Tom no habría visto en ellos más que un vehículo para su propia adulación, habría mirado alrededor con una sonrisa, agradeciendo la atención recibida, y habría levantado una mano con falsa modestia, como diciendo: «Muchas gracias, amigos, pero seguid comiendo».

El nuevo Tom, el que ignoraba si ese repentino silencio era producto de su fama pasada o del hecho de que hubiese sido su coche el que había atropellado a la mujer que esa gente tanto quería, mantuvo la mirada fija al frente y siguió caminando. Cuando se sentó no se sentía tan confiado como aparentaba. Lanzó rápidas miradas, no correspondidas, a Frank Wright, sentado a su izquierda, y a Martin Sprague, sentado a su derecha, estudió el menú y levantó la vista para leer los platos especiales que figuraban en la pizarra.

Flash apareció de pronto delante de él. Se estaba limpiando las manos en un paño de cocina, pero no hizo caso de Tom y dirigió la mirada hacia el reservado que estaba a espaldas de éste. A continuación preguntó:

–Eh, vosotros, ¿esperáis algo?

Se oyeron varios gruñidos y un par de palabras pronunciadas entre dientes. Todo lo demás se perdió cuando se reanudaron las conversaciones.

Flash miró entonces a Tom con expresión gélida.

–Cuando entra aquí algún famoso como usted, eso es lo que pasa. ¿Cómo se siente?

–Artrítico –contestó Tom. Luego, porque Flash parecía el mejor amigo de Bree y porque ella era la mayor preocupación de Tom, preguntó–: ¿Ha visto a Bree hoy?

–Hace un rato. Me dijo que usted había pasado la noche con ella. Que la ayudó mucho. Fue muy generoso por su parte.

–Era lo menos que podía hacer.

–Y usted, ¿cómo la encontró?

–Me pareció que aún se sentía un poco molesta.

–Me refiero al aspecto mental –puntualizó Flash–. ¿No la notó algo... confusa?

–Pues no demasiado.

–¿Conversó mucho con ella?

Tom sabía a qué se refería. Lo que ignoraba era si, aparte de Flash, alguien más estaba al corriente de la experiencia que Bree aseguraba haber tenido. Con Frank a su izquierda y Martin a su derecha, ambos aparentando que hacían caso omiso de su presencia pero escuchando atentamente cuanto decía, eligió las palabras con cuidado.

–Me ha hablado de lo que había pasado. Todo lo que ha dicho me ha parecido muy coherente.

–¿En serio?

Tom asintió y, al advertir que Flash parecía aliviado, preguntó:

–¿Qué tal está la carne?

–Muy tierna.

–La probaré. Acompañada por un gran vaso de agua.

Flash parecía deseoso de seguir hablando, pero después de mirar alrededor, se limpió las manos y entró en la cocina.

El hombre que atendía la parrilla le gritó una orden a Lee Ann, que pasó junto a Tom sin mirarlo. Frank terminó su postre, sacó dinero del bolsillo y estudió la cuenta. Martin daba cuenta de su chop suey.

Tom observó la sala del restaurante a través del reflejo de la plancha de acero inoxidable colocada sobre la parrilla. Vio caras conocidas: Curtis Lamb y John Dillard, un reservado ocupado por camioneros del pueblo, Sandy y Jack Swartz con el pequeño Tyler, el trío formado por Earl, Eliot y Emma. No cabía duda de que todos lo miraban. Adivinó que también hablaban sobre él. En un tiempo le gustaba atraer la atención; ahora, sin embargo, hacía que se sintiera incómodo. «Ten cuidado con lo que deseas», le dijo una vez su madre. Y tenía razón, como en tantas otras cosas.

Frank dejó el dinero sobre la barra y se marchó. Jillie le sirvió una pizza al hombre sentado a dos bancos de distancia de Tom y volvió a la cocina. Lee Ann pasó por delante de él, cargada de platos sucios y sin dirigirle la palabra.

Tom se sentía un verdadero paria cuando Flash le alcanzó el vaso de agua y comentó:

–Me he enterado de que su jeep ha quedado prácticamente inservible.

–Así es.

–¿Piensa comprar otro?

–¿Otro jeep? No. Quiero algo más... resistente.

–¿Teme por su seguridad?

Tal vez, pensó Tom, y lo miró a los ojos. Flash siguió con lo suyo. A través de la plancha de acero inoxidable, Tom vio que los ocupantes de un reservado se levantaban y se marchaban. Lee Ann apenas había acabado de limpiar la mesa cuando otros cuatro lo ocuparon.

Martin Sprague se pasó la servilleta por los labios y, sin mirar a Tom, dijo:

–Me han comentado que es usted abogado.

Tom lo habría negado si hubiese tenido sentido.

–Lo fui –repuso.

–En Panama no tenemos mucha necesidad de abogados.

–No he venido aquí a ejercer mi profesión.

–Pues me alegro. Yo me encargo de todo lo que sea necesario al respecto.

Tom supuso que debía de hacerlo. Panama no era un pueblo conflictivo. Desde su llegada, el único «delito» del que había tenido noticia era el cometido por un chiquillo de cuatro años que había robado unos aparejos de pesca de la tienda de artículos deportivos. Tal vez Martin Sprague estuviera poniéndose viejo, pero Tom suponía que podía vérselas con las necesidades legales de un pueblo como ése.

–¿Usted es el único abogado que hay aquí? –preguntó.

–No hay trabajo para más.

–¿De qué se ocupa, principalmente?

–Nada que pueda interesarle –contestó Martin, y enseguida alzó la voz–. Lee Ann, mi cuenta por favor.

Tom bebió un trago de agua, depositó el vaso sobre la barra y se pasó las manos por los costados del cuerpo. Las heridas de sus palmas empezaban a cicatrizar. Martin se alejó en cuanto Lee Ann le entregó la cuenta, y esperó a que le dieran la vuelta en la caja registradora ubicada en un extremo de la barra.

Eliot Bonner ocupó el taburete ubicado a la izquierda de Tom, quien lo miró y dijo:

–Vaya, veo que es usted valiente. Todos los demás se fueron en cuanto entré. ¿Es porque escribo o por el accidente?

–Supongo que por las dos cosas. Nadie reparó en usted hasta ahora. Panama se parece a un bote. Usted se subió a él y a punto estuvo de hacerlo volcar.

–Es probable, pero no lo hice solo. Tengo un jeep destrozado y un cuerpo dolorido para demostrarlo. –Pensó en Bree, pero no la mencionó–. ¿Consiguieron identificar la camioneta?

–No. Hablé con la policía local y del Estado. Tenía la esperanza de que hubiesen dado con alguien que condujese como un loco esa noche. Hubo un par de accidentes y de arrestos, pero en ninguno se vio involucrado el vehículo que buscamos. Parece imposible identificarlo, con la cantidad de camiones y de camionetas que hay por aquí. Tal vez sea una cuestión de suerte. –Esbozó una sonrisa escéptica–. Bree dice que era azul, usted, que negra, y en cuanto a su jeep asegura que era marrón.

–Confíe en lo que dice el jeep –repuso Tom, y hubiera hecho un comentario acerca de que ese dato serviría de prueba en una sala de justicia, si su comida no hubiese llegado en ese momento. Enseguida se le hizo la boca agua. La carne se veía apetitosa, pero tenía tanta hambre que se la hubiera comido aunque hubiese estado quemada.

–En el pueblo hay una docena de personas que tienen camionetas marrones –comentó Bonner–. Todos cuentan con una coartada, y ninguno de los vehículos tiene marcas que coincidan con las que debe de haber dejado el accidente.

Tom decidió que Flash no alardeaba de su restaurante en vano. La carne era tierna y jugosa, la salsa suave y exquisita. Comió otro bocado acompañado por un trozo de patata y algunos espárragos asados.

–¿Y en las ciudades vecinas no hay camionetas marrones? –preguntó Tom mientras comía.

–Estamos trabajando en eso. Bree me dijo que no nos molestáramos en hacerlo. Según ella, lo único que importa es que está viva.

Tom depositó el tenedor sobre el plato.

–Así es –convino–, suponiendo que el que iba al volante de la camioneta se haya asustado lo suficiente como para modificar su manera de conducir. Pero sería pedir demasiado. Lo más probable es que no se haya dado cuenta de que atropellé a Bree, en cuyo caso debe de pensar que sólo chocó contra otro coche. Posiblemente esté allí afuera diciéndose: «No te preocupes, los coches están asegurados. Nadie pierde nada». –Tom se dio cuenta de lo furioso que estaba–. ¿Quién puede asegurar que la próxima vez que salga a conducir en la nieve no se llevará por delante a un grupo de chicos y mate a algunos?

–Eso mismo le dije a Bree.

–Ese conductor debía de estar borracho o drogado, en caso contrario, ¿cómo es posible que un ser humano haga lo que hizo y se aleje con toda tranquilidad? Bree estuvo a punto de morir, ¡demonios!

Bonner miró la plancha de acero inoxidable con los ojos entrecerrados.

–Oí decir que estuvo muerta por unos minutos, en la mesa de operaciones. Que llegó al cielo antes de que alguien lograra enviarla de vuelta a la tierra. ¿Ella le habló de eso?

Tom tenía ganas de contestar que lo que Bree le hubiera dicho era información confidencial, pero él no era su abogado ni ella su cliente.

No estaba demasiado seguro de lo que eran, amigos tal vez, pero de todos modos no pensaba traicionarla.

–¿Al cielo? –repitió–. ¿Ella le dijo eso?

–No. Bree se lo dijo a Paul Sealy, y mi prima trabaja con él.

Bree se lo había dicho a Paul, que a su vez se lo había dicho a su compañera de trabajo, quien se lo repitió a Eliot, que se lo diría a Earl y a Emma. Emma, por su parte, se lo diría a Dotty, quien se lo contaría a todos los habitantes del pueblo que tuvieran interés en escucharla. Tom estaba furioso con Bree.

–¿Bree le pidió a Paul que guardase el secreto?

–No lo sé. Pero en cualquier caso poco importa. Ella no le pondrá un pleito a Paul, del mismo modo que no quiere presentar cargos contra el que conducía la camioneta. Si me lo pregunta, le diré que todo este asunto de la experiencia cercana a la muerte no es más que una tontería. Pero no culpo a Bree. Estaba aterrorizada. Se ganó el derecho de tener alucinaciones. Lo que no quiero es que alguien tenga una experiencia de ese tipo porque no pude dar con el cabrón de la camioneta. –Bonner se puso de pie, se aclaró la garganta y añadió–: Bueno. Me comentaron que ha estado en el programa de Larry King.

Tom lo miró fijamente, luego a la gente que tenía a sus espaldas. Las conversaciones habían cesado de nuevo. La mitad de los que ocupaban las mesas los observaban. Sin decir palabra, Tom volvió a concentrarse en su plato de comida.

–Y que estuvo más de una vez –prosiguió Bonner–. Debió de caerle bien.

–Le gustaba lo que yo hacía –murmuró Tom, mientras seguía comiendo–. Escribía sobre casos de incendios provocados. Era muy sencillo.

–¿Y qué me dice de Barbara Walters?

Tom lanzó un bufido.

–Veo que se ha documentado.

–Es mi trabajo. En cierto modo Panama depende de mí. Bueno. ¿Cómo lo trató? ¿Lo puso en aprietos? A veces suele ser muy dura. Por supuesto que eso es lo que la gente espera de ella. ¡Dios! Lleva haciéndolo muchos años. ¿Qué aspecto tiene en persona?

Tom ensartó un trozo de carne con el tenedor, lo estudió y lo devolvió al plato. Cualquiera de los clientes del restaurante que antes no hubiera sabido quién era, ahora lo sabría. Y eso sólo sería el principio. Pronto todo el pueblo estaría al corriente de su identidad.

Entonces dejemos que sepan algo más, decidió. Con una sonrisa de resignación, miró los rostros pendientes de él y dijo en voz alta, yendo directamente al grano:

–Compré una casa en Panama porque me pareció que era un lugar donde las personas se respetaban las unas a las otras, donde podría ocuparme de mis asuntos sin que me hicieran preguntas sobre el pasado. Elegí Panama porque quería tener una vida privada y porque se encuentra lejos de Nueva York. –Aunque miraba a Bonner, sus palabras eran una advertencia dirigida a todos los presentes–. Si hubiera querido que el mundo se enterara de que estaba aquí, habría publicado un anuncio en el *Times.* Si los medios me siguen hasta aquí, me iré. ¿Está claro?

Milagrosamente, logró terminar de comer. Sin duda fue una cuestión de tozudez, puesto que la mención de Larry King hizo que se le pasara el hambre. No se trataba de que sintiese antipatía por King, por Barbara Walters o por cualquiera de los demás periodistas que lo habían entrevistado. Durante la mayor parte de esas entrevistas sólo le formularon las preguntas que los encargados de relaciones públicas de Tom les habían sugerido, cada una de ellas destinada a mostrar sus facetas más halagüeñas, y Tom no se sintió culpable de aceptar que así fuese. Así era el juego. Salía de esas entrevistas como caminando en el aire, completamente enamorado de sí mismo, fascinado por los halagos recibidos.

Al recordarlo, se sintió deprimido, pero necesitaba comer si pensaba pasar la noche en el hospital. Cuando estaba allí se sentía bien, diferente, hasta más honesto. De modo que dio cuenta de la carne, pidió algo de postre, bebió dos tazas de café y se fue.

Cuando Tom comenzó la escuela secundaria medía un metro sesenta y cinco, lo que era una buena estatura para un chico de quince años, siempre que no quisiera jugar al fútbol. El último verano había pintado casas durante el día y jugado al fútbol por la noche, de manera que estaba bronceado y en buen estado físico, pero no era tan alto como el resto de los jugadores.

–Estás en excelentes condiciones –le dijo su madre cuando lo sorprendió pensativo la noche anterior a la elección de jugadores.

–Eso no tiene importancia. No lo conseguiré. Soy demasiado bajo.

–La falta de estatura es una cuestión mental –repuso ella mientras ahuecaba los almohadones de los sillones de la sala de estar–. Tú entra en el campo de juego con la cabeza bien alta y parecerás treinta centímetros más alto. Mira al entrenador directamente a los ojos y le parecerás más fuerte de lo que eres. Compórtate como un futbolista y la gente te verá como si lo fueses.

Dio resultado. Ese primer año jugó como suplente, y los tres siguientes como titular. Cuando se graduó medía casi un metro noventa y era muy fuerte. Y aunque ya no necesitaba simular, nunca olvidó la lección de su madre para transmitir confianza en sí mismo.

En ese momento le resultó muy útil. Por tercera noche consecutiva, cuando terminó el horario de visitas, entró en el centro médico, pasó junto al mostrador de la enfermera de guardia, subió por la escalera y abrió la puerta de la habitación de Bree como si tuviera todo el derecho del mundo a estar allí. Poco importaba que las enfermeras no lo conociesen ni que su cara magullada le confiriera el aspecto de un matón. Claro que también cabía la posibilidad de que ellas supieran quién era y no se atrevieran a detenerlo. De todos modos, nadie lo miró dos veces. Pero no pudo evitar sorprenderse al ver que Bree no estaba en la habitación.

La encontró sentada en el oscuro y desierto salón que había en el extremo del corredor. La música que se oía era clásica, suave y tranquilizadora, justo lo que ella necesitaba. Su habitación le resultaba opresiva. Aun en ese momento, mucho después de que se hubiera marchado el último de sus amigos, seguía oyéndoles decir que la echaban de menos, que deseaban que se repusiese pronto, y que cualquier clase de visiones que tuviera desaparecerían una vez que se le despejara la mente.

El problema era que su mente estaba muy clara. Había dormido casi toda la mañana, le habían reducido la dosis de calmantes y recordaba perfectamente lo sucedido en el quirófano. Por supuesto no dijo nada de esto a sus amigos. No le parecía que tuvieran ganas de atender sus razones y estaba demasiado débil para discutir con ellos. Allí sentada, disfrutando de la cálida brisa nocturna que entraba por una ventana entreabierta, le resultaba difícil creer que una fuerte tormenta se hubiese desatado tres días antes, y mucho menos que ella hubiera muerto, subido al cielo y regresado a la tierra. Todo le resultaba a la vez clarísimo e irreal. Era irreal que hubiese nevado como lo había hecho fuera de estación, que ella hubiera estado en ese lugar de Birch Hill justo en ese momento, que hubiera observado lo que sucedía en el quirófano, que todavía sintiese los efectos tranquilizantes de aquella luz tan brillante, que el silencioso Tom del restaurante fuera Thomas Gates, el famoso escritor.

Thomas Gates. Irreal.

Se movió con cautela en el sillón y comenzó a levantar las piernas para colocar los pies, que sentía fríos, bajo su cuerpo. Al advertir que el dolor del abdomen no le permitía ese movimiento, se conformó con colocar un pie sobre el otro y enterrar las manos en los pliegues de la bata.

Sabía quién era Thomas Gates. Le encantaban sus libros y había leído artículos acerca de él. Muchos distaban de ser halagüeños. Se suponía que era una persona antipática.

Qué extraño, pensó, pues el Thomas Gates a quien ella conocía parecía muy agradable.

Soltó un suspiro, apoyó la cabeza contra el respaldo del sillón y cerró los ojos. Recordaba perfectamente esos artículos. Thomas Gates tenía fama de hombre insensible y engreído, pero no había visto signo alguno de nada de eso en él, y en cuanto a ser el donjuán que declaraban los artículos, en Panama no había andado detrás de ninguna mujer. Nunca trató de conquistarla, como hacían otros hombres en el restaurante, ni se burló de ella, y jamás la tocó de manera poco apropiada.

Bree oyó pasos en el corredor y de repente él se presentó allí. Bree creyó que se lo estaba imaginando; parpadeó un par de veces, pero Tom seguía allí.

Ella no había deseado que él fuera a hacerle compañía esa noche. Tenía mucho cuidado con no desear cosas accidentalmente. Pero le alegró muchísimo verlo.

–¡Hola! –la saludó él.

Con la luz a sus espaldas, como estaba, Bree no alcanzaba a verle la cara, pero su voz era cálida. Sintió que le daba un vuelco el corazón, le devolvió la sonrisa y respondió:

–¡Hola!

–¿Ha venido caminando sola hasta aquí?

–Así es. Tuve que hacer acopio de todas mis fuerzas.

Él miró alrededor.

–¿Por fin le han sacado el suero? Eso significa un gran progreso.

–Sí, y he comenzado a comer alimentos sólidos. Me han dado pollo.

–Apuesto a que no era mejor que el de Flash.

–No. Pero da igual, pues apenas si probé dos bocados. –Bree se sentía revivir–. ¿Quiere encender una luz?

–No si usted prefiere la oscuridad.

–No, no la prefiero.

Tom deslizó una mano bajo la pantalla de una lámpara cercana. La suave luz que iluminó la habitación lo convirtió en un ser real. Se lo veía espléndido, despeinado y atlético, y estaba allí.

–Creí que no vendría –dijo Bree.

–Le prometí que lo haría –repuso él–; lo que ocurre es que usted estaba dormida y no me oyó.

Tom se equivocaba, pues lo había oído. Después Bree se preguntó si lo habría soñado, porque le hacía mucho bien el que estuviera allí.

–Creí que tal vez, al volver a su casa, reflexionó en todo lo que le dije y decidió que estoy loca.

–Si lo está, le aseguro que no es la única.

Tom se sentó en un sillón y colocó entre sus rodillas la mochila que llevaba. Abrió la cremallera de ésta y sacó una gruesa carpeta llena de papeles.

–He investigado y he obtenido estas historias personales de otras personas que han tenido experiencias similares a la suya –dijo.

A Bree se le aceleró el pulso. Miró a Tom y luego la carpeta. No sabía si le alegraba más el que hubiera otra gente que hubiese tenido sus mismas experiencias o que Tom hubiera hecho el esfuerzo de ubicarlas. Le quitó la carpeta de las manos, se la puso sobre la falda y la cubrió con una mano, como si fuese propiedad de ella.

–¿Las ha leído? –preguntó.

–Todas.

–¿Qué dicen?

–En general coinciden con lo que usted me contó –respondió él. Tenía los codos apoyados sobre los muslos y las manos entre las piernas–. Se produce un accidente o algún problema grave de salud. La víctima, o el paciente, tiene consciencia de abandonar su cuerpo, de elevarse por encima de él y de mirar hacia abajo. A veces sucede en la escena misma del accidente; otras, en el quirófano. Ven a quienes se esfuerzan por salvarlos. Oyen sus voces. Después, ven una luz, siempre muy brillante, y que transmite una sensación de benevolencia y bienestar. Habla sin hablar en realidad.

–¡Lo mismo me ocurrió a mí! –exclamó Bree, encantada. De repente se dio cuenta de que se había sentido muy sola, y de que ya no lo estaba–. ¿Qué más?

Juntó las puntas de los dedos delante de la boca y trató de dominar su excitación.

–La incertidumbre se apodera de ellos, al igual que le ocurre a usted. La persona sabe que ha vivido una experiencia extracorporal, pero sin estar del todo segura.

–¡Exactamente!

–Sabe que la gente no le cree, pero le resulta imposible olvidar lo sucedido. Tiene miedo de hablar de ello. Algunos lo mantienen en secreto durante años; se ha dado el caso de una persona que estuvo veinticinco años sin hablar de lo que le sucedió.

–¡Dios mío! Sé el miedo que debía de sentir esa persona. –Bree cambió los pies de posición, poniendo el de abajo sobre el de arriba–. ¿Alguien mencionó que la voz le concedió tres deseos?

Tom negó con la cabeza.

–Eso no significa nada. No hay dos historias iguales. Una persona asegura que el ser de luz estaba rodeado por un aura púrpura. Otra pasó junto a un árbol durante la experiencia y despertó cubierto de savia. Otra abandonó su cuerpo y flotó un rato por encima de la ciudad antes de despertar en el hospital. Hubo una que trató de abrir una puerta mientras estaba fuera de su cuerpo, y no pudo. Algunas recuerdan haber tenido una sensación de pertenencia mientras estuvieron en contacto con ese ser.

Ahora que lo pensaba, a Bree le había sucedido lo mismo.

–Muchos informan que fueron como succionados fuera de su cuerpo –prosiguió Tom– y que se elevaron a través de un túnel oscuro, al final del cual se encontraba la luz brillante. Algunos informan haber oído sonidos discordantes. Otros dicen que lucharon contra el ruido y contra la luz, en un intento de no ser succionados fuera de su cuerpo.

Bree sacudió la cabeza. No había experimentado nada parecido. No había habido nada contra lo que pelear. Sencillamente estaba dentro de su cuerpo y al minuto siguiente fuera de él. De todos modos, una vez que entró en contacto con el ser de luz, ni se le hubiera ocurrido luchar. Incluso se entristeció al tener que alejarse de él.

–Algunas personas dicen que se les concedió la posibilidad de elegir –añadió Tom–, y que decidieron voluntariamente volver a la vida. Otras creen que las devolvieron a la vida por un motivo específico. Los tres deseos de que usted habla quizá sean ese motivo.

–Pero ¿nadie mencionó específicamente que se le hubieran concedido tres deseos? –preguntó Bree, convencida de que su historia sería más creíble si coincidiera con la de alguien.

–Nadie menciona que se le hubieran concedido deseos –repuso Tom–. Una persona dice que había vuelto para hacerse cargo del cuidado de un pariente enfermo; otra, que regresó para estar con su enamorado, pero ninguno de los dos dijo que fuese en cumplimiento de un deseo. Hay informes de gente que dice haber cometido maldades y a la que se le concedió una segunda oportunidad, y hay quienes informan que el ser de luz les mostró lo que era el infierno, y que por ello se reformaron. Algunos aseguran, específicamente, haber estado en el cielo, y haberse encontrado allí con parientes y amigos muertos.

–A mí no me sucedió nada de eso –aclaró Bree, y se alegraba de ello. Le habría gustado ver a su padre, pero no a los padres de éste, que eran personas muy severas. La presencia de sus abuelos en una habitación bastaba para deprimir a todo el mundo. Sin duda también habrían apagado el brillo del ser de luz. Le alegraba que nada ni nadie hubiese hecho nada semejante.

–¿Y usted qué cree? –le preguntó a Tom–. ¿Es posible que lo que me sucedió fuese real?

Tom se miró las palmas de las manos con el ceño fruncido, las dejó caer sobre los muslos y su mirada se encontró con la de Bree.

–No lo sé –respondió–. Lo que usted declara es sin duda más probable que lo que dicen otros, por ejemplo niños de tres o cuatro años, o de siete u ocho, que, como bien sabe, tienen mucha imaginación y están abiertos al poder de la sugestión. Me ha resultado difícil, también, creer en las experiencias cercanas a la muerte narradas por personas que reconocen haber estado drogadas o borrachas en ese momento. También me ha resultado difícil tomar en serio las historias escritas por personas cuyas vidas siempre fueron inestables, con tendencia a las alucinaciones, incluso. Lo mismo sucede con quienes han sufrido un grave daño cerebral.

»Ciertas personas, asimismo, informan de un despertar traumático –prosiguió Tom–. Van caminando por una calle y, de repente, ven o sienten algo que puede guardar relación o no con Dios. Yo no llamaría a eso una experiencia cercana a la muerte. Una epifanía, tal vez, y lo mismo con respecto a la gente que ha estado enferma de gravedad y que informa haber visto a san Pedro y las puertas del cielo. Las enfermedades graves traen consigo pensamientos de mortalidad relacionados con sentimientos religiosos.

Bree meneó la cabeza.

–No es mi caso. Mi padre era congregacionista, pero yo no soy nada de nada.

Tom sonrió y se enderezó en el sillón.

–Por supuesto, también está la gente como usted –dijo–, adultos bien adaptados, inteligentes. Pueden o no ser religiosos pero tienen principios morales firmes. No son dados a la mentira ni a las borracheras, son víctimas involuntarias de accidentes y en algún momento se les detiene el corazón. Los médicos verifican el hecho y consiguen volverlos a la vida. Esa gente momentáneamente muerta regresa al mundo de los vivos con historias tan parecidas que a uno se le congela la sangre. Son personas que proceden de todos los estratos sociales. No se conocen entre sí. Pueden o no haber leído el informe de alguna experiencia cercana a la muerte, y sin embargo las historias que cuentan tienen similitudes espeluznantes. –Dejó escapar un suspiro–. Es difícil no creer en gente como ésa.

Bree experimentó un profundo alivio al oír aquellas palabras.

–Usted es muy convincente –reconoció.

–Los hechos lo son –repuso Tom–. La única teoría que encontré, y que me pareció plausible, es que el fin de la vida se parece a su principio, que el círculo se cierra, que hay paralelos entre el proceso de nacer y los informes de experiencias cercanas a la muerte. El túnel oscuro por el que algunas personas se sienten absorbidas en el momento de la muerte se parece al canal de donde surgimos a la vida. La luz brillante es lo que debe de parecerle a un recién nacido la luz de la sala de partos después de la oscuridad del útero. Lo mismo sucede con los ruidos. Lo cual implica que en el momento de la muerte, o en el momento inmediatamente anterior a ésta, la mente del ser humano vuelve al momento del nacimiento.

–¿Pretende decir que lo que yo vi fueron recuerdos? –Bree volvió a sacudir la cabeza–. A los bebés no se les conceden tres deseos. Además, yo vi un lunar.

–¿Un lunar?

–En el cuello de una de las enfermeras que esa noche se encontraban en el quirófano. Estaba inclinada sobre mí, y lo tenía en la nuca. ¿Cómo podría haberlo visto si no hubiese estado por encima de ella? –Bree levantó una mano–. De acuerdo. Tal vez la enfermera estaba en la sala de posoperatorio en el momento en que desperté, vi el lunar cuando ella se volvió y estoy confundiendo los dos momentos, pero sólo había una enfermera en esa sala. Lo sé porque lo pregunté. Y esa enfermera no estaba en el quirófano en el momento en que se me detuvo el corazón, y además no tiene un lunar en el cuello. Lo comprobé.

–¿Lo hizo con todas las enfermeras que había en el quirófano?

–Sólo con una. No tiene ningún lunar. La otra tiene el cabello largo, y sólo se lo recoge cuando está en el quirófano. –Bree juntó las manos bajo los pliegues de la bata–. Ya sé que debería preguntárselo con toda naturalidad, pero me sentiría como una tonta. –Hizo una pausa y añadió–: Ya se está corriendo la voz por el pueblo, lo sé. ¿Y si todo este asunto de la experiencia anterior a la muerte resulta ser falsa? –Volvió a cambiar los pies de posición, restregándolos el uno contra el otro para hacerlos entrar en calor. Flash le había llevado la bata, que era larga y abrigada, pero no se le ocurrió llevarle zapatillas. Las que proporcionaba el hospital eran tan delgadas que uno creía ir descalzo.

Tom se incorporó, se puso en cuclillas delante de ella, le tomó los pies con las manos y empezó a frotárselos. Bree sintió que le ardían las mejillas.

–No es necesario que haga eso –dijo.

–Quiero hacerlo.

–Debe tener cosas más importantes en que ocupar su tiempo.

Él sacudió la cabeza.

–Se siente culpable –prosiguió ella–, pero ya le dije que el accidente no fue culpa suya. –Tom era famoso y apuesto como un galán de cine, pero ¿le soltó los pies? No–. Hace que me sienta turbada.

–¿Por qué? Tiene bonitos pies, y están muy fríos.

–Me ocurre a menudo.

–Mi madre solía decir que es típico de las mujeres; como todo el calor se les concentra en el corazón, siempre tienen los pies fríos.

Bree rió y de inmediato sintió una punzada de dolor en el vientre. Tom dejó de frotarle los pies.

–Lo lamento –dijo en tono de preocupación.

–No lo lamente. Ya estoy bien. Pero ése fue un bello pensamiento. Usted escribe cosas así en sus libros, pequeñas gemas de sabiduría. ¿Las ha aprendido de su madre?

–Nunca he pensado en ello –respondió él, sarcástico–. Siempre he creído que todo se me ocurría a mí.

–¿Su madre todavía vive?

–Murió el año pasado –contestó él en voz baja.

–Lo siento.

–Yo también.

Tom volvió a frotarle los pies, lentamente, desde la punta hasta los tobillos.

Ella cerró los ojos y se entregó a las sensaciones. Pensó que muy bien podría gastar un deseo en pedir un masaje como ése, pero que no acabara nunca, siempre que el asunto de los tres deseos fuese real.

Se preguntó si lo sería. Nadie más había informado que se le concedieran tres deseos. De manera que tal vez le hubiese sucedido sólo a ella. O quizás alguien hubiera formulado sus tres deseos pero no hubiese vivido lo suficiente para contarlo.

Bree no iba a utilizar nunca el tercer deseo, pues supondría un riesgo enorme. Pero, por supuesto, tal vez nada de eso fuese cierto.

Tom metió una mano en la mochila, sacó un jersey y estaba por envolverle con él los pies, cuando ella dijo:

–Me siento cansada. Me parece que será mejor que vuelva a la cama.

Él guardó el jersey en la mochila, se puso en pie y se echó ésta al hombro. Al tiempo que sostenía la carpeta con una mano, con la otra ayudó a Bree a ponerse de pie. Mientras ella caminaba, le rodeó la cintura con un brazo.

Bree había llegado a aquella sala por sus propios medios. Aparte de caminar un poco inclinada, mantenía el equilibrio sin problemas. Aun así, permitió que Tom le ayudara a acostarse y que la cubriera con la manta. Quería que él dejara la carpeta sobre la mesa de noche donde ella pudiera alcanzarla más tarde, y entonces lo vio sacar un libro de la mochila.

–Esa mochila está llena de sorpresas –dijo en tono de broma.

A Tom se le iluminó el rostro, lo que hizo que pareciese más apuesto que nunca. Bree comprendió el porqué del éxito que se le atribuía entre las mujeres.

–En realidad, sí. –Tom volvió a meter la mano en la mochila, sacó dos paquetes y anunció–: Pasteles. Uno para usted y otro para mí.

Bree se sintió emocionada. Había llevado un jersey y un libro, lo que significaba que pensaba quedarse. Y ahora, esos pasteles.

Creyendo que tal vez Tom se quedaría más tiempo a su lado si comía los dos pasteles, Bree se tocó el vientre y dijo:

–Ha sido muy amable de su parte, pero la verdad es que no tengo hambre. Él colocó uno de los paquetes sobre la mesa de noche y abrió el otro.

–¿No le gusta la tapioca?

Él iba a coger el otro pastel cuando ella lo detuvo.

–Me encanta, pero ahora no me apetece, en serio. Cómalo usted.

–Éste es un pastel indio.

Ella soltó un suspiro.

–¿De verdad? –El pastel indio era su preferido.

–En la cocina hay un horno de microondas. Podría calentárselo –propuso Tom.

Ella se sintió irresistiblemente tentada.

–Después, una vez que esté caliente, podría ver si tienen un poco de helado de vainilla.

Bree ya no pudo resistirlo.

–De acuerdo, pero sólo un poco.

Tom le dirigió una sonrisa que le entibió el cuerpo y el alma. Al verlo dirigirse hacia la cocina, decidió que no le hacían falta tres deseos mientras Tom Gates estuviera cerca de ella.

El lunes por la noche él sacó un par de calcetines de lana de su mochila. Eran suaves y grandes, y sin duda suyos, lo cual los convertía en algo mucho más especial que si le hubiera comprado las pantuflas más caras que pudieran encontrarse. Le calentaban los pies maravillosamente.

El martes por la noche, justo cuando ella empezaba a tener hambre, Tom se presentó con una comida del restaurante y anunció:

–Flash me recomendó la hamburguesa especial, pero me ha parecido que el *risotto* era más apropiado. ¿Le apetece?

¡Desde luego que le apetecía! La hamburguesa especial era muy parecida a la que preparaba su abuela, y aunque la de Flash era muchísimo más sabrosa, prefería evitar los recuerdos que le evocaba. En cambio, adoraba el *risotto.*

El miércoles por la noche él le llevó un libro. Era uno de los ejemplares de la edición anticipada que le enviaba su editor, un thriller que según Tom trataba el tema de la privacidad y que le había hecho pensar, cosa que las demás novelas de ese tipo no conseguían. Le había parecido que tal vez a Bree le interesara, y quería conocer su opinión. Le preguntó si tenía ganas de leerlo, como si existiese alguna posibilidad de que ella dijera que no.

El jueves por la noche, cuando las paredes de la habitación empezaban a cerrarse sobre ella, la ayudó a pasar inadvertidamente por delante de la sala de las enfermeras para hacer una rápida incursión en el terrado del hospital. Bree caminaba despacio, pero la fresca brisa nocturna justificó el esfuerzo. Tuvo la sensación de no haber visto tantas estrellas en su vida. Llenaban el cielo sugiriendo la existencia de un millón de mundos más allá.

El viernes por la mañana, una semana después del accidente y una hora antes de que le dieran el alta, Bree conoció formalmente al doctor Simon Meade, de Saint Johnsbury, quien la examinó y le sacó los puntos. Después acercó una silla y con toda delicadeza le comunicó que nunca podría tener hijos.

–Cuando reconstruimos, por llamarlo de alguna manera, el interior del cuerpo de una persona, como hicimos con el suyo, en esos cuerpos se desarrollan tejidos cicatriciales –explicó–. En su caso, esos tejidos impiden la concepción.

Bree se sobresaltó.

–¿No podré tener hijos? ¿Nunca?

–No puedo asegurárselo, pero las posibilidades son muy escasas. Todavía no ha tenido hijos, ¿verdad?

Ella negó con la cabeza.

–¿Qué edad tiene usted, señorita Bree?

–Treinta y tres.

–En este momento es menos fértil de lo que lo era hace diez años. Si a ese hecho une lo de los tejidos cicatriciales, correría un riesgo al intentar quedar embarazada.

A Bree no se le había ocurrido la posibilidad de tener un hijo. Aún no había sentido el tictac de su reloj biológico, de manera que le sorprendió que se le llenaran los ojos de lágrimas.

–Lo lamento –añadió–. Ésta es la peor parte de mi profesión. La buena noticia es que está viva. Si hubiera quedado tendida en la nieve, habría muerto desangrada.

Eso Bree ya lo sabía, y estaba agradecida por ello. Además, nunca había experimentado la necesidad de tener hijos. Sin embargo, de pronto sintió un vacío, un enorme sentimiento de pérdida.

–En todos los demás aspectos, está usted en perfectas condiciones –continuó el doctor Meade–. En eso coincido con el doctor Sealy. Nada impide que regrese a su casa. Trate de descansar durante las próximas semanas. Reintroduzca la actividad en su vida poco a poco. Esté atenta a lo que le pide su cuerpo. Él le indicará qué puede hacer y qué no.

Ella seguía mirándolo fijamente, con los ojos llenos de lágrimas.

El médico se puso de pie, le dio una palmada en una mano y sonrió.

–Ahora debo volver a Saint Johnsbury. He hecho un largo viaje para visitarla.

Bree tragó el nudo que se le había formado en la garganta.

–Bien –dijo el doctor Meade–, le deseo buena suerte. –Se volvió hacia la puerta.

–¿Doctor? –Cuando él la miró, Bree dijo–: ¿Y si me quedo acostada y perfectamente quieta...?

Él parecía confuso.

–¿Cree usted que se formarían esos tejidos cicatriciales? –concluyó Bree.

–No se trata de eso.

–¿Quiere decir que no hay manera de evitarlo?

–No.

Ella volvió a tragar saliva, respiró hondo, pensó en el benevolente ser de luz y se sintió menos sola. Todo está bien, pensó. De manera que no estoy destinada a ser madre. Supuso que era sensato. No había crecido en una casa llena de niños. No poseía un modelo materno ni tenía marido. Si tuviese un hijo, decidió, no sabría que hacer con él. Además, no le apetecía sentirse atada, ahora que por fin era libre, después de tanto tiempo.

De modo que el destino no hizo más que formalizar lo que sus instintos siempre habían sabido.

Se enjugó los ojos con el dorso de las manos, volvió a respirar hondo y le sonrió al médico, quien levantó una mano en gesto de despedida y una vez más se volvió hacia la puerta. Fue en ese momento cuando ella le vio el lunar en la parte de atrás del cuello.

Una vez que en el restaurante terminó el ajetreo de la hora del desayuno, Flash fue al hospital y llevó a Bree en coche hasta su casa. Ella no le contó lo que le había dicho el médico, pues no creyó que tuviese sentido hacerlo, ya que ni ella misma sabía cómo se sentía al respecto. A pesar de todas sus racionalizaciones, todavía experimentaba un inesperado vacío interior, así que trató de no pensar en ello.

El clima la ayudó. El sol brillaba con fuerza, corría una brisa cálida y los caminos estaban secos. Era el típico día otoñal que tanto le gustaba, en el que el más pequeño montón de hojas, al ser calentadas por el sol, perfumaba el aire. Si el movimiento del Explorer al avanzar le provocaba cierta incomodidad, ésta se veía compensada por la brisa que le acariciaba el rostro.

Poco a poco, lo que veía al otro lado de la ventanilla empezó a resultarle familiar. Al parecer, durante su ausencia nada había cambiado. El oxidado Chevy de los Crowell todavía descansaba sobre la hierba alta al costado de la casa, el jardín delantero de los Dillard todavía estaba lleno de calabazas puestas a la venta, los trillizos de tres años de los Krump aún se columpiaban en el viejo neumático que colgaba de una rama del cedro que se alzaba junto a la casa de la familia.

Todo estaba igual que antes de la nevada de la semana anterior... y sin embargo diferente. Los árboles parecían más grandes, el sol más brillante, los colores más luminosos. Las sonrisas de las personas por delante de las que pasaban eran más amplias, sus saludos más entusiastas. Hasta la vieja casa victoriana parecía menos remilgada cuando los recibió.

Bree subió por los escalones de entrada, abrazada al jarrón que le había enviado Julia Dean. Las pocas flores que quedaban en él estaban tan marchitas que Flash le dijo que lo dejase en el hospital, pero Bree se negó. Aquellas flores habían sido la primera nota de color que había visto al despertar en la habitación. Después le pareció que era un lazo entre el mundo del más allá que había visto y el terrenal al que acababa de regresar. La necesidad que tenía de ese lazo era, en ese momento, mayor que nunca.

5

Ahora que Bree había regresado a su casa, Tom no estaba seguro del papel que le correspondía desempeñar. Ese primer día, cada vez que pasaba en coche por delante de la casa victoriana había un automóvil distinto aparcado frente a la puerta. Las conversaciones en el restaurante giraban en torno a la persona que le hacía compañía, quién le cocinaba y quién le hacía la limpieza. En forma directa o indirecta, todos los habitantes del pueblo cumplían una función en el restablecimiento de Bree.

Por primera vez en años Tom pensó en su propio pueblo natal, pequeño y tan parecido a ése. Después de tanto tiempo, sentía que lo apreciaba. Después de haber vivido en la ciudad, de haber sido uno de esos que estaban tan ocupados o se daban tanta importancia que les tenían sin cuidado los problemas del vecino, y después de haber experimentado el peso del aislamiento durante los pocos meses que hacía que vivía allí, le provocó un hondo sentimiento el comprobar que en el pueblo todos se preocupaban por Bree. Incluso se turnaban para asegurarse de que, por lo menos durante esos primeros días, nunca estuviera sola.

Nadie le pidió a él que colaborara. De manera que se acercó al grupo que rodeaba a Flash. Jane Hale conocía a Bree desde la infancia, Lee Ann Conti trabajaba con ella desde hacía años. Dotty Hale y Emma McGreevy, ambas una generación mayor que la muchacha, hablaban en nombre del pueblo. Liz Little era, sencillamente, una amiga de Bree.

–A mí también me gustaría echar una mano –dijo Tom–. Me siento responsable de que necesite ayuda.

Los seis lo miraron con expresiones que iban de la cautela a la frialdad, algo muy extraño para un hombre que hasta hacía bien poco tenía el poder de hechizar a todo el mundo con sólo entrar en una habitación.

–Gracias –dijo Emma con cierta aspereza–, pero sabemos encargarnos de nuestra gente.

Tom asimiló el desaire como algo que se merecía, pero no se mostró desanimado.

–Me gustaría que me consideraran uno más de ustedes.

Emma le miró la herida de la cara.

–¿Después de medio año de vivir aquí? –dijo–. Me parece que no. Además, no necesitamos que nadie nos ayude con Bree. Ya lo tenemos todo organizado.

–Todo menos quién pasará con ella las noches –señaló él. Había oído la conversación y sabía que no habían hablado de ello–. Aún no han solucionado ese aspecto. Yo podría ayudarles.

Emma se llevó una mano al collar de perlas que le rodeaba el cuello y comenzó a juguetear con él.

–Me parece que no sabría usted qué hacer.

–No es eso lo que dice Bree –intervino Jane.

Dotty la miró con el entrecejo fruncido.

–En un hospital no hay mucho de que ocuparse. Ahora estamos hablando de la casa de Bree.

–También allí podré ayudar –aseguró Tom.

–¿Sabe cocinar? –preguntó Liz.

Emma hizo un gesto con la mano.

–No es necesario que cocine –dijo–. Tenemos comida más que suficiente.

–Pero debería calentar la comida que le dejásemos.

–No importa –repuso Emma, obstinada–. Él no puede quedarse con Bree.

–¿Por qué no? –preguntó Jane con suavidad.

–¡Dios mío, Jane! –se indignó Dotty–. ¿Cómo es posible que preguntes eso? Él mismo acaba de decirlo. Es el responsable de que Bree se encuentre en esta situación.

–No fue culpa suya –intervino Flash–. Bree no le reprocha nada.

–A pesar de ello –insistió Dotty–, su presencia sólo le traerá malos recuerdos.

–Es famoso –dijo Lee Ann, dirigiendo una mirada a Tom.

Emma gruñó.

–¡Por amor de Dios, Lee Ann! –gruñó Emma–. Dotty lleva una semana mostrándote esos artículos periodísticos.

–¿En serio quieres que Bree pase la noche con un donjuán? –preguntó Dotty.

–Con alguien a quien se acusa de ser un donjuán –la corrigió Tom–. El que a los diarios les encantara escribir sobre mí no significa que todo lo que publicaban fuese cierto.

Dotty sacudió la cabeza.

–No se puede quedar con ella –sentenció–. No sería correcto.

–¿Por qué no? –inquirió Jane.

–Porque es... un hombre.

–Flash también lo es –observó Liz–, y él pasará algunas noches con ella.

–Bree es como si fuera mi hermana –apuntó Flash–. Hace años que la conozco.

–Lo que ocurre –dijo Dotty dirigiéndose a su hija– es que eres una egoísta y quieres que él le haga compañía para de ese modo no tener que hacerlo tú.

–Nada de eso. Quiero ayudar –repuso Jane–. De hecho, en casa de Bree podría dormir mucho mejor. Tú te despiertas a cada rato.

–¿Acaso te pido que te levantes conmigo? No. Yo no tengo la culpa de que al menor sonido te despiertes. ¡Dios mío, Jane, soy tu madre! Te quejas de mí, te quejas de Bree...

Tom advirtió que Julia Dean los observaba desde el reservado que ocupaba. Parecía querer unirse al grupo pero no atreverse a hacerlo. Tom no la culpaba por ello, después de oír la discusión entre Dotty y Jane.

–Lo cierto –dijo para poner punto final a la discusión– es que todos ustedes tienen otras cosas que hacer durante el día, mientras que yo puedo dormir el día entero si quiero. Piense en usted misma, Liz. Tiene tres hijos pequeños...

–Pero quiero mucho a Bree –lo interrumpió Liz–. Ella se ocupa de cuidar nuestros gatos cada vez que nos vamos de vacaciones y nunca permite que le pague por su trabajo. Estoy en deuda con ella.

–Yo también –dijo Tom, pero Emma ya se alejaba, papel y lápiz en mano.

–Bien –dijo Emma–. De modo que esta noche le hará compañía Liz. Mañana por la noche, Lee Ann; Flash, el domingo; Jane, el lunes. Abby lo hará el martes por la noche, y luego volveremos a reunirnos para decidir qué hacer el resto de la semana.

Le dirigió una mirada de superioridad a Tom, trazó una raya en la parte inferior de la lista y se alejó.

Tom, sin embargo, no podía permanecer lejos de Bree. Salió del restaurante a las ocho, vio dos automóviles aparcados en el sendero de entrada de la casa de Bree, pasó de largo y fue a alquilar un vídeo. Llegó a la casa de Bree alrededor de las nueve. Los dos coches habían sido reemplazados por el pequeño utilitario de Liz. Satisfecho de que Bree estuviera en buenas manos, Tom se dirigió hacia su casa y puso la cinta en el aparato de vídeo, pero al cabo de media hora lo apagó y cogió las llaves del coche.

La casa de Bree era enorme. El que estuviese ubicada sobre una loma hacía que pareciese aún más alta y estrecha. Tom la habría definido de «severa». Como era una noche sin luna, ni siquiera las luces encendidas tras las ventanas de la planta baja atenuaban esta impresión. Él jamás habría relacionado una casa como aquélla con Bree. Subió por los escalones del porche y llamó con los nudillos a la vieja puerta de madera. Esperó un minuto y volvió a llamar. Estaba por encaminarse hacia la puerta trasera cuando la delantera se abrió.

Tom esperaba encontrarse con Liz, y se sorprendió de topar con Bree. En la débil luz del porche era tal su aspecto de niña extraviada, con sus ojos oscuros, su rostro pálido enmarcado por el pelo largo, oscuro y húmedo, y el cuerpo perdido en una amplia bata, que algo pareció trastabillar en el interior de Tom.

–¡Hola! –susurró él–. No fue mi intención obligarla a levantarse. ¿Dónde está Liz?

La voz de Bree no era mucho más alta que la de él, aunque Tom sospechaba que el motivo era su debilidad.

–Está hablando por teléfono con Ben –respondió Bree en voz baja, tal vez a causa de su debilidad–. Uno de sus hijos está enfermo.

–Lo tomó del brazo y lo hizo entrar, luego cerró la puerta y se apoyó contra ella.

–¿Cómo se encuentra? –preguntó Tom.

–Cansada. Los amigos no dejan de venir a verme. Se lo agradezco, pero es difícil decir que no cuando ellos quieren conversar.

–Vuelva a la cama. Yo hablaré con Liz.

Por un instante, cuando levantó la vista hacia él, Bree pareció estar al borde de las lágrimas, y Tom no supo qué hacer. Deseaba abrazarla, pero no le pareció que estuviera bien hacerlo, de modo que en su lugar, inquirió:

–¿De verdad se encuentra bien?

Ella tragó saliva con dificultad, asintió y se alejó de la puerta. Él la siguió hasta el pie de la escalera y luego tuvo que hacer un esfuerzo para quedarse mirándola en lugar de subir a su lado o alzarla. Pero ya no estaban en el hospital. Ahora era un asunto personal.

Cuando Bree llegó arriba y enfiló el pasillo, Tom miró alrededor. El vestíbulo donde se encontraba era amplio y comunicaba con una sala aún más grande. El mobiliario era viejo, y la sensación que transmitía la casa era de enorme cansancio. Tampoco aquello guardaba relación alguna con Bree. La voz de Liz le llegó desde la parte de atrás de la casa. Siguiendo el sonido llegó a una cocina antigua pero limpia y funcional. Liz tenía el cable del teléfono alrededor de una mano y decía en tono de impaciencia a su interlocutor:

–En la frente. Debes sostenerlo sobre la frente hasta que la cinta cambie de color. –Hizo una pausa–. Ya sé que no quiere quedarse quieto, pero créeme que es más fácil hacerlo así que de la otra manera. –Tras otra pausa, añadió–: Bueno, entonces sujétalo. ¡Venga, Ben! –suplicó–. Tú eres bastante más fuerte que él. Puedes inmovilizarlo durante un par de minutos. –Se pasó una mano por el cabello y miró a Tom mientras decía–: Ya sé que me quiere allí, pero no puedo ir.

–Vaya –susurró Tom–. Yo me quedaré.

Liz rehusó el ofrecimiento con un movimiento de la mano.

–No, Ben, no me necesita a mí. Necesita a alguno de los dos, y tú estás allí. Conviene que sepa que tú puedes cuidar tan bien de él como yo. –Hizo una pausa–. ¡Por supuesto que puedes! Eres un padre estupendo. Además, ¿no fue ése el principal motivo por el que los dos renunciamos a nuestros empleos y vinimos a Panama, para poder estar más con los niños? –Otra pausa, luego Liz frunció el entrecejo y exclamó–: ¡Por supuesto que quiero a mis hijos! Me presentaría en casa en un instante si creyera que Joey está realmente enfermo. Cuando me marché se encontraba bien.

Liz hizo una pausa, y Tom pudo oír que Ben gritaba.

–¡Demonios! –exclamó Liz, abriendo mucho los ojos–. ¿Encima de ti? –Hizo un gesto de desagrado–. Está bien querido, mételo en la bañera llena de agua tibia. Estaré allí dentro de diez minutos.

Colgó el auricular y miró a Tom como si se disculpara.

–¿De verdad no le importa?

–No, siempre que no le importe a usted. –Tom contaba con que resultase más fácil convencer a Liz que a los demás. Después de todo, no hacía tanto tiempo que vivía en el pueblo–. Bree se ha ido a acostar –añadió–. Me quedaré aquí abajo.

Liz hurgó dentro de su bolso.

–Hay comida suficiente para alimentar a un ejército –dijo, dirigiendo una mirada a los paquetes que cubrían la mesa–. Pondré orden en casa y volveré aquí.

–No es necesario. Me quedaré hasta que llegue su relevo.

–Eso no será hasta las diez de la mañana.

–Me parece bien.

Liz encontró sus llaves en el bolso.

–Las demás me matarán.

–Le diré qué podemos hacer –propuso Tom–. Vuelva a las nueve y nadie se enterará.

Ella se quedó mirándolo por un instante.

–Buena idea.

Tom no contestó.

Liz siguió mirándolo; luego abrió la puerta trasera.

–¿Es cierto que usted escribió esos libros?

Tom asintió.

–¿Cuántos, en total?

–Seis.

–Me cuesta imaginar cómo puede escribirse uno, mucho menos seis.

–Pues estamos igual. Yo soy incapaz de imaginarme limpiando el estropicio que haya podido hacer un niño enfermo.

–Estaré de vuelta mañana a las nueve –dijo ella con una sonrisa–. Gracias.

Tom permaneció al pie de la escalera, con la mano apoyada sobre el balaustre de caoba, la mirada fija en el rellano del primer piso. Al recordar a Bree con lágrimas en los ojos, se sentía tan inquieto como en el instante mismo en que la había visto. Quería asegurarse de que estuviera bien, de manera que empezó a subir.

En el primer piso reinaba la oscuridad. Sólo cuando sus ojos se acostumbraron, Tom alcanzó a distinguir tres puertas abiertas. Había también una cuarta; estaba cerrada y por debajo se advertía una delgada franja de luz. Llamó con la suavidad necesaria para no despertar a Bree si acaso ella se encontraba allí. Aguzó el oído, pero no percibió nada. Con gran cautela, movió el picaporte para abrir la puerta.

La luz procedía de una pequeña lámpara colocada junto a la cama. Tanto aquélla como la cabecera de ésta eran de hierro forjado. Todo lo demás era blanco –el cubrecama, las cortinas, el cielo raso, las paredes– o amarillo –los almohadones, las pantallas de las lámparas y la alfombra.

El dormitorio era más pequeño de lo que Tom imaginaba que serían los otros de la casa, y en él apenas había espacio para la cama, una cómoda y un sillón grande tapizado. Sobre la cómoda había fotografías enmarcadas, y vio libros amontonados junto al sillón. Aunque el móvil de campanillas que colgaba de la ventana estaba en silencio, agregaba encanto al lugar. No había volantes ni moños, nada que resultase excesivamente femenino. Hasta el arreglo floral de la cómoda, que tenía el estilo de Julia Dean, era alegre y sencillo, igual que Bree.

La colcha estaba doblada a los pies de la cama. Bree se encontraba encima de ella, hecha un ovillo y de espaldas a la puerta. La bata era oscura en contraste con las sábanas, al igual que el cabello contra la almohada.

En silencio, Tom rodeó la cama y descubrió que ella estaba con los ojos abiertos y en ellos había una expresión de tristeza. Bree elevó la mirada hacia los ojos de Tom y la mantuvo fija en ellos.

Cuando él se sentó en el borde de la cama y le tocó la mejilla, Bree cerró los ojos. Al cabo de unos instantes sus pestañas estaban húmedas.

Tom tuvo la misma sensación que lo había asaltado horas antes, sólo que ahora era más fuerte, y de repente no importó que no fuera oriundo de Panama o que las necesidades de ella se refirieran a cosas impersonales, como gelatina, medias de lana o datos extraídos de Internet. No le importó que tal vez estuviera cruzando una línea. No pudo evitar abrazarla y dejar que llorase contra su pecho.

Y Bree lloró. Poder hacerlo abrazada a Tom era lo mejor que le había sucedido en todo el día. Le permitía ser débil, para variar; le hacía sentir que si ella se desmoronaba, el mundo no llegaría a su fin. Llorar alivió la tensión que desde la mañana crecía en su interior y la pena que no esperaba sentir. Alivió la confusión que había experimentado al volver a una casa que era igual que antes, en un cuerpo que no lo era. Alivió el temor a un mundo en el que cualquier cosa podía llegar a suceder, con lo que cada vez estaba menos segura de lo que era real y lo que no lo era.

Pero las lágrimas eran reales. Y el pecho de Tom también.

Agotó las primeras antes de alejarse del segundo, pero para entonces estaba tan profundamente dormida que ni siquiera lo advirtió.

El sábado por la noche, Lee Ann se dirigió directamente del trabajo a la casa de Bree. Cuando una hora después llegó Tom, el novio de Lee Ann estaba sentado en los escalones del porche, cavilando. Aunque Tom lo había visto en muchas oportunidades en el restaurante, sólo se habían conocido formalmente la semana anterior. Gavin era el mecánico que había declarado que el jeep de Tom estaba para el desguace.

–¿Qué sucede? –preguntó Tom.

–Nada –respondió Gavin con un gruñido.

Tom subió por los escalones y llamó a la puerta. Apenas acababa de hacerlo, cuando Lee Ann abrió, lista para la batalla. Al ver que quien llamaba era Tom en lugar de Gavin, cerró la boca y miró inquieta hacia los escalones.

Tom entró en la casa.

–¿Algún malentendido?

Lee Ann estaba mojada.

–No. Él sabía que prometí pasar aquí la noche. Sólo que no le gusta la idea y mucho menos cuando debí contratar una canguro. De nada servirá el que usted esté aquí. Le dije que no podría entrar.

–¿Por qué no?

Lee Ann se ruborizó mientras buscaba una respuesta. Tom adivinó que tenía algo que ver con el sexo.

Ella levantó el mentón.

–Si ha venido a ver a Bree, en este momento está comiendo.

–Lo siento. No fue mi intención interrumpir.

–A mí no me interrumpe. He comido antes de venir. Sólo le hago compañía. –Lee Ann miró a Gavin con el entrecejo fruncido–. Él debería estar trabajando en el bar de su tío en Ashmont, pero en el último momento le dieron la noche libre. ¿Qué se supone que debo hacer? He asumido un compromiso.

–Es probable que Bree se acueste muy temprano.

–Pero yo debo estar aquí por si se despierta y se siente mal o le duele algo.

–¿Cree que es probable que suceda?

–No –respondió Lee Ann tras pensárselo–. Me comentó que anoche durmió bien. –La mirada que en ese momento dirigió a Gavin fue más suave–. Lo que quiero decir es que no se trata de que realmente me necesite. Ni siquiera tuve que traerle comida del restaurante, porque aquí hay muchísima. –Dirigió una rápida mirada a Tom–. ¿Cuánto tiempo pensaba quedarse?

Tom se encogió de hombros.

–Diez minutos o diez horas. Dígamelo usted.

Tras reflexionar por un instante, Lee Ann sacudió la cabeza.

–No debería. –Pero parecía tentada–. Los niños están con la madre de mi ex. Lo más probable es que ya los haya acostado. Tal vez también ella esté durmiendo. Sería una tontería despertarla. –Se mordió el labio superior–. Mañana tengo que trabajar. Me vendría bien una buena noche de descanso.

Tom lo comprendía perfectamente.

Lee Ann miraba alternativamente a él y a Gavin.

–Tal vez podría salir un rato. Es decir, si usted pensaba quedarse aquí de todos modos.

–Por supuesto –contestó Tom encogiéndose de hombros con aire inocente.

–Quiero decir que sería fantástico que yo pudiera dormir un rato y volver más tarde.

–¿A qué hora volvería?

Ella ladeó la cabeza con expresión de timidez.

–No lo sé. A la una, o quizá a las dos. Es decir, poder volver a las tres sería estupendo.

–Yo he dormido casi todo el día, de manera que es probable que a esa hora todavía siga despierto. Además, he traído un vídeo. Podríamos verlo juntos.

–Si piensa ver un vídeo, yo podría dormir un rato más –agregó ella–. Hasta la cuatro o las cinco. Hasta las seis sería perfecto. Es decir, podría estar de regreso aquí a las siete. Bree no suele madrugar, de modo que no se levantará antes de las siete. Nunca llega al restaurante hasta el mediodía. Le gusta tomarse su tiempo por la mañana.

–En ese caso creo que sería muy sensato que usted volviera a las siete.

–Por supuesto. –Lee Ann lo miró con desconfianza–. ¿En serio le rompió el corazón a Courteney Cox, como aseguró el *Star*?

–Ni siquiera conozco a Courteney Cox.

–Me alegro. Porque si le hubiera roto el corazón, no podría confiarle a Bree. Bree es demasiado buena para que la hieran. –Se oyó un ruido procedente del porche. Lee Ann desvió la mirada hacia allí, después volvió a mirar a Tom. En tono conspirador, susurró–: Entonces, si le digo a Bree que me voy por un par de horas, ¿me cubrirá usted las espaldas?

Tom se mostró encantado.

El domingo por la noche fue el primero en llegar. Justo cuando terminaba el plato especial de pasta en el restaurante, Jillie se fue a su casa enferma, y muy poco después el hombre encargado de la parrilla se quemó la mano. Flash, que quería salir temprano para poder estar con Bree, le preguntó en voz baja a Tom:

–¿Usted iba a ir de todos modos, no es cierto?

Tom asintió.

–¿Cree que podría quedarse hasta que yo llegue? No creo que me demore más allá de las diez.

En realidad llegó a las diez menos cuarto. A las diez, Flash estaba tendido en el suelo del estudio de Bree, frente al televisor y roncaba con suavidad.

–Pues creo que me quedaré sin ver el vídeo que traje –comentó Tom, sin el menor resentimiento.

Le alegraba que Bree estuviera completamente despierta y con aspecto de descansada. Con cada día que pasaba recuperaba su color natural y, aunque aún se movía con cuidado, se encontraba mucho mejor. El estudio fue un gran descubrimiento: era la única habitación de la casa, aparte del dormitorio, que tenía el sello personal de Bree. En él había un gran sofá y sillones, una mesa baja donde ella solía comer, y varios estantes llenos de libros. A Tom le encantaba el lugar.

Bree apartó la vista del televisor el tiempo suficiente para decir:

–Le propongo que lo dejemos roncar algunos minutos y veamos si se despierta.

Los ronquidos aumentaron.

Ella se inclinó, le tocó el hombro y soltó un suave:

–¡Shhh!

Flash movió la cabeza y los ronquidos cesaron. Instantes después se reanudaron, esta vez con mayor fuerza. Bree dirigió a Tom una mirada de súplica.

–No me mire así –dijo él entre risas–. No soy el que está roncando.

–¿Por qué será que los hombres roncan? Admito que lo hagan en la cama, pero ¿en una habitación llena de gente? Mi padre solía encender la radio en la sala de estar y roncaba al compás de la música. ¡Nadie podía oír nada, a excepción de su ronquido! –Se inclinó hacia un costado–. ¡Flash! –Le sacudió un hombro–. ¡Despierta!

Tom no pudo evitar reír al ver a Flash O'Neil erguirse con la rapidez del rayo.

–¿Qué? –preguntó Flash, que parecía mareado.

–Vete a tu casa –dijo ella con afecto–. Duerme en tu cama.

Flash se pasó una mano por la cara.

–No, estoy bien. Sólo iré a la habitación contigua y me echaré un rato sobre el sofá. Me bastará con dormir unos minutos.

–Eso es ridículo, Flash. No hay ninguna necesidad de que pases aquí la noche. De hecho, no hay necesidad de que nadie pase las noches aquí. Te agradezco el que quieras hacerlo, pero ya casi me he repuesto por completo.

–Todavía tienes dolores.

–Ahora me duele mucho menos.

–¿Y si esos dolores llegaran a empeorar? ¿Y si te levantases en medio de la noche y te desmayaras?

–No me sucederá nada de eso. Te lo pido por favor, Flash. Te agradezco mucho el que quieras ayudarme, pero me sentiré mejor si te vas a casa y duermes, así podré terminar de ver esta película en paz. Además, Tom está aquí.

Tom se sentó más derecho y se sintió mejor.

–Justamente por eso debo quedarme –dijo Flash–. A Dotty le daría un ataque si se enterara que os dejé solos a vosotros dos.

–¡Vamos, Flash! Como si Tom tratara de aprovecharse de mí.

–Dotty no me lo perdonaría jamás.

–¿Acaso piensas decírselo? –preguntó Bree.

–¿Yo? ¡No, por Dios!

–Bien, pues yo no se lo diré, y Tom tampoco. De modo que, por favor, vuelve a tu casa y acuéstate.

–¿Me estás echando?

–¡Sí! –repuso ella, con una dulce sonrisa–. Estoy cansada de que deba haber gente aquí todo el tiempo. Me gusta estar en paz en mi propia casa.

–Pero Tom se queda...

–Tom es diferente.

–¿En qué sentido?

Por un instante Bree pareció confusa. Tom contuvo el aliento mientras ella buscaba una respuesta.

–Tom también se está recuperando –dijo por fin–. Él descansa cuando yo descanso. Además, si le pido que se marche no se sentirá ofendido. Se irá con toda tranquilidad, sin discutir.

–Yo también lo haría –se defendió Flash.

–Ya lo sé –repuso Bree con una sonrisa–. ¿Sabes qué podrías hacer para ayudarme?

–¿Qué?

–Consigue que cancelen el turno de noche, ¡por favor!

Para Bree fue un alivio que la cantidad de visitantes disminuyera. No estaba acostumbrada a que la mimaran. En un tiempo lo habría deseado con todas sus fuerzas, pero ahora sentía que la ahogaban.

Le gustaba tenderse en el sofá sin tener que dar explicaciones por no estar acostada en la cama, le gustaba levantarse sin necesidad de disculparse por no dormir hasta más tarde. Le gustaba salir a caminar por el patio trasero sin que nadie le dijera que hacía demasiado frío o, peor aún, sin que alguien saliera con ella y no parase de hablarle.

Tom lo comprendía. Estaba tan contento como ella de permanecer fuera, sentado sobre el tronco de un árbol y escuchar los golpecitos del pájaro carpintero, el grito de una lechuza, el ruido de las ardillas que se movían sobre las hojas caídas del otoño. Cuando hablaba lo hacía en un murmullo, lo mismo que ella, y era igualmente comprensivo cuando estaba dentro. Al igual que en el hospital, sabía lo que ella quería sin necesidad de preguntárselo. Hablaba cuando ella tenía ganas de hablar, abría un libro y leía cuando ella se mostraba cansada, preparaba té cuando Bree tenía sed, se marchaba cuando ella tenía necesidad de estar sola. No corría a tenderle la cama en cuanto ella se levantaba, no se molestaba cuando las películas que ella quería ver empezaban a las once de la noche, y le preparaba el desayuno a base de tarta de manzana, pero sin mostrarse indulgente con ella.

En lo que a la relación entre ambos se refería, era la más extraña que Bree había vivido jamás. No conversaban acerca de los libros de Tom ni de las lágrimas de ella. Muchas veces permanecían sentados en silencio leyendo y de vez en cuando compartían una mirada y una sonrisa. Bree sabía sobre él poco más de lo que había leído. No tenía la menor idea de lo que Tom quería de ella ni de lo que esperaba que llegara a ser la relación entre ambos. Sin embargo, los acercaba el silencio y todo aquello que no tenían necesidad de expresar con palabras. Tom la tranquilizaba, igual que el ser de luz que aún veía en sueños. Hacía que se sintiese querida, amada incluso.

Los comentarios que corrían por el pueblo y que ella recibía como pequeños regalos, se referían a lo peligroso que era Tom, algo que ella jamás sentía. Por el contrario, le parecía demasiado perfecto para ser real. Y eso estaba bien. Algo había sucedido esa noche en la mesa de operaciones, algo que le indicaba que la vida era demasiado corta como para analizar excesivamente las situaciones, que la relajaba y la llevaba a ver, hacer y sentir cosas que no eran completamente sensatas.

¿Qué más daba si en Nueva York a Tom lo esperaba una vida completamente distinta? ¿Qué más daba si sus sentimientos empezaban y terminaban con la sensación de culpa? ¿Qué más daba?

No era sensato que se enamorara de Tom, pero no cabía duda de que le hacía sentirse bien.

6

Tom se impuso la obligación de comer todas las noches en el restaurante antes de ir a casa de Bree. Quería que lo vieran como un cliente habitual, que lo aceptaran, quería sentirse parte del pueblo.

Era extraño. Cuando eligió Panama no pensaba en pertenecer a un lugar. Lo que buscaba era un lugar donde ocultarse hasta decidir qué hacer con el resto de su vida. Panama era exactamente lo que necesitaba, sobre todo porque no era Nueva York. Si alguien hubiera sugerido que lo que buscaba era el sabor de un pueblo pequeño, lo habría negado. Había crecido en un pueblo similar a ése, y lo había abandonado en cuanto pudo, convencido de que cuanto más grande fuese la ciudad, tanto mejor.

Ahora debía reconsiderar todo eso. Los habitantes de Panama parecían perfectamente felices, perfectamente contentos, perfectamente inteligentes y llenos de iniciativa, hasta sofisticados en el sentido moderno de la palabra. No se trataba de un pueblo pobre. Todos los que quisieran alejarse de allí, podían hacerlo. Y el hecho de que fueran tan pocos los que lo hacían, indicaba algo.

Pensó en ello mientras permanecía sentado en el reservado del restaurante y los habitantes del pueblo se reunían felices de la compañía de los otros.

También pensaba en el alivio sorprendente que sentía ahora que se conocía su verdadera identidad. Era agradable no tener que desviar la mirada ni ocultarse tras una barba de tres días por temor a ser descubierto, y no porque las personas del lugar se sintieran impresionadas por ser él quien era. Lo cierto era que cada vez parecían más acostumbradas a su presencia.

Por un instante había creído que eso afectaría a su ego, aunque fuese un poco. El hecho de que no fuera así le indicaba lo mucho que había avanzado. Pero, por cierto, ser ignorado en una sociedad tan cerrada como la de Panama era algo deliberado. Le indicaba que todos tenían perfecta consciencia de lo que él estaba haciendo, que lo observaban y aguardaban.

Cuando llevaba dos semanas pasando las noches en casa de Bree, la espera llegó a su fin. Empezó a recibir visitas en su reservado.

Comenzó de manera natural, con Sam, Dave, Andy y Jack, todos muchachos del lugar, amigos de Bree y de su misma edad aproximadamente, quienes se detuvieron junto a su mesa al salir del restaurante. Se alzaban sobre él, corpulentos no sólo por su talla sino por la cantidad de ropa que llevaban para protegerse del frío de noviembre.

–Nos hemos enterado de que ha estado haciendo compañía a Bree –dijo Andy, cuya experiencia de vendedor en la tienda de artículos de pesca de su familia por lo visto lo designaba como el vocero obligado del grupo–. Bree es nuestra amiga. Nos aseguraremos de que todo está bien. Nos ha parecido que debía usted saberlo.

Antes de que Tom lograra reaccionar, se alejaron.

Eliot Bonner se quedó más tiempo. Al día siguiente, después de haber cenado con Earl y con Emma, ocupó un asiento en el reservado con su taza de café, frente a Tom.

–Anoche volví a ver su coche frente a la casa de Bree –dijo–. ¿Está sucediendo algo de lo que yo debería enterarme?

Sabe ir directamente al grano, pensó Tom antes de contestar:

–Depende. Jugamos al backgammon y vemos televisión. ¿Existe alguna ley que lo prohiba?

–No. No puedo decir que la haya. ¿Y piensa seguir yendo?

Tom demoró su respuesta sólo para que Eliot creyera que lo estaba pensando.

–Durante un tiempo. A ella no parece molestarle.

–Tal vez esté impresionada porque usted es famoso.

Tom no pudo evitar sonreír.

–Lo dudo –respondió. Bree nunca mencionaba su trabajo.

–¿Piensa quedarse en Panama?

Tom había planeado pasar un año allí. Ahora tenía la sensación de que tal vez necesitara más tiempo.

–Soy dueño de una casa en Panama. Incluso figuro en el padrón electoral.

–Eso no significa nada –contestó Eliot–. ¿Por qué sigue yendo a casa de Bree? ¿Por una especie de complejo de culpa?

–No. –Tal vez al principio hubiera sido por eso, pero ya no.

–Entonces ¿por qué?

Tom pensó en lo cómodo que se sentía cuando estaba con ella. Era una sensación pura, hasta edificante. También se había convertido en una especie de adicción. Comenzaba a depender de Bree, sencillamente.

Miró a Eliot y se limitó a contestar:

–Bree me gusta.

–En ese caso ¿dónde terminará todo esto?

Tom empezaba a hacerse la misma pregunta.

–Por ahora, en ninguna parte. Bree está lejos de haberse recuperado del todo.

–No. La conozco y sé que volverá al trabajo como máximo dentro de dos semanas. De manera que se lo advierto: tenga cuidado.

–¿Cuidado?

–Con lo que hace con Bree –repuso Bonner–. Es una buena chica. ¿Sabe a qué me refiero? No quiero que le suceda nada ahora que por fin ha empezado a mejorar. –Meneó la cabeza–. Su padre tardó mucho tiempo en morir. –Respiró hondo, se inclinó hacia delante y añadió–: Haywood Miller era un tipo duro. No era físicamente abusivo, pero sí un hijo de puta muy frío. Bree podría haberse refugiado en su madre, pero ésta no quiso tener nada que ver con ninguno de los dos. Si yo hubiera podido manejar la situación a mi manera, la habría acusado de abandono del hogar. Por supuesto que en ese tiempo yo no era jefe de policía. Aún trabajaba en el aserradero, justo al lado de Haywood, a excepción del año durante el que estuvo fuera. Pasó un mes desde su regreso para que nos enteráramos de que había traído consigo una criatura. Antes de marcharse nunca habló mucho, pero después fue aún más parco. Sólo nos enteramos de la existencia del bebé porque Bree enfermó y debió llevarla al hospital.

–¿Y por qué tanto secreto?

–Pregúnteselo a él. Era un bicho raro. Lo milagroso del asunto es que Bree sea tan normal. Tiene una fuerza interior de la que la mayoría de la gente carece. –Bonner levantó un dedo en gesto de advertencia–. Así que no cree problemas, ¿de acuerdo?

Se recostó contra el respaldo de la silla y bebió un sorbo de café.

–¿Cómo murió el padre de Bree? –preguntó Tom.

Todavía con la taza de café en la mano, Eliot se puso de pie.

–De un ataque de mal humor –dijo mientras se alejaba.

Tom estaba terminando su café cuando Martin Sprague ocupó el lugar que había dejado Eliot. El aspecto de cansancio de Martin era mayor que de costumbre. Con el rostro tenso y expresión ceñuda, todo en él era profesional.

–Creo que debería saber que llevo los asuntos legales de Bree –dijo sin preámbulo alguno.

Tom quedó estupefacto. Sin saber con seguridad cómo responder se decidió por un amable:

–¿Sí?

–De manera que si está usted en bancarrota –le advirtió Martin–, no trate de sacarle dinero a ella, porque no lo tiene.

–No estoy en bancarrota.

–No sería el primero en pensar que ella es rica por la familia de la que proviene, pero yo me encargué de los asuntos legales de Haywood y de los de su padre antes que él, de manera que lo sé. Ya no queda dinero. Ni un centavo.

–¿Y en una época lo hubo?

–Sí. Osgood Miller era dueño de algunos de los mejores bosques en muchos kilómetros a la redonda. Sabía cuidar de los árboles, pero no tenía ni idea de lo que significa ser empresario. En lugar de crear su propio aserradero para sacar las máximas ganancias de la madera que cortaba, invertía su dinero en tonterías. Casi todo había desaparecido antes de que Bree naciese. El resto se fue después. Cuando de dinero se trataba, Haywood no era mejor que Ozzie. Entre los dos perdieron las tierras, los camiones, el nombre. Lo único que le quedó a Bree fue la casa, que no es más que un triste montón de tablas de madera.

Tom apenas si había visto las partes más deterioradas de la casa. Bree dividía su tiempo entre el dormitorio y el estudio, y él también lo hacía. Eran las dos habitaciones más alegres.

–Pues a mí la casa me parece muy bien –señaló Tom.

–Mírela con más atención –le aconsejó Martin mientras se levantaba para alejarse–. Las paredes se están pudriendo, a la caldera poco le falta para que deje de funcionar. Antes de mucho tiempo Bree tendrá que invertir una buena suma de dinero en esa casa. –Le dirigió una última mirada a Tom y agregó–: Será mejor que se quede usted donde está.

Si eso significaba quedarse en el bungaló y lejos de Bree, Tom no estaba dispuesto a hacerlo. El tiempo que pasaba al lado de ella le resultaba más valioso que nada de lo que hubiera hecho en muchos años. Cuando Bree sonreía o le dirigía una mirada cálida, él se sentía un verdadero millonario, hasta el punto de que empezó a quedarse más tiempo con ella. En lugar de irse inmediatamente después del desayuno, comenzó a pasar allí parte de las mañanas. En lugar de esperar hasta las nueve para regresar, empezó a ir directamente desde el restaurante. Cuando Bree se sentía encerrada, salían a dar vueltas en coche; cuando necesitaba hacer ejercicio, caminaban por el jardín trasero, y cuando tenía ganas de comer o beber algo especial la llevaba al supermercado del pueblo. Eliot tenía razón. Bree se recuperaba con rapidez.

Cuando hacía casi dos semanas que había regresado del hospital, la llevó al restaurante. Una reina no habría recibido una bienvenida más entusiasta. La escoltaron de reservado en reservado, de taburete en taburete. Tom se mantuvo en segundo plano.

Emma se acercó a él.

–¿Puedo conversar con usted un minuto, por favor? –preguntó, señalando un reservado vacío en un extremo de la sala. En cuanto se sentaron, lo miró fijamente y dijo–: Estoy preocupada por Bree.

–Se está recuperando bien.

–Eso no es lo que me preocupa. La gente empieza a hablar.

–¿Acerca de...?

–De ella y de usted.

¡Vaya sorpresa!

–¡Ah!

–Usted pasa demasiado tiempo con ella –añadió Emma–. Sus amigos se sienten abandonados. No sabe usted cuántos de ellos se acercan a mí para preguntarme si sé qué está sucediendo.

–¿Y usted qué les contesta? –quiso saber Tom, sinceramente interesado.

–Pues que ignoro lo que está sucediendo. Dígamelo usted.

Él tampoco lo sabía. Lo único que pudo decir sin sentirse inseguro fue:

–Nada siniestro, si eso es lo que teme.

–Tal vez no, pero su presencia está abriendo un abismo entre Bree y sus amigos, y eso es terrible. Algún día usted se irá, y entonces, ¿qué será de Bree? Ella necesita a sus amigos. Ahora que ha muerto el pobre Haywood, los amigos de Bree son su familia. –En sus ojos apareció una expresión distante. Se tocó el collar de perlas, consternada–. ¡Pobre Haywood! A pesar de los años nunca llegó a recobrarse. –Volvió a mirar a Tom–. La madre de Bree era un espíritu libre, y por eso él se enamoró de ella. Cuando volvió a Panama con su hija era una sombra del hombre que había sido.

–Yo tenía la impresión de que siempre fue un hombre taciturno.

Emma frunció el entrecejo.

–¿Quién le ha dicho semejante cosa? No es verdad. Es posible que Haywood haya sido callado, pero era un hombre siempre muy correcto y amable. Nunca faltaba a una reunión del pueblo. Iba a la iglesia todos los domingos.

Hasta el peor de los canallas sería capaz de hacerlo, pensó Tom.

–¡Pobre Haywood! –exclamó Emma–. No tuvo una vida fácil con una madre como la suya. Hannah Miller era una mujer muy rígida. Dio un nuevo significado a las palabras «correcto» y «amable». Mucho después de que la moral de las mujeres se relajara un poco, por decirlo de algún modo, ella seguía usando vestidos abotonados hasta la barbilla. En torno a ella todo era orden y estaba reglamentado. Era la clase de mujer que lograba que las demás nos sintiéramos agradecidas por las madres que teníamos.

–¿Ella ayudó a criar a Bree?

–No tuvo más remedio que hacerlo. El pobre Haywood no podría haberlo hecho de otro modo; tenía que trabajar para ganar dinero y llevar comida a casa. En ese tiempo no había guardería diurna en la iglesia. Ozzie había muerto, o estaba a punto de hacerlo, de manera que todo el peso caía sobre los hombros del pobre Haywood. –Meneó la cabeza–. Lo que le hizo esa mujer...

Tom estaba por preguntar si hablaba de Hannah Miller o de la madre de Bree, cuando Dotty apareció en el reservado. Aun cuando eran hermanas, no había gran parecido físico entre ellas. A pesar de ser la más joven, Dotty era más alta, delgada y canosa que Emma, quien nunca dejaba de dar la impresión de ser la líder del pueblo con su traje elegante, su maquillaje y su cabello siempre impecablemente teñido.

En ese momento, el entrecejo fruncido de Dotty acentuaba las diferencias entre ambas.

–¿Qué le estás diciendo, Emma?

–No hago más que impartirle una lección de historia –contestó Emma, deslizándose fuera del reservado–. No te alteres, hermana.

–Tú eres la que siempre me dice que me voy de la lengua.

–Y es verdad –dijo Emma, alejándose.

Dotty la miró echando chispas por los ojos y con la misma expresión se volvió hacia Tom.

–No me pregunte por qué la votamos secretaria del ayuntamiento. Desde entonces no hay quien la soporte.

–¿Y cuánto hace de eso? –preguntó Tom. Había llegado al pueblo poco antes de la última reunión del ayuntamiento pero no se había molestado en asistir. Se preguntó si la elección de Emma habría sido una de las muchas cosas que se había perdido.

Por lo visto no lo era.

–Hace ocho años –contestó Dotty–, y con cada año que pasa se pone peor. Cree que tiene derecho a meter la nariz en los asuntos de todo el mundo y vive sentada allí con Earl y Eliot todos los días. John debe de estar estremeciéndose en su tumba. Él quería tener a su mujer en su casa. Si estuviera vivo, jamás permitiría que Emma se comportara así. Si se enterara de la mitad de lo que hace, la encerraría bajo llave. –Se sentó en el reservado. Su tono se dulcificó–. ¿Qué le estaba diciendo?

–Me estaba hablando del pobre Haywood –contestó Tom.

Dotty puso los ojos en blanco.

–¡El pobre Haywood! Ella le echó el ojo desde el principio, y ése fue su problema, pero él era un hombre incapaz de cortejar a una mujer. Así que Emma se casó con John, pero a pesar de ello nunca se olvidó de Haywood. ¿Por casualidad le dijo que era bien parecido?

–No.

–¡Ésa sí que es una sorpresa! Por lo general es lo primero que dice. Bueno, debo admitir que Haywood era apuesto. Tanto como aburrido. Y triste. Y poco afable. Él mismo era consciente de que algo en su vida no estaba bien. Fue por eso por lo que se marchó durante ese año. Fue a Boston para tratar de conseguir trabajo allí. Entonces conoció a esa mujer.

–¿La madre de Bree?

–¿Qué otra si no? Una vez que Haywood volvió, nunca mencionó su nombre. En ese tiempo ella no debía de tener más de veinte años. En cambio, Haywood frisaba los cuarenta. Un día toparon en un lugar adonde iban a comer un bocadillo y ¡se liaron! –Dotty alzó una mano–. Estaba perdido. Locamente enamorado –añadió–. Pero un amor como ése es imposible que dure, sobre todo entre una mujer tan joven y mundana y un hombre tan enraizado en Nueva Inglaterra como él. Haywood necesitaba volver aquí para instalarse y vivir en el pueblo, y como ella no podía hacerlo, volvió solo, con Bree. –Alzó el tono de voz–. ¿Imagina lo que es darle la espalda de esa manera a su propia hija, sobre todo cuando no es más que un bebé?

Tom, que sabía desempeñar muy bien el papel de abogado del diablo, imaginó que bien podía existir una situación en la que renunciar a un hijo fuera la actitud más compasiva, sobre todo considerando que el bebé tenía un padre y un hogar. Pero no conocía lo bastante bien la situación de la madre de Bree, de modo que no podía juzgarla.

–Y entonces, ¿qué cree que sucedió? –preguntó Dotty, como si se sintiera afrentada–. La gente comenzó a hablar. Hablaron cuando él volvió al pueblo sin decir una sola palabra acerca del lugar donde había estado y lo que había hecho, y hablaron aún más al enterarse de que tenía una hija pero no una esposa. Hablaron de esa criatura desde que tuvo edad suficiente para caminar sola por la calle, y si los invita todavía siguen hablando. –Hizo una pausa, lo miró fijamente a los ojos y añadió–: Por eso considero que no está bien lo que usted le hace.

Tom echó la cabeza hacia atrás.

–¿Qué le estoy haciendo yo?

–No tiene importancia. Eso es lo que quería explicarle. Hablarán si les da el menor motivo, y ella merece algo mejor.

Tom no pudo contenerse.

–Tal vez usted podría decirles que no hablen. Tal vez usted podría darles ejemplo. ¿Sabe qué significa eso de vive y deja vivir?

Dotty se irguió.

–¿Trata de decir que yo hablo demasiado? Le aseguro que no soy peor que cualquiera de los que viven en este pueblo. Si yo no hablara, lo harían los demás, y entonces se escucharían todas las versiones equivocadas. –Se levantó y salió a toda prisa del reservado–. Usted no tiene derecho a atacarme. Lo único que hacía era darle un consejo amistoso –añadió al tiempo que se alejaba con aire ofendido.

Jane Hale lo alcanzó en el aparcamiento cuando Tom salió a acercar el coche para que Bree no tuviera que caminar tanto. Miró alrededor para asegurarse de que estaban solos, se arrebujó en el abrigo y dijo en voz baja:

–Lamento lo de mi madre. Siempre cree que está haciendo lo correcto. No permita que ella le haga cambiar de actitud.

Tom sonrió. Lo que a Jane le faltaba en belleza le sobraba en dulzura y amabilidad. Era difícil no sentir simpatía hacia ella.

–No tema. Sólo hizo lo que el resto de la gente ha estado haciendo toda la semana.

–Están preocupados, eso es todo. Quieren a Bree, al igual que yo. Es mi amiga más antigua. Con eso no quiero decir que sea vieja, sino que hace mucho tiempo que somos amigas.

Tom asintió para indicar que la comprendía.

Ella volvió a mirar hacia atrás y se alzó más el cuello del abrigo.

–Nos hicimos amigas en el primer curso de la escuela primaria. Ella se sentía sola porque su abuela la mantenía apartada de todo el mundo y yo me sentía sola porque..., bueno, porque mi madre nunca se apartaba de mí, así que a veces era mejor no invitar amigas a casa. –Bajó la vista, volvió a mirarlo y añadió–: No estoy quejándome. Mamá me quiere. Ojalá Bree tuviera una madre que la quisiera.

–Y el padre, ¿no la quiso?

–Supongo que sí. Pero era un hombre infeliz. Tal vez quiso ser un buen padre y no supo cómo hacerlo. La madre de Bree debe de haber sido muy alegre, porque Bree tiene que haber heredado de alguien su buen humor, y le aseguro que no fue del padre. –Enseguida se sintió contrita–. No debí decir eso, considerando que está muerto. –Hizo una pausa y agregó–: Pero recuerdo que era un hombre sombrío. Es probable que la madre de Bree fuese lo mejor que le sucedió en la vida. Se pasó el resto de su existencia llorándola.

–¿Es eso lo que piensa Bree?

Jane asintió.

–Antes conversábamos mucho sobre eso. Bree siempre se hacía preguntas acerca de su madre. Imaginaba toda clase de cosas, casi todas halagüeñas.

–Pero su padre, ¿nunca le dijo nada?

–La abuela no permitía que hablasen de ella, y después de la muerte de Hannah, bueno, supongo que ya se había convertido en una costumbre. Haywood se volvió cada vez más sombrío y silencioso. Bree se encargaba de la casa y se crió prácticamente sola. A los quince años empezó a trabajar algunas horas en el restaurante, sólo para alejarse de su casa. Quería estar con gente que conversara, sonriera y riera. El restaurante era más su hogar que la casa de South Forest. –Jane se metió las manos en los bolsillos–. Y aquí estoy, hablando y hablando sin parar, igual que mi madre.

–Hay una gran diferencia, sin embargo –comentó Tom, con una frase que fue lo más cercano a una crítica que pronunció acerca de Dotty frente a su hija–. La madre de Bree, ¿trató alguna vez de ponerse en contacto con ella?

–No.

–Y Bree, ¿nunca trató de buscarla?

–No. Cuando murió Haywood, ya había perdido todo el interés por su madre.

Tom pensó en la Bree a quien poco a poco estaba conociendo.

–Llama la atención el que haya podido sobreponerse a todo eso.

–Sí. –De repente Jane pareció preocuparse menos por la posibilidad de que la vieran en el aparcamiento con Tom y más por lo que quería que Tom supiera–. Es por lo que la gente la protege tanto.

–Comprendo.

–Les preocupa que empiece a depender demasiado de usted, y lo que pueda sucederle cuando se vaya.

–Bree parece cada día más independiente.

–Pero es posible que a causa del accidente esté más vulnerable.

–¿Se refiere a su experiencia cercana a la muerte?

Jane asintió.

–Lo tendré en cuenta –aseguró Tom.

–¡Jane!

La voz era distante, pero no cabía duda de que era la de Dotty.

Jane soltó un suspiro. Dirigió a Tom una última mirada implorante que hizo que él envidiara la lealtad que aquella chica sentía hacia Bree. Jane enseguida se alejó por entre coches aparcados, para no estar cerca de Tom cuando su madre la encontrara.

Flash dijo lo que tenía que decir varios días después, cuando pasó a visitar a Bree. Tom leía en el estudio mientras ella dormitaba en el sofá. Al oír que se abría y se cerraba la puerta trasera, Bree abrió los ojos, todavía adormilados. Tom arrojó un leño al fuego y le indicó que se quedara donde estaba.

–Me alegro –dijo Flash cuando Tom le explicó que Bree dormía–. Tengo que hablar con usted a solas. Depositó un paquete sobre la mesa de la cocina–. Es lasaña con salchichas y una ración extra de queso. A Bree le hace falta engordar un poco.

Tom se llevó una mano al vientre. Unos días antes habían sido espaguetis con una ración extra de queso, y antes de eso carne guisada. Cuando Bree se negaba a comer esos platos, era él quien terminaba haciéndolo.

–Todavía está tibio –agregó Flash–. Si lo comen a la hora de la cena, lo único que tendrán que hacer será ponerlo diez minutos en el horno caliente. Y lo que sobre, guárdelo en la nevera. Mañana estará aún mejor. –Se apoyó contra la mesa y miró a Tom–. Pero no he venido sólo para eso, y quiero que lo sepa. No creo que sea usted tan mal tipo, y además hace mucho que Bree sabe cuidarse sola con respecto a ciertas cosas, de manera que supongo que también sabrá cuidarse en este caso. El problema es que, como soy tan amigo de Bree y pasamos tanto tiempo juntos, me siento muy implicado en este asunto. Todos en el pueblo me preguntan lo que sé.

Tom se apoyó contra la pila de la cocina y se cruzó de brazos.

–No sé qué pregunta queda por hacer que no hayan formulado los demás, pero no me importa que usted intente averiguar algo nuevo, si lo hay.

–Si quiere reírse de nosotros, adelante, pero debe comprender que lo que está sucediendo es sumamente inusual.

–¿Qué es inusual? ¿El que esté ayudando a Bree? ¿Es eso lo que le preocupa a la gente? Si en este momento no me encontrase aquí, no me cabe duda de que alguien estaría en mi lugar.

–No. Bree jamás lo habría aceptado. ¿Recuerda el día en que me pidió que cancelara las guardias nocturnas? Ésa es la Bree que el pueblo conoce, la muchacha independiente hasta la exageración. El hecho de que le permita pasar tanto tiempo aquí no es normal, y no me venga con que lo necesita para alcanzarle las cosas, porque ella es perfectamente capaz de hacerlo sola. Además –agregó–, desde que la conozco, es la primera vez que ha habido un hombre en esta casa.

Tom dio un respingo, pero le gustó enterarse de eso.

–¿En serio?

–No me interprete mal. Bree no es tímida. Ha tenido relaciones con hombres, pero ninguno de ellos se ha quedado a pasar la noche aquí, y mucho menos tantas como lo ha hecho usted.

–Dieciséis –acotó Tom.

–¡Dios santo! –exclamó Flash–. ¿Le está pagando un alquiler?

–No, y para que sepa, yo duermo en el sofá y ella en su cama.

–Eso no tiene importancia –repuso Flash–. A Bree le guste tener su espacio propio. –Flash frunció el entrecejo–. Tal vez sea diferente ahora que no va a trabajar. En el restaurante trata con mucha gente. En cambio aquí, no. Así que debe de sentirse sola, ¿sabe?

Tom no se molestó en decir que Bree prefería su compañía a la de la gente que se ofrecía a estar con ella.

–Dígame, ¿con qué hombres del pueblo ha salido?

–Con ninguno –respondió Flash. Luego, como si la tentación de ser él quien se lo informara fuese demasiado irresistible, agregó–: Al menos desde que yo estoy aquí. Me dijeron que ella y Curtis Lamb andaban siempre juntos en la escuela secundaria, pero desde entonces no ha salido con nadie del pueblo.

Tom esperó un instante antes de preguntar:

–¿Y eso es todo? ¿Sólo Curtis Lamb?

–En lo que a los hombres de Panama se refiere, sí.

Tom volvió a esperar.

Y, una vez más, fue como si Flash no pudiera resistir la tentación de hablar.

–Constantemente vienen hombres de una parte y de otra al restaurante. Pasan por aquí una vez a la semana, una vez al mes... Durante un tiempo Bree mantuvo una relación con un camionero, y al cabo de unos meses con un vendedor de ordenadores, pero nunca los trajo a su casa. Para ella era una especie de regla. Los dos eran tipos apuestos, de esa clase de hombres que conquistan a una mujer y después la dejan. Ella quería ser la que los conquistara y los dejara.

–Habla de Bree como si fuera una mujer insensible.

–Nada de eso. Sólo sabe protegerse.

–Y si sabe protegerse, ¿por qué se preocupan tanto por lo que pueda hacerle yo? –preguntó Tom.

–Porque Bree bajó el puente y lo dejó entrar en su castillo. Así que ahora la gente se pregunta por qué sigue usted aquí y cuánto tiempo se quedará.

–¡Ah! –exclamó Tom.

–¿Y eso qué quiere decir?

Significaba que Tom no conocía las repuestas. Jamás había experimentado una atracción tan inocente hacia una mujer como la que le inspiraba Bree. ¡Y ni siquiera la había besado!

–Es sólo eso, una exclamación.

–¿Y a qué venía, si puede saberse?

–¡Hola, Flash! –dijo Bree desde la puerta. Se acercó, le pasó un brazo alrededor de la cintura y le dio un beso en una mejilla–. ¿Cómo está hoy mi patrón favorito?

Flash frunció el entrecejo.

–Mal. He tratado de preparar las nóminas, pero me he hecho un lío con las cifras. Te necesito, Bree. ¿Cuándo piensas volver?

Julia Dean llamó a Tom a su casa. Se identificó, se disculpó por molestarlo y luego dijo:

–El otro día me perdí la visita que hizo Bree al restaurante. Después los comentarios de la gente me resultaron un poco confusos. Unos decían que tenía buen aspecto; otros, que estaba muy pálida. Unos aseguraban que se movía como si algo le doliera; otros, que nadie se habría dado cuenta de lo que le había sucedido. Usted la ve a menudo, por lo que debe de saber mucho más que los otros. ¿Cómo se encuentra?

Tom advirtió que la mujer se sentía verdaderamente preocupada.

–Está mucho mejor.

–¿En serio?

–En serio.

Julia dejó escapar un suspiro de alivio.

–Me alegro. Estaba alarmada.

–A Bree le encantan las flores que usted envía todas las semanas –dijo Tom–. Las pone en un lugar especial sobre la cómoda, para verlas en cuanto despierta. Debería ir a verla. A Bree le encantaría.

Tom percibió una satisfacción genuina en la respuesta de Julia.

–Bueno, supongo que pronto volverá a trabajar en el restaurante. La veré allí. Pero hasta entonces, ¿se encargará de transmitirle mis mejores deseos?

Tom volvió a hacerlo: se anticipó a los deseos de Bree y los convirtió en realidad. Cuando ella estaba deseando conocer el lugar donde él vivía cuando no estaba a su lado, la invitó a su casa.

–En realidad, la casa no es nada del otro jueves –le advirtió él mientras aparcaba el coche. Pero ella se mostró de inmediato en desacuerdo. Tal como imaginaba, el bungaló poseía un encanto especial. La cocina comunicaba con la habitación del desayuno, el comedor principal y el porche cerrado con tela de red metálica. También había una amplia sala de estar, un gran vestíbulo y, en el primer piso, tres dormitorios y dos cuartos de baño. Los techos eran más bajos que los de su casa, las tablas del suelo más anchas, la chimenea, de piedra.

El hecho de que en casi todas las habitaciones hubiera cajas que Tom no había desembalado, que no se hubiera preocupado por poner un solo adorno en las paredes y que no hubiera ninguna fotografía familiar a la vista, indicó a Bree que él todavía no estaba instalado, que no sabía con seguridad dónde estaba ni hacia dónde se dirigía. Era evidente que podía llenar en una hora un camión con sus pertenencias y desaparecer del pueblo diez minutos después.

Ese pensamiento la intranquilizó. Lo que veía le enviaba un mensaje distinto del que por lo general recibía: el del hombre cuya intención era permanecer donde se encontraba. Cuando estaban juntos, en casa de Bree, asumía un compromiso. Bree había estado con suficientes hombres como para saberlo. Al menos por el momento, Tom estaba enganchado y, que Dios la ayudara, también ella lo estaba. Cuando Tom la tomó de la mano y la fue llevando de una habitación a otra, el contacto físico disminuyó el sentimiento de melancolía que le transmitía la casa. Y desapareció por completo cuando Tom la llevó fuera.

–Esto era lo que realmente quería que vieras –dijo, y ella comprendió de inmediato a qué se refería.

Justo detrás de la terraza se oía el rumor de un arroyo. Ese sonido los atrajo, los hizo cruzar un terreno cubierto de hojas secas, bajar por un barranco y llegar a una orilla cubierta de guijarros. El arroyo en sí era un curso de agua cuya anchura iba de casi un metro a aproximadamente dos, y su profundidad desde cinco centímetros hasta poco menos de un metro. El agua de lluvia, sumada a las nevadas recientes, hacía que el caudal fuese abundante. La corriente era transparente y corría sobre piedras de todos los tonos imaginables, desde el verde hasta los azules y los grises.

Fascinada, Bree juntó las palmas de las manos.

–¡Es un lugar mágico!

–Tal vez.

–No, seguro –insistió ella mientras se sentaba sobre una roca.

–¿Estás cansada?

–No. Sólo quiero mirar.

–Aquí cerca hay un lugar aún más bonito para sentarse y admirar el paisaje. ¿Quieres conocerlo?

Bree respondió poniéndose de pie y echando a andar. No quedaba lejos. En el instante en que dobló una curva, vio la cascada. En realidad eran varias cascadas pequeñas, lo que resultaba aún más encantador. En cada extremo, sendos cúmulos de barro, ramas y piedras sugerían la presencia de castores. En la orilla había un banco.

–Encontré este rincón el día que vine a conocer la casa –explicó Tom–. Mira las zonas desgastadas del banco. Los Hubbard deben de haber pasado muchas horas aquí. Y tal vez hasta los anteriores dueños de la casa. El banco parece muy antiguo.

Bree pasó una mano sobre la vieja madera, luego se acomodó en el asiento gastado por el tiempo y el uso. Respiró hondo y miró a Tom con una sonrisa.

Él se sentó a su derecha, respiró hondo y le devolvió la sonrisa.

Bree respiró hondo por segunda vez, levantó la vista para mirar los abetos que los rodeaban, luego contempló el bosque que se alzaba en la orilla opuesta del arroyo. Muchos árboles estaban casi desnudos, y las pocas hojas todavía unidas a sus ramas aparecían secas y retorcidas. Los árboles de hoja perenne los rodeaban, como si desde la primavera fuese la primera vez que se sentían alimentados. En ese instante Bree se sintió invencible y decidió creer. Estaba sana, Tom no se apartaba de ella, la vida contenía una promesa de amor y tres deseos.

–Antes odiaba el otoño –dijo–. Me resultaba odioso que los árboles perdieran sus hojas. Siempre me parecía que era el momento de la muerte.

–Y ahora lo ves de manera distinta.

–Así es –contestó ella, y de repente sintió un nudo en la garganta.

No conocía ningún otro hombre ante el que pudiera hablar como lo hacía con Tom, y mucho menos que la escuchara como la escuchaba él. Tom era especial. Muy especial.

–¿Piensas en eso a menudo? –preguntó él, refiriéndose a la experiencia cercana a la muerte.

–Sí.

Bree pensaba cada vez más en ello a medida que retomaba la rutina anterior al accidente, como conducir un coche, pagar las facturas de Flash, salir a caminar por el bosque. Todo era igual y, sin embargo, nada lo era.

–Yo también lo haría –señaló Tom–. En realidad te confieso que pienso en ello. Pienso en lo que sentiría si estuviera en tu lugar.

Ella dedicó un minuto a deshacer el nudo que se le acababa de formar en la garganta. Luego preguntó:

–¿Qué sentirías?

Tom respiró hondo antes de contestar:

–Lamentaría las oportunidades perdidas.

Ella no quería pensar en la vida anterior de Tom, caracterizada por la inestabilidad, pero era parte de él, y Bree se sentía fuerte, invencible. De manera que dijo:

–¿Tú perdiste muchas oportunidades?

–Lo que realmente importaba, sí. –Tom hizo una pausa y añadió–: Pero no he perdido las esperanzas. Me siento como si acabara de comenzar el resto de mi vida y esta vez estuviera en condiciones de hacer las cosas de otra manera.

Al ver la mirada que él le dirigía, Bree sintió que se le formaba otra vez un nudo en la garganta, y que permanecía ahí cuando él le rodeó los hombros con un brazo y la acercó a sí.

–Yo no pienso irme, Bree –dijo.

Porque quería creerlo, porque tenía tanta necesidad de creerlo, Bree cerró los ojos. Tom tenía el mismo olor que su aspecto, limpio, viril, de persona que lleva una vida sana y al aire libre. Ahora era un hombre de Vermont con la chaqueta de lana abierta y un jersey debajo, sobre la piel cálida y velluda. Usaba los tejanos estrechos, como era típico de los panamenses. Lo que lo diferenciaba de ellos eran sus zapatillas deportivas.

Yo no pienso irme, Bree.

Al acurrucarse contra Tom, ella percibió un brillo. Abrió los ojos y vislumbró un lugar donde un único rayo de sol iluminaba nubes y árboles. Sólo duró un instante, pero fue suficiente.

Era invencible. Estaba enamorada.

7

–Si a vosotras se os hubieran concedido tres deseos, ¿qué pediríais? –preguntó Bree mirando alternativamente a las amigas con quienes compartía el reservado: Liz, Lee Ann y Jane.

Tenía el ordenador portátil cerrado después de haber trabajado varias horas para recuperar el tiempo perdido.

–¿Tres deseos? –inquirió Jane, vacilante.

–¿Te refieres a sueños hechos realidad? –intervino Liz, esperanzada.

–Yo sé lo que pediría –anunció Lee Ann–. Ante todo, dinero, tal vez un millón de dólares. Después pediría un yate, uno grande con camarotes preciosos y marineros que me sirvieran comida. Después pediría un príncipe.

Jane sonrió.

–¿Un príncipe?

–Un príncipe de verdad. No es necesario que sea de un reino importante. Pero que sea un verdadero príncipe. Quiero tener una diadema y usarla.

–¡Una diadema! –Liz suspiró–. Me encantan las diademas. Pero no es lo que yo desearía.

–¿Qué pedirías? –preguntó Bree en el momento en que se les acercaba Joey, el hijo de Liz.

El pequeño le sonrió a su madre, soltó un chillido, se volvió y corrió hasta el otro extremo del restaurante.

–Una niñera –respondió Liz–. Pero no una niñera cualquiera, sino la mismísima Mary Poppins, para no sentirme tan mal cuando Ben y yo cerramos la puerta del estudio para ponernos a trabajar.

–Eso es un solo deseo –dijo Lee Ann–. ¿Qué más?

Liz lo pensó durante un minuto.

–Un apartamento frente a una playa del Caribe, con pasajes de avión pagados para los próximos quince años. Y una piscina para los chicos. Todo eso en un solo deseo.

–¿Y cuál sería el tercero?

Liz sonrió.

–Tener una cabellera abundante y ondulada. Es algo que siempre he querido.

Bree jamás habría deseado nada semejante. Se volvió hacia Jane, cuyo cabello era su mejor atributo físico.

–A mí me gusta mi pelo –dijo Jane.

Bree rió cuando la oyó expresar en palabras sus propios pensamientos.

–¿Y tú qué pedirías?

–Un viaje a Disneylandia.

Lee Ann levantó una mano.

–Yo también. Que ése sea uno de mis deseos. Un viaje a Disneylandia con mis hijos.

–Pero no para mí –puntualizó Liz en el momento en que Joey regresaba corriendo como una tromba. Cuando ella trató de detenerlo, giró sobre sus talones y volvió a marcharse a toda velocidad–. Quien iría con los chavales sería Mary Poppins.

Bree miró fascinada a Joey por un instante antes de volverse hacia Jane.

–¿Por qué Disneylandia?

–Porque creo que sería divertido. Siempre he querido ir.

No había ninguna necesidad de que aclarase que la vida con Dotty no era divertida, ni que Dotty se alejaba de Panama estrictamente cuando no tenía más remedio que hacerlo. Todo el mundo lo sabía.

–Está bien –dijo Bree–. Disneylandia. ¿Y qué más?

Después de una breve pausa, Jane contestó:

–Pediría una beca en una escuela de arte.

–¿En serio? –preguntó Liz con una sonrisa, extrañada.

Bree debería haberlo adivinado. Aun sin estudios formales, Jane era una artista. Diseñaba todos los folletos de la iglesia y escribía en caligrafía todos los comunicados del pueblo. En Panama estaban todos tan acostumbrados a ello que lo daban por sentado.

–¿Y cuál sería tu tercer deseo? –preguntó Lee Ann.

Jane tragó con fuerza.
–Valor, pediría valor.
Nadie hizo ningún comentario. Bree, quien sabía que para Jane la palabra valor significaba libertad, apretó la mano de su amiga.
–Ése es un deseo importante –susurró.
–Igual que el león del *Mago de Oz* –acotó Lee Ann, volviéndose hacia Bree–. ¿Y tú?
–¿Yo?
–¿Cuáles serían tus tres deseos? –preguntó Liz, entrecerrando los ojos–. Espera un momento. Recuerdo que el año pasado, cuando soplaste las velas de tu pastel de cumpleaños, te negaste a formular un deseo. ¿Qué fue lo que dijiste? ¿Que los deseos eran una tontería? Entonces, ¿por qué este interés tan repentino?
Bree se encogió de hombros y respondió en tono de indiferencia:
–No lo sé. Se me ocurrió de repente. Es un tema en el que me divierte pensar, pero que en realidad no tiene la menor importancia.
–Bien, pero ¿cuáles serían tus deseos?
–En primer lugar –dijo Lee Ann en tono de broma–, desearías volver al trabajo.
Bree miró el ordenador.
–Ya he vuelto.
Esa semana había estado trabajando varias horas al día.
–Pero aún no has servido mesas –señaló Lee Ann–. Desearías poder hacerlo cuanto antes, porque te encanta y lo echas de menos.
–Es cierto. Me encanta relacionarme con la gente.
De pronto se presentó Flash.
–Tu deseo te ha sido concedido. A partir de la semana que viene servirás mesas en las horas en que haya menos ajetreo. ¿Crees que podrás?
Bree ya podía hacer largas caminatas, conducir el coche, ocuparse de la administración del local. Servir mesas sería el paso siguiente, y estaba encantada de que así fuera. Temía estar empezando a depender demasiado de Tom.
–Sí, por supuesto que puedo.
–Gracias. –Flash miró a Lee Ann–. Necesito a alguien dispuesto a trabajar en lugar de quedarse todo el día sentado y conversando.

–Ya voy –contestó Lee Ann, pero en cuanto Flash se alejó se volvió expectante hacia Bree.

Liz también lo hizo.

–Apuesto a que también pedirías un coche nuevo en el que pudieras recorrer muchos kilómetros y que no se averiara tan a menudo como el tuyo. Si tuvieras un coche nuevo podrías viajar hasta California. En cierta ocasión me dijiste que era algo que te gustaría hacer.

En una época había tenido ganas de hacerlo, en efecto. Su padre había mencionado que de allí procedía su madre y Bree pensó en la posibilidad de ir en busca de ésta. Pero en ese momento ignoraba si su madre estaba en California, y no tenía modo de averiguarlo. Además, ahora había muchas cosas que la retenían en Panama.

–¿Y qué me dices de Tom? –preguntó Jane con intención–. ¿Sería uno de tus deseos?

–De ser tú, yo lo desearía –apuntó Lee Ann.

–¡Lee Ann! –llamó Flash.

Ella le dirigió una mirada, gruñó algo acerca de desear descansos un poco más largos y se alejó del reservado. Joey ocupó su lugar y apoyó la cabeza contra el pecho de Liz, quien lo acunó mientras preguntaba:

–De modo que desearías a Tom, ¿eh?

Bree respondió con un gesto poco comprometedor.

–No negarás que te gusta –aseveró Jane.

–¿Acaso puede no gustarle a alguien? –preguntó Bree.

De repente Liz se puso seria.

–A muchos, según he oído. Además, gasta el dinero como si fuera agua, tiene mal carácter, ha roto contratos firmados...

–¿Y los que se encargan de hacer correr esos rumores lo saben de primera mano? –preguntó Bree.

No fue necesario que nadie contestara.

–De primera mano –prosiguió– me consta que siempre ha cumplido con todos sus compromisos. Si dice que irá a visitarme, lo hace. Nunca lo he visto de mal humor, ni me ha parecido que gaste demasiado dinero. Yo estaba con él cuando compró su nueva camioneta. Había hecho averiguaciones y sabía cuánto costaba cada marca. Con el vendedor se mostró paciente pero firme, y así consiguió una importante rebaja. Además, no sé qué habría hecho sin él durante éstas últimas semanas.

–¿Cuánto tiempo crees que se quedará en Panama? –preguntó Jane.

Bree lo ignoraba.

–Más concretamente –intervino Liz–, ¿te gustaría que se quedara? A eso se refiere el deseo.

–Yo creo que tú le interesas –señaló Jane.

Liz enarcó una ceja.

–Pasa tiempo más que suficiente en tu casa, lo cual resulta sorprendente si se considera quién es. Piénsalo. Un escritor famoso en el mundo entero, y además extraordinariamente apuesto, se queda a dormir casi todas las noches en tu casa. –Levantó aún más la ceja, se tapó la boca con los dedos y añadió–: Pero no es asunto mío, claro.

Bree miró a Joey, tan cómodo en el regazo de su madre, con el pulgar metido en la boca y los ojos cerrados a medias y sintió una repentina envidia. Levantó la vista para mirar a Liz.

–La relación entre Tom y yo es completamente inocente.

–¿Entonces no os habéis...? Es decir... ¿tú ya podrías...?

–Puedo. –El médico le había hecho un examen esa misma semana y le indicó todo lo que ya podía hacer. En la lista figuraba mantener relaciones sexuales–. Pero no lo hemos hecho.

–¿Por qué no? –preguntó Jane en voz baja.

Liz abrió mucho los ojos, sorprendida.

–¿Por falta de... atracción?

–No, creo que eso existe.

De hecho, existía. Lo sabía. Lo sentía al mirar las manos de Tom, sus largas piernas, el vello de sus brazos cuando se arremangaba la camisa.

Jane la miró.

–De acuerdo –concedió Bree, porque Jane sabía que ella no era precisamente una monja–. Ya sé que debe de sonar raro que yo lo diga, pero lo que trato de explicaros es que, habiendo estado enferma y todo eso, ese asunto de la atracción no ha sido una de mis prioridades.

Liz sonrió.

–Pero ya no estás enferma. Repito. Si se te concedieran tres deseos, ¿desearías a Tom?

Bree no lo sabía. Tom era lo mejor que le había sucedido en la vida, o lo peor. Era fuerte pero sensible, autosuficiente pero atento, todo lo que ella siempre había querido en un hombre y nunca había tenido. Era también una persona cuyo pasado podía con toda facilidad hacer acto de presencia para reclamarlo, en cuyo caso se marcharía.

Liz y Jane no eran las únicas en advertírselo. Casi todas las personas con quienes topaba tenían alguna confidencia acerca de Tom que querían compartir con ella. Eliot le dijo que era un embaucador, Emma que era pedante, Dotty que era grosero. Flash apostaba a que volvería a Nueva York, Lee Ann a que terminaría yéndose a Hollywood, y Martin Sprague llegó incluso a decir que el padre de Bree jamás habría permitido que su hija saliera con un hombre así.

–¿Así, cómo? –preguntó Bree.

–Un hombre astuto. Es demasiado inteligente para estar aquí sentado mano sobre mano. Está en busca de algo, recuerda lo que te digo. ¿Sabes lo que creo? Creo que debe de estar escribiendo. No me sorprendería que su próximo libro fuese sobre Panama y que tú estuvieras en el centro del argumento, Bree Miller. Es posible que te esté utilizando. Tal vez nos esté utilizando a todos.

Bree no creía que fuera así. Había visto la casa de Tom. En el despacho había telarañas. De acuerdo, no había telarañas en su ordenador, pero Tom no estaba escribiendo, o al menos eso creía ella.

La cuestión era que cuanto más advertencias le hacían respecto de Tom, más atraída se sentía hacia él. Defender a alguien que no tenía a nadie que lo defendiera, sólo era en parte motivo de ello. Bree le hacía bien en otros sentidos que no tenían nada que ver con hacerle la cama o cocinarle, dos cosas que él jamás le había pedido que hiciera. Tom estaba en paz cuando se encontraba a su lado. Bree lo advertía en la postura relajada de sus hombros y sus manos maravillosas, en la expresión de satisfacción que le iluminaba el rostro y lo convertía en más juvenil y cálido... Todo ello hacía de él un hombre muy distinto del que solía permanecer sentado a solas con los ojos bajos en su reservado del restaurante. ¿Sería Tom un don del cielo o una pesadilla?

–¿Qué sucede? –preguntó Tom desde la puerta del dormitorio. Su voz conservaba la suave ronquera de alguien que acababa de despertar.

Eran las tres de la madrugada. Ella había despertado media hora antes, había ido al cuarto de baño y a partir de ese momento no había podido conciliar el sueño. Seguramente sus movimientos habían despertado a Tom.

–No ocurre nada –contestó–; sólo estoy inquieta.

–¿Te pone nerviosa pensar que mañana volverás a servir mesas?

–No, no es eso. En realidad, no sé lo que es.

–¿Quieres que te traiga un poco de leche tibia?

Bree no creía que esa vez la leche tibia consiguiera hacerla dormir, de modo que negó con la cabeza. Suspirando, encendió la lámpara de la mesilla de noche. Después se incorporó en la cama, acomodó las almohadas contra la cabecera de hierro forjado y se apoyó contra ellas.

–¿Quieres que conversemos? –le preguntó Tom con una sonrisa.

–Sí.

Tom tenía la camisa abierta, el botón superior de los tejanos sin abrochar y estaba descalzo. Cuando se sentó en el borde de la cama con las piernas cruzadas, mirándola, a Bree le pareció más apuesto que nunca. ¡Vaya si se sentía atraída por él!

–¿A qué se debe tanta inquietud? –preguntó Tom.

–Al asunto de los tres deseos.

–Ya veo. Es como para inquietar a cualquiera. Piensas que fue real, ¿verdad?

–No, pero aun así no dejo de preguntarme qué desearía.

–¿Y qué desearías?

–No lo sé. Siempre se me ocurren cosas tontas, como un viaje a alguna parte, un reloj nuevo o un televisor con pantalla más grande.

–Ésas no son cosas tontas.

–Son cosas materiales. No quiero gastar un deseo en algo material. –Bree lo había decidido después de conversar con sus amigas. No porque las culpara. Para ellas hablar de tres deseos no era más que una utopía y las utopías no eran más que temas divertidos–. ¿Y tú? –le preguntó a Tom–. Si se te concedieran tres deseos, ¿qué pedirías?

Él se lo pensó durante un rato. Frunció el entrecejo. Por fin, contestó con aire de resignación.

–Desearía que el tiempo retrocediese para así rehacer algunas cosas.

–¿Qué cosas? –preguntó Bree, aunque ya con menos seguridad. Tenía la sensación de que si él contestaba entrarían en un terreno nuevo.

Por unos segundos él no apartó los ojos de la colcha de la cama. Después los levantó y la miró fijamente.

–Siempre he sido competitivo –dijo–. Desde niño. Fui así en el colegio secundario y en la facultad de derecho. Fui así como abogado, desde el principio mismo, empeñado en ser siempre el mejor. Acepté los mejores casos aunque eso significara quitárselos a otros abogados tan buenos como yo pero menos empeñados en triunfar. Me abrí camino hasta arriba, y cuando para llegar hasta allí tuve que pisotear a otras personas, mi razonamiento era que los que ganaban eran mis clientes, y que nada importaba más que eso.

»Cuando escribí mi primer libro, fue lo mismo. Ya me había hecho un nombre como abogado, de manera que tuve acceso al agente literario más poderoso. Aun antes de que mi manuscrito fuese enviado a la editorial, ya teníamos un publicitario trabajando en la promoción. Las expectativas que creamos fueron tales que si el libro hubiera sido un bodrio, lo habrían publicado de todos modos. Algunos editores llamaron haciendo ofrecimientos de dinero antes de terminar de leerlo.

–Era un buen libro –afirmó Bree.

Tom sonrió con tristeza.

–Hay muchísimos libros buenos. Y muchos muy buenos. De manera que ¿por qué tuvo tanto éxito el mío? Porque yo era inteligente. Una vez que ese libro se convirtió en un best-séller, cualquier cosa que yo escribiera seguiría el mismo camino, porque el bombardeo publicitario continuaba. El éxito trae el éxito. Hubo críticas y entrevistas. Las revistas publicaron reportajes sobre mí. Hubo fiestas festejando las publicaciones en Nueva York y fiestas en Los Ángeles festejando las adaptaciones al cine. Yo era –agregó en tono de desprecio– rico, arrogante y famoso.

Bree se inclinó y le tomó una mano. Tom contempló el modo en que se entrelazaban los dedos de ambos.

–No fui un hombre agradable. ¿Sabías que estuve casado?

–No.

–Pocos se enteraron. Se llamaba Emily. Fuimos novios en la universidad. Ella trabajó para mantenernos a ambos mientras yo estudiaba derecho. ¿Y cómo se lo agradecí? Una vez que me gradué, me refugié en mi trabajo e hice caso omiso de ella. Dos años después Emily pidió el divorcio, ¿y puedes creer que me sorprendió? No tenía ni idea de que ella fuese infeliz. Eso te dará una idea de lo poco atento que era.

Bree no sabía qué decir.

–Poco después –prosiguió él–. Emily volvió a casarse, lo que tampoco me sorprendió. Era una gran chica. Ahora tiene cuatro hijos. Por lo que me han dicho es muy feliz. Con ella también me gustaría que retrocediesen las agujas del reloj.

–¿Todavía la amas?

Bree se dijo por un instante que no era posible que hubiese muerto, subido al cielo y regresado sólo para enamorarse de un hombre que seguía amando a su ex mujer. Pero en realidad, ¿qué sabía ella?

–No, no se trata de amor. Se trata de lo imbécil que fui incluso después de divorciado. Una vez ella asistió a un acto en el que yo firmaba libros. Cuando llegué a la librería, la cola daba la vuelta a la esquina. Yo la vi en la fila, pero como sólo pensaba en mí, en lugar de decirle que viniese conmigo la saludé con la mano y seguí caminando. –Tom apartó la mirada–. Hice muchas cosas como ésa: veía a alguien a quien conocía y en lugar de reconocer la relación que nos unía lo trataba igual que a otro de mis admiradores. Sucedió en restaurantes, en aeropuertos, en fiestas. Me creía un ser superior, y así he perdido a mucha gente a la que quería.

–Es duro –comentó Bree.

Tom volvió a fijar la mirada en las manos de ambos.

–Después de Emily –continuó– tuve dos largas relaciones con mujeres. La primera de ellas fue con una asociada de mi bufete. Estuvimos juntos tres años. Rompí con ella cuando se filmó mi primera película, porque no me pareció que fuera a adaptarse al ambiente de Hollywood. La segunda fue la asistente de producción de mi segunda película. Era la típica mujer de Hollywood: piernas largas, cabello rubio, ropa sexy. Estuve dos años con ella, hasta que empezó a hablar de casamiento. –Chasqueó los dedos–. Ahí terminó todo. Me libré de ella, pero no sin antes decirle que si creía que tenía algo que no tuvieran también mil mujeres más, estaba loca de remate. –Bufó, disgustado–. No, no era un hombre agradable. Y después está mi familia. –El tono de Tom era de abierto reproche hacia sí mismo–. No te he hablado mucho de ella, ¿verdad? Es mi mayor fuente de vergüenza.

Bree podría haberlo negado, podría haber intentado aliviar la carga de Tom con palabras de consuelo, pero quería que la relación entre ambos fuese honesta. Ése era el momento de la confesión de Tom.

–Nací en un pequeño pueblo de Ohio –explicó él–. Éramos seis hermanos, cinco varones y Alice. Ella era la menor. Yo, el que la seguía. Mi padre trabajaba en el Departamento de Caminos, pero no en los despachos, sino que conducía una máquina quitanieves, rellenaba baches y cosas por el estilo. Éramos una típica familia de la clase trabajadora. Yo fui el primero en destacar. Obtuve una beca gracias a que se me daba bien el fútbol. ¡Dios, qué orgullosos estaban de mí! Cada vez que iba a verlos me trataban como a un rey. Nunca los visitaba más de una o dos veces al año, y jamás me quedaba más que unos pocos días. Siempre había algo que me mantenía alejado. El entrenamiento, un viaje con mis amigos, algún examen. Y ellos lo aceptaban todo. No se les ocurría que yo no quería ser oriundo de un pueblo pequeño, que trataba de alejarme de todo lo que ellos representaban. Una vez mis dos hermanos mayores me hablaron del asunto, y yo los ataqué con fuerza, les dije lo difícil que era tratar de triunfar en un mundo que era una selva y que el hecho de que no lo comprendieran no hacía más que demostrar que no aspiraban a nada en la vida. –Se mordió el labio superior–. Sólo que no lo dije así. Las palabras que empleé fueron mucho más fuertes.

Miró a Bree, como invitándola a desdeñarlo.

Ella no dijo nada.

Sin dejar de mirarla fijamente, sin dejar de acusarse, Tom prosiguió:

–Cuando llegué a la cima, empecé a enviarles dinero, casi siempre cerca de la época de vacaciones, como para excusarme por no ir yo personalmente. No los vi durante dos años. En ese tiempo tuve que ir por asuntos de trabajo a Cleveland. Podríamos habernos reunido, al fin y al cabo eran dos horas en coche, pero ni siquiera les avisé de que estaría allí. Se enteraron después. Mi madre se sintió profundamente herida.

»Mamá era una mujer valiente, menuda, al igual que mi hermana Alice, pero con una gran fuerza de voluntad. Yo creía que mi padre era el que llevaba los pantalones en la familia. Volvía a casa del trabajo, se instalaba en su viejo sillón y permitía que lo sirviéramos. Sólo que era ella quien nos decía qué debíamos llevarle. Ella mantenía limpia la casa, pagaba las cuentas y nos obligaba a hacer los deberes. Mucho después de que mi padre se quedaba dormido en ese sillón, ella doblaba la ropa de cama, limpiaba el suelo o nos cortaba el pelo. –Sonrió–. La primera vez que fui a una peluquería tenía dieciocho años. –Guardó silencio.

Bree continuaba sin decir nada. Habría dado cualquier cosa por tener una madre que se hubiese comportado así, que la hubiera querido de aquel modo.

El silencio de Tom se prolongaba, luego se convirtió en dolor.

–Nunca pude pensar en mi madre como en una persona enferma. Estar enfermo era algo que no tenía nada que ver con ella. Tal vez por eso no volví.

–¿Qué le sucedió?

–Cáncer –repuso Tom–. Quizás ella tampoco pudiera pensar en sí misma como en una enferma, porque lo dejó correr durante tanto tiempo que cuando por fin decidió ir al médico, tenía metástasis en los huesos. Recuerdo el día en que me telefonearon para decírmelo. Tuvieron que dejarme tres mensajes en el contestador automático antes de que por fin me decidiera a llamarlos y entonces, a pesar de que hacía veinte años que me había independizado por completo de ellos, fue como si acabaran de pegarme una trompada en el estómago. –Se le quebró la voz. Volvió a odiarse–. Yo me recuperé. Ella no. Me mantuve ocupado. Ella se debilitaba por momentos. –Tragó saliva con dificultad–. Por supuesto que dije todas las cosas indicadas acerca de la necesidad de pedir una segunda opinión, de consultar a un especialista de Nueva York, etcétera. Tal vez yo hubiese querido todo eso de haber estado en su lugar, pero ella no lo quería. Ella quería quedarse donde estaba, atendida por el médico que conocía. De manera que volví a mi vida arrogante, convencido de haber hecho todo lo posible. Sólo que nunca fui a verlos.

–¿Nunca? –preguntó Bree con tanta incredulidad como desilusión. No podía concebir que teniendo una madre y además una buena madre, alguien pudiera tratarla tan mal.

–Bien..., sí, los visité, pero no lo suficiente. Fui a verlos una vez, al principio de la enfermedad, y otra cuando ésta ya estaba avanzada. Era doloroso. Resultaba más fácil mantenerse lejos. –Miró a Bree a los ojos, como volviendo a desafiarla–. Así era yo. Siempre hacía lo que me convenía. La familia me dejaba mensajes diciendo que mamá estaba cada vez peor, que el cáncer seguía su curso, y yo les enviaba una postal o les dejaba un mensaje por teléfono, porque de esa manera me resultaba más fácil. Siempre tenía una excusa. Estaba trabajando en un libro o lo que fuera. Lo peor del asunto es que no estaba escribiendo. No tenía tiempo para hacerlo. Estaba demasiado ocupado siendo una persona famosa. –Hizo una pausa y prosiguió, con ceño–: Cuando ella murió, yo estaba de vacaciones con un grupo de amigos igualmente famosos. Estábamos haciendo un crucero por el Adriático. Mi familia no tenía ni idea de mi paradero. Me dejaron un mensaje tras otro en el contestador. Como no di señales de vida, no les quedó más remedio que seguir adelante con el funeral. –Se le quebró la voz–. Me presenté una semana después.

–¡Oh, Tom!

Él levantó una mano.

–No sientas lástima por mí. Al fin y al cabo me evité el sufrimiento de tener que asistir a su entierro. El problema –añadió– es que hay un propósito en esa clase de ceremonias: son una manera de conjurar el dolor. Yo estaba tratando de negar el dolor y la culpa, y no tuve ese desahogo. Y de repente el dolor y la culpa se impusieron a todas las otras tonterías que obnubilaban mi mente y tuve una visión clara de lo que era mi vida. Ese contestador automático... ¿Lo he mencionado? Mientras yo navegaba alegremente por el Adriático, mientras preparaban a mi madre para el entierro y mi familia trataba de ponerse en contacto conmigo, nadie más me llamó. Una vez que hube borrado los mensajes que ellos me dejaron, no quedaba nada en el contestador. Yo estaba destrozado, y nadie se acercó a mí. Y la culpa era sólo mía. Yo era un mal amigo, una mala persona.

Sin pensar en lo que hacía, Bree se inclinó hacia él y le rodeó el cuello con los brazos. El dolor de Tom era lo más real del mundo. Estaba desesperada por calmarlo.

Él siguió hablando, como si el dique del silencio se hubiera roto.

–Traté de llamar a mi padre, pero se negó a hablar conmigo. Mis hermanos tampoco quisieron hablarme. Pero mi hermana sí. Como éramos los dos menores, siempre habíamos tenido una relación muy especial. Sin embargo, con ella también me sentía incómodo, de manera que tomé un avión y fui hasta allí. Me dirigí directamente al cementerio. –Respiró hondo. En sus ojos brillaban las lágrimas–. Al contemplar la tumba, sobre la que no había tenido tiempo de crecer la hierba..., al mirar esa lápida que acababa de ser tallada... pensé... que ése era el momento más espantoso de mi vida, pero me equivocaba. Cuando no llevaba más de diez minutos allí, llegó mi padre. Subió por la colina con la cabeza gacha y los hombros caídos, como si tuviera noventa años. Cuando estaba a unos cincuenta metros levantó la vista y quedó como petrificado. Se enderezó, respiró hondo y me dijo lo que pensaba de mí. Después se volvió y bajó por la colina. –Bree contuvo el aliento.

–¿Le seguiste? –preguntó Bree.

–Lo llamé –respondió Tom–, pero no se detuvo, y era extraño después de tantos años, pero sencillamente no pude alejarme de mi madre, no pude dejarla sola en ese lugar, de manera que me quedé un rato más. Luego fui a la casa. Él estaba allí, lo vi a través de la ventana, pero se negó a abrirme la puerta cuando llamé, y tenía razón. Debe de ser terrible para él mirarme, conociendo las oportunidades que tuve y de las que los demás carecieron. Debe de ser terrible para él saber todo lo que no hice cuando pude haberlo hecho, todo lo que despilfarré, lo enormemente desilusionada que mi madre se sentía de mí.

¿Por qué hablaba en presente?

–¿Acaso no has vuelto a llamarlo desde entonces?

–Lo llamo cada dos o tres semanas, pero se niega a hablar conmigo. –Tom bajó la mirada–. Eso fue hace diez meses. Después volví a Nueva York, pero nada era ya como antes. Yo no telefoneaba a nadie; nadie me telefoneaba a mí. Permanecía sentado solo en el piso que antes consideraba tan elegante y que de pronto me parecía tan odioso, pensando constantemente en las personas con las que me gustaría estar y con las que no podía hacerlo porque, a lo largo de los años, las había ido perdiendo por ser tan soberbio y engreído.

Tom dejó de hablar. Levantó la mirada con lentitud. Sus ojos eran inexpresivos, como si la desafiaran a decirle que era un ser despreciable.

Pero Bree no podía decir nada de eso. No conocía al Tom que había hecho todas aquellas cosas. El que ella conocía era atento hasta la exageración. Renunciaba a noches de sueño para cuidar de ella, dejando de lado sus propias necesidades.

–A mí no me has perdido –dijo Bree mientras le acariciaba el mentón con el dedo pulgar para hacer desaparecer la arruga que la tensión hacía que se formase allí.

Sintió que Tom se relajaba un poco.

–Aquí es distinto –repuso él–. El cambio me ha hecho bien.

–Aquí lo que importa es lo básico. Y básicamente tú eres bueno.

–Yo no diría tanto –contestó Tom, pero Bree advirtió que se animaba y que estaba tan cerca de ella que cuando el primer atisbo de calidez llegó a su mirada ella lo percibió. Siguió acariciándole el mentón.

–¿Y qué me dices de tu trabajo de escritor? –Ya era hora de que se lo preguntara.

Tom soltó un gruñido desdeñoso.

–Hace cuatro años que no escribo nada que valga la pena leer.

–Eso no es cierto.

–Sé sincera conmigo, ¿cuáles te parecieron mis mejores libros, los del principio o los últimos?

–Resulta difícil compararlos –respondió ella tras reflexionar por un instante–. El último era más corto...

–Y más superficial y no está tan bien planeado como los otros. Yo hacía todo lo que se supone que un escritor debe hacer, menos involucrarme. Ese último libro fue espantoso.

Bree no habría usado la palabra «espantoso», pero Tom tenía razón al decir que era más superficial y que la trama no era tan sólida.

–A pesar de todo, fue un éxito de ventas.

–¡Por supuesto que fue un éxito de ventas! Por eso precisamente me convencí de que el libro era estupendo. Ahora sé que no lo era. Ése sería mi segundo deseo: poder reescribir ese libro y el anterior.

–¿Y tu tercer deseo?

La mirada de Tom se suavizó. Esbozó una leve sonrisa.

–Un beso.

Feliz, Bree le devolvió la sonrisa, se señaló los labios y enarcó las cejas.

–Sí, tuyo –puntualizó él.

Bree creyó percibir algo relacionado con la realidad de lo que estaba por suceder. Fue sólo un instante durante el que se preguntó si no estaría jugando con fuego con un hombre como Tom. Pero el instante pasó. No podía oponer resistencia contra todo lo que él había llegado a significar para ella.

–Considera que éste es tu día de suerte –dijo Bree, y no tuvo necesidad de inclinarse mucho, porque Tom se encontró con ella a mitad de camino.

Pero no fue en la boca de él en lo que pensó en primer lugar, sino en sus manos, con una de las cuales la tomaba del cuello mientras con la otra acariciaba el cabello y luego, con ambas ya, comenzaba a moverle la cabeza. Bree había supuesto que Tom podía hacer cualquier cosa que quisiera con las manos, y no se equivocaba. Era como si también pudiera besarla con las manos. Y no porque no le hubiese bastado con los labios. Tenía una boca suave pero firme, tranquilizadora, desafiante. Abría la de Bree y parecía devorarla, siempre estaba un paso más adelante, anticipándose a sus necesidades, y sólo apartó los labios cuando a punto estuvieron de perder el aliento.

Bree se aferró a sus hombros y trató de recuperar el equilibrio. Todo había sido demasiado apasionado, demasiado rápido. Tom apoyó la frente contra la de ella, que ardía. Tom respiró hondo y dejó escapar un gemido tembloroso que indicaba que quería más, pero que no tenía intención de tomarlo en ese momento.

¡Era tan diferente de los otros hombres! ¡Y tanto más dulce!

¿Y si estuviera enamorado de mí? pensó Bree, pero enseguida desechó la idea y se dedicó a gozar del momento, de esa cercanía, que aunque no fuese amor era mucho más de lo que ella había tenido nunca.

Después de dedicar varios minutos a tranquilizarse, Tom bajó las almohadas que estaban apoyadas contra la cabecera de la cama de hierro forjado y las colocó en el lugar que les correspondía. Apagó la luz, ayudó a Bree a deslizarse bajo las mantas y luego se tendió al lado de ella. Por increíble que fuera, considerando el placer que les proporcionaba, ni siquiera se tocaban cuando se quedaron dormidos.

En comparación con lo que solían ser las noches de noviembre, aquélla era fría. Si la caldera de Bree hubiera seguido funcionando, Tom no habría sentido tanto frío al despertar. La habitación estaba helada, debajo de las mantas Bree debía de estar tan a gusto. De modo que él se deslizó bajo las mantas, en el lado desocupado del lecho, y volvió a dormirse.

Bree abrió los ojos al amanecer. Tenía la cabeza apoyada sobre un brazo de Tom, la mejilla sobre su camisa, justo arriba del codo. Tom estaba tendido de costado, con los ojos cerrados, las oscuras pestañas descansando no lejos de la mancha amarilla que le quedaba como recuerdo del golpe y de los puntos de sutura de la cicatriz. Ella levantó un brazo con intención de tocarla, pero se detuvo con timidez, y retiró presurosa la mano. Se la llevó al cuello y siguió contemplándolo. El cabello le caía sobre la frente formando una especie de remolino. La oreja estaba bien formada y el lóbulo era pequeño, las patillas no eran ni cortas ni largas. La barba de un día agregaba aún más textura a su cutis bronceado por el sol.

Ese bronceado, precisamente, había sido motivo de numerosas especulaciones. Lee Ann apostaba a que lo había adquirido en la selva, Flash se inclinaba por una lámpara de rayos UVA, en tanto que Dotty (luego de lanzar un resoplido de desaprobación) sostuvo que era el fruto de una playa «llena de gente desnuda». Bree estaba convencida de que no era necesario que un hombre estuviese desnudo para broncearse la cara, el cuello y los brazos, que era todo lo que ellas habían visto, por el momento, de Tom. En ese instante Tom estaba con la camisa desabrochada, por lo que Bree comprobó que también tenía el pecho bronceado, y no le sorprendió, pues sabía que había dedicado buena parte del verano a arreglar el jardín trasero y construir la terraza que ella tanto admiraba. Imaginaba que los músculos pectorales de Tom debieron de fortalecerse con ese trabajo, aunque suponía que nunca habían sido débiles. Pero ahora eran sin duda impresionantes, al igual que su pecho cubierto de un vello que descendía hasta la estrecha cintura y las caderas que estaban levemente inclinadas hacia delante.

Bree no hizo nada por controlar su mano. Con el dorso de los dedos acarició el vello del centro del pecho de Tom y lo encontró sorprendentemente suave, aunque la calidez que emanaba de su piel no la sorprendió. Más aun que las mantas, fue esa piel lo que la había mantenido abrigada.

Era necesario que mandase reparar la caldera, y ni siquiera esto garantizaba el que volviese a funcionar.

Pero si ella tenía a Tom en su cama, la caldera podía dejar de funcionar para siempre, que no le importaría. Tom desprendía un calor maravilloso. Lo sentía subir por el cuerpo, penetrarla con lentitud, cada vez más profundamente.

Abrió los dedos y recorrió con la palma de la mano el pecho de Tom, hasta el lugar donde comenzaba a abrirse la cremallera de los tejanos. Se detuvo por un minuto, al cabo del cual bajó un poco más la mano. Allí el calor era intenso, y la erección inconfundible.

–¿Te diviertes? –preguntó Tom de pronto.

Bree trató de encontrar un motivo que le impidiera hacer lo que estaba haciendo. No se le ocurrió nada, excepto que la vida era demasiado corta como para que uno pasara algunas cosas por alto. Había muerto y vuelto a la vida. En la siguiente ocasión quizá muriera de forma definitiva. De manera que Tom tenía su costado tenebroso y tal vez, sólo tal vez, le destrozaría el corazón. Pero allí mismo, en ese instante, tenía el poder de hacerla sentir amada, y por el momento eso era todo lo que Bree quería.

¿Si se estaba divirtiendo?

–Sí –contestó con una sonrisa.

–¿Puedo participar en la diversión?

Por toda respuesta ella alzó la cabeza ofreciéndole su boca y supo de inmediato que había hecho la elección correcta. El beso de Tom era todo lo que ella imaginaba que podía llegar a ser un beso matinal. Contenía la dulzura del descanso, la calidez de la intimidad, el fuego del despertar. Deslizarse por completo en sus brazos era la cosa más natural, más excitante del mundo. Era el lugar hacia donde se dirigían desde que, poco más de un mes antes, ella había despertado en el hospital y lo había encontrado allí.

El cuerpo de Tom se adaptaba perfectamente al de Bree. Manos, pecho, caderas, piernas, todo ubicado en su lugar correspondiente, como si ya hubieran estado así docenas de veces. Sólo que ese asunto de la erección era nuevo. Hervía con cada beso, crecía con cada contacto.

Chisporroteaba cuando se quitaron la ropa y, cuando la libertad les permitió una intimidad aún mayor, estalló en llamas. Cuando lo abrazó con fuerza, Bree esperaba sentir punzadas de dolor, pero no las hubo. Ni las hubo cuando los besos de Tom fueron bajando por su cuerpo, porque, también en eso, él parecía conocerla desde siempre. Su suavidad la excitaba, lo mismo que sentir que contenía el aliento la primera vez que vio las cicatrices y que posaba los labios, instantes después, sobre ellas. Si eso era amor, Bree jamás había sentido algo siquiera parecido. Si eso era amor, nunca quería sentir nada que no lo fuese.

Él sabía lo que ella quería y se lo dio, siempre con cautela, con un cuidado exquisito. En voz baja pero ronca por el deseo, se lo hizo saber.

–¿Puedo? ¿Esto te duele? ¿Me dejas besarte aquí?

En ningún momento apoyó sobre ella todo el peso de su cuerpo, ni siquiera cuando delicadamente le separó las piernas y, con los brazos tensos por la excitación, se sostuvo sobre ella y le preguntó si quería que se pusiera un preservativo.

Bree negó con la cabeza. Los hombres con los que había estado siempre habían usado preservativo, pero con Tom nada de eso era necesario. Lo urgió a que se apoyara sobre ella. A juzgar por el cuidado con que la penetró, Bree bien podría haber sido virgen.

Y lo era en un sentido emocional. Por primera vez, su corazón estaba involucrado y la belleza de ello era sorprendente. Realzaba todo lo que sentía, lo convertía en algo más apasionado y rico, la elevaba hasta alturas que algunas semanas antes le habrían parecido imposibles. Hacía que sintiera que todo era posible sólo con atreverse a correr el riesgo. Durante la fracción de un segundo, en el primer instante del orgasmo, el mundo de Bree fue tan enceguecedoramente brillante que ella creyó haber vuelto a morir. Comprender que no era así sólo hizo que su placer fuese más intenso.

Tom se sentía muy bien. Ocupaba su reservado favorito en un rincón, tenía en las manos un buen libro, delante un plato de pavo con doble ración de patatas fritas, su cerveza favorita, y tenía a Bree. Ella se dirigía de una mesa a la otra, de la barra a la parrilla, de allí a la cocina. Cada vez que lo sorprendía mirándola, se ruborizaba.

Por fin se deslizó en el reservado, de espaldas al salón y, en un intento de sonar severa, susurró:

–¡No sigas mirándome así! No puedo trabajar. Empiezan a temblarme las manos. Me olvido de lo que se supone que estoy haciendo. Me pones en un aprieto.

–Pues lo llevas muy bien.

–Tú sabes a qué me refiero.

–¿Cómo te sientes?

–Sorprendentemente bien.

–A mí no me sorprende –repuso Tom.

La segunda vez ella le había hecho el amor de una manera que habría resultado imposible a menos que estuviera completamente repuesta. Era más mujer que ninguna que él hubiera tenido entre sus brazos.

En ese momento, ella lo miró a los ojos, se pasó la lengua por los labios y le dirigió una mirada provocativa antes de ponerse de pie y marcharse meneando las caderas.

Tom dejó escapar un gemido. Miraba fijamente a Bree y pensaba que la redención le producía una pecaminosa sensación de plenitud, cuando una cabeza rubia apareció del otro lado de la mesa. La cara de Joey Little tardó unos instantes en aparecer.

–¡Hola! –exclamó Tom.

Joey lo miró sin decir nada.

–Bueno, devuélveme el saludo –pidió Tom.

Joey apartó la mirada durante el tiempo que le tomó instalarse en el reservado.

–¿Ya has almorzado? –preguntó Tom.

Joey asintió.

–¿Qué has comido? –quiso saber Tom. Al ver que Joey no contestaba, agregó–: Tienes marcas de salsa en el labio superior.

Joey se chupó los labios.

–¿Has comido espaguetis con salsa? –preguntó Tom.

Joey asintió.

Tom cogió la chapa de su botella de cerveza. La colocó frente a sí en la mesa y la empujó con suavidad hacia Joey. Al ver que apenas se movía hasta el centro de la mesa, volvió a cogerla y lo intentó de nuevo. Esa vez la chapa se detuvo a pocos centímetros del borde de la mesa.

Joey miró la chapa de la botella y luego miró a Tom.

Tom asintió y le indicó con un gesto que él también debía intentarlo.

Joey levantó una mano pequeña y regordeta y golpeó la chapa. Al advertir que apenas se movía, la empujó con fuerza. Tampoco fue suficiente. Joey se arrodilló sobre el banco y golpeó la chapa con mayor fuerza aún. Tom la cogió antes de que cayera al suelo y la mantuvo apretada entre sus rodillas. Joey esperó. Al ver que la chapa no reaparecía, se puso de pie sobre el banco, colocó las manos sobre la mesa y se inclinó para mirar el banco al costado de Tom. Luego, con tanta rapidez como se había incorporado, se dejó caer y desapareció. Instantes después, debajo de la mesa sus manos pequeñas obligaban a Tom a separar las rodillas para recuperar la chapa. Casi de inmediato Joey estaba de nuevo sobre el banco, con la chapa sobre la mesa y apuntando con cuidado.

Tom supuso que se trataba de una señal. Carecía de importancia que el niño tuviera dos años. Los niños eran sabios. Instintivamente reconocían a amigos y a enemigos. El pequeño Joey había decidido que él era amigo. Era un comienzo.

Una vez que se hubo convencido de que Bree estaba en condiciones de servir las mesas, que Flash no le quitaba ojo y que, de todas maneras, ella estaba divirtiéndose demasiado en su reencuentro con sus amigos, Tom pidió la cuenta. Después se dirigió en coche hasta el bungaló de West Elm, cogió una navaja de la caja de herramientas que había debajo del mármol de la cocina y abrió la primera caja de unos libros que no veían la luz del sol desde su partida de Nueva York.

A las cinco estaba de regreso en el restaurante para buscar a Bree, la llevó hasta su casa victoriana de South Forest y le dio un masaje en todo el cuerpo. Más tarde, dentro de la bañera en la que apenas cabían y por eso mismo era ideal, le dijo que la amaba.

8

La vida era maravillosa.

No, decidió Bree, la vida era fantástica. Estaba locamente enamorada de un hombre que también la amaba, un hombre cuya principal meta en la vida parecía ser darle todos los gustos. Había momentos en que estaba segura de que soñaba o padecía alucinaciones, pero se pellizcaba y Tom seguía allí, sonriéndole como si ella fuese la respuesta a todas sus plegarias.

Algunos meses antes ni siquiera habría soñado con encontrar un hombre tan bondadoso, inteligente, cariñoso y... famoso. Sin embargo, eso había sido antes de ver al ser de luz. La paz que había sentido frente a él era la misma que experimentaba con Tom. La misma bondad. El mismo amor. Se preguntaba si Tom no sería la encarnación de ese ser, o si no habría muerto y se encontraba de regreso en la tierra con el único propósito de estar con él, e incluso se preguntaba si ella no sería, en efecto, la respuesta a las plegarias de Tom. Ella le hacía bien. Cuando Tom necesitaba descansar, le proporcionaba descanso. Si necesitaba a alguien abierto y sincero, ella lo era. A pesar de haber nacido en un pueblo pequeño, leía los mismos libros que él y sabía defender su punto de vista en cualquier discusión que tuvieran. Proporcionaba un sentido a la vida de Tom, algo que hacía mucho tiempo que él no tenía, y placer sexual. ¡Ah, sí, claro que se lo daba! Ella podía percibirlo en los gemidos que dejaba escapar Tom cuando le pasaba una mano por el pecho y la bajaba hasta el vientre, y en los temblores que lo sacudían cuando lamía la suave piel de su ingle, y cuando él echaba la cabeza hacia atrás en un orgasmo largo y poderoso, y después, cuando se dejaba caer lentamente a su lado con una mirada que no expresaba más que un profundo amor. Bree sabía que era cierto.

No le había dicho que no podía concebir hijos.

Pero si él la amaba, eso no tendría importancia.

Y si se fuera al llegar la primavera, tampoco tendría importancia alguna.

De todos modos, ella tenía tiempo.

Además, no podía soñar con el futuro. Eso se lo había enseñado el ser de luz, aunque, al igual que los tres deseos, fue algo que percibió sin oír. Y lo más importante era que, por el momento al menos, amar no le estaba vedado, y con respecto a lo cual podía actuar de inmediato.

No estaba dispuesta a hacer nada en lo que a los tres deseos se refería. Todavía no.

En Panama, el día de Acción de Gracias era un asunto comunal desde los tiempos de los Padres Fundadores. Antiguamente las familias más importantes de la comunidad, cuyas casas rodeaban el parque, asaban grandes pavos y abrían las puertas de sus hogares a todo el pueblo. A medida que esas familias fueron muriendo o se mudaron a otras partes y la población creció, las cosas cambiaron. Las casas que rodeaban el parque seguían abriendo sus puertas, pero ahora todo el mundo contribuía en la preparación de la fiesta.

Bree había sido asignada a la casa de los Nolan. Llevó dos grandes boles de ensalada y a Tom. Después de comer allí los platos principales, fueron recorriendo las otras casas para comer los postres, como lo exigía la tradición.

–La fiesta no es gran cosa cuando llueve –explicó Bree, recordando otros días de Acción de Gracias.

Sin embargo, en esa ocasión no llovía. Desde el principio, las nubes fueron densas y muy blancas. Cuando llegó el momento de visitar las otras casas, empezó a nevar. Entonces la plaza de la ciudad se convirtió en un lugar encantado, lleno de habitantes del pueblo con sombreros, chaquetas y bufandas de colores brillantes, con el rostro muy colorado después de haber comido y bebido bien, en torno a los cuales caían los copos de nieve.

Bree no podría haber deseado un día mejor. Experimentó una profunda sensación de bienestar desde la mañana temprano hasta última hora de la noche. Tom casi nunca se apartaba de su lado, y cuando lo hacía era sólo para volver a llenarle el vaso o el plato o para buscarle algo de abrigo. No era posesivo. Sencillamente la adoraba de la manera más agradable y sutil.

A los vecinos de Panama no se les pasó por alto el significado de la presencia de Tom junto a Bree. Desde que había asistido con Curtis Lamb a la fiesta de graduación de la escuela secundaria, ella jamás había concurrido con un compañero a una reunión. Sin embargo, la presencia de Tom a su lado no resultaba sorprendente. Todos sabían que la llevaba al restaurante a mediodía, que iba a buscarla a la salida del trabajo y que pasaba las noches en su casa.

Pero ese día de Acción de Gracias sucedió algo especial. Parte de la amabilidad que el pueblo dispensaba a los suyos, y en particular a alguien tan querido como Bree, tuvo como objeto a Tom. No fue exactamente que se abrieran con él, pues seguía habiendo cierta desconfianza, pero lo incluían en las conversaciones.

Y más aún, le hacían preguntas. La curiosidad podía más que el recelo.

Lo interrogaron acerca de su carrera como abogado y su trabajo como escritor, así como sobre su familia. Le hicieron las mismas preguntas una y otra vez, primero en casa de los Nolan, más tarde en otras, y él siempre contestó con infinita paciencia. Sólo Bree sabía lo difícil que debía de resultarle hablar sobre su pasado.

En un momento en que se encontraban a solas, apoyados contra la chimenea de ladrillos de los Nolan, Tom dijo:

–En nuestra casa todo el mundo estaba atareado el día de Acción de Gracias. Mis hermanos también jugaban al fútbol y siempre organizábamos un partido para la ocasión. Después todo el mundo venía a casa: amigos, familiares, entrenadores, profesores. En realidad era algo bastante parecido a esto.

No fue necesario que añadiera que se preguntaba qué estaría haciendo su familia durante ese día de Acción de Gracias. Esa mañana, cuando él creía estar solo, Bree lo había visto levantar el auricular del teléfono y mantenerlo largo rato apretado contra su pecho, antes de volver a colgar. Y en ese momento a ella no se le escapaba la tristeza que empañaba los ojos de Tom al mirar a una familia tras otra de padres, abuelos, tíos, tías y niños.

Si a Bree en realidad le hubieran concedido tres deseos, tal vez hubiera pedido que Tom hiciera esa llamada. Pero no debía ser ella quien lo sugiriera. Lo mejor que podía hacer era tratar de consolar al hombre a quien tanto amaba.

Estaba preparada para ello. Para lo que no estaba preparada era para soportar los dolores inesperados que le producía ver a las familias que ese año tenían un hijo más que el año anterior. Miraba las naricitas mojadas y las manos engrasadas por la piel del pavo y recordaba que ella no había querido tener hijos.

La sacudían oleadas de dolor.

Durante los días siguientes al de Acción de Gracias, el pequeño Joey se convirtió en compañero permanente de Tom en su reservado. Al principio permanecía al otro lado de la mesa, empujaba la chapa de la botella hacia Tom, bajaba del banco para sacársela de las manos y volvía de inmediato a su sitio para repetir la operación. Con el tiempo, adquirió la costumbre de meterse debajo de la mesa y salir de allí para sentarse al lado de Tom. Poco a poco sus silencios se fueron convirtiendo en risitas y en gritos. Uno de éstos, más alto que los demás, hizo acudir corriendo a Liz. Encontró a Joey metido debajo del brazo de Tom, haciéndole morisquetas al reflejo de su rostro que aparecía en la cuchara que éste sostenía.

–¡Dios mío! –exclamó Liz–. ¿Le está molestando?

Tom le dio un leve apretón al chiquillo.

–En absoluto. Joey y yo nos hemos hecho grandes amigos.

–Tiene el diablo en el cuerpo.

–A mí no me lo parece –contestó Tom enseguida.

Había jugado así con sus sobrinos y sobrinas en las pocas ocasiones en que los había visto. Le encantaban los niños. Sus intenciones eran claras, sus reacciones sinceras.

Le gustó que Liz se sentara en el reservado frente a él.

–¿Qué le ha parecido nuestro festejo del día de Acción de Gracias? –preguntó–. Bastante original, ¿verdad?

Tom había festejado el día de Acción de Gracias en el Ritz de Laguna Niguel, en una propiedad elegante al norte de Manhattan y en las laderas de Aspen.

–Nunca he visto nada igual –respondió. Y añadió de inmediato–: Me ha gustado mucho.

–A Bree también. Jamás la he visto tan feliz. Y no fui la única en advertirlo. Mucha gente me lo comentó. Supongo que debemos agradecérselo a usted.

El viejo Tom habría aceptado complacido los méritos que se le atribuían. El nuevo Tom no tenía intenciones de caer en la trampa.

–Bree ha tenido un otoño de lo más interesante –puntualizó–. Ve las cosas de otra manera. Se siente feliz de estar viva.

–Es más que eso –aseguró Liz, apoyándose contra el respaldo–. ¿Qué piensa hacer? ¿Le romperá el corazón y se irá, o piensa quedarse?

–No voy a romperle el corazón.

Era algo que Tom no podría hacer sin romper también el suyo, y nunca había sido masoquista.

–Ésa no es más que una respuesta a medias.

Tom presentía que Liz era una amiga. Se sentía afín a ella y a su marido, pues ambos procedían de la ciudad como él y llevaban vidas profesionales al margen de lo que ocurriese en Panama. Ellos también adoraban a Bree.

De manera que decidió confiar en ella.

–La otra mitad de la respuesta no la conozco. Todavía no lo he decidido.

–Martin Sprague tiene la certeza de que está usted escribiendo un libro cuyo argumento transcurre en Panama.

–Pues se equivoca. No estoy escribiendo nada.

–Martin prefiere pensar lo contrario, porque la alternativa tal vez sería que usted decidiera practicar la abogacía aquí.

Tom se aclaró la garganta.

–Me ha parecido que esa posibilidad le inquietaba. Pero no lo haré.

Liz miró la superficie de la mesa y borró con la manga del jersey las marcas que había dejado su hijo con las manos sucias.

–Podría hacerlo. Lo necesitamos.

–Martin lleva todos los asuntos de Panama.

–Ni mucho menos –contestó ella, alzando la mirada hacia él–. No me interprete mal. Martin es un hombre maravilloso. Desde hace años cubre todas las necesidades de Panama en ese aspecto. El problema es que algunos de nosotros, que somos nuevos en Panama, también tenemos nuevas necesidades. –Liz respiró hondo–. Ben y yo creamos campañas publicitarias para empresas pequeñas. El año pasado hicimos una presentación ante uno de nuestros clientes. Al presidente de la compañía no le gustó y contrató a otra firma. Y ahora, de repente, la empresa está publicando anuncios que son idénticos a los que nosotros les propusimos. Eso se llama robar.

–¿Y Martin no está de acuerdo?

–No considera que sea un robo. Lo denomina «práctica empresarial injusta» y asegura que nos costaría más emprender acciones legales contra ellos, que lo que recibiríamos si ganáramos el juicio. Lo que creo es que no le interesa llevar un caso como ése.

–Los litigios no son lo suyo –señaló él.

–No. –Liz hizo una pausa y lo miró a los ojos–. Pero su caso, Tom, es distinto.

Acababan de hacerlo caer en una trampa. Liz era inteligente.

–En este momento de mi vida no ejerzo la abogacía –repuso Tom.

–Pero podría hacerlo.

Tom negó con la cabeza.

–¿Por qué no? –preguntó Liz.

–En primer lugar, porque hace ocho años que me aparté de la actividad. En segundo lugar, porque no pertenezco al colegio de abogados local. En tercer lugar, por lo que usted acaba de decir: éste es el campo de acción de Martin.

–¿Está de acuerdo con él en que no vale la pena poner una demanda en este caso?

–No podría responder a eso sin estar más informado. Las leyes de propiedad intelectual nunca fueron mi especialidad. ¿Ustedes no tienen abogados en Nueva York?

–Creíamos tenerlos, hasta que los llamamos. Por lo visto no hay suficiente dinero en juego para el gusto de ellos, y en cierto sentido tienen razón. En nuestro caso, se trata más de una cuestión de principios. No estamos protegidos por la propiedad intelectual. Nunca llegamos tan lejos.

–Entonces tal vez ni siquiera exista un caso.

–Tenemos los anuncios que diseñamos, y copias de los que se están publicando. Sabemos que precisamente las mismas cosas que objetó el presidente de la compañía en nuestros anuncios son las que ahora se publicitan.

–¿Pueden demostrarlo?

–Tenemos una grabación de la reunión que mantuvimos con él.

–¿Durante la que él señaló sus objeciones?

–Sí.

Tom se sintió tentado. Pero todavía quedaban tres puntos que debían ser aclarados.

–No le pido una respuesta por el momento –dijo Liz, inteligente también en eso–, pero piénselo. ¿De acuerdo? –Miró alrededor–. ¿Dónde está Joey?

Tom señaló hacia la izquierda del banco que ocupaba. Hecho un ovillo, aprovechando la calidez de Tom, el pequeño estaba profundamente dormido.

Cada vez que iba a la casa de Tom, Bree se encontraba con una nueva sorpresa. Un día era una sala de estar con innumerables estantes llenos de libros y sin una sola caja a la vista. Otro, habían desaparecido las cajas apiladas en la cocina, cuyo contenido se encontraba ahora mismo en los armarios. Otro día eran cuadros pintados al óleo que colgaban de las paredes de la sala.

Pero lo más emocionante fueron las fotografías enmarcadas que comenzaron a aparecer. En su mayor parte eran pequeñas, y muchas de ellas antiguas. Cada una tenía una historia.

–Ése es Carl, mi hermano mayor –le dijo Tom–. Y, en orden descendente, Max, Peter, Dan y yo. Ésta es mi hermana Alice, vestida para asistir a un baile del instituto. Advertirás que su acompañante no aparece. Nos tenía miedo.

–¡Eso es imposible!

–Bueno, sólo durante un tiempo; después volvió. Decidió que tenía más miedo de lo que teníamos preparado para él si no lo hacía. Vivía en la misma calle que nosotros. Lo conocíamos de toda la vida. Era un buen chico, pero Alice nunca se decidió a aceptarlo.

Bree cogió otra fotografía. Después de mirar nuevamente la primera de ellas, y calculando el paso del tiempo, preguntó:

–¿Éste es Max?

–Y su mujer, Sandra –repuso Tom–. La tomaron el día de su boda. Habían sido novios desde niños, pero Sandra fue a la universidad y se casó con otro. Cuando su matrimonio fracasó, regresó a su casa. Max estaba esperándola. Por nada del mundo habría contraído matrimonio con otra mujer. Los niños son hijos del primer matrimonio de Sandra. Desde que se tomó esta fotografía, ellos han tenido otros dos.

–Parece una familia perfecta.

–Lo es –contestó Tom.

–¿Cuántos nietos son, entre todos?

–La última vez conté una docena.

Bree percibió orgullo en la voz de Tom. Y, al mirarlo, también vio anhelo. Emocionada, cogió otra fotografía.

–Ése es mi padre –dijo Tom, señalando un hombretón que, muy derecho, apoyaba una mano de propietario sobre el capó de lo que en ese momento debía de ser un Chevrolet nuevo. En torno a él estaban Tom, sus cinco hermanos, dos perros y un gato–. Ahorró durante años para comprar ese coche. Fue el primer automóvil nuevo que tuvo en su vida. Nosotros nos reuníamos alrededor de su sillón para leer el folleto del concesionario. Papá tardó tanto tiempo en ahorrar el dinero suficiente, que todos los años volvía al concesionario a buscar un nuevo folleto. No quería comprarlo a plazos, sino al contado. En 1965, por fin pudo hacerlo. Carl y Max ya tenían permiso de conducir, pero pasaron meses antes de que él permitiera que ninguno de los dos se sentara al volante. Max tuvo un accidente la primera vez que papá se lo prestó.

Bree contuvo el aliento.

–¿Y qué hizo tu padre?

–Gritó y aulló hasta que mamá le dijo que se callara. Max se quedó sin ahorros, pero pagó los arreglos. Años después se enteró de que papá había pagado éstos de su bolsillo y había depositado el dinero de Max en un banco a nombre de éste. Gracias a eso mi hermano pudo pagar su luna de miel con Sandra.

Bree decidió que aquello revelaba no pocas cosas con respecto al padre de Tom. Por ejemplo, que por severo que pareciese, por dentro era enormemente tierno. Se preguntó si conservaría algo de esa ternura. Al estudiar las fotografías, decidió que los hermanos de

Tom se parecían mucho más al padre que él. Tom y Alice eran distintos del resto, y compartían una misma sonrisa y expresión.

–Tú y Alice debéis de pareceros a vuestra madre. ¿Por qué no aparece ella en ninguna de las fotos?

–Era quien las tomaba.

–¿Tienes alguna fotografía suya?

–Arriba.

Estaba sobre la cómoda. Era una sencilla instantánea de Tom a los veintitantos años con una mujer que era la versión más madura de su hermana Alice. Bree miró largo rato la fotografía. Cuando levantó los ojos hacia Tom, él todavía seguía contemplándola.

–Es del día en que me gradué de abogado –fue todo lo que comentó.

–Debió de sentirse muy orgullosa.

Él asintió y volvió a depositar la fotografía sobre la cómoda.

–Telefonéales –susurró Bree.

Tom metió las manos en los bolsillos del tejano y miró hacia la ventana.

–Es lo que quiero hacer.

–Entonces, hazlo.

–¿Y si no quieren hablar conmigo?

Había una nota de pánico en la voz de Tom.

–Entonces llama a Alice. Estabais muy unidos.

–Pero ¿y si cuelga el auricular al advertir que soy yo?

–¿Y si no lo hace?

Ponerse en contacto con su familia era una decisión que debía tomar Tom en persona, pero ella supo que le había proporcionado algo en que pensar cuando, después de mirarla sorprendido, sacudió la cabeza, soltó una risita y le rodeó el cuello con un brazo.

–Eres decidida –dijo acercándola a sí.

–Tal vez utilice en eso uno de mis tres deseos, ¿sabes?

–¡De eso nada! –exclamó–. Esos deseos te pertenecen.

Es más parecido a su padre de lo que cree, pensó Bree. Duro por fuera, pero blando por dentro.

–¿Qué crees que debería desear? –preguntó ella–. Soy tan feliz que no necesito absolutamente nada.

–Te hace falta una caldera nueva –contestó Tom–. Deséala.

Ella hizo una mueca.
–No pienso gastar un deseo en una caldera.
–Precisas una nueva. Tal vez yo te la compre.
–¡De eso nada! –exclamó Bree, repitiendo las palabras que acababa de pronunciar Tom. No le permitiría hacerlo. Después de todo, si las cosas salían como ella deseaba, no viviría durante mucho tiempo más en esa casa de South Forest.
Y, si de deseos se trataba, eso era algo que valía la pena desear.

La primera semana de diciembre las temperaturas bajaron y empezó a nevar con fuerza, pero no por ello se modificó la vida de Panama. Sus habitantes estaban preparados para recibir la nieve con todos los medios a su alcance. Lo que hacía que el ritmo de vida fuese tal vez más lento era la tradición, sobre todo el East Main Slide.
–¿Has vuelto? –preguntó Tom cuando Bree, decidida a tomarse un descanso, se deslizó a su lado en el reservado para explicarle a qué se referían los comentarios de todos los presentes en el restaurante.
–Es el East Main Slide. Se trata de una carrera. Empieza en la plaza del pueblo y termina en el pie de la colina. Para deslizarse por la nieve puede emplearse cualquier objeto que no sea tradicional: bandejas, cajas de cartón, tapas de cubos de la basura, sillas. Hay premios para el más veloz, para el más lento, para el más original, para el de más edad y para el más joven. En realidad, todos los que terminan la carrera ganan un premio.
–¿Todos? –preguntó Tom–. ¿Y eso qué tiene de divertido?
Bree sonrió.
–Es posible que Tom Gates haya recorrido el mundo entero, pero tiene mucho que aprender acerca de Panama, Vermont. –Encantada de ser su maestra, agregó–: Sólo ganan los que terminan la carrera, y sólo la terminan quienes hacen el recorrido completo desde la plaza hasta el pie de la colina, sin detenerse. Se puede correr al principio, para coger impulso, pero luego está prohibido detenerse. Si vuelcas, quedas descalificado. Si te sales de la pista, quedas descalificado. Si alguien te da un empujón o cualquier otra clase de ayuda, quedas descalificado.
A Tom se le iluminó el rostro. De repente parecía muy joven.

–¿Cuándo es? –preguntó.

–Si deja de nevar, mañana a mediodía. Hay tandas eliminatorias. Seis trineos por tanda.

–¿Y una persona por trineo?

–En ese sentido no hay límite, siempre que sean los mismos quienes empiecen y terminen el recorrido.

–¿Puede participar cualquiera?

–Así es.

–¿Tú participarás?

–Participé una vez, cuando estaba en la escuela secundaria. Tres amigas y yo quitamos las patas al banco de un porche y enceramos las tablas. Creímos que podríamos hacer las veces de timón desplazando nuestro peso de un lado al otro. –Sacudió la cabeza.

–¿Os salisteis de la pista?

–Nada más iniciada la carrera.

–¿Y eso te quitó la ilusión de volver a participar?

–No, pero mi padre no hacía más que decir que era una locura que me arriesgara como lo hacía, y después, cuando empecé a trabajar en el restaurante, me necesitaban aquí. El restaurante está ubicado en la mitad de la ladera. Es el único lugar cómodo para los espectadores. Servimos chocolate caliente durante toda la tarde. –Bree llevaba años haciéndolo, y ahora que lo decía le parecía aburridísimo–. Yo no me negaría a participar. Por lo general nadie sufre heridas –añadió, y sin duda nada parecido a lo que ella había sufrido aquella noche al regresar a su casa.

Tom se mostraba muy interesado.

–¿Estás en condiciones de intervenir? Me refiero a si te sientes físicamente capacitada.

Bree se irguió. Nunca se había sentido mejor, en todos los aspectos. Ese año no tenía miedo de sufrir herida alguna. Si le hubiera llegado la hora, ya estaría muerta. Y, ¡maldita sea!, se negaba a pasarse la tarde sirviendo chocolate caliente.

–Estoy en perfectas condiciones. ¿Se te ocurre alguna idea?

La idea de Tom, a la que dedicaron toda esa tarde y la mayor parte del día siguiente, consistía en cortar un trozo de algo más de un metro de anchura de un tronco que había caído en el bosque, serrarlo por el medio, vaciarlo, instalar un rudimentario timón en un extremo, pulirlo y bajar en él por la ladera.

No fueron los más rápidos ni los más lentos, no fueron los más viejos ni los más jóvenes, ni siquiera los más originales, pero lograron terminar la carrera.

Bree nunca en su vida se había divertido tanto.

La semana siguiente Tom tuvo una prueba de lo que eran los inviernos en Panama. Hubo una segunda tormenta que dejó caer treinta centímetros de nieve sobre los treinta que ya había y que estaban congelados. Los caminos fueron limpiados y cubiertos de arena con rapidez, de manera que pudo llevar a Bree a su trabajo, pero tanta nieve producía en él una sensación de encierro. Estaba muerto de aburrimiento.

Por hacer algo, subió a la habitación que hacía las veces de estudio. Era la única de la casa que seguía en desorden, y no tenía intención de que las cosas cambiasen. Encendió el ordenador y envió un correo electrónico a Lexis con la intención de llevar a cabo algunas investigaciones de carácter general. Luego, también por matar el tiempo, y porque a Bree le quedaban algunas horas de trabajo por delante, hizo unas anotaciones sobre el caso de los Little, tal como Liz se lo había contado, sugirió algunas posibles estrategias y a partir de ellas redactó un borrador de la clase de carta que Martin Sprague tal vez quisiera escribir al presidente de la empresa que había rechazado la campaña publicitaria propuesta por los Little. Imprimió todo y lo metió en un sobre que deslizó dentro del libro que estaba leyendo.

Entonces, porque sabía que Martin comía todos los lunes, miércoles y viernes en el restaurante, y considerando que ese día era miércoles y que de todas maneras tenía intenciones de ir allí a comer con Bree cuando ella terminara su jornada laboral, se dirigió en coche al local de Flash. Si Martin no hubiera estado allí habría dejado el sobre en el libro y se habría deshecho luego de él. Habría hecho lo mismo si Martin hubiese estado sentado a la barra con personas a su derecha y a su izquierda. Pero el taburete a la izquierda de Martin estaba desocupado.

–¿Cómo está usted? –dijo Tom al tiempo que tomaba asiento.

Le guiñó un ojo a Bree, quien le devolvió el gesto con suspicacia.

–Bastante bien –contestó Martin.

–Debo pedirle un favor.

De inmediato Martin adoptó una actitud cautelosa.

–¿De qué se trata?

–Estuve conversando con Liz Little sobre su trabajo y me mencionó el problema que tiene relacionado con esa campaña publicitaria. Le advierto que ésa no es mi especialidad, pero me interesó, de manera que hice algunas investigaciones. Creo que es posible que el problema tenga una solución fácil, sobre todo considerando que Liz y Ben poseen esa grabación. –Rehusó con un ademán el ofrecimiento de Lee Ann cuando ésta se acercó con la cafetera, y prosiguió en voz baja–: Creo que algunas amenazas oportunas, en una carta oportuna, pueden bastar para que el presidente de la compañía decida llegar a un acuerdo con ellos.

–¿Qué clase de amenazas? –inquirió Martin.

Tom se encogió de hombros.

–Amenazas de un juicio bajo las leyes laborales de Vermont –respondió–. Amenazas de una auditoría. Amenazas de un interdicto. Cualquiera de esas cosas le costaría a una empresa pequeña mucho más dinero del que sin duda quiere gastar. Ésa es mi opinión, aunque tal vez esté equivocado. Como le he dicho, la propiedad intelectual no es mi especialidad y, aunque lo fuera, no soy miembro del colegio de abogados de Vermont. Usted sería la persona indicada para llevar este asunto. –Sacó el sobre del libro y lo colocó bajo el plato de Martin–. ¿Quiere echarle un vistazo? Me gustaría que me diera su punto de vista con respecto a las posibilidades del caso. En lo que a Liz se refiere, cree que me olvidé del asunto en cuanto me lo contó, de modo que no espera nada de mí. Pero ella y Ben son buenas personas. No me parece justo que no se les pague por unas ideas que les pertenecen. Un acto de conciliación podría suponer para ellos un dinero que se merecen. –Se puso de pie y añadió–: Son sus clientes. Usted decide.

Al llegar la tercera semana de diciembre, el restaurante fue decorado para la Navidad. Flash había mandado imprimir manteles individuales en los que aparecía un sombrero de Papá Noel. Junto al tocadiscos automático había un árbol de Navidad, y en aquél, por orden expresa de Flash, sonaban permanentemente villancicos y canciones alusivas. Los pequeños floreros negros que había sobre todas las mesas contenían ramas de cerezos silvestres y muérdago. Hasta los menús diarios de Flash reflejaban las fiestas que se avecinaban. Un día ofrecía «Sushi de Papá Noel», el siguiente «espaguetis de Navidad» o «empanada Santa Claus».

–¿Demasiado cursis? –le preguntó Bree con cautela, a sabiendas de que Tom había visto adornos más sofisticados.

–Decididamente cursis, pero me encantan –contestó él, alabando una festividad que Bree veía con nuevos ojos y apreciaba como nunca antes.

Las Navidades con sus abuelos se caracterizaban por la sobriedad. Consideraban que se trataba de un día de oración y agradecimiento por el nacimiento del Salvador y no creían que hubiera ninguna relación entre celebrar ese nacimiento e intercambiar regalos. Cuando era niña, su padre le regalaba pequeños juguetes y justificaba su actitud ante sus propios padres diciendo que no deseaba que Bree pensase que Papá Noel no la quería, pero esa práctica finalizó el año mismo en que ella dejó de creer en Papá Noel. Bree no echó de menos los regalos. Lo que echaba de menos con desesperación era la alegría.

Pero ese año había alegría y mucho más. El aspecto festivo del restaurante sólo era el principio. No debía olvidar la reunión anual en la iglesia, donde se intercambiaban dulces, ni el baile anual que celebraba el solsticio de invierno, durante el que ella aprendió el placer de bailar abrazada a Tom, por no mencionar la Navidad misma.

El 23 de diciembre Tom la sorprendió decorando su casa mientras ella estaba trabajando, y logró convertir aquella vetusta vivienda victoriana en un lugar sorprendentemente alegre.

–¡Pero yo quería ayudarte! –se quejó Bree, aunque no con excesiva convicción, porque le emocionaba lo que él había hecho, e incluso en eso se había cumplido su deseo.

A la mañana siguiente, después de que Tom la dejase en el restaurante, Flash la cogió del brazo y la sacó del local de inmediato.

–¿Qué estás haciendo? –preguntó Bree, pero él no la soltaba.

–Hoy te tomarás el día libre –contestó él–, y no me digas que hay mucho que hacer, porque los dos sabemos que eso ya no te importa tanto como antes. Ya no confeccionas listas de las cosas que hay que hacer. ¡Si hasta has dejado de quejarte de Stafford a pesar de que su leche sigue poniéndose agria! Hoy no quiero verte aquí, así que ¡fuera!

Ella estaba por preguntar: «¿Fuera? ¿Dónde?», cuando miró al frente y descubrió a un Tom muy sonriente. El motor de la camioneta seguía en marcha. No cabía duda de que estaba al corriente de la broma. Bree siguió discutiendo, y ocultó su alegría hasta que le fue imposible disimularla.

Tom la llevó al bosque, donde cortó un abeto para su casa, abrió paquetes que contenían adornos y lazos de terciopelo rojo. Cuando todo estuvo listo, la alzó para que ella misma colocara la estrella brillante en lo alto del árbol. Esa noche fueron a la iglesia para asistir a los servicios religiosos, y también en eso hubo algo especial. A pesar de que nunca había sido muy devota, Bree se sintió bendecida. Sentada junto a Tom en el templo y rodeada de toda la gente a la que quería, experimentó la misma sensación de pertenencia que se había apoderado de ella al contemplar al ser de luz.

También en otros sentidos tuvo consciencia del ser de luz. Ignoraba si ese ser era Dios, Jesús o san Pedro, pero sentada en aquella iglesia sintió su calidez y su amor.

En el más extraño de los sentidos, Bree tenía la sensación de ser una recién nacida. Tal vez fue por eso por lo que, al volver a la casa de Tom y encontrar varios paquetes con regalos para ella a los pies del árbol, los abrió con la excitación de una criatura.

–¿No piensas dejar ninguno para mañana por la mañana?

Ella se limitó a negar con la cabeza y abrió otro paquete. En su casa tenía regalos para Tom. Si hubiera sido capaz de esperar, tal vez podrían haberlos abierto juntos, pero el entusiasmo y la curiosidad eran más fuertes que ella.

Encontró regalos divertidos, como un juego de backgammon tallado a mano, varios de los libros que tenía anotados en la lista de los que quería leer, un nuevo disco compacto de Garth Brooks, y otros prácticos, como un jersey de cachemir, algo que siempre había querido tener, una bufanda, un par de guantes, una máquina para preparar gofres...

Tom reservó el mejor regalo para el final, y entonces, igual que la estrella colocada en la rama más alta del árbol, el presente que le dio brillaba con luz propia. Se trataba de un par de pendientes que parecían de brillantes.

Bree tragó saliva con dificultad, miró a Tom, volvió a tragar y aun así sólo consiguió balbucir:

–¿Estos... parecen... son...?

Él asintió con una sonrisa.

–Verdaderos.

Bree demoró un largo minuto en dominar el temblor de sus manos antes de poder ponerse los pendientes; después dedicó otro largo minuto a solazarse frente al espejo y por fin un largo minuto durante el que abrazó a Tom en silencio, porque tenía un nudo tan grande en la garganta que le impedía hablar. Luego transcurrió un rato largo, muy largo, antes de que el sueño los venciese.

El día de Navidad Bree volvió a decidir que no le hacían falta tres deseos, y en los días siguientes no hubo nada que la hiciera cambiar de idea. Tom convirtió la semana en una celebración interminable. Una noche cocinó un ganso, otra la llevó a comer a una posada en las afueras de Burlington. Durante el fin de semana entre Navidad y Año Nuevo, la llevó a Boston, donde vieron una representación del *Cascanueces*, durmieron en el hotel Four Seasons, almorzaron en el Ritz y luego se dedicaron a mirar los escaparates de Newbury Street.

No era la primera vez que Bree iba a Boston, pero nunca con el hombre de sus sueños y en medio de tanto lujo. Durante el viaje de regreso, se echó hacia atrás en el asiento, volvió la mirada hacia Tom y sonrió.

–He muerto y subido al cielo. No hay otra explicación.

–¿De nuevo?

–Todavía.

Era lo que parecía. Por fin llegó la Nochevieja, y después del champán una pequeña burbuja estalló en su interior.

9

–¿Crees en eso de tomar decisiones para el año que comienza? –le preguntó Bree a Tom.

Volvían a su casa después de haber asistido a una fiesta ofrecida por los Little. Él la cogió de la mano, pero estaba más silencioso que de costumbre.

–No lo sé –contestó–. Yo solía hacerlo cuando era pequeño. Decidía no reñir con mis hermanos y poner orden en mi habitación antes de que me lo pidieran. Ya en la escuela secundaria, decidía obtener mejores notas. Cuando llegué a la universidad, las mejores notas no bastaban. Quería matrículas de honor.

En su voz había un dejo de desdén que hacía tiempo que Bree no percibía.

–Y después de eso, ¿qué pasó? –preguntó.

–Conseguí las matrículas de honor. Conseguí casi todo lo que quería sin necesidad de proponérmelo, de manera que dejé de hacerlo. –La miró fijamente–. Era muy arrogante.

–Lo eras –repitió ella, feliz de oírlo al fin hablar en términos de pasado. Levantó la mano de Tom y pasó los labios por la cicatriz cada vez menos visible–. Pero ¿crees en el poder de las resoluciones?

–Sí –respondió Tom tras reflexionar por un instante–. Implican un deseo de crecer.

–Bueno, ¿y cuáles son las tuyas?

–¿Y las tuyas?

–Primero responde a mi pregunta.

–Estoy conduciendo y no puedo concentrarme. En cambio, tú sí que puedes. ¿Qué decisiones has tomado para el año que viene?

–Sólo una –respondió–. Vivir intensamente.

Observó que Tom esbozaba una sonrisa pensativa.

–Eso me gusta.

–¿Y las tuyas?

Él dobló hacia West Elm y se dirigió al bungaló. La nieve crujía debajo de los neumáticos. Tom metió el coche en el garaje.

–¿Tom?

–Estoy pensando.

Bree sintió una punzada de inquietud. No se trataba de que no quisiera que él reflexionase, sólo que algo que le tomaba tanto tiempo decidirse debía de ser muy importante. No había que ser un genio para comprender que estaba relacionado con el futuro, como todas las resoluciones que se tomaban de cara al año que comenzaba.

Tom se dispuso a abrir la puerta de la camioneta. Bree le cogió el brazo.

Él miró fijamente al volante y se mordió el labio superior. Después, suspiró.

–Mi resolución para el nuevo año es descifrar mi vida.

Bree contuvo el aliento.

–Me he expresado mal –aclaró él–. No me hace falta descifrarla en lo que a ti y a mí se refiere. Lo que no está claro es el resto. Debo conseguir que todas las piezas encajen.

Bree sabía que había sido tan sólo una cuestión de tiempo. Vivir el presente no podía durar indefinidamente, pero fue agradable mientras duró. Pudo aceptar un par de pendientes de brillantes de Tom como una simple muestra de amor, pudo vivir el día a día sin expectativas, aparte de la de volver a verlo al final de la jornada. Al hacerlo se había sentido perfectamente feliz; más que eso incluso, pues era un modo de protegerse de las desilusiones.

Y ahora, de repente, tenía miedo. Por primera vez en muchas semanas se preguntó si Tom se marcharía del pueblo.

Él abrió la puerta de la camioneta, atrajo a Bree hacia sí, la ayudó a bajar, le rodeó los hombros con un brazo y así caminaron juntos hacia la casa. Dejaron caer sus abrigos en la cocina. Bree lo siguió hasta la sala de estar y lo observó encender el fuego en la chimenea. Mientras la leña prendía y se elevaban las llamas, ella se volvió hacia los estantes llenos de libros que se alineaban en las paredes. Su mirada se dirigió hacia los libros escritos por Tom. Eran seis, colocados en fila en un lugar poco destacado, demasiado en alto y a un costado, donde podían pasar inadvertidos entre otros cientos de libros. Sin embargo, desde el día en que Tom los había colocado allí, Bree tuvo perfecta consciencia de su presencia.

–¿Quieres escribir? –le preguntó.

Tom estaba en cuclillas, avivando las llamas, de espaldas a ella.

–No lo sé –respondió–. He estado releyendo mis libros. Los primeros no son malos.

–¿Tienes nuevas ideas?

–Al principio era lo más difícil, pero eso ha cambiado. En este momento, las ideas constituyen la parte más sencilla. Me basta con leer un diario para que las ideas acudan en tropel.

–¿Qué es lo difícil entonces? ¿Escribir?

–No. Escribir nunca fue un problema para mí.

–Así pues, ¿qué es lo que te resulta tan duro?

–Lo que viene después.

¡Ah! Su némesis.

–La fama.

Tom se limpió las manos en los tejanos y se puso de pie. Metió las manos en los bolsillos y la miró.

–No estoy seguro de que pueda manejarla.

–¿Algo parecido a lo que le sucede a un alcohólico a solas en una habitación en la que hay una botella?

–Algo así. De todos modos, sé que puedo escribir, pero no sé si quiero hacerlo.

–¿Y cómo lograrás tomar una decisión?

Tom se rascó la cabeza.

–Eso tampoco lo sé –respondió–. Tú quieres vivir la vida intensamente. Yo también. Hay momentos en que tengo la sensación de que ya lo estoy haciendo. Diría que nueve décimas partes de mi vida son así de felices. Después queda esa décima parte que me dice que mi padre tenía razón. Tengo dones que estoy desaprovechando. –Caminó hacia ella y le echó los brazos al cuello–. El problema es que no puedo permanecer sentado aquí todos los días mientras tú vas a trabajar. No está bien.

–A mí no me importa –repuso Bree, al borde del pánico–. Me gusta trabajar en el restaurante. Además, no me hacen falta cosas lujosas.

Podrías haberme regalado unas piedrecitas de la playa en lugar de brillantes y me habrías hecho igual de feliz. Si es un asunto de dinero...

–No, no lo es. Es una cuestión de principios.

Un hombre de principios era digno de admiración, pensó Bree, pero eso no aplacó su miedo. Lo que aliviaba su miedo era pensar en el ser de luz, que la amaba y que no permitiría que sucediera nada malo. Y, por supuesto, no podía olvidar sus tres deseos. Si eran reales, no dudaría en emplear uno de ellos para retener a Tom a su lado.

Alrededor del 15 de enero, Tom fue a Nueva York. Debía almorzar con su agente literario y cenar con sus antiguos compañeros en el bufete. Bree lo encontró razonable. Sabía que Tom tenía necesidad de restablecer sus relaciones antes de decidir si éstas le convenían. Pero eso no impedía que se sintiera nerviosa desde el momento en que se enteró que él haría ese viaje.

Tom insistió en que ella se quedara con la camioneta mientras él no estuviera.

–No confío en tu viejo coche –dijo, lo cual enfureció a Bree.

–Entonces, deja que compre un coche nuevo. No haces más que insistir en que no debo hacerlo.

–No lo necesitas. Tienes la camioneta.

–La camioneta es tuya –contestó ella–. Yo quiero tener la mía propia. –Le resultaba odioso pensar así, pero ¿no se iba él a «su» Nueva York mientras ella se quedaba en «su» Vermont? A fin de cuentas, ¿no pertenecían ambos a mundos distintos? Y ella, ¿no se las arreglaba muy bien antes de la llegada de Tom? Le molestaba la idea de haberse convertido en un ser dependiente, de haberse entregado hasta tal punto a un hombre que tal vez, sólo tal vez, podía echarle todo eso en cara–. No necesito tu ayuda para comprar un coche. Ya lo hice otras veces.

–Espera –le rogó él–. Iremos juntos en cuanto yo vuelva.

Al pensar en el regreso de Tom, Bree empezó a sentirse mejor.

Pero no se sintió mejor cuando lo vio vestido de traje y listo para marchar. Lo miró durante tanto tiempo que Tom comenzó a sentirse intranquilo. Se tocó el nudo de la corbata, se quitó imaginarias pelusas de las solapas, se aseguró de tener la bragueta abrochada.

Entonces, volvió a mirarla y leyó sus pensamientos.

–¿Extraño, verdad? Yo también me siento un extraño al verme así.

Del cuello para arriba, Tom estaba muy apuesto. El cabello bien peinado, aunque algo más largo que cuando lucía ese traje más a menudo, y la delgada cicatriz en el pómulo le conferían el aspecto del hombre a quien ella conocía y amaba. El problema era del cuello para abajo.

–Pareces todo un ejecutivo –declaró Bree, cuando lo que realmente pensaba era que con aquel atuendo y el cuerpo maravilloso que había debajo, el tráfico se detendría a su paso. Lo cual significaba que sólo Dios sabía las posibilidades que se le presentarían en Nueva York, pero que, en cualquier caso, nunca regresaría.

–Sólo serán dos días.

Ella quería creerlo, pero todo parecía volverse en su contra.

–¿Y si topas con algo tan bueno que te resulta imposible resistirte?

–No ocurrirá nada de eso. Sólo necesito conversar a fondo sobre algunas cosas. Necesito saber qué puedo esperar de todo aquello.

–Habrá mujeres.

–No pienso mirarlas siquiera.

–Pero ellas te mirarán a ti.

Él la abrazó con fuerza.

–Te amo –susurró–. Estoy inmunizado.

–Es lo que dicen todos –protestó Bree–. Voy a desear que vuelvas.

–¡No lo hagas, Bree, por favor! No malgastes un deseo en eso. Pasado mañana estaré de regreso. Lo dice el billete de avión. Te lo digo yo.

Bree respiró hondo y recordó al ser de luz. Era real. El lunar que Simon Meade tenía en la nuca lo probaba. El ser de luz jamás permitiría que ella perdiera a Tom. ¿O sí?

En el peor de los casos todavía le quedaban esos tres deseos.

Más tarde le echaría la culpa a la soledad, a la frustración, a pensar demasiado a menudo en los deseos. Por el momento lo único que sabía era que acababa de despertar en su antigua casa, sin Tom, y que tenía frío.

Se levantó, metió los pies helados en un par de zapatillas de paño y, temblando, se puso la bata. Mientras se ataba el cinturón, miró el reloj. Eran las seis de la mañana. No había dormido bien. Echaba de menos a Tom, echaba de menos su cama, echaba de menos su calor.

La casa estaba a oscuras, pero la conocía bien. Bajó con rapidez, enfadada, por la escalera hasta la planta baja, después cruzó la cocina y descendió por los escalones que conducían al sótano, el lugar más frío de toda la casa. La caldera estaba en el extremo opuesto. Una vez allí encendió la luz, se estremeció y frunció el entrecejo.

Hizo girar una perilla, luego otra. Se aseguró de que estuviera encendido el piloto. Comprobó si los reguladores de tiro estaban abiertos. Hizo girar de nuevo la perilla y le dio un golpe a la caldera, y luego otro, al comprobar que no sucedía nada. Maldijo, y de su boca surgió una nubecilla blanca.

Tom se lo había advertido, Flash se lo había advertido, pero ella no les hizo caso. Lo último que quería era invertir dinero en esa casa. No quería estar allí. Quería estar con Tom. Pero Tom se lo estaba pasando en grande en Nueva York, divirtiéndose con sus amigos, tal vez hasta planeando retomar su antigua vida y preguntándose cómo le daría la noticia a ella.

Bree necesitaba un milagro, eso era lo que necesitaba. Allí mismo. En ése mismo momento. Desesperada y lo bastante enfadada como para comportarse con descaro, entrelazó los dedos y desafió al ser de luz a cumplir con su palabra o callar para siempre.

–Deseo... calor. –Volvió a imaginar al ser de luz y repitió su deseo, esta vez más fuerte, para asegurarse de haber sido oída–. Deseo... calor.

Abrió los ojos y se cruzó de brazos, miró la caldera echando chispas por los ojos y esperó a que se encendiera.

No ocurrió.

Se balanceó hacia atrás y hacia delante, y siguió esperando.

Nada.

Se volvió sobre sus ya helados talones, subió por la escalera como una tromba y encendió la estufa de leña. Cuando ésta empezó a irradiar calor, Bree estaba envuelta en una frazada, sentada en una silla a pocos centímetros de distancia, cavilando sobre una taza de té caliente, y diciéndose que tal vez, sólo tal vez, los deseos tardaran un poco en cumplirse.

Llegó al restaurante a las diez, dos horas antes de lo que le correspondía. Si los tres jerséis y los dos pares de medias de lana que tenía puestos no hubieran revelado lo que le sucedía, lo habría hecho su cara de mal humor.

–¿No te lo había dicho? –le soltó Flash–. Si me hubieras hecho caso todavía estarías en la cama, bien calentita. Tu casa es una nevera, ¿verdad?

–Y que lo digas –contestó Bree, aunque sospechaba que su enfado se debía más a la desilusión que al frío que sentía.

Había esperado casi cuatro horas a que su deseo se hiciera realidad, sin éxito. De acuerdo, tenía dinero para hacer reparar la caldera. El coche nuevo podía esperar. Pero la idea de que se le hubieran concedido tres deseos era bastante atractiva.

Flash le ofreció un panecillo que acababa de salir del horno.

–Siéntate y come. Los Whight se encargarán de reparar esa caldera y no te cobrarán mucho por ello. Cuando vengan a almorzar les daremos la noticia.

Pero cuando los Whight llegaron a almorzar, eran ellos los que tenían noticias que darles.

–Nada de almuerzos por el momento –dijo Ned–. Acabamos de recibir el aviso. –Mientras hablaba, la sirena de alarma de incendios del pueblo comenzó a sonar desde lo alto de la colina para alertar a la fuerza de voluntarios–. Hay fuego en South Forest.

–¿En South Forest? –preguntó Bree, temiendo lo peor.

–Sí, pero no sé en qué casa.

Ella vio que Eliot entraba en el aparcamiento del restaurante con las luces del coche patrulla encendidas, y corrió hacia la puerta. Cuando el jefe de policía se apeó y la miró fijamente, Bree lo supo. Fue en busca de su cazadora y se reunió con él. Temblaba tanto a causa del miedo que sentía que no confiaba en poder conducir la camioneta.

A los pocos minutos, estaban en el lugar del incendio. No había mucho que Bree pudiera hacer, aparte de permanecer allí y mirar. Aún no se veían llamas, sólo un humo negro y espeso, pero no tardarían en surgir. El primer piso estaba tomado por el fuego, la planta baja había desaparecido. Bree imaginó que el sótano ya no debía de ser más que un montón de escombros incandescentes.

Con una enorme sensación de inutilidad y culpabilidad, Bree observó, descorazonada, cómo los hombres a quienes conocía (fontaneros, carpinteros y electricistas transformados en bomberos) dirigían grandes chorros de agua hacia las ventanas de la planta superior. Los cristales estallaron. El típico olor ácido de los incendios impregnaba el aire.

Bree no quería ni pensar en los daños, en la pérdida de tantos recuerdos, pero no pudo evitar hacerlo. Era la última de los Miller. La casa era lo único que le quedaba.

–¡No era a esto a lo que me refería cuando pedí calor! –gimió, sin dirigirse a nadie en particular–. ¡No es esto lo que pedí!

En su voz había una mezcla de angustia y reproche. Quería echarle la culpa a alguien más, a algo más, pero su grito se perdió entre el crepitar espantoso de las llamas y el trueno del agua que arrojaban las mangueras de los bomberos.

A medida que en Panama se iba corriendo la voz, llegaron vecinos para consolarla, pero de nada servían sus palabras contra los estragos que ella estaba presenciando. Cuando por fin lograron apagar las llamas, la mitad de la población de Panama estaba allí y Bree se sentía completamente sola.

–Volverás a levantar esa casa, Bree.

–Verás cómo queda mejor que antes.

–Ven a mi casa. Tenemos una habitación en el ático.

–Ocupa la habitación que hay encima de nuestro garaje. Es tuya.

Ella no apartaba la mirada de las ruinas de lo que había sido su casa. Se le llenaron los ojos de lágrimas. Jane le pasó un brazo por los hombros.

–¿Te irás a la casa de Tom? –preguntó en voz baja.

Bree asintió. De todos modos, prácticamente vivía con él. Allí habría estado la noche anterior si él no hubiera viajado a Nueva York, y si no hubiese despertado sola y helada, no se habría animado a pedirle al ser de luz que cumpliera con su promesa, ni habría perdido derecho a un deseo por puro rencor.

En la casa de Tom sobraba el calor.

¿Se habría cumplido su deseo de alguna manera perversa?

Muchas horas después, tendida bajo las mantas en la cama de Tom, no había llegado a una conclusión. Sentía un nudo en la garganta al recordar los escombros negros y retorcidos de su casa. Tuvo que ducharse dos veces para quitarse el olor a humo del pelo y debió llenar la bañera con agua y aceite perfumado para que el olor de su piel le permitiera olvidar la tragedia.

A esa hora, volvía a estar preocupada. Tom no había telefoneado. Había prometido hacerlo. Si no había conseguido comunicarse con la casa de Bree, debía de haberlo intentado en la de él, a menos que su fascinación por Nueva York le hubiera hecho olvidar todo lo demás. Estaba asustada, ¡tan asustada!

Se sentó en la cama y se rodeó las piernas con los brazos para tratar de contener sus temblores. Muy bien. Si Tom la dejaba y volvía a su vida de Nueva York, ella recibiría el dinero del seguro de su casa de South Forest y compraría la de él. Era la que siempre había querido tener. Podría vivir allí sin él y volver a retomar su vida anterior, que antes de la aparición de Tom le parecía buena. Muy buena incluso.

El reloj digital marcó las doce de la noche. Hacía rato que él debería haber llamado.

Bree cogió el teléfono que había sobre la mesilla de noche, marcó Informaciones y obtuvo el número del hotel donde él se alojaba. Le llevó dos intentos, pero finalmente pulsó correctamente todos los números. Contestó la telefonista del hotel. Bree pidió hablar con Tom. Después de una pausa, la mujer le informó que desde esa tarde ya no se alojaba allí.

Bree no sabía qué hacer ni qué pensar. Trató de tranquilizarse, de recuperar la placidez que le había transmitido el ser de luz. Por primera vez, sin embargo, no pudo hacerlo. Lograba imaginar una gran bola de luz, pero sólo era efecto de su intelecto, no de sus sentimientos. Estaba emocionalmente alejada. Y de pronto volvió a encontrarse en el mundo que conocía antes de aquella noche de octubre, y en ese momento no le pareció tan maravilloso como lo creía entonces. Ahora le parecía programado y restringido, solitario y aburrido. Era irónico, pero hasta le parecía estéril.

Incapaz de permanecer quieta pensando en esa clase de cosas, y ansiosa por volver al presente, se levantó y comenzó a recorrer todas las habitaciones de la casa. Entonces, cuando estaba arriba, mirando el jardín delantero por la ventana de la habitación de huéspedes, un par de faros iluminaron la calle. A Bree se le aceleró el pulso al comprender que se trataba de las luces de un taxi, que se detuvo frente al bungaló.

Era Tom, que regresaba un día antes de lo previsto. ¿Sería porque ya había decidido volver a Nueva York?

Con el corazón desbocado, lo vio bajar del taxi y subir por los escalones del porche. Bree bajó por la escalera corriendo y abrió la puerta principal en el momento en que él se disponía a entrar, y se detuvo, amedrentada, justo el tiempo necesario para que él dejara caer la maleta. Cuando Tom tendió los brazos hacia ella, Bree se arrojó a su cuello como jamás lo habría hecho en su vida anterior, pero era lo único que tenía sentido en la presente. Tardó un largo minuto en comprender que no era la única que temblaba. Tom la abrazaba con la misma fuerza.

–He ido primero a tu casa –dijo, en una voz tan ronca que ella apenas la reconoció–. ¿Qué sucedió?

–Un incendio –fue todo lo que ella pudo articular, porque cualquier otra palabra se habría perdido en el beso que Tom le dio.

Era un beso que tenía gusto a miedo y a una desesperada necesidad de volver a estar seguros, los dos.

Cuando terminó, Tom le tomó la cara entre las manos.

–¿Cuándo ocurrió? –Le enjugó las lágrimas con los pulgares.

–Hoy a mediodía. –Bree volvió a acariciarle la cara porque necesitaba saber más, sentir más, asegurarse de que él estaba allí–. Te telefoneé al hotel, pero me dijeron que ya te habías ido.

–Tenía que regresar aquí. ¿Estabas en el restaurante cuando se declaró el incendio?

Ella asintió y se echó a llorar.

–¿Por qué no telefoneaste? –preguntó.

–Lo intenté, pero nadie respondía. –La acercó hacia sí–. Llamé entonces al restaurante, pero comunicaba, y el avión estuvo detenido tres horas en la pista porque los ordenadores del control de tráfico aéreo no funcionaban. ¡No llores, querida! ¡Por favor, no llores!

Bree trató de contener las lágrimas, se dijo que había un mensaje implícito en el hecho de que en lugar de lucir aquel horrible traje Tom llevara tejanos y un jersey debajo del abrigo. Pero no le dio resultado.

–¡Tenía miedo!

–Yo también –dijo él–. Tuve miedo en Nueva York, miedo al volver a Panama. Te quiero, Bree.

Ella lloró con más fuerza contra el pecho de Tom. No quería que se fuera, no quería que se fuera nunca más.

Él la abrazó algunos instantes más, le acarició la espalda, volvió a decirle que la amaba y a suplicarle que no llorara. Cuando entraron y cerró la puerta a sus espaldas, se apoyó contra la puerta y apretó a Bree contra su cuerpo.

–Te he comprado algo.

Ella se pasó el dorso de las manos por los ojos.

–No quiero nada. Sólo te quiero a ti.

–Eso es algo que me has oído decir a mí.

–¿Cómo?

–Esas exactas palabras. Las pronuncié todo el tiempo mientras estuve en Nueva York. No me gustó el tráfico. No me gustaron las multitudes. No me gustó que Nathan me dijera que podía conseguirme un contrato muy beneficioso por tres libros, pero que obtendría más dinero si el contrato era por cuatro libros. No me gustó que mis socios del bufete trataran de medir en dólares y en centavos la clase de clientes del mundo del espectáculo que yo podía conseguir con mi fama. El hotel era pretencioso, el restaurante demasiado caro, y el aire estaba contaminado. Yo no hacía más que preguntarme qué diablos hacía allí, cuando tú eras lo único que quería.

Bree levantó la cabeza.

–¿Lo único que querías?

–Lo único que quiero. –En la semipenumbra, la mirada de Tom era intensa, y su voz sonaba convincente–. Se suponía que hoy debía volver a ver a Nathan, pero cancelé la entrevista. Salí a caminar por las calles pensando en la gente a la que planeaba ver, pero no vi a nadie. Lo único que quería era comprar esto.

Metió la mano en el bolsillo y sacó una caja. Era pequeña, cuadrada y azul, y estaba atada con un primoroso lazo blanco.

Bree miró alternativamente la caja y el rostro de Tom.

–Ábrela –pidió él.

Ella lo soltó, cogió la caja que Tom le ofrecía, desató la cinta, y la abrió. Dentro había otra caja.

Volvió a mirar a Tom.

–Continúa –la instó él, y le quitó la caja exterior cuando ella cogió la otra.

Con miedo de abrigar esperanzas, Bree la mantuvo en la mano. Después levantó la tapa. Allí, sobre una tela oscura había un brillante en forma de pera, engarzado en platino. Entonces, con lentitud pero también con seguridad, la luz retornó a la vida de Bree, porque el brillo de aquel diamante hablaba de pertenencia y de amor, y la llenaban de calidez.

–¿Esto es…?

–Sí.

–¿Me estás pidiendo…?

–Es lo que hago.

–¡Oh, Dios mío! –susurró ella, echándole los brazos al cuello. Instantes después volvió a mirar el anillo. Nunca había soñado siquiera con tener nada parecido–. ¿Lo has comprado en Nueva York?

–Fue lo único importante que hice mientras estuve allí.

Bree estaba sin aliento. Sin soltar la caja del anillo, volvió a abrazar a Tom.

–Gracias –susurró contra la mejilla de él, instantes antes de volver a mirar la caja. El anillo no había desaparecido. ¡Era real!

–Póntelo.

Ella estuvo a punto de hacerlo, pero entonces le asaltó un pensamiento que borró la sonrisa de sus labios. Sin vacilar, porque sabía que debía decirlo, confesó:

–Yo no puedo tener hijos, Tom.

Él permaneció inmóvil.

–¿Es debido al accidente?

Bree asintió.

–Tú quieres tener hijos –dijo–. Lo sé. Te he oído hablar de tus sobrinos y tus sobrinas. Te he visto con el pequeño Joey.

Tom sacudió la cabeza.

–Adoptaremos uno.

–No es lo mismo.

–Lo es. –Tom sacó el anillo de la caja y se lo deslizó en el dedo. Después levantó la mano hasta sus labios, la besó y miró a Bree a los ojos–. Mientras caminaba por Nueva York no pensaba en hijos. Pensaba en ti.

–Pero tú quieres tener una familia. Es lo que siempre has echado de menos.

–Es verdad –reconoció él–, y los cimientos de una familia son un hombre y una mujer. Si los cimientos no sirven, todo se desmorona. –Sonrió–. No existe ninguna otra mujer con quien quiera construir esos cimientos.

Ella percibió la sinceridad de sus palabras. No pudo contener las lágrimas.

–¿Te casarás conmigo? –preguntó él.

A pesar de tener puesto el anillo, oír aquellas palabras volvió a dejarla sin aliento. Debió de parecer pasmada, porque él soltó una carcajada. El sonido de esa risa fue profundo y pleno, tal como ella imaginaba que sería la vida junto a Tom.

–Creía que decidirías volver a Nueva York –dijo ella–. Estaba allí tendida pensando que ya todo había terminado, como un sueño que termina en cuanto uno despierta.

El anillo pareció relampaguear cuando Bree movió la mano. Su luz le produjo una calma muy especial.

–Deseé calor –le confió ella a las tres de la madrugada.

Habían hecho el amor, preparado pizza y después volvieron a hacer el amor. En ese momento estaban tendidos en medio de la dulce fragancia del amor y el sudor, Bree con la cabeza apoyada sobre el fuerte pecho de Tom. Movió los dedos de la mano para admirar el brillo del diamante. La excitación hacía desaparecer su cansancio.

Tom debía de sentir lo mismo, porque no había señales de cansancio en su voz.

–¿Lo deseaste?

–Cerré los ojos, imaginé al ser de luz y pronuncié mi deseo. No sucedió nada. Esperé y esperé, y por fin me marché al restaurante. A mediodía la casa estaba en llamas.

Tom soltó una risita.

–De manera que aquí estás, en una casa bien caldeada, y en ella te quedarás. Tu deseo te fue concedido.

Ella alzó la cabeza.

–¿Lo crees así? Yo pedí calor, y lo que hubo fue fuego. ¿Se debió al deseo que formulé, o a algo más lógico como un cortocircuito? Le he dado vueltas al asunto, Tom. En un sentido figurado, conseguí lo que deseaba, pero ¿provoqué literalmente ese incendio al haber pedido calor?

–Si te sientes culpable, no lo hagas.

–No puedo evitarlo. Ése era un hogar.

–Era un objeto. Puede ser reemplazado. –Tom se puso serio y le acarició la mejilla–. Lamento que no puedas tener hijos, Bree. Lamento que hayas tenido que oírlo de boca del médico y que te lo hayas callado hasta ahora. Si me lo hubieras dicho, yo habría compartido tu dolor.

–Lo compartiste. Esa noche fuiste a mi casa y me abrazaste mientras yo lloraba.

–Deberías haberme explicado por qué llorabas.

–Sólo hubiese conseguido que te sintieras más culpable por el accidente. No quiero que te sientas culpable. No quiero creer que ése es el motivo por el que me regalaste este anillo.

–Piensa entonces que te lo regalé por egoísmo. Eres lo mejor que me ha sucedido en la vida. Darte el anillo es el primer paso para atarte a mí. ¿Qué dices a eso? Podríamos casarnos la semana que viene o el mes que viene. ¿Qué te parece el día de san Valentín?

Bree bajó la cabeza, sonrió y disfrutó de la dulzura del momento.

–Ya lo decidiremos.

–¿Cuándo?

–Pronto. Es la primera vez que estoy comprometida. Quiero saborearlo durante un tiempo.

Esa noche Bree soñó que tenía un hijo. Era un varón, una versión en miniatura de Tom, tal como lo recordaba en las fotografías familiares. La miraba fijamente, como si desde el momento mismo de su nacimiento supiera quiénes eran uno y otro. El orgullo paternal de Tom era tan grande que el niño comenzó a crecer rápidamente. En cuanto a ella, estaba tan llena de amor que... explotó.

Despertó sobresaltada, sintiendo todavía ese amor. ¿Y la tristeza de saber que el sueño no era más que un sueño? La olvidó, primero en brazos de Tom; después, en medio de la excitación que reinó en el restaurante cuando sus amigos vieron el anillo.

10

–¿No es increíble? –dijo Jane después de lanzar exclamaciones de admiración a propósito del anillo. Su excitación era genuina. Y dado que ella habría dado cualquier cosa por casarse, era doblemente significativa–. ¡Me alegro tanto por ti! –Abrazó a Bree–. Es un sueño hecho realidad.

Bree miró el estante donde se colocaban los platos de los pedidos y al no ver ninguno, cogió a Jane del brazo.

–Tengo que hablar contigo. –La condujo hasta el pequeño despacho trasero y cerró la puerta–. Necesito que me des tu opinión.

–No sé nada acerca de casamientos –dijo Jane levantando las manos.

–No se trata de eso. –Bree aún no había empezado a pensar en ello. La boda tardaría un poco en llegar. Había otras cosas más inmediatas–. Tú me conoces mejor que nadie. Sabes que soy una persona sensata, ¿verdad?

Jane asintió con vehemencia.

–¿Me crees cuando afirmo que tuve una experiencia extracorporal?

Jane abrió la boca y la cerró al instante. Después de un minuto contestó:

–No lo dirías si no creyeses que la tuviste.

–Pero ¿te parece que es algo posible?

–Si lo dijese otro tal vez no lo creyese, pero tú eres incapaz de inventarte esa clase de cosas.

Bree apretó los labios. Se debatió durante un instante más. Después respiró hondo y le contó a Jane lo referente a los tres deseos. Su amiga la miraba con los ojos cada vez más abiertos.

–¿Quieres decir que puedes conseguir que sucedan cosas sólo con desearlas?

–No lo sé. No sé si lo hice. Ése es el problema.

–¿De qué problema me hablas? Obtuviste el calor que deseabas. Conseguiste un lugar aún mejor donde vivir. Siempre odiaste esa casa.

–Pero esa casa era mi herencia. Cuando expresé ese deseo mi intención no era que ardiese.

–¿Has ido a ver los restos esta mañana?

–No me he atrevido. Ha ido Tom. –Él le había comentado que era un espectáculo espantoso y la urgió a no ir hasta que se repusiera de lo ocurrido. Una parte de Bree quería saber qué quedaba en pie. El resto de su ser (la parte que no quería que nada enturbiara su felicidad) estaba feliz de mantenerse alejada–. Me ha dicho que el inspector de seguros llegó desde Saint Johnsbury. ¿Y si llega a decir que fue premeditado? ¿Me acusarán de eso?

–Un incendio premeditado significa que se utilizaron cerillas y gasolina, y tú no hiciste nada de eso.

–No. Sólo formulé un deseo.

Jane lo consideró durante un minuto, frunció la nariz y sacudió la cabeza.

–Es probable que eso no haya tenido nada que ver con el asunto.

–¿Significa entonces que el asunto de los deseos no es verdad?

Jane vaciló por un instante, pero Bree se negaba a abandonar el tema. Simon Meade tenía un lunar en la nuca. Ella sólo podía haberlo visto desde arriba, lo cual significaba que su experiencia extracorporal había sido verdadera. Y si eso era así, no veía por qué el ser de luz y los tres deseos no podían serlo también.

–Tal vez debería preguntárselo a Verity.

–No lo hagas. Verity está loca.

–No está loca. Sólo es un poco excéntrica.

–Cree que cuando truena es que Dios está jugando a los bolos.

–Yo también lo creía cuando era niña.

–Pero has crecido desde entonces.

¿Acaso Verity no lo había hecho? Tiempo atrás Bree habría estado de acuerdo con Jane, pero entonces no le habían sucedido cosas que parecían imposibles.

–Tal vez yo también esté loca. Juro que me dijeron que podía formular tres deseos. Juro que me enviaron de regreso a la tierra sólo para que se cumplieran.

–En ese caso, intenta con otro –sugirió Jane–. Con algo concreto; sólo así podrás estar segura. El calor es algo demasiado vago. Se puede interpretar de muchas maneras. Esta vez pide algo muy concreto.

–Yo no quiero una cosa concreta.

–Quizá no haya otro modo de poder saber si lo de los deseos es real.

–Si lo hiciera, estaría formulando mi segundo deseo. ¿Y después qué?

–Pues formula el tercero.

–¿Y luego? –Tres deseos y todo habría acabado, pensó Bree.

–¿Una felicidad permanente? –dijo Jane con una sonrisa, y en ese momento se abrió la puerta del despacho.

–¡Jane! –exclamó Dotty en tono mordaz–. Hace veinte minutos que te espero fuera. Se supone que si quieres usar el coche, antes tendrás que llevarme a casa. Y para ir a Ashmont te hará falta el coche. Dentro de treinta minutos debes estar en el centro comunitario.

–No se tarda mucho en llegar allí –repuso Jane, a pesar de lo cual le dio un rápido abrazo a Bree y salió.

Bree sabía que Dotty no llevaba veinte minutos esperando. Jane vigilaba el aparcamiento cuando ella la arrastró hasta el despacho, y desde entonces no debían de haber transcurrido más de cinco minutos, pero discutir con Dotty sólo habría empeorado las cosas para Jane.

–¿No vas a mostrarme el anillo? –le preguntó Dotty a Bree.

Bree hubiera preferido no hacerlo, pero eso también habría creado una situación desagradable. Además, la sola mención del anillo hizo que Bree sonriera. Extendió la mano.

Dotty le hizo girar el dedo hacia un lado y luego hacia el otro.

–Tiene pinta de auténtico.

–¡Mamá!

Dotty miró a su hija con el entrecejo fruncido.

–¿Qué?

–Es un diamante auténtico.

–¿De modo que ahora eres experta en gemas? ¿Cómo sabemos

con certeza que no tiene algún defecto o incluso que no es falso? ¿Acaso has tenido alguna vez un diamante para estar tan segura?

Bree apartó la mano.

–Jane no es tonta. Si yo hubiera tenido que elegir entre no tener anillo y soportar a mi lado a un tipo desagradable, también habría preferido lo primero.

–Ward Hawkins es un hombre desagradable –susurró Jane.

Bree estaba de acuerdo. Hawkins vivía a dos pueblos de distancia y había estado casado cuatro veces. En varias ocasiones se había declarado a Jane.

Dotty soltó un bufido.

–Al menos te propuso matrimonio –dijo, miró su reloj y salió del despacho.

–Ve con ella –le aconsejó Bree a Jane–. Más tarde conversaremos.

–Me alegro de verdad por lo de tu anillo.

–Ya lo sé. Ahora vete –insistió Bree, y dio un suave empujón a su amiga.

Apenas Jane se hubo marchado, se presentó Flash. Se volvió para mirar a madre e hija.

–¿Por qué permite Jean que la traten así? –preguntó–. ¿Por qué no se va, sencillamente?

Bree le había preguntado muchas veces lo mismo a Jane, y contestó a Flash lo que ésta siempre le contestaba a ella.

–¿Y adónde iría?

–¡Cualquier cosa sería mejor que vivir con Dotty!

–No tiene dinero.

–Tiene tanto como tú. La diferencia es que tú trabajas.

–Jane también trabaja, sólo que nadie le paga por lo que hace.

–Debería cobrar por los trabajos artísticos que hace.

–No puede. El ayuntamiento se negaría a soltar un solo dólar.

–Yo tampoco te pagaré si no vuelves al trabajo ahora mismo.

Bree salió del despacho.

–¿Ya ha terminado el turno del almuerzo?

–Todavía no. Pero todos quieren ver tu anillo. Ahora que estás comprometida con un hombre célebre, también te has convertido en una celebridad. Es como un cuento de hadas, ¿no?

La condición de personaje famoso de Tom se había reforzado ahora que estaba comprometido con la chica más popular del pueblo, cuyos habitantes lo trataban ahora con una calidez antes desconocida. Lo felicitaron en la oficina de correos cuando fue a enviar su correspondencia, en el banco, cuando fue a depositar cheques por derechos de autor que acababa de cobrar en Nueva York, y en la droguería, cuando fue a comprar pintura para la habitación de huéspedes. Cuando rodeaba la plaza en el coche, los viandantes lo saludaban levantando el pulgar, y en una oportunidad, al llegar a la casa de Bree, hasta lo felicitaron los hombres del pueblo que ayudaban al inspector de seguros a revisar las ruinas incendiadas.

–Sí que corren rápido las noticias en Panama –le dijo a Eliot Bonner cuando llegó al restaurante a esperar a que Bree terminara su jornada. Ambos estaban ante la barra, en taburetes contiguos, bebiendo cerveza.

Eliot soltó una risita.

–Sobre todo si hay un diamante de por medio –repuso Eliot–. Es un anillo fantástico.

Tom lo vio brillar en el dedo de Bree mientras ella servía las mesas. No era el diamante más grande que había visto ese día en Tiffany's, pero no se trataba de una cuestión de tamaño; eso lo sabía por experiencia, y no estaba dispuesto a cometer el mismo error dos veces. Había dedicado varias horas a elegir el anillo adecuado para Bree. El que eligió tenía su mismo brillo, su sencillez y su gracia. Lucía tan hermoso en su mano como él había imaginado. Bree parecía resplandecer por dentro. Estaba radiante.

–Imagino que ahora que va a casarse se quedará en el pueblo –dijo Eliot.

Tom sonrió:

–Supongo que sí.

No había sido una decisión consciente, pero el único placer que había encontrado en Nueva York había sido comprarle ese anillo a Bree, y una vez que lo hizo, no veía la hora de partir. Volver a Panama era como regresar a su casa. Quería a Bree y quería a sus amigos. Le gustaba la brisa fresca y el ritmo de vida más lento. Hasta le gustaba el esfuerzo físico que suponía palear nieve dos veces por semana. Por supuesto que los cotilleos eran algo negativo, y él lo había sufrido en sus propias carnes, pero no sólo tenía inconvenientes, sino alguna ventaja. Todos en el pueblo formaban una gran familia, lo cual no era nada desagradable si uno estaba alejado de la suya. Tom estaba convencido de que no encontraría un lugar mejor en el mundo para criar hijos.

–¿A qué se dedicará aquí? –preguntó Eliot.

–Aún no he terminado de deshacer el equipaje. He de pintar algunas habitaciones. Tal vez construya un garaje.

No eran trabajos productivos en el sentido que le daba su padre al término, pero por el momento le resultaban satisfactorios.

–Convierta su casa en un lugar agradable para Bree –dijo Eliot–. Ella se lo merece. –Sacudió la cabeza–. Lo del incendio de su casa fue una lástima. Era vieja, pero no estaba mal. ¿Qué hará? ¿Volver a edificar y vender?

Tom bebió un trago de cerveza. En Panama, hasta sabía distinta.

–Eso depende de Bree. La casa es suya.

–Recibirá el dinero del seguro. Tal vez conviniera que lo invirtiese y vendiera el terreno. –Se volvió hacia Tom con expresión intrigada–. Es algo muy extraño. El inspector de la compañía de seguros no atina a imaginar siquiera qué provocó ese incendio. No encontró absolutamente nada. Todos sabemos que la caldera de Bree no funcionaba bien, pero ella asegura que cuando salió para el restaurante, el piloto estaba apagado. Entonces ¿qué sucedió? Pudo haber saltado una chispa. Sólo que la caldera estaba rodeada de hormigón. ¿Qué alimentó las llamas, entonces? El inspector no encontró ningún lugar más quemado que el resto. Supone que se produjo una especie de explosión, cuyas llamaradas incendiaron las vigas del techo. Debió de ser así, sin duda.

–Supongo que sí –dijo Tom.

Podía imaginar una explosión, una repentina y salvaje explosión de luz bastante parecida a ese ser luminoso que Bree juraba haber visto. Eso no significaba que creyera que el deseo que ella pudiese haber formulado hubiera sido la causa del incendio, pero tampoco lo descartaba. A veces sucedían cosas muy extrañas. Un ejemplo de ello era su propia vida. Cinco años antes, diez años antes, ¡demonios!, veinte años antes, ni por un instante hubiera imaginado que encontraría la felicidad en un pueblo pequeño y con una muchacha del lugar. Ni siquiera cuando estaba en la cima de su fama se había sentido tan bien, tan pleno como se sentía en ese momento... aun sabiendo lo que el accidente le había provocado a Bree. Dedicaría su vida a retribuírselo, y sería una vida agradable y plena.

–¡Hola, chicos! –dijo Bree, pero sólo miró a Tom, lo cual le hizo sentirse aún más feliz que antes, por imposible que eso pareciese.

Lo más extraño de todo era que la primera vez que había ido a comer al restaurante ni siquiera había reparado en Bree. Estaba demasiado sumido en su propio dolor para dedicarse a admirar culos y piernas femeninos. Pero Bree era francamente hermosa. Cayó en la cuenta de ello meses después de su llegada, cuando el dolor comenzó a ser más llevadero y le permitió empezar a mirar alrededor, pero aun entonces no tuvo consciencia de la atracción que ella ejercía sobre él. Lo único que sabía era que esa muchacha le gustaba. Le gustaba su cabello, largo, oscuro y un poco rebelde, y sus ojos de expresión cálida. Le gustaba la manera en que la sonrisa le iluminaba la cara y, sí, también le gustaban su culo y sus piernas.

A finales del verano empezó a esperar el momento en que la vería en el restaurante, pero sólo después del accidente, cuando permaneció horas mirándola, cuando la tocó y permitió que ella se apoyara en él, percibió la fuerza de la atracción física. Para entonces, la atracción emotiva ya estaba establecida y era fuerte. Tom suponía que justamente por eso aquélla era tan poderosa.

Y lo era, pero no de una manera corriente. Tom no tenía necesidad de mirarle la boca, los pechos o el vientre para sentirla. Lo único que tenía que hacer era mirarla a los ojos. Eliot se aclaró la garganta y dijo:

–Perdón, pero hablaba usted de... hijos.

Tom dio un respingo. No había advertido que Eliot todavía estaba allí.

Bree se ruborizó. Miró a Eliot con una sonrisa tímida, luego a Tom y finalmente se encaminó hacia los reservados.

Tom respiró hondo para tranquilizarse.

–Veo que le ha afectado –comentó Eliot.

Tom levantó la cabeza con lentitud. Miró la placa de acero inoxidable en la que se reflejaba la imagen de Bree. Era una imagen vagamente distorsionada, pero aun así, bonita. Volvió a respirar hondo.

–Hábleme del asunto.

–No. Tengo algo más que decirle. Martin asegura que le ha echado una mano con un caso.

Tom lo miró, sorprendido.

–Me refiero a ese asunto de los Little –añadió Eliot–. Recibirán una suma de dinero que nunca creyeron que les darían.

–¡Eh, Tom! –exclamó Lee Ann al pasar–. ¡Vaya anillo impresionante!

Tom le sonrió y le agradeció el comentario, pero se alegró de que siguiera su camino.

–¿Martin le dijo que yo le ayudé? –preguntó dirigiéndose a Eliot.

–Sí. A mí también me sorprendió. No sé si Martin aceptó sus sugerencias porque las consideró buenas o si lo hizo por miedo a que si no las llevaba a la práctica usted mismo se encargaría de hacer el trabajo, pero lo importante es que los Little recibirán lo que se les debe. –Miró su copa de cerveza con el entrecejo fruncido y le dio unos golpecitos con los pulgares–. ¿Puedo hacerle una pregunta?

Tom se preparó para recibir la advertencia de que no debía meterse en los asuntos de Martin.

–El otro día recibí una llamada telefónica –dijo Eliot en voz baja y tono confidencial–. En realidad no sé qué hacer al respecto.

Si se trataba de lo que él creía, Tom tampoco lo sabía.

–¿De los medios? –inquirió mientras se preguntaba si su alabanza de los habitantes de Panama habría sido prematura.

–No; de una de las familias que se han mudado hace poco al pueblo. –Eliot se pasó la lengua por el labio inferior y miró fijamente a Tom–. ¿Puedo confiar en que no repetirá lo que le diga?

Tom se sentía tan aliviado que habría sido capaz de prometer cualquier cosa.

–Sí.

Eliot se inclinó hacia Tom y bajó aún más la voz.

–Me telefoneó el hijo de Julia Dean. Dice que cree que su madre tiene problemas. Piensa que alguien la ha tomado como rehén.

–¿Que alguien la ha tomado como rehén? Pues no me lo parece. La veo ir y venir por todo el pueblo.

–Yo le contesté lo mismo. Me explicó que se refería a un estado mental. Dice que cree que le han hecho un lavado de cerebro o que de alguna manera alguien está controlándola. Me pidió que investigara. De manera que pasé por la floristería para conversar con Julia y me pareció que está perfectamente bien. Cuando volví a llamar al hijo y se lo dije, creí que se alegraría. –Eliot meneó la cabeza–. Pero no fue así. Quiere que la acuse de robo.

–¿De robo de qué?

Miró de pronto más allá de Tom. Antes de que éste tuviera tiempo de volverse, alguien lo cogió del hombro.

–¡Hola, jefe! ¿Éste es el tipo?

Junto a ellos había cuatro hombretones. Tom los reconoció como camioneros a quienes había visto antes en el restaurante.

–Así es –respondió Eliot–. Tom Gates, éstos son John Hagan, Kip Tucker, Gene Mackey y T. J. Kearns.

Cuatro grandes manos estrecharon por turno la de Tom y cada uno de los recién llegados hizo un comentario.

–Se lleva usted una gran chica. No hay nadie mejor que Bree.

–Con sólo mirarla nos dimos cuenta de que algo sucedía.

–Si yo ya no estuviera casado, hubiera tratado de conquistarla.

–Cuídela mucho, Tom.

Tom los contempló alejarse. Mientras volvía a girar en su asiento pensó que nunca se había sentido tan feliz de ser una celebridad.

–Dinero –le susurró Eliot al oído–. Del fideicomiso que le dejó el marido. Parece que sólo tenía derecho a emplear los intereses, pero ella decidió hacer uso de una suma mayor. Cuando yo le dije que tenía una floristería y una casa pequeña, él se sorprendió. Creía que su madre trabajaba de florista y alquilaba una vivienda. Yo pensé que lo tranquilizaría saber adónde había ido a parar el dinero. Pero fue al revés. Se enfureció aún más.

–¿Cómo es posible que él no supiera lo que estaba haciendo la madre? –preguntó Tom, pero en cuanto lo dijo comprendió lo absurdo de sus palabras.

Su propia familia no sabía casi nada de su vida actual, además de su dirección y número de teléfono, que fue lo único que les comunicó, y aun eso por carta. Tuvo la esperanza de que ellos le escribieran haciéndole preguntas. Al ver que no lo hacían, los culpó por no querer enterarse, aunque lo probable era que él mismo hubiera cooperado para que tomaran esa actitud.

¿Probablemente? ¡Seguro!

Por segunda vez, Eliot volvió al tema que le interesaba.

–El hijo y la hija de Julia viven en Des Moines. La madre los visita dos veces al año, pero como aquí nunca habla mucho, supongo que cuando está allá tampoco debe de hacerlo. Es como si viviera dos existencias separadas.

–Eso no es un crimen.

–Eso mismo le dije a su hijo. Y él contestó que no les importaría si no fuera por el dinero.

Tom no sabía más sobre testamentos y propiedades de lo que sabía sobre propiedad intelectual, pero había elementos legales básicos.

–Cuando hay un fideicomiso, también existe un fideicomisario.

–En este caso, Julia.

–Quiere decir que el marido debe de haber confiado en ella.

–También le dije eso a su hijo, pero él comentó que Julia había cambiado después de la muerte de su marido. El asunto es –agregó Eliot mientras se movía incómodo en el asiento– que yo podría hablarle a ella de las llamadas, pero no tengo muchas ganas de hacerlo. Es una mujer excelente, ¿sabe?

Tom lo sabía. Julia era una mujer silenciosa y agradable, trabajaba de firme y tenía talento. Le había enviado a Bree cuatro arreglos florales, uno al hospital y otros tres mientras se recuperaba en su casa. Muchas veces la veía preparar primorosos ramilletes para adornar las mesas del restaurante. Flash le comentó que sus precios eran bajos.

De modo que no era una gran empresaria, y necesitaba sacar dinero del fideicomiso para ir tirando. Eso tampoco era un crimen.

–¿Cree que el hijo puede ponerle un pleito? –preguntó Eliot.

–Es imposible saberlo sin antes haber leído el documento del fideicomiso –respondió Tom–. Muchos permiten la extracción de dinero en casos de emergencia. De ser así, usted no puede hacer nada. Si los hijos presentan cargos, tendrán que presentarlos en Des Moines, que es donde el fideicomiso se redactó y ejecutó. El hijo debe acudir a las autoridades de allí.

Eliot asintió, pensativo.

–Eso es aproximadamente lo que le dije. Sólo que no sabía con seguridad si podía hacer algo más desde aquí. No me gustaría que se me acusara de eludir mis responsabilidades.

–¿La habéis visto? –interrumpió Flash. Bree estaba sirviendo la mesa ocupada por Sam, Dave, Andy y Jack–. Está en las nubes. Ni siquiera protestó cuando otros cinco litros de leche se echaron a perder. –Y siguió su camino.

Tom miró a Bree hasta que ella le guiñó un ojo mientras se dirigía hacia la cocina. Fortalecido, continuó conversando con Eliot.

–Yo no me preocuparía por eso de eludir sus responsabilidades. En este caso poco puede hacer sin violar los derechos civiles de Julia.

Tom era un experto en ese tema. Algunos de sus casos más famosos se referían a asuntos de derechos civiles.

Eliot respiró hondo y se enderezó.

–Me alegro. Esa mujer me gusta. –Soltó un bufido–. Si me lo pregunta, prefiero mil veces tener a Julia en el pueblo que a su avaro hijo.

Lo que impresionó a Tom de su conversación con Eliot no fueron Julia ni su hijo, sino el hecho de que la falta de comunicación entre miembros de una misma familia fuese un problema tan corriente. En todas las familias había problemas. Sus integrantes se decían palabras de reproche, se infligían heridas. Por supuesto que todo eso también sucedía entre amigos, pero era distinto. Cuando se trataba de la familia, la gente era más vulnerable. Las discusiones eran más acaloradas, las heridas más dolorosas, los silencios tan inoportunos como el más molesto de los familiares.

El problema consistía en cómo romper ese silencio. Hace falta fuerza y, en su caso, significaba dejar de lado el orgullo y el temor. Hacía meses que él luchaba contra esos sentimientos. Pero ahora sus sentimientos hacia Bree establecían una diferencia.

Ella dormía profundamente cuando Tom se levantó y se encaminó hacia el estudio. Eran las once de la noche, las diez en Ohio. Con un poco de suerte su padre ya estaría dormido.

Marcó el número y esperó, nervioso, hasta que en lugar de oír la voz de su padre, oyó la de Alice.

–¿Lissa? Soy Tom.

Tras una pausa, ella dijo en un susurro:

–Sé quien eres. Ya nadie me llama Lissa. Nadie tiene tu voz.

Tom no supo con seguridad si se trataba de un cumplido o de una queja.

–Hace mucho tiempo que no hablamos.

–Sí, demasiado tiempo –contestó ella. Nunca le había gustado andarse por las ramas. Todo el mundo la consideraba una valiente.

–¿Cómo estás? –preguntó Tom.

–Bien. ¿Y tú?

–Nada mal. En realidad, muy bien.

–¿Estás de vuelta en Nueva York?

–No. Estoy viviendo aquí, en Vermont.

Tras otra pausa, ella preguntó en tono de incredulidad:

–¿Vives ahí definitivamente?

–Es extraño, ¿verdad? Tenía prisa por conocer el mundo, y ahora, aquí estoy, en otro pueblo pequeño.

–Algo bueno debe de tener.

Lissa parecía expectante, como si esperara una gran noticia.

–He conocido a una mujer aquí. Se llama Bree. Estamos comprometidos.

–¿Comprometidos para casaros?

Tom sonrió ante el asombro de su hermana.

–Sí.

–¿Estás seguro?

Él sabía que ella estaba recordando lo orgulloso que él se había sentido cuando la revista *People* lo eligió como uno de los veinticinco solteros más apetecibles.

–Estoy seguro. Bree es una mujer extraordinaria. Hace tiempo que quería hablarte de ella. Te gustará mucho, Lissa. Me encantaría que la conocieses.

–¿La traerás aquí? –La voz de Lissa sonó áspera.

Tom quería que Bree conociera la casa paterna, pero sabía que la visita sería una verdadera pesadilla. En voz baja, dijo:

–Primero tengo que arreglar algunas cosas allí.

–No estaría mal que lo hicieras.

–¿Todavía siguen enfadados?

–¿No te parece lógico que lo estén? –preguntó ella–. Nunca olvidarán lo que hiciste, Tom, y no me refiero solamente a cuando murió mamá.

–Lo sé.
–Papá no quiere tu dinero.
Tom también sabía eso. Todos los cheques que enviaba le eran devueltos sin haber sido cobrados. En voz aún más baja, preguntó:
–¿Cómo está papá?
–Viejo, mezquino y malhumorado.
–¿Más de lo habitual?
–Creo que sí. –La fortaleza de Lissa pareció vacilar por un instante–. Está disgustado conmigo. Lo que he hecho es imperdonable.
A Tom sólo se le ocurría una cosa que pudiera ser imperdonable en la hija de Harris Gates.
–Sí, has adivinado –añadió ella–. Estoy embarazada.
La primera reacción de Tom fue de alegría, la segunda, de reflexión.
–Has acertado de nuevo –dijo ella ante el silencio de su hermano–. Embarazada y soltera.
–Sigue pareciéndome maravilloso. ¿Quién es el padre?
–Alguien con quien trabajo.
–¿Vas a casarte con él?
–No.
–¿Por qué no?
–Porque no estoy enamorada de él.
–¿Él te pidió que os casarais?
–Sí. La respuesta fue no.
–¿Quieres tener ese bebé?
–No estoy sentada en el banquillo de los acusados –protestó Lissa en un tono que indicaba que las preguntas de Tom eran las últimas de una larga serie.
–Lo siento –dijo él con suavidad–. Sólo quiero saber si eres feliz.
–Sí, lo soy. Sí, quiero tener el bebé. Me encantan los niños y cada día que pasa soy menos joven.
–Sólo tienes treinta y ocho años.
–Cumplo treinta y nueve el mes que viene.
Y aún vivía en la casa de su padre, como había hecho Bree hasta la muerte del suyo. En teoría, eso demostraba mucha fuerza o mucha debilidad. Tom sabía que tanto en el caso de Lissa como en el de Bree era una cuestión de fuerza. Las dos eran muy parecidas.

–¿Cuándo nacerá tu hijo?

–En abril.

Sólo faltaban tres meses. De manera que hacía seis que Lissa estaba embarazada. Y él ni siquiera se había enterado.

Tom trató de imaginar a su hermana con un vientre muy redondo, pero no pudo. Sí imaginó las miradas de desaprobación de su padre.

–Ven a vivir con nosotros, Lissa –le pidió, obedeciendo a un impulso–. Que tu bebé nazca aquí.

Había tristeza en la voz de Alice cuando contestó:

–¿Y renunciar a la vida que tengo aquí? No puedo hacerlo, Tom. Tú te fuiste cuando tenías dieciocho años y nunca miraste hacia atrás. Yo he pasado aquí todo ese tiempo. Ahora no puedo irme. No quiero hacerme eso a mí misma y me niego a hacérselo a la gente a la que quiero.

–Vivir al lado de papá debe de ser imposible...

–Ya cederá. Si no antes de que nazca mi hijo, después. Tal vez sea malhumorado con sus propios hijos, pero quiere a sus nietos. Si tú hubieras estado aquí, te habrías dado cuenta de ello.

Tom lo sabía. Ya había bastantes nietos antes de que dejara de ver a su familia. Había observado cómo se comportaba su padre con ellos. Al principio había atribuido a la edad la ternura con que los trataba. Ahora comprendía que ésa era sólo parte de la verdad.

–Entonces, ¿vendrás a visitarnos? –pidió Tom.

Éste no sólo quería que Alice conociera a Bree, sino también Panama. Estaba convencido de que le gustaría.

–Creo que será difícil.

–¿A causa de tu trabajo? –Alice era periodista del diario local.

–A causa de papá. Y de Carl, Max, Peter y Dan.

La oposición era formidable. Tom decidió ir paso a paso.

–¿Vendrías a mi boda?

–¿Para cuándo sería eso?

–Espero que pronto.

–No puedo prometerte nada, Tom.

Pero no había colgado el auricular al oír su voz, y eso ya era algo.

–Me hace feliz lo de tu hijo, Lissa. Si alguna mujer tiene todo lo necesario para ser una gran madre, ésa eres tú. ¿Necesitas algo?

–¿Te refieres a dinero? –preguntó Lissa, con cierta desconfianza en la voz.

Sí, Tom se refería a eso, pero aclaró:
–Me refiero a la ayuda que sea.
–Tengo todo lo que necesito.
–¿Me avisarás si te hace falta algo?
Ella no contestó.
–¿Puedo volver a llamarte? –preguntó Tom.
Después de lo que le pareció una eternidad, Lissa susurró:
–Siempre que él no se entere. –Y colgó el auricular con suavidad.

Bree despertó cuando Tom volvió a acostarse. Supuso que habría ido al cuarto de baño y le sorprendió que tuviera las manos y los pies muy fríos. Cuando él la tomó en sus brazos y la estrechó contra su cuerpo, ella se estremeció.
–¿Dónde has estado? –preguntó.
–Hablando por teléfono –respondió Tom–. He llamado a mi hermana.
Bree abrió los ojos.
–¿En serio? –Se volvió en sus brazos para mirarlo, aunque estaba demasiado oscuro para ver mucho–. ¿Cómo ha sido?
–Agradable.
–¿No colgó al oír tu voz?
Tom soltó una risita.
–Sólo lo hizo cuando terminamos de conversar. Le he hablado de ti. La he invitado a nuestro casamiento. Le he dicho que volveré a llamarla para informarle de la fecha. Bueno. ¿Qué te parece?
Bree lo abrazó con fuerza.
–¡Me parece genial! Estoy orgullosa de ti. Has dado el primer paso.
–Con respecto al casamiento..., ¿qué crees? –preguntó Tom.
–Creo que no puedo poner una fecha hasta que me acostumbre a estar comprometida. Háblame de Alice. ¿Se mostró amable contigo?
–Casi todo el tiempo.
–¿Casi todo el tiempo?
–Está entre la espada y la pared.
–¿Entre tu padre y tú?
–Y entre mis hermanos y yo. No será fácil que nos reconciliemos.
–Pero tú quieres reconciliarte. Sé que es así.

–Sí, es lo que quiero.

Ella sonrió, feliz.

–¡Me alegra mucho el que hayas llamado!

Tom echó hacia atrás la cabeza.

–Supongo que no lo habrás deseado, ¿verdad?

–No. –Al ver que él seguía mirándola, Bree agregó–: Te juro que no lo hice; pero pude haberlo hecho. Habría sido formular un deseo para obtener algo que vale la pena.

Tom suspiró y la abrazó con más fuerza.

–Solía pensar que la familia no era importante.

–Pero lo es.

–Lamento no haber conocido a la tuya.

–No lo lamentes –dijo Bree. Su padre y sus abuelos se habrían escandalizado por la fama de Tom–. Es mejor así.

–¿Y qué me dices de tu madre?

–¿Qué pasa con ella?

–¿Alguna vez piensas en ella? –preguntó él.

Durante los últimos meses Bree pensaba en su madre más a menudo que nunca.

–A veces.

–¿Nunca se te ha ocurrido tratar de encontrarla?

–Muchas veces pensé en hacerlo. Después pasó el tiempo y dejé de pensar en ello. Tal vez debería intentar encontrarla –dijo de repente–. Ya sabes, formulando uno de mis tres deseos. ¿No te parece que estaría bien empleado?

–Sí, al menos hipotéticamente.

–¡Lo sé, lo sé! Temes que si el deseo no se cumple, yo me lleve una desilusión.

–No quiero que nada te entristezca.

–Pero sigo creyendo que sería un buen deseo –razonó ella, entusiasmándose con la idea–. No sería propio de avaros, como desear algo material. Y tampoco es un deseo vago. Si deseo conocer a mi madre, ella se presentará o no se presentará. Entonces sabré a qué atenerme.

–¿Con respecto a los deseos?

–Sí, con respecto a los deseos. –Bree se acurrucó contra él, somnolienta–. Me alegro por ti, Tom –susurró.

–Yo también –contestó él.

La idea de desear conocer a su madre pudo haber sido repentina, pero a Bree le pareció perfecta. Un compromiso matrimonial era algo que uno debía compartir con sus padres, y esa mujer no sólo era su madre sino el único familiar que le quedaba. Si había un momento en que debía tratar de ponerse en contacto con ella, era ése.

De modo que una mañana de la semana siguiente, mientras Tom preparaba el café, ella se le acercó y anunció:

–Lo estoy haciendo, Tom. Estoy deseando conocer a mi madre.

Él se volvió hacia ella y preguntó:

–¿Se trata de un verdadero deseo?

–Si eso es lo que son...

Cuando Tom terminó de preparar el café, ella advirtió que estaba ceñudo.

–¿Qué ocurre? –inquirió.

Él volvió la mirada hacia ella.

–No quiero que nada te lastime –repuso.

–¿Qué puede lastimarme? ¿Que lo de los deseos no sea cierto, o que mi madre no sea lo que me gustaría que fuese?

–Cualquiera de las dos cosas.

Bree había pensado en ambas posibilidades.

–Si los deseos no son ciertos –dijo–, no me importa; pero de un modo u otro he de saber si lo son. Y no lo sabré a menos que lo intente. El incendio pudo haber sido accidental. Quizá fuese una coincidencia el que sucediera cuando yo formulé mi deseo. Esto es distinto. ¿Qué posibilidades existen de que mi madre se materialice después de todos estos años, exactamente a la misma hora en que yo estoy deseando que aparezca?

–Muy pocas.

–Prácticamente ninguna, en efecto. Se llamaba Matty Ryan. Mi padre la conoció en Boston y la siguió hasta Chicago. Allí nací yo. Él nunca la trajo al pueblo. De manera que a lo mejor ella ni siquiera conoce mi paradero. Esto nos ayudaría a las dos.

Tom parecía temeroso.

–Está bien –concedió Bree–. Tal vez ella habría podido encontrarme si hubiera querido, pero ¿y si temiese que yo no quisiera verla después de tanto tiempo?

–¿Estás segura de que sigue con vida?

–No. Pero tenía veinte años cuando yo nací, de manera que ahora sólo tiene cincuenta y tres. Eso no es ser demasiado vieja. Piénsalo –dijo al ver que él seguía dudoso–. ¿Qué puedo perder? En el peor de los casos no se presentará nadie, de manera que podré olvidarme de ese asunto de los deseos.

–En el peor de los casos –la corrigió él–, ella se presentará y no será lo que tú deseas que sea. –Tomó el rostro de Bree entre sus manos, que olían a café–. Siempre que reconozcas que existe esa posibilidad, todo está bien.

Ella cogió a Tom por las muñecas y apretó para transmitirle su certeza de que debía formular ese deseo.

–Mis abuelos me dijeron que ella no me quería, y mi padre nunca los contradijo. De manera que eso es lo que he creído durante toda mi vida. ¿No es lo peor que uno puede esperar de una madre? –Su mirada se suavizó. Se permitió demostrar el entusiasmo que había tratado de contener–. Pero ¿y si me quisiera? –agregó–. He leído historias de mujeres que entregaron a sus hijos en adopción y que años más tarde se reunieron con ellos. ¿Y si yo pudiera reunirme así con mi madre? ¿Y si hubo motivos por los que ella tuvo que abandonarme? Mi padre la quería. Yo solía ver una expresión en su mirada que nunca comprendí hasta que te conocí a ti. Creo que la expresión que tengo yo cuando te miro es la misma que veía en los ojos de papá. Nunca dejó de amarla. Pero ¿y si ella no lo quería a él? ¿Y si el amor de papá la asustaba? ¿Si se sintió sofocada por tanto amor? ¿Y si ella no tenía dinero y pensó que yo estaría mejor con mi padre? ¿Y si supuso que él volcaría en mí parte del amor que sentía hacia ella?

Se hizo el silencio.

–Pero no lo hizo –dijo Tom con tristeza al cabo.

–No. Yo no era ella. Debe de haber sido una mujer muy especial.

Tom la estrechó entre sus brazos.

–Lo mismo que tú.

Bree percibió su convicción en su forma de abrazarla. Le daba fuerzas.

–Quiero hacer esto, Tom.

Él volvió a tomar el rostro de Bree entre las manos, pero esa vez la besó. A ella le pareció sentir en sus labios un temblor de persona vulnerable, casi desesperada.

–Todo irá bien –dijo para tranquilizarlo–. ¿No lo comprendes? Podría haber ido en su busca hace mucho tiempo, pero entonces no me sentía con fuerzas suficientes. No me atrevía a correr el riesgo. No habría podido soportar que me diera la espalda y se alejara. Ahora sí puedo. –Se puso de puntillas y le rodeó el cuello con los brazos. Volvía a tener esa sensación de plenitud, y era más fuerte que nunca. Sonrió.

–¿Y si ése es tu segundo deseo? –preguntó Tom–. ¿Qué ocurrirá entonces?

–No formularé más deseos.

Debió de ser la respuesta indicada, porque después de un instante él la abrazó y ella supo que acababa de ganar. Las arrugas de preocupación se borraron del rostro de Tom. En su lugar había una expresión de expectativa.

–¿Y cómo lo haces? –preguntó él–. ¿Existe una especie de ritual?

Bree se sintió excitada.

–No me dieron ninguna instrucción al respecto. Supongo que haré lo mismo que la vez pasada. –Enlazó los dedos y cerró los ojos, pero enseguida los volvió a abrir–. No te reirás, ¿verdad?

–Por supuesto que no.

–Esto debe de parecerle una tontería a una persona que no cree.

–¡Bree!

–Está bien. –Cerró los ojos, esta vez con más fuerza, se llevó las manos a la barbilla y dijo–: Yo... deseo... ver... a mi... madre.

Conjuró la imagen del ser de luz, y esperó hasta sentir la calidez y la tranquilidad que le transmitía; luego repitió las palabras.

Entonces abrió los ojos. Su mirada se encontró con la mirada expectante de Tom. Con lentitud, Bree dejó caer los brazos a los costados del cuerpo y se relajó.

Durante un rato muy largo no hicieron más que mirarse. Por fin, Tom susurró:

–¿Y ahora qué?

–Ahora debemos esperar.

11

Durante el desayuno Bree tenía la sensación de estar sentada sobre agujas, y otro tanto le ocurrió más tarde, cuando ayudó a Tom a quitar la pintura gris de las molduras de pino de la sala de estar. Mientras trabajaban codo con codo, ella y Tom intercambiaban ocasionales miradas expectantes. El menor ruido que llegaba del exterior les hacía levantar la cabeza, pero el timbre de la puerta principal nunca sonó.

Bree se negó a sentirse descorazonada.

–Tal vez tarde un poco. El incendio no se produjo hasta seis horas después de que formulé el deseo. Tal vez suceda cuando esté en el trabajo. Ya sabes a qué me refiero. Pensando en otras cosas.

Sin embargo, se sintió agradecida cuando, en lugar de dejarla en el restaurante, Tom aparcó la camioneta y entró en el local. Mientras ella trabajaba, él leía en su reservado del rincón. Luego, cuando entró la clientela del almuerzo, Tom se trasladó a un taburete delante de la barra. A Bree le tranquilizaba su presencia, y también su anillo de compromiso. Hacían que se sintiera menos sola.

Los clientes habituales llegaban y se iban. De las caras nuevas que aparecieron, ninguna correspondía a una mujer.

Pasó la hora del almuerzo. La inquietud de Bree aumentó.

–¿Qué piensas? –le preguntó a Tom, que había vuelto a instalarse en su reservado.

–Es posible que venga desde lejos. Debemos darle más tiempo.

No había burla en su voz. Deseaba tanto como ella que el deseo se cumpliese.

–¿Y si tarda varios días? –preguntó con impaciencia.

Él le dedicó una sonrisa tranquilizadora.

–Has esperado tantos años que bien puedes esperar un poco más.

Era cierto. Mientras esperaba, Bree recordó todos esos años. Lo mucho que había deseado saciar su curiosidad; las preguntas que había hecho acerca de la apariencia, los gustos y la personalidad de su madre la habían distraído durante todo el día, hasta el punto de que olvidó cosas como que Carl Breen comía sus huevos revueltos muy cocidos y que Travis Finch siempre pedía enchiladas con queso. Pero Tom tenía razón. Había esperado mucho tiempo. Un poco más no le haría daño.

Volvió a su trabajo. Después de una hora, durante la cual sólo gente del lugar entró en el restaurante, a Bree se le ocurrió otra idea.

–Dicen que cuando uno mira fijamente una olla, el agua nunca hierve –le informó a Tom–. Creo que sería mejor que te fueras.

Tom sacudió la cabeza.

–Me quedaré contigo.

–¿Y si ella estuviera esperándonos en casa?

–¿Te parece posible?

–No lo sé –contestó Bree, confusa–. Ya no sé nada. –Se apartó un mechón de pelo de la cara y agregó–: Esto es frustrante.

Tom cerró su libro.

–¿Qué haría que te sintieses mejor?

Ella comparó la tranquilidad que le daba verlo allí con la posibilidad de que su madre la estuviera buscando en otra parte.

–Si llega a la casa de South Forest y ve que se ha incendiado, es posible que se detenga en alguna parte del pueblo y pregunte. Casi todos la enviarán al restaurante. Pero tal vez alguno le diga que vaya a tu casa. O tal vez sencillamente sepa que debe ir allá –agregó con más suavidad, porque era algo que no podía tener una explicación racional. Pero tampoco tenía nada de racional la idea de los tres deseos, y sin embargo allí estaba, con todas sus esperanzas puestas en que se cumpliese el segundo–. Creo que debemos estar atentos a ambos lugares. Sólo para asegurarnos.

Tom asintió.

–Iré a ver a casa. Y también echaré un vistazo en South Forest. –Se puso de pie–. ¿Tú estarás bien aquí?

Ella lo miró y tragó con dificultad, apretó el rostro contra el hombro de Tom e inhaló esa fragancia limpia y viril que era solamente suya. En ese momento supo que jamás podría haber hecho aquello sin su ayuda. Si el deseo no se cumplía, Tom era para ella lo que la red de seguridad para un trapecista.

–Estaré perfectamente bien –aseguró–. Tengo trabajo que hacer. Instalaré el ordenador aquí para poder observar la puerta. Ya no vendrá mucha gente. Todavía falta mucho para la hora de la cena.

Tom prometió estar de regreso antes y salió. Bree instaló el ordenador en el reservado que él había ocupado, desde donde podía ver no sólo el restaurante sino también la entrada del aparcamiento.

A las tres y media de la tarde la luz comenzó a disminuir, pero no era tanto eso como el frío de finales de enero lo que reducía a Panama a una serie de grises y blancos. El suelo estaba cubierto de nieve, y los caminos, sucios. Casi todo aparecía blanco, desde las ventanas escarchadas hasta los parachoques de los camiones y las ramas de los árboles.

El trabajo de proporcionar color era responsabilidad de los habitantes del pueblo. Mientras Bree observaba, un grupo de estudiantes del instituto local bajó de un Chevy rojo y entró a comer unos bocadillos. Angus, Oliver y Jack se disponían a pedir sus habituales rosquillas, con las cabezas cubiertas por gorros de lana de colores brillantes. Julia Dean aparcó su camioneta amarilla y entró en el local con flores frescas.

Bree siempre había admirado el trabajo de Julia, pero nunca tanto como en los tristes meses del invierno. Julia veía colores donde otros ignoraban que los hubiese. Salía a caminar por el bosque y volvía cargada de ramas de arbustos, de helechos y de bayas. Solos ya eran preciosos, pero con el agregado de una única flor de invernadero resultaban impactantes. De todas las cuentas de Flash que Bree pagaba todos los meses, la que más placer le proporcionaba era la que le entregaba Julia, en silencio y casi como pidiendo disculpas.

Un coche dobló de East Main. Bree dirigió la mirada hacia el aparcamiento y lo vio estacionar en el lugar reservado para discapacitados. A pesar de que el cartel estaba oculto por la nieve, los clientes habituales del restaurante sabían que no debían aparcar allí. Fue lo primero que alertó a Bree. Enseguida advirtió que el automóvil, un pequeño Mercedes deportivo, no tenía los costados sucios de lodo como los coches del lugar. El tercer detalle que le llamó la atención fue la conductora. Cuando la vio apearse advirtió que era de estatura normal, y que tenía el pelo tan oscuro como ella, aunque lo llevaba más corto. Cuando instantes después el viento volvió a despeinarla, se volvió con rapidez y cerró la puerta del coche. Se arrebujó en un elegante abrigo azul marino y subió por los escalones de entrada del restaurante.

A Bree le dio un vuelco el corazón. Observó a la mujer entrar en el local, bajarse las solapas del abrigo y mirar alrededor, más por curiosidad que buscando algo. Cuando su mirada se posó sobre Bree, no se detuvo, sino que siguió adelante. Bree trataba de saber si esa mirada se habría detenido en ella un instante más que en los demás, cuando la mujer se le acercó.

Bree ni siquiera respiraba.

La mujer se instaló dos reservados más adelante, colocó un bolso tipo maletín sobre la mesa, deshizo el lazo del pañuelo que llevaba al cuello y leyó el menú.

Bree decidió que las facciones eran las correctas. Su piel parecía joven y no tenía canas, pero ella sabía que eran cualidades que se podían adquirir de forma artificial. El cuello, sin embargo, nunca mentía. Ni las manos. Y a juzgar por su cuello y por sus manos, esa mujer fácilmente podía tener cincuenta y tres años.

Lee Ann rodeó la barra y Bree se puso rápidamente de pie y le hizo señas de que se alejara.

–Yo me encargaré de ella –dijo, buscando con torpeza su libreta de pedidos. Llegó a la mesa de la desconocida antes de haber podido sacar el lapicero del bolsillo del delantal–. ¡Hola! –saludó con una sonrisa, pero sin aliento–. Bienvenida.

Se colocó un mechón de pelo detrás de la oreja, deseando haber cuidado más su apariencia y temerosa de parecer desaseada. El viento había despeinado a la mujer al bajar del coche, pero cada mechón había caído de nuevo en su lugar exacto. Parecía profesional y sofisticada, y el perfume que usaba era caro, todo lo cual estaba de acuerdo con el coche que conducía, su abrigo y el gran anillo de esmeralda que llevaba.

Miró a Bree y volvió a clavar la vista en el menú sin esbozar siquiera una sonrisa. Bree no se sintió desalentada. Supuso que si aquella mujer era su madre, debía de estar terriblemente nerviosa al ver por primera vez a su hija después de treinta y tres años. Se había tomado el trabajo de presentar el mejor aspecto posible. Eso era evidente. Hacía años que no entraba nadie tan bien vestido en el restaurante. Y para el caso, tampoco en el pueblo.

Bree buscó la manera de trabar conversación con ella.

–¿Éste es su primer viaje a Panama? –preguntó.

–Así es.

–¿Sólo está de paso?

–Confío en que sí. –Hizo un gesto negligente en dirección al menú, se llevó la mano a la garganta y miró a Bree a los ojos–. Tengo la garganta seca. ¿Podría traerme una botella de Perrier, por favor? Y me gustaría comer algo caliente pero ligero. ¿Qué me recomienda?

Debía de ser la presidenta de una importante empresa, decidió Bree. Sin duda tendría cientos y quizá miles de empleados a su cargo, y poseería más de un despacho y más de una casa. Sin duda, también, debía de haber volado muchos kilómetros de un extremo al otro del país, recorrido medio mundo y conocido lugares y personajes exóticos. Parecía muy ambiciosa.

Bree se preguntó si esa ambición sería el motivo por el que había abandonado a su hija. Y si hubiera decidido quedarse con ella, ¿cómo habría sido la vida de Bree? De algo no cabía duda. Si la historia era cierta, esa mujer, en un tiempo un espíritu libre, había destrozado el corazón de Haywood Miller.

–Perdón –dijo la mujer–. Se supone que usted toma mi pedido, ¿no es cierto?

Bree dejó caer el lapicero. Se inclinó para recogerlo.

–Sí. Lo siento. Usted me pidió agua Perrier. Y algo caliente y ligero. ¿Se ha fijado en la pizarra donde figuran los platos especiales?

–No. ¿Figura allí algo caliente y ligero?

Bree empezó a señalar la pizarra, pero percibió la expresión de la mujer. Su impaciencia indicaba que prefería que le recomendaran algo. Bree se preguntó si estaría poniéndola a prueba, y sugirió:

–Le recomiendo la sopa casera de vegetales.

–Muy bien –dijo la mujer, y a continuación sacó un par de gafas de su bolso, un bloc de notas y una gruesa pluma de aspecto lujoso. Le quitó el capuchón y miró a Bree–. ¿Algún problema?

Bree se apresuró a alejarse en busca del agua, mientras se decía que si la mujer era tímida, sus modales ásperos debían de ser causados por los nervios. Hasta la presidenta de la empresa más importante debía de sentirse incómoda en una situación como ésa. Dirigir una empresa era una cosa. Tener que enfrentarse a un difícil tema familiar era otra muy distinta. Bree no imaginaba que pudiera haber nada más íntimo que ese encuentro de madre e hija.

–Aquí tiene –dijo, depositando un vaso alto sobre la mesa. Por lo general hubiera colocado la botella de Perrier a su lado, pero esta vez ella misma sirvió el agua. Cuando el vaso estuvo lleno, colocó con cuidado la botella detrás de él–. Enseguida le serviré la sopa.

La mujer frunció el entrecejo.

–Quería el agua con un poco de zumo de limón.

Bree se alejó. Cortó un limón fresco y volvió. Después de colocar el limón junto al vaso, se alisó el delantal. Era un gesto inconsciente, dirigido a deshacer el nudo que se le había formado en el estómago, pero al hacerlo, Bree pensó que tenía un beneficio adicional. Ninguna mujer en su sano juicio podía dejar de reparar en su anillo. Era tan impactante como la esmeralda que llevaba aquella mujer. No cabía duda de que era una manera de iniciar una conversación.

–¿De dónde viene? –preguntó Bree en tono casual.

La mujer le dirigió una mirada por encima de la montura de sus gafas.

–Nueva York.

Dejó la pluma a un lado, cogió varios trozos de limón, los exprimió dentro del vaso, luego los arrojó dentro y bebió un trago.

–¿Y va de regreso a casa?

Ella sacudió la cabeza.

–No, voy a Montreal. –Cogió la pluma y comenzó a escribir.

–¿Por asuntos de negocios?

Esa vez la mujer sólo asintió.

Quizá la misma Bree hubiera estado igualmente muda de encontrarse en la situación de esa mujer.

Nadie en su sano juicio mostraría sus cartas demasiado pronto o se colocaría en una posición vulnerable, a menos de estar segura de ser bien recibido.

–En cierta ocasión mi padre tuvo una amiga –dijo Bree–. En realidad era más que una amiga. Él estaba locamente enamorado de ella. Por la descripción que me hizo, bien podría haber sido usted.

No era del todo cierto. Su padre nunca se la había descrito demasiado a pesar de lo mucho que ella se lo había suplicado. Pero era una mentira dicha por una buena causa.

–Hum –fue todo lo que respondió la mujer ante el comentario.

No parecía impresionada, ni siquiera interesada. Bree se preguntó si eso, también, sería una manera de disimular.

–¿Estuvo alguna vez en Boston?

La mujer suspiró y depositó la pluma sobre la mesa.

–Me crié en Boston.

–¿En serio? ¿No se crió en California?

–No. No me crié en California.

–¿Nunca vivió en California?

–No. –Miró hacia la cocina, luego volvió a mirar a Bree–. ¿Todavía no está lista mi sopa? Debo terminar un trabajo, y pienso hacerlo aquí.

–Iré a ver.

Bree cruzó a la carrera la cocina y se dirigió al cuarto de baño de los empleados. Se cepilló el pelo, se pellizcó con fuerza las mejillas, volvió a pintarse los labios. Soltó una maldición entre dientes, se lavó las manos, enderezó el anillo y fue en busca de la sopa.

Cuando llegó a la mesa, la mujer estaba hablando por un teléfono celular. Mientras le colocaba delante el plato de sopa, Bree alcanzó a oír frases como «jurado de acusación» y «causa justa», y se alejó para no incomodar a su presunta madre. Sin embargo, volvió en cuanto ella hubo cortado la comunicación.

–Lo siento, pero no pude evitar oír parte de su conversación. ¿Es abogada? –preguntó Bree.

Estaba por decir que su novio también lo era, lo cual les proporcionaría algo en común sobre lo que charlar, cuando la mujer le dirigió una mirada sin duda dirigida a hacerla callar.

–No, no soy abogada. Mire, he viajado muchas horas y estoy cansada y hambrienta. –Cogió la cuchara y enarcó una ceja.

–Lo siento –dijo, descorazonada por primera vez, aunque obligándose a esbozar una sonrisa.

Tom le había advertido que la madre con quien se podía encontrar tal vez no fuera como a ella le hubiese gustado que fuera, pero eso no constituía un problema; nunca había creído que caerían una en los brazos de la otra y se convertirían en inseparables. No era lo que quería, no lo necesitaba. Ella tenía su propia vida. Hasta ese momento se las había arreglado muy bien sin una madre y podía seguir haciéndolo.

Pero si esa mujer era su madre...

Temblorosa e insegura, volvió a su propio reservado y apagó el ordenador. Bree entró en el despacho, donde Flash estaba durmiendo la siesta sentado en un sillón, con los pies sobre el escritorio, dejó allí el ordenador, salió y, desde el teléfono de la cocina, llamó a Tom.

–Está aquí –le susurró, frenética–. Creo que es ella, pero no estoy segura. Es hermosa y rica, y tan distinta de todos los que vienen al restaurante, que no sé qué decirle ni cómo conseguir que ella diga si es quien creo que es.

–¿Qué está haciendo en este momento?

–Comiendo sopa. Pero no se muestra nada amistosa y yo no sé qué decir.

–Cuelga el auricular, querida. Voy para allá.

Bree hizo lo que Tom le decía, se acercó a la puerta y miró el salón. La mujer seguía allí, tan elegante que parecía fuera de lugar. Hubiera sido peor que el restaurante estuviera lleno, pero todos esperaban ya la llegada de la gente a quien le gustaba cenar temprano. Lee Ann estaba sentada a la barra, conversando con Gavin, Julia arreglaba los últimos ramos de flores, el encargado de la parrilla y el cocinero fumaban fuera.

Bree cogió un trapo húmedo, respiró hondo, salió y comenzó a limpiar los bancos desocupados preparándolos para la llegada de los clientes. Era un trabajo que justificaba que mirara de un reservado al otro.

La mujer alternativamente tomaba notas y se llevaba a la boca cucharadas de sopa. Su mano era firme, sus movimientos tranquilos. En determinado momento hizo otra llamada telefónica. Parecía pensativa, distante. De vez en cuando, levantaba la vista. Siempre que lo hacía, Bree apartaba la mirada y se concentraba en su trabajo, pero cuanto más pensaba en lo que estaba sucediendo, más miedo tenía. El tiempo pasaba. La mujer no tardaría en terminar la sopa, pediría la cuenta y se iría. Si ese breve encuentro con su madre era la forma en que se cumplía su deseo, Bree quería saberlo. Recordó al ser de luz y permitió que su paz la calmara, pero en esa calma no encontró respuestas. Dime que es ella, rogó Bree para sus adentros. Dame una señal, sólo para que sepa que la he visto una vez, y así sabré que mi deseo se ha cumplido.

Nada.

Entonces, que llegue Tom suplicó al tiempo que miraba por la ventana en busca de la camioneta. Tráelo enseguida. Él sabrá qué hacer. Él puede manejar esta situación mejor que yo.

Pero Tom no estaba allí. Se encontraba sola, como en la mayor parte de su vida. ¿Y por qué? Porque una mujer, tal vez ésa, después de quedar embarazada decidió que no quería ser madre.

Desesperada por conocer los motivos de esa actitud, Bree se acercó al reservado donde estaba la mujer.

–Debo hacerle una pregunta –dijo en un tono que sin duda demostraba sus temores.

La mujer sacó un billetero del gran bolso de cuero.

–¿Cuánto le debo?

–¿El nombre Haywood Miller significa algo para usted?

La mujer extrajo un billete de diez dólares del billetero.

–Me temo que no. ¿Puede traerme la cuenta?

Bree sacó la libreta del bolsillo del delantal.

–Hace treinta y cinco años, Haywood trabajaba en Boston cuando conoció a una mujer llamada Matty Ryan. Estaba pensando que usted tal vez fuera ella.

–¿Yo? –preguntó la mujer estremeciéndose. Hizo un gesto hacia la libreta de Bree–. Tengo que irme. ¿Cuánto le debo? ¿Seis dólares?

–Se enamoraron pero algo sucedió y debieron separarse. Él nunca la olvidó. La quiso hasta el día de su muerte.

La mujer dejó los diez dólares sobre la mesa y cogió su bolso.

–Creo que esto alcanzará.

–¡Espere! Necesito saber, y ésta puede ser mi única posibilidad.

Pero la mujer ya se encaminaba hacia la puerta.

Bree la cogió del brazo.

–Esto le parecerá extraño, pero es posible que usted sea mi madre.

La mujer la miró con ojos gélidos.

–¿Su madre? Le diré algo: no conozco a ningún Haywood Miller, mi nombre no es Matty Ryan y ruego a Dios que ninguna hija mía se atreva a acosar a una desconocida en un restaurante. Y ahora –agregó, mirando la mano de Bree sobre la manga de su abrigo–, si no me suelta de inmediato la acusaré de haberme atacado.

Bree la soltó. Con los ojos arrasados en lágrimas observó a la mujer salir del restaurante, subir a su coche, y partir a toda velocidad por East Main en dirección a la autopista.

–Está bien –susurró una voz a sus espaldas. Una mano le tocó suavemente el hombro–. Ella no es tu madre. –Era Julia Dean, y parecía angustiada–. No pude evitar oír lo que dijiste.

Bree miró a Julia, luego más allá de ésta. Casi todos los que estaban en el restaurante la miraban. Sacudió la cabeza, avergonzada, y se encaminó hacia el último de los reservados. Julia la siguió. Con los codos apoyados sobre el tocadiscos automático, Bree se enjugó los ojos con los dedos.

–No se preocupe. Estoy bien. No sé qué esperaba. –Se enfadó–. Una mujer debe ser muy fría para abandonar a su hija recién nacida. Tiene que ser muy egoísta para no llamarla jamás por teléfono ni mandarle una tarjeta. Tiene que ser cruel para haber desaparecido como lo hizo. –Dejó escapar un suspiro–. Yo solía esperar durante mis cumpleaños. Imaginaba que no podría olvidar esa fecha. Pero la olvidó. Todos los años. Cuando murió mi padre creí que vendría, pero supongo que eso tampoco significaba nada para ella. –Le dirigió una mirada implorante a Julia–. ¿Qué clase de persona hace algo así?

Julia no contestó. Parecía tan apenada como Bree, y le acariciaba un hombro. Por fin, dijo:

–Quizás haya tenido motivos. Tal vez hizo lo que hizo porque no tenía elección. Es posible, sin embargo, que haya pensado mucho en ti.

Bree quería creerlo. Y casi lo creía al oír a Julia decirlo con tanta seguridad. Sin embargo, todavía quedaba en el aire el perfume de la mujer que acababa de salir.

–Esa mujer ni siquiera parecía tener curiosidad.

–Ella no es tu madre.

–¿Cómo puedo saberlo? ¿Cómo voy a estar segura?

–Tu madre nunca te hablaría así. No se sentaría a darte órdenes. No recorrería tantos kilómetros sólo para herirte.

–¿Cómo lo sabe?

–Porque tú no eres así –contestó Julia apretándole el brazo y hablando en tono confidencial–. Y en el pueblo todo el mundo asegura que te pareces a tu madre.

Bree suspiró.

–Aquí nadie la conoce.

–Aun así, tiene sentido, ¿no te parece?

–Supongo que sí. –No cabía duda de que no se parecía a su padre.

En ese momento llegó Tom, jadeante y desilusionado.

–Veo que ya se ha ido.

–Así es. ¡Fue increíble!

–Pero no era tu madre –repitió Julia, y la dejó a solas con Tom.

–¿No? –preguntó Tom.

–Lo negó.

–¿Qué más puedes contarme?

–Era muy bella, tanto como siempre lo soñé. Pero bastante desagradable. Quizá yo haya insistido demasiado. Tal vez la haya asustado tanto que se fue.

–Quizá Julia tenga razón y esa mujer no sea tu madre.

–Es probable, pero ¿cómo lo sabré, Tom? ¿Cómo puedo estar segura?

Por milagrosa que fuese la presencia de Tom en su vida, él tampoco tenía la respuesta. Esa noche, en su casa, cuando él la interrogó sobre la mujer del restaurante, Bree le contó todo lo que recordaba, hasta el color con que se pintaba las uñas. Pero Bree no había tomado el número de la matrícula del automóvil y Tom le explicó que en Nueva York un Mercedes deportivo rojo era tan frecuente como las mujeres que usaban elegantes abrigos azul marino y llevaban teléfonos celulares dentro de grandes bolsos.

De manera que la mujer se había ido. El problema era que lo de los tres deseos seguía en pie, pero tal vez los dos primeros se hubieran cumplido.

–Ya basta –dijo Tom–. Has formulado dos deseos; no quiero que pidas un tercero.

–¿Y si ésos no fueran deseos?

–¿Y si lo fueran? No estoy dispuesto a correr ese riesgo.

–Yo soy la que corre el riesgo.

–¡De eso nada! –contestó él sacudiendo la cabeza y con una mirada decidida que ella no le conocía–. Yo corro un riesgo también, pues estoy enamorado de ti. Te necesito, y quiero vivir a tu lado durante el resto de mi vida. Hace tres meses podrías haber corrido tú sola el riesgo, pero ahora lo corremos los dos. Olvídate de los deseos. Ya has formulado dos y no podemos demostrar que no se hayan cumplido. No quiero que intentes un tercero. Sobre todo después de lo que me dijiste en el hospital acerca de tu miedo de que una vez formulado el tercer deseo se acabe tu tiempo en la tierra.

Bree podría haber discutido más si hubiese sentido que Tom trataba de controlar su vida, pero sólo veía amor en él.

–Fijemos una fecha –propuso Tom.

Ella le miró a los ojos. Su expresión era de firmeza. Se preguntó si seguirían así cuando él se enfrentase a la cruda realidad de que ella no podía tener hijos.

–Es necesario que pienses más en ello.

–¿A qué te refieres?

–Al asunto de los hijos.

–Ya lo he pensado. Está decidido. Lo mismo que el asunto de los tres deseos. Adoptaremos.

–Piénsalo, Tom.

–¿Qué crees que hago durante todo el tiempo en que estás trabajando?

–Pintas paredes. Arrancas revestimientos de madera. Pules suelos.

–Y pienso en ti. –Tom hizo una pausa, frunció el entrecejo y añadió–: ¿Hay algo, que yo ignoro, que te impide fijar la fecha de nuestra boda?

–Sabes que no. Te amo, Tom.

–Pero no confías en mí.

–¡Por supuesto que confío en ti!

–Es por mis antecedentes, ¿verdad?

–¡No! Jamás he confiado en nadie como confío en ti.

–Entonces, ¿por qué no crees en lo que te digo? El que no puedas tener hijos no constituye un problema. Antes de conocerte ya había abandonado esa idea.

–Provienes de una familia numerosa. Quieres tener una familia propia, lo sé.

–Familia pequeña, familia numerosa, podemos tener lo que nos dé la gana –repuso Tom. Levantó una mano en señal de advertencia y añadió–: Y no me digas que adoptar no es lo mismo, porque no estoy de acuerdo. –Retrocedió un paso–. El asunto de la adopción no tiene nada que ver en todo esto, así que debe de haber algo más que me ocultas. Tal vez, cuando descubras de qué se trata, me lo hagas saber.

El rostro de Tom reflejaba una mezcla de enojo y dolor que ella no sabía cómo atenuar; luego fue demasiado tarde. Por primera vez en la relación de ambos, Tom dio el tema por concluido.

Pasó un tiempo antes de que Bree descubriera el otro asunto que la frenaba, y sólo pudo verlo cuando tomó distancia de su relación con Tom y contempló la situación en perspectiva. Tener hijos era importante, pero más para ella que para él. Ella era la que aún debía aceptar las carencias de su cuerpo. En medio de la excitación que le provocó estar con Tom, enamorarse de él y recibir su anillo, no lo había hecho. Se sintió feliz por dejarse llevar a un mundo más fantástico que todo lo que había soñado jamás.

El asunto más profundo se relacionaba con la totalidad de ese mundo fantástico. Hasta octubre último, ella había sido un ser realista. Después ocurrió el accidente y su vida cambió. Pero todavía quedaban facetas de la mujer realista que había en ella. Y esas facetas le recordaban de dónde procedía Tom, lo que había sido, y la improbabilidad absoluta de su llegada a Panama y, peor aún, de que se hubiese convertido en su amante. Y ahora, en el fondo de su mente, Bree se preguntaba si todo eso sería verdad. Estaba tratando de reconciliar una existencia que le parecía perfecta antes de haber conocido esa nueva vida que, sin duda, era demasiado buena para ser cierta.

Bree sólo pudo pensar en una persona del pueblo capaz de ayudarla a decidir si era así.

12

En Panama, nadie sabía con exactitud cuándo había llegado Verity Greene. Tal vez hiciese veinte años de eso. Quizá veintidós o dieciocho. La gente sencillamente comenzó a verla caminar por la plaza u hojear libros en la biblioteca, o hacer compras en las tiendas del pueblo. Si asistía a los eventos comunitarios, era sin involucrarse. Iba al restaurante a horas extrañas y siempre que el taburete del extremo más lejano de la barra estuviera desocupado. Se ocupaba de sus propios asuntos, hablaba sólo cuando alguien le dirigía la palabra y, en esos casos, lo hacía con un acento sureño que fascinaba a Bree pero que aumentaba la desconfianza de los demás.

Si lo que pretendía era hacerse querer por la gente del pueblo, lo que decía no la ayudaba. Siempre contradecía los sentimientos populares. Aunque lo hacía con una sonrisa y, según le parecía a Bree, con mucha sensatez, se la consideraba una persona excéntrica. Nadie sabía cómo funcionaba su mente. Nadie tuvo nunca motivos para desear averiguarlo.

Su casa era un misterio tan grande como ella misma. Era una casita pequeña, que se levantaba tan lejos del pueblo como era posible si aún se la quería considerar dentro de los límites de Panama. Para llegar a ella era necesario internarse en el bosque por un sendero poco transitado. Nadie parecía enterado de la existencia de ese sendero, y mucho menos conocía la existencia de aquella casita, hasta que Verity se mudó a ella.

Desde el principio todos la consideraron una bohemia. Usaba faldas largas, chalecos de colores vivos y blusas holgadas. Tenía cabello largo, oscuro y rizado, y lo sujetaba con un pañuelo en torno a la frente. Siempre estaba impecable, aunque en el pueblo nadie estaba enterado de que tuviera agua caliente, ni siquiera cañerías, en la casa. Y por lo que se sabía, tampoco tenía electricidad. Cultivaba sus propias verduras, cosechaba los mejores arándanos del bosque antes de que ningún otro se enterara siquiera de su existencia, y se comentaba que comía pequeños animales que encontraba muertos en el bosque. No se le conocía ninguna fuente de ingresos. Y en cuanto a su nombre, pocos eran los que lo creían verdadero.

A lo largo de los años corrieron muchas teorías. Una de ellas sostenía que era una paria de una comuna que había prosperado en el sur de Vermont en la década de los setenta. Otra sostenía que era la hija chiflada de un millonario sureño. Según una tercera, se trataba de una bruja.

Bree jamás creyó que esto último fuese cierto. Había conversado con Verity y, aunque la mujer tenía puntos de vista poco habituales y no le preocupaba hablar de ellos, parecía inofensiva. Es más, parecía solitaria, aunque cuando Bree lo sugirió, fueron pocos los que estuvieron de acuerdo. El consenso general era que Verity había elegido vivir como lo hacía. Por temor o por respeto, sin embargo, nadie la molestaba.

Eliot era uno de los pocos que había estado en la casita del bosque. Le había explicado a Emma cómo llegar allí, y ella se lo había comentado a Jane, quien a su vez se lo dijo a Bree, que fue hacia allí en la camioneta de Tom temprano por la mañana con el pretexto de comprar ropa. Pocas veces salía a comprar ropa; de hecho, odiaba hacerlo y Tom lo sabía, pero no le hizo preguntas. En realidad, no habían hablado demasiado desde la conversación que mantuvieran acerca de la necesidad de fijar fecha para la boda. Él la abrazaba, le hacía el amor con dulzura. Le había preparado el desayuno y la miró con deseo mientras ella comía, pero sin hablar apenas. Al igual que ella. Sencillamente, no sabía qué decir.

Después de detenerse en el restaurante para sacar comida a hurtadillas de las reservas de la despensa trasera, Bree se dirigió a los límites del pueblo. Una vez allí dobló hacia el lado contrario y avanzó con mucha lentitud hasta ver el abedul que sólo era visible desde esa dirección. Junto a él estaban las huellas poco claras del sendero que conducía a la casa de Verity.

El bosque era sorprendentemente umbrío, considerando el sol que brillaba en lo alto y que el suelo estaba cubierto de nieve. Bree encendió los faros y avanzó durante un trecho que le pareció interminable. Los saltos de la camioneta resonaban al mismo tiempo que los fuertes latidos de su corazón, lo cual indicaba que Bree ignoraba en qué se estaba metiendo. Pero no se detuvo ni dio marcha atrás. Verity era su última, su mejor y su más caprichosa esperanza.

Cuando el sendero por fin llegó a su fin, fue el viejo Volkswagen anaranjado de Verity lo que le indicó a Bree que había llegado. La casita estaba casi oculta entre unos pinos.

Inquieta, Bree llamó a la puerta. Esperó algunos minutos e insistió. Cambió las bolsas de brazo y estaba a punto de llamar por tercera vez cuando vio el rostro de Verity a través de la ventana. Segundos después, la puerta se abrió.

La expresión de sobresalto de Verity hizo pensar a Bree en el tiempo que habría transcurrido desde que aquella mujer había recibido la última visita. Pese a que estaba vestida, no se había puesto el habitual pañuelo en la cabeza. Bree esperaba no haber llegado a una hora poco conveniente.

Le tendió las bolsas.

–Son para usted.

Verity parecía intrigada.

–No es gran cosa –añadió Bree–. Sólo un poco de sopa, carne guisada y poco más. Habría traído lo que usted come habitualmente, pero no creo que hubiera aguantado los baches del camino. –El pedido de Verity siempre consistía en un bocadillo de salchicha, una ración de patatas fritas y una coca-cola. Bree siempre consideró que era un pedido muy lógico para una persona considerara tan rara, pero a la vez era muy sensato para alguien que vivía de lo que ella misma cultivaba.

La expresión de Verity se suavizó. Aceptó las bolsas en silencio y las metió en la casita. Bree respiró hondo para infundirse valor y la siguió, aunque sólo lo necesario para poder cerrar la puerta a sus espaldas. Desde allí miró con cautela alrededor. La vivienda consistía en una única habitación amplia, con una cocina en un extremo y un desván para dormir. Las paredes estaban hechas de troncos, y el calor provenía de una chimenea de leña. El perfume que se percibía provenía de una ventana convertida en jardín de hierbas, donde éstas eran iluminadas por los rayos del sol que se filtraban por entre los pinos. Bree no estaba segura de lo que esperaba encontrar: baritas de incienso, cuerpos de pequeños animales colgados del techo, puestos a secar, un mundo de rincones oscuros y sonidos aterradores, pero no había nada de eso en la casita. Estaba aseada y amueblada con sencillez, y era sorprendentemente convencional.

Verity volvió a su lado. Sin el pañuelo, se le notaban mechones canosos que brillaban entre el pelo oscuro. Un largo chal le cubría la blusa y la parte superior de la falda. Llevaba medias gruesas, pero por lo demás iba descalza.

Bree metió las manos en los bolsillos.

–Me gusta su casa. No sabía que tuviera luz eléctrica. –También vio una nevera y un televisor–. Debe de tener su propio grupo electrógeno.

–Y una antena para televisión vía satélite –puntualizó Verity, en un encantador tono sureño.

–¡Ah! Lo cual demuestra lo poco que sabemos de usted.

Verity miró alrededor, pero no dijo nada.

Bree se aclaró la garganta.

–Supongo que se estará preguntando por qué he venido.

–Me ha traído comida.

–Ésa es una forma de soborno. Necesito su consejo.

Verity enarcó las cejas y sonrió.

–No creo que yo sea la persona indicada para dar consejos –dijo.

Bree no se amilanó. Verity era su única oportunidad.

Verity debió de percibir su resolución. Dirigió una mirada hacia la parte trasera de la casita y dijo:

–¿Le apetece una taza de té?

Bree tenía las manos frías, tal vez por haber estado tanto rato fuera, pero más probablemente a causa de los nervios.

–Me encantaría –respondió.

Siguió a Verity hacia la cocina y se sentó ante una vieja mesa de madera mientras su anfitriona calentaba agua y abría una lata de té. Bree percibió el intenso aroma de éste cuando Verity abrió la lata y aún más cuando echó unas cucharadas dentro de la tetera y luego agregó agua hirviendo.

Verity puso la tetera sobre la mesa y cruzó las manos.

–¿Qué consejo cree que puedo darle?

Bree había pensado mucho en las palabras que emplearía. Convencida de que su propia torpeza había hecho huir del restaurante a la mujer que había tomado por su madre y sin querer provocar la misma reacción en la dueña de la casa, había ensayado discursos que de forma gradual y suave relataban su problema. Sin embargo, sentada allí con una mujer cuya casa no era nada pretenciosa, se dio cuenta de que esos discursos no serían necesarios. De manera que dijo directamente:

–Me han sucedido cosas muy extrañas, y usted es experta en eso.

Ante esas palabras, Verity esbozó una leve sonrisa.

–Supongo que se refiere a ovnis y a percepciones extrasensoriales. En realidad, no soy una experta, sólo una observadora.

–Y una creyente.

–A veces.

–¿Cree en las experiencias extracorporales cercanas a la muerte?

–¿Cómo las que tuvo usted? Sí.

–¿Por qué?

–¿Por qué no? –preguntó Verity con amabilidad.

–Porque no hay manera de demostrar que son reales –respondió Bree–. Le suceden a quienes son víctimas de un trauma pasajero. Casi todos mis amigos creen que imaginé lo que me sucedió.

Verity se puso de pie, cogió un par de tazas y otros tantos platillos de un aparador y los puso sobre la mesa. Eran de porcelana, blancas con delicadas hojas verdes en el interior y un borde dorado. Ninguna de ellas tenía la menor imperfección. El té que vertió en ellas era de un tono de bronce profundo. Su perfume era exquisito.

Verity tomó asiento. Miró ambas tazas con satisfacción, alzó la cabeza y sonrió. Al instante siguiente, abrió desmesuradamente los ojos. Volvió a levantarse, cogió un paquete de la panera, lo desenvolvió, cortó varias tajadas de lo que fuera, y las colocó sobre un plato.

–Un té no está completo sin algo dulce –dijo mientras ponía el plato sobre la mesa y volvía a su asiento–. Es tarta de manzanas. Las manzanas son de mis propios árboles.

Bree no tenía hambre, pero aceptó un trozo de tarta. Bree no quería herir a Verity en su orgullo. Aunque no tuvo ninguna necesidad de mentir acerca de la tarta, pues era deliciosa. Así se lo dijo a Verity, que sonrió. Luego Bree se preguntó cómo volver a sacar a colación el tema que le interesaba.

Verity lo hizo por ella. Tras beber un sorbo de té, habló en tono distendido.

–Sus amigos creen que usted imaginó lo sucedido –dijo–, porque no están preparados para la idea de una dimensión diferente.

Bree parpadeó.

Una dimensión diferente.

–¿Y yo? –preguntó.

–La parte de su ser que fue criada por su padre y sus abuelos, no; pero sí la parte de su ser a quien le gusta internarse en el bosque y soñar.

–¿Cómo...?

–La he visto. A mí también me gusta caminar por el bosque. He visto la expresión de su rostro.

No tenía sentido negarlo, como tampoco negar la curiosidad que las palabras de Verity acababan de despertar en Bree.

–¿Qué clase de dimensión diferente?

–Es un canal de energía. Un paso más arriba del nivel diario de funcionamiento del ser humano. Consiste en pensamientos y sensaciones puros.

–¿Es necesario estar cerca de la muerte para alcanzarlo?

–No. Los seres con poderes psíquicos lo logran sin necesidad de acercarse a la muerte. Y muchas personas que llegan a estar cerca de la muerte no lo alcanzan. Sólo los de mentalidad abierta. Los que tienen ganas de creer. A los demás los arrastra hacia abajo el peso del mundo físico. Ellos nunca se elevan.

–Pero yo siempre he sido realista –explicó Bree.

Taza en mano, Verity se echó hacia atrás con una sonrisa de presunción.

Está bien, razonó Bree. Ella soñaba, pero ¿lo hacía eso distinta de los demás?

–Usted tiene una mentalidad positiva –agregó Verity–. Es optimista. Gracias a eso sobrevivió a su obligación de tener que vivir con su padre durante tantos años. Usted se creó una vida propia en el restaurante. Usted miró hacia fuera. Vio el vaso medio lleno en lugar de medio vacío. –Hizo una pausa–. ¿Recuerda esas hadas del bosque creadas por el viento?

Bree la miró boquiabierta.

Verity sonrió y sacudió un dedo en un suave regaño.

–No trate de disimularlo. La he observado mirarlas. Algunas personas ven hojas que vuelan. Pero usted y yo vemos vida.

Usted y yo. Bree tuvo un pensamiento sorprendente.

Pero Verity seguía hablando, lenta y suavemente, con un leve acento sureño.

–Usted cree en un mundo de posibilidades. No a todo el mundo le sucede. Sus amigos no creen en ello, y por eso les cuesta creer en lo que usted experimentó. Además de que están celosos, claro.

Bree se preguntó de qué podían tener celos. ¿De Tom? ¿De su anillo de diamantes?

–¿De qué?

–De la paz interior que encontró.

–¿Qué paz interior? –exclamó Bree–. Me siento completamente confusa. Mi vida era sensata y previsible. Desde el accidente nada ha sido igual.

–¿Las cosas han empeorado?

–No –respondió Bree. No era su intención quejarse. O tal vez sí.

–¿Han mejorado, entonces?

–Tanto que a veces creo que todo es demasiado bueno para ser cierto.

Verity la estudió por un instante, luego asintió.

–Thomas Gates.

Bree suspiró.

–¡Oh, sí! Thomas Gates. Casi todo el tiempo olvido que la mitad del mundo sabe quién es. Después lo recuerdo y no puedo creer que esté enamorado de mí.

–Parece feliz.

–En este momento al menos cree que lo es, pero ¿y si cambiara de idea?

–¿Está dispuesta a arrojar por la borda lo que tiene por la posibilidad de que él cambie de idea?

Bree comenzó a hablar, pero se interrumpió. Dicho de esa manera, la respuesta era obvia. Sin embargo, no contaba más que la mitad de la historia.

–Si lo de Tom me hubiera sucedido antes de todo esto –dijo–, es probable que me resultara más fácil de creer, pero primero fue el accidente, después la experiencia extracorporal, y ahora los tres deseos. Coloque a Tom en el centro de todo eso y comprenderá que no sé qué es verdadero y qué no lo es.

–¿Tres deseos? –preguntó Verity, con el entrecejo fruncido.

Bree vaciló. Después recordó que la mujer que tenía delante no sólo veía hadas del bosque, sino que más de una vez había discutido en favor de los ovnis, de las experiencias psíquicas, y, sí, de la existencia de una bolera en el cielo. De manera que le contó lo de los tres deseos, desde que tuvo conciencia de ellos, hasta el incendio y la mujer del restaurante. Le enumeró los argumentos que apoyaban ambas posibilidades: coincidencias contra deseos.

–¿Comprende ahora por qué estoy tan confusa? Y además está esa parte de mí que cree que el único motivo por el que estoy de vuelta en el mundo son esos deseos, y que después de formular el tercero, el ser de luz me reclamará.

–¡Dios mío! –exclamó Verity–. ¿Qué la hace pensar eso?

–No lo sé. Tal vez haya sido la medicación que me administraron tras sufrir el accidente. Quizá no sea más que una especie de miedo humano. –La mayor parte de la gente le tenía miedo a la muerte, ¿verdad? Era la cosa más natural del mundo, ¿no?– ¿Usted cree que los deseos son verdaderos?

–Podrían serlo –repuso Verity tras reflexionar por un instante.

–Esa mujer que fue al restaurante, ¿era mi madre? –Cuando Verity se encogió de hombros, Bree volvió a tener ese pensamiento sorprendente. Y volvió a hacerlo a un lado–. ¿Moriré después del tercer deseo?

Verity se encogió de hombros.

–¿Puedo arriesgarme? –insistió Bree.

–Eso depende de en qué consista el deseo y de lo mucho que signifique para usted. –Pensó por un instante y añadió–: Es probable que yo me arriesgara.

–¿Aunque significase la muerte?

–¿Y si significara la vida?

–¿Se refiere a una vida más feliz?

–Más feliz. Más segura. Más libre. La mayoría de la gente vive así. –Verity trazó una línea recta imaginaria con la mano–. Otras personas viven así. –Trazó una por encima de la otra–. Tener una mente abierta es parte de la diferencia. El riesgo hace el resto.

Bree, frustrada, miró alrededor. La estancia contenía casi todas las comodidades existentes.

–Este lugar no parece propio de alguien que corre riesgos.

–No lo es. Pero lo era cuando yo acababa de llegar. Nunca había vivido sola. Nunca había cuidado de mí misma. Entonces no tenía un grupo electrógeno y sólo era dueña de la ropa que llevaba puesta.

Lamentando su exabrupto, Bree se llevó la taza de té a los labios. Disfrutó por un instante del perfume de la infusión y luego bebió un sorbo, que fue como un bálsamo. Ya más tranquila, preguntó:

–¿Por qué vino a Panama?

–No por los ovnis –respondió Verity con una sonrisa–, aunque creo que es aquí donde aterrizan.

–¿Y qué dejó atrás?

La sonrisa desapareció.

–A un hombre que juraba matarme si me iba.

Bree reprimió una exclamación.

Verity hizo un gesto con la mano.

–Es una vieja historia, y nada extraordinaria, por cierto. O al menos mucho menos que las que cuenta la gente del pueblo acerca de mí.

–¿Cuántas de ellas son verdaderas?

–No muchas. Tal vez sea posible comunicarse con los muertos, pero yo nunca lo he hecho. He sido seguida por luces extrañas y creo en los ovnis, pero nunca me he encontrado cara a cara con un ser de otro planeta. En cambio, me he encontrado cara a cara con un oso. Me llevé tal susto que quedé paralizada. El oso se aburrió y se alejó. De modo que la gente dice que soy capaz de controlar a las fieras salvajes sólo con mirarlas. Yo dejo que lo crean.

–¿Por qué?

–Porque me da libertad para ser y hacer lo que quiera, que es algo que no pude hacer durante muchos años.

Parecía tan sensato y tan poco extraño que Bree aprovechó la oportunidad que le ofrecía. Nada de esperanzas, se dijo. Sólo curiosidad.

–¿Dónde vivía antes de venir aquí?

–En Atlanta.

–¿Alguna vez ha vivido en California?

–No.

Cabía la posibilidad de que el padre de Bree se hubiera equivocado o que lo hubieran engañado.

–¿Estuvo alguna vez en Chicago?

–Una vez. Hace cincuenta años. Yo tenía diez. Estábamos visitando a unos parientes que teníamos allí.

Eso significaba que debía de tener sesenta años y no los cincuenta y tres que Bree le calculaba a su madre. Pero también en eso Haywood Miller podía haberse equivocado o haber llegado a conclusiones erróneas.

–¿Tiene hijos?

–No. Mi marido no estaba dispuesto a compartirme hasta ese punto.

¿Y si hubiera escapado, vivido una aventura con Haywood y concebido a Bree? ¿Y si ésa fuese la única manera en el mundo en que podía haber tenido un hijo? ¿Y si, años después, se hubiera dirigido a Panama para ver crecer a Bree? Eso no explicaba que nunca le hubiera revelado la verdad; pero ¿y si el padre de Bree se lo hubiera prohibido? ¿Y si eso hubiera formado parte del trato? ¿Y si Verity había cambiado su aspecto para que ni el mismo Haywood la reconociera?

Bree trató de mantener la calma y preguntó:

–¿Qué la trajo a Panama?

–Cerré los ojos y señalé un lugar en el mapa.

–¿Así de sencillo?

–Tenía que alejarme del sur, así que abrí un mapa del norte, cerré los ojos y señalé un punto.

–Antes de venir, ¿conocía a alguien de Panama?

Verity sacudió la cabeza. Después la inclinó y sonrió.

–Creí que pensaba que la mujer del restaurante era su madre.

Bree se avergonzó, pero lo superó y dijo:

–No lo sé con seguridad. Cuando deseé calor, se produjo un incendio. Así que me mudé a la casa de Tom, donde tengo calor. Se cumplió mi deseo, pero de una manera indirecta. El hecho de haber visto a esa mujer en el restaurante me llevó a un enfrentamiento con Tom, y eso me trajo aquí.

Con suavidad, Verity dijo:

–Yo no soy su madre.

–Si lo fuera, ¿me lo diría?
–Sí. Creo que se debe decir la verdad.
–Verity.
–¿Sí?
–¿Es su verdadero nombre?
Los ojos de Verity brillaron. Su acento sureño se acentuó al responder:
–Sí. Es el que figura en mi partida de nacimiento.
Bree no podía discutir con una partida de nacimiento.
–¿Es cierto que cree que cuando truena es porque Dios está jugando a los bolos?
–¿Usted está segura de que no es así?
–Cuando el aire caliente choca con el aire frío hay relámpagos. De eso surge el sonido.
–¿El aire hace ruido? ¿Y las nubes?
–Los científicos dicen que sí.
–¿Le parece sensato?
Bree comprendió su punto de vista.
–Piénselo bien –continuó Verity–. ¿Dije alguna vez que estaba segura de que Dios jugaba a los bolos? ¿O dije que era posible?
Bree se vio obligada a contestar.
–Dijo que era posible.
–¿Y lo es?
–Supongo que sí.
Verity esbozó una sonrisa.
–¿Lo ha visto? Usted es una persona de mente abierta, igual que yo, pero no porque seamos parientes. Las dos hemos visto nuestra vida amenazada. Eso nos liberó.
La libertad es una cosa, la locura otra, pensó Bree.
Verity continuó diciendo:
–La libertad es relativa. También lo son la felicidad, la realidad y el riesgo. A veces, para ser libres, debemos correr riesgos. A veces, para ser felices, debemos correr riesgos. En cuanto a qué es real y qué no lo es, sucede lo mismo que con la belleza, que está en la mirada de quien la observa. La realidad es una cosa para determinada persona y otra para las demás. Nosotros fabricamos nuestra realidad, y ésta puede ser lo que queremos o lo que necesitamos.

–¿Y si mi realidad es distinta de la de Tom? ¿Si él realmente fuera esa otra persona, la que vive en un mundo de velocidad?

–Si en efecto lo fuera, ¿qué perdería usted?

–Lo más maravilloso que he tenido en la vida.

–Pues ahí lo tiene.

–¿Qué tengo?

–La respuesta que buscaba. Lo que la trajo hasta aquí, lo que es real y lo que no lo es. Si Thomas Gates es lo más maravilloso que ha tenido en la vida, ¿por qué cuestionarlo? Usted es una optimista. En lo profundo de su ser, más allá de la cautela que le han inculcado, cree en las posibilidades. No tiene importancia que algo sea real. Si la posibilidad lo es, eso es lo que cuenta.

Durante el camino de regreso por el sendero que llevaba a la casa de Verity, Bree se sentía más animosa con cada bandazo de la camioneta. Al llegar al linde del bosque, la oscuridad dio paso a una luz casi cegadora, que Bree tomó como una señal de que su ser especial aprobaba la visita que acababa de hacer. Después de esperar sólo el tiempo suficiente para que sus ojos se acostumbraran, dobló por el camino principal y, exaltada, se encaminó al encuentro de Tom.

Cuando llegó, la casa estaba tan silenciosa, que por un instante temió haber esperado demasiado. Después de buscar en las habitaciones de la planta baja, subió al primer piso.

–¿Tom?

–Aquí estoy –contestó él desde el extremo del pasillo.

Bree se acercó a la puerta del estudio. Las cajas seguían sin abrir, pero él las había hecho a un lado, lo cual suponía un progreso, y había una lámpara sobre el escritorio. Tom estaba sentado delante del ordenador y le hizo señas de que esperara. Después de leer lo escrito en la pantalla, anotó algo en una hoja de papel, depositó el lapicero sobre el escritorio y apartó la silla.

Hubo un instante de vacilación cuando él la miró, un instante del recuerdo del enfrentamiento. Después Tom esbozó una sonrisa y exclamó:

–¡Hola!

Fue el saludo más atractivo que ella recordaba haber oído. Pero Tom siguió sentado, de manera que ella fue quien se le acercó.

–¡Hola!

Se ubicó entre las piernas de Tom, le pasó los brazos por el cuello y lo besó una vez con los labios y la segunda con la lengua.

–Debes de haber tenido un viaje espléndido –dijo él.

–Lo fue –repuso ella con una sonrisa–. ¿Qué has estado haciendo?

–Estudiaba la posibilidad de conseguir una derogación de la prohibición federal de subsidiar el material no regulado para la granja de los Allsworthy.

Lo único que ella logró entender fue la última parte de la frase.

–¿Otro caso?

Tom se encogió de hombros, pero sin dejar de sonreír. Cada tantos días se presentaba algo, un nuevo programa legal que Martin Sprague no sabía cómo manejar. Tom se negaba a que se supiera que hacía el trabajo, pero todo el pueblo estaba al corriente.

–Te quiero –susurró ella.

Él respiró hondo.

–Tenía la esperanza de que lo dijeras.

–Casémonos.

Tom levantó los ojos al cielo.

–Este fin de semana –puntualizó ella.

Tom se enderezó con lentitud.

–¿Hablas en serio?

–Así es.

–Sólo faltan tres días para el fin de semana –advirtió él, pero Bree percibió su excitación.

–No nos hacen falta invitaciones impresas.

–¿Estás segura?

–¿Con respecto a las invitaciones impresas?

–Con respecto a la fecha.

–Absolutamente segura. –Estaba forjando su propia realidad: primero ataba a Tom y luego le ofrecía la oportunidad de escapar–. A menos que prefieras esperar.

La mirada elocuente que él le dirigió fue seguida de otro beso. Éste fue más largo y profundo que los dos anteriores y tenía gusto a compromiso. Fue extraño, pero logró que Bree se sintiera libre.

Ella le echó el pelo hacia atrás y lo estudió, tratando de ver al hombre exitoso cuyo rostro estaba impreso en los libros de la librería, pero éste era más apuesto, más honesto, más sincero. Tenía el cabello más largo y lucía más saludable. Tenía una cicatriz en la mejilla que aumentaba su atractivo y una expresión de asombro en los ojos. Ése era el hombre que la amaba lo bastante como para creer en sus fantasías y esperar a que despejara sus dudas.

–Eres lo más maravilloso que me ha ocurrido nunca –dijo Tom con voz ronca por la emoción.

Eran palabras similares a las que ella había empleado hacía poco en la casa de Verity y habrían hecho desaparecer sus últimos temores si no se hubieran esfumado ya.

Lo único que quedaba era un mundo de posibilidades, tan grande y maravilloso que Bree no hubiera podido explorarlo todo en una hora, un día, un año. Pero lo intentó. Tocó con las manos la cara y el cuello de Tom, después se tocó la boca. Le desabrochó la camisa y le acarició el pecho, le desabrochó el cinturón y los tejanos. Siguió acariciándolo por debajo de éstos hasta crear una nueva realidad que era más grande, dura y excitante que la anterior, ante la cual se dejó caer de rodillas.

Tom se estremeció al sentir el roce de sus labios.

–¡Por el amor de Dios, Bree!

Ella no se detuvo. La idea de que cualquier cosa en el mundo era posible le proporcionaba una sensación de libertad y poder. Ese poder significaba tomar el miembro de Tom en su boca mientras le apartaba los muslos con las manos. Significaba acariciarlo hasta provocarle el orgasmo y luego ponerse de pie, abrirse la blusa, quitarse el sujetador y ofrecerle sus pechos. Significaba observar las maravillosas manos de largos dedos de Tom acariciarlos y después llevarse los pezones a la boca. El poder era suyo y también la libertad, las posibilidades. Todo eso era su realidad con Tom.

Con un repentino movimiento de las manos, casi sin aliento, llegó la necesidad desesperada de la consumación.

–Así, cariño…, levanta… –susurraba Tom con voz ronca.

–Espera… ¡Oh Señor! –exclamó Bree entre jadeos.

–Más alto… Abre las piernas… Sí.

–Tócame…

–Estás tan caliente...

–No puedo... contenerme más... ¡Tom!

Su último pensamiento consciente antes de que el orgasmo pareciese consumir sus pensamientos fue que ésa era una realidad con la que podía vivir.

A la mañana siguiente, exaltado por el amor de Bree y convencido de que nunca se sentiría más audaz, Tom telefoneó a su padre. Cuando oyó el «¡Hola!» de su progenitor, aferró el auricular con más fuerza.

–¿Papá? Habla Tom.

Silencio.

–¿Papá?

A Tom le latía con fuerza el corazón, pero ni un sonido llegó del otro extremo de la línea.

Decidió intentarlo de nuevo.

–¿Cómo estás?

Al no obtener respuesta, resolvió jugarse el todo por el todo.

–Aquí ha sucedido algo realmente excitante. Hace tiempo que quiero contártelo... –Le pareció oír un clic–. ¿Papá? –preguntó, temeroso–. ¿Papá?

Era inútil. Su padre había colgado y Tom soltó un suspiro de desilusión.

Si Bree no hubiese pensado que todo era posible, jamás habría creído en la boda que tuvo lugar tres días después. Al fijar la fecha con Tom imaginó una ceremonia sencilla, seguida de una breve recepción en el restaurante, la posada del pueblo vecino o la misma casa de Tom. Pero eso fue antes de que la gente del pueblo se enterara de los planes que tenían.

Flash, que fue el primero en saberlo, insistió en que la comida la proporcionaría él. Jane, que aceptó ser la dama de honor en la boda, insistió en que debían invitar a todos los habitantes del pueblo, ya que todos apreciaban a Bree. Jane llamó a Dotty, quien llamó a Emma, quien llamó a Eliot y a Earl, y antes de la hora del almuerzo de ese mismo día, todo Panama estaba involucrado.

El pastor, entusiasmado ante la idea de tener una audiencia importante, prometió instalar sillas de tijera para que entrase en la iglesia el mayor número posible de personas y llevar a cabo la ceremonia más hermosa a la que Bree hubiera asistido jamás. El organista obtuvo una lista de las canciones preferidas de la novia y, después de insistir en que el órgano sólo no resultaría bastante impactante, citó a los integrantes del coro para que ensayaran esa misma noche. Emma, que era lo más parecido a un alcalde que el pueblo había tenido, insistió en que la recepción debía tener lugar en los salones del ayuntamiento, ya que eran, sin lugar a dudas, «el único lugar adecuado para realizar un evento que interesaba a todo el pueblo». Varios voluntarios comenzaron a llamar a Flash para ofrecerse a ayudar en la preparación de la comida. Los dueños de la cervecería Sleepy Creek ofrecieron barriles de su mejor cerveza. El dueño del horno de pan local anunció que planeaba preparar una enorme tarta de bodas de cuatro pisos.

Cuando Bree llegó a la floristería para hablar de los arreglos florales con Julia Dean, ésta ya había dispuesto varios ramos de flores importadas.

–Hay más que suficientes para decorar la iglesia y el ayuntamiento –declaró con satisfacción–. Lo único que tienes que hacer es decirme cuáles te gustaría llevar en el ramo y me encargaré de prepararlo. ¿Cómo irás vestida?

–Todavía no lo sé –respondió Bree–. Más tarde iré a hacer compras. No creo que en el último momento pueda conseguir un traje de novia, pero supongo que encontraré un vestido bonito.

Julia salió de detrás del mostrador y miró a Bree de arriba abajo durante un minuto. Después, en voz baja, dijo:

–Tengo un traje de novia que podrías usar.

A Bree le dio un vuelco el corazón.

–¿Un traje de novia?

–¿Quieres que te lo muestre?

Demasiado emocionada para negarse, Bree siguió a Julia. Salieron por la puerta trasera de la floristería y se encaminaron hacia la casita donde Julia vivía. Una vez dentro, subieron dos pisos por la escalera hasta llegar al desván. Allí, colgado en un pequeño armario de cedro, envuelto en papel de seda que Julia apartó con cuidado, estaba el vestido de novia soñado por Bree. Era de tono marfil y estilo victoriano, con cuello alto, mangas largas, volantes y encaje. Delicadas cuentas adornaban el corpiño.

–Parece hecho para una persona muy delgada –observó Bree.

–Tú eres delgada. ¿Te gusta?

–¡Me encanta!

–Pruébatelo.

Bree hizo un esfuerzo para apartar la mirada del vestido.

–¿En serio?

Julia asintió, satisfecha.

–¿Ahora mismo? –volvió a preguntar Bree, casi con incredulidad.

–Te ahorrará un viaje al centro comercial.

Bree sabía que aunque buscara durante semanas jamás encontraría un traje de novia tan hermoso como aquél. Sin pronunciar otra palabra, y sólo después de pensar por un instante en las cicatrices que Julia tal vez viese, se quitó los tejanos y la camisa. Para entonces Julia había desabrochado los pequeños botones y bajado la cremallera de la espalda. Bree se puso el vestido con cuidado. Julia le ayudó a cerrarlo.

Le sentaba perfectamente. Sorprendida por ello y fascinada por el vestido, Bree se pasó las manos por el vientre mientras Julia abrochaba los pequeños botones, le enderezaba los hombros, le subía las mangas. Cuando Julia se paró frente a ella para mirarla, Bree contuvo el aliento.

A Julia se le llenaron los ojos de lágrimas.

–Hace años lo usé yo –susurró–. Estaba segura de que había sido hecho para mí y para nadie más. Me equivoqué.

–¿De verdad cree que me queda bien?

–¡Desde luego! –exclamó Julia.

Bree percibió que todo estaba bien: la talla, el corte, el estilo del vestido.

–Cuando vendí mi casa en Des Moines y vine aquí –añadió Julia en un tono de voz distante–, pensé en la posibilidad de regalarlo, pero no pude hacerlo. El día de mi casamiento fue glorioso. Cuando se casó mi hija, ella quiso usar algo nuevo. De manera que este vestido ha estado envuelto durante muchos años. Algo debe de haberme dicho que debía traerlo conmigo. –Levantó la mirada. Aunque seguía con los ojos húmedos, su voz sonaba firme–. Sería un honor para mí que te lo pusieras el día de tu casamiento, Bree.

–También para mí lo sería –dijo Bree sin poder contener las lágrimas. Se imaginó caminando por la nave de la iglesia en aquel vestido, se imaginó tomando la mano de Tom, se imaginó caminando nuevamente por la nave de la iglesia convertida en su esposa, y sintió un nudo en la garganta. Después se imaginó bailando en la recepción del ayuntamiento y se le ocurrió algo que la dejó sin aliento–. ¿Y si llega a mancharse?

Julia rió y se secó las lágrimas

–Lo llevaremos al tinte.

–Pero yo me sentiría muy mal.

–Pues yo, en cambio, no –repuso Julia. Bajó una caja de un estante, le quitó la tapa y metió la mano dentro. Por lo visto la magia no había terminado. Sacó un velo a juego con el vestido y cubrió con él la cabeza de Bree.

–¡Pero si estoy despeinada!

–Es sólo para comprobar cómo te queda –insistió Julia. Se alejó para mirarla y sonrió.

–¿Sí? –murmuró Bree.

–Sí –contestó Julia, y alzó un dedo.

Se dirigió al extremo del desván, se arrodilló y buscó algo. Luego le hizo señas a Bree de que se acercara.

Bree lo hizo, caminando de puntillas para no arrastrar los bajos del vestido por el suelo. Cuando ella se movía, la tela hacía un susurro. Una vez que Julia tuvo a Bree en la posición correcta, ésta se vio reflejada en el cristal de la ventana.

Bree no pudo apartar la mirada de lo que veía.

–Te sienta de maravilla, ¿no es cierto? –preguntó Julia.

–¡Oh, sí!

–Estás maravillosa.

–Tom se morirá cuando me vea.

–Confiemos en que no.

–Parezco una novia.

–Eres una novia, o lo serás. Pasado mañana. ¡Dios mío!

–¿Es demasiado pronto? –preguntó Bree, volviéndose a mirarla–. Todo está sucediendo tan deprisa que apenas si puedo creerlo. ¿Estaré yendo demasiado rápido?

–Si amas a Tom, no.

–Sí, lo amo.

–Entonces, ¿por qué esperar?

El viejo y maravilloso sentido común. Bree no encontró una respuesta.

–Yo estuve comprometida una semana –le contó Julia–. Mi marido iba a alistarse en el ejército. Decidimos casarnos antes de que lo hiciera.

–¿Lo lamentó alguna vez?

–¿Si lamenté haberme casado con Teddy? –preguntó Julia–. No. Lo adoraba. Juntos tuvimos una vida maravillosa. Hace tres años que murió. Y todavía lo echo de menos.

–¿Fue por eso por lo que abandonó Des Moines?

–Ése fue uno de los motivos. Allí todo me lo recordaba. Además de mis hijos, que ya son personas mayores. Un varón y una mujer, los dos casados y con hijos. Yo estaba demasiado cerca de ellos. Nuestra relación no era sana. Nos hacía falta poner un poco de distancia.

–Debe de echarlos de menos.

–No tanto como creí al principio. –Julia soltó una carcajada–. Sé que suena mal, pero aquí estoy mucho más ocupada que allí, y cada vez que pienso que ha llegado el momento de volver a mi familia, sucede algo aquí que me hace sentir que los habitantes de Panama también son mis familiares. Como este casamiento, por ejemplo. Será algo muy especial.

–No es el primero que ha habido en el pueblo.

–Pero será el mejor. Aquí te respetan y quieren, Bree.

Bree advirtió que a Julia volvían a llenársele los ojos de lágrimas. Soltó una risita y dijo:

–No volvamos a empezar.

Julia asintió, se secó las comisuras de los párpados, se irguió y sonrió.

–Bueno, como en esta época del año las flores tendrán que venir desde lejos, podemos elegir lo que más te guste. –Estudió, pensativa, el vestido–. ¿Te gustan los tulipanes blancos? ¿O tal vez lirios o alhelíes? ¿Y si eligiéramos rosas?

A Tom se le advirtió que debía ponerse un esmoquin, pero no estaba preparado para ver a Bree cuando ésta apareció en la puerta de la iglesia y comenzó a acercarse a él por la nave principal. Estaba tan hermosa que quedó sin aliento ante lo que veía.

En la mano llevaba un ramillete de pequeñas flores blancas, y a través del velo que le cubría la cara alcanzaba a verle los ojos y a sentir su amor. Cuando llegó hasta donde él estaba y Tom le echó el velo hacia atrás, la sensación se intensificó.

Por increíble que pudiese parecer, esa sensación, ese amor, continuaba creciendo. Si tan sólo cinco años antes alguien le hubiera dicho que se casaría con una muchacha de un pequeño pueblo cuyos habitantes se encargarían de organizar la ceremonia y la fiesta, se habría echado a reír. Pero ese casamiento que les regalaba Panama no tenía nada de absurdo. Era la ceremonia más emocionante a la que había asistido. Desde la iglesia, que estaba repleta, hasta el salón del ayuntamiento, igualmente concurrido, incluida la comida proporcionada por Flash, la orquesta de jazz y el trío de cuerdas, los flashes y las luces de no menos de cuatro fotógrafos y dos muchachos que grababan el evento en vídeo, hasta las sonrisas, los buenos deseos y los apretones de manos interminables, hicieron comprender a Tom que jamás en la vida había recibido tanto, y todo gracias a la muchacha que estaba a su lado. Lo único que le faltaba era tener a su familia junto a él. Deseaba que vieran a Bree, que percibieran el cariño que reinaba en el salón. Quería que ellos formaran parte de su nueva vida, pero su padre se negaba a hablar con él, y cuando por fin logró comunicarse con su hermana, ella declinó la invitación a asistir. Tom se ofreció a pagarle el viaje, a pagar el viaje de todos los familiares que quisieran asistir, pero ella se mantuvo firme en su negativa. Le dijo que había informado a sus hermanos de su llamada, pero todavía estaban enfadados con él. Cuando él le recordó que un casamiento era un acontecimiento que sólo tenía lugar una vez, ella contestó que el funeral de una madre también, a lo que Tom no pudo responder nada. Sabía que su madre habría adorado a Bree, habría adorado su espíritu y su fuerza. Y en un instante se habría convertido en la madre que Bree nunca tuvo.

Sin embargo, en el día de su casamiento, Bree no parecía echar de menos a su madre. Tenía docenas de madres, docenas de hermanas y de hermanos. En su rostro brilló una sonrisa desde el instante en que él le deslizó la alianza en el dedo, durante el baile y la comida, y hasta el instante en que se quedó dormida acurrucada contra él en la madrugada de un domingo, en la posada donde pasaron la noche. A la mañana, cuando se dirigieron en coche a Boston para tomar el avión que los llevaría al Caribe, Bree seguía sonriendo.

Tom había contratado un yate con capitán y cocinero. Era la manera perfecta de viajar de isla en isla. El camarote era lujoso, la comida exquisita y cada día, al despertar, ellos mismos podían trazar el plan de viaje de la jornada.

Tom conocía el Caribe, pero en esta ocasión era distinto. Esa vez lo vio a través de los ojos de Bree. A través de los ojos de su mujer vio el brillo del agua y el sol, y la arena caliente en pleno invierno. A través de los oídos de ella oyó el golpe de las velas contra el mástil, el susurro del viento en las palmeras, la risa de los niños nativos en los puertos. A través de sus manos percibió el ritmo de una banda de mariachis, a través de su olfato disfrutó de las delicias de una pastelería de Saint Bart. Entre el júbilo que ella experimentaba con cada novedad que veía y el júbilo que él experimentaba con ella, la semana fue una maravilla. Regresaron a Panama bronceados, felices y descansados. Tom estaba más enamorado que nunca.

13

La llamada «estación del barro» en Panama no era nada atractiva. Cuando se derretía la nieve, se formaban verdaderos lodazales. Las laderas de las colinas se escurrían literalmente dentro de los automóviles y se deslizaban cubriendo los prados. La mitad de los caminos de Panama que no estaban asfaltados quedaban intransitables para todo vehículo que no fuera provisto de cadenas. Los automóviles, los zapatos y las botas estaban permanentemente cubiertos de barro. Las manchas de nieve que quedaban en lugares sombríos aparecían rodeadas de lodo. La plaza del pueblo era un lugar que convenía evitar.

La «estación del barro» comenzaba en algún momento entre el 15 y el 30 de marzo. Duraba entre dos y tres semanas. Durante cualquier otra época del año había tareas que realizar al aire libre. Durante esas pocas semanas era imposible hacer nada. Las rabietas provocadas por el encierro aumentaban. La gente estaba de mal humor. La llegada de la primavera parecía poco menos que improbable. La suposición general era que los fundadores de Panama habían decidido que los habitantes del pueblo se reunieran a finales de marzo porque, al no contar con maquinarias para limpiar la nieve, les resultaba imposible hacerlo antes. El Panama moderno se preocupaba tanto por la nieve como para crear alguna diversión para esa época, la más aburrida del año. Para ese fin, la reunión del pueblo se realizaba durante tres noches, y antes y después de ella había fiestas.

Bree estaba deseando que llegara esa semana, no porque se sintiera aburrida o deprimida, sino porque era feliz. Trabajaba de nuevo en el restaurante, lo cual le encantaba. Tenía recuerdos maravillosos de su casamiento y de su luna de miel y conservaba saludables restos del bronceado que había adquirido en el Caribe, cosa que también le encantaba. Y estaba casada con Tom, lo que le encantaba más que nada. Su miedo de que él se arrepintiera no se había materializado. Con el casamiento no había sucedido nada que hiciera disminuir el ardor de su marido. Se mostraba tan atento, protector, interesado en ella y cariñoso como antes. Bree era feliz hasta el delirio.

De manera que la reacción que le causaron las fiestas la sorprendió. Ver familias con hijos le provocó los mismos sinsabores del mes de noviembre. Creía haber aceptado la idea de no poder concebir. Después de la luna de miel y de las repetidas seguridades de Tom de que a él no le importaba, creyó que había asumido la realidad. Luego vio a Tom en las comidas, bailes y ferias en que se reunía el pueblo, sólo que ahora él no miraba los grupos familiares desde lejos, sino que se encontraba en medio de ellos.

Todo comenzó con Joey Little. Pero Joey tenía amigos. Y cuando esos amigos descubrieron que Tom tenía una paciencia infinita y un par de hombros amistosos, todos clamaban por montar sobre ellos. A Tom le encantaba. Era fuerte y tenía un físico excepcional. Todos los chicos estaban encantados y se reían mucho con él. Hacía sombras chinescas o les sacaba como por arte de magia monedas de las orejas. Cuando estaba con chicos, parecía uno de ellos. Sin duda estaba hecho para ser padre.

Bree tenía necesidad de hablar sobre el tema, pero no podía conversar de ello con Tom. Conocía sus sentimientos. Los había expresado con suficiente frecuencia. Lo que Bree necesitaba era saber lo que ella misma quería hacer. De manera que con tono intranscendente, sacaba el tema cuando estaba con amigos.

El primero de ellos fue Flash.

–¿No te molesta no tener hijos? –le preguntó una tarde en la cocina del restaurante, mientras él vertía dulce de frambuesas sobre un plato para rellenar una tarta.

–¿Cómo voy a tener hijos? –dijo Flash mientras dejaba caer un poco de crema sobre el dulce–. Soy demasiado joven para eso.

–Hablo en serio.

–Yo también. ¿Cómo iba a cuidar de un niño? Si apenas sé cuidar de mí mismo.

–¡Eso no es cierto! –lo reprendió ella, aunque más tarde, al pensar en ello, llegó a la conclusión de que tal vez Flash tuviera razón.

Fue a ver a Verity, que era el ejemplo perfecto de la persona que sabía cuidarse sola. Bree le llevó un trozo de la tarta de boda que había congelado y le dijo que lamentaba que se hubiese ido tan temprano de la fiesta.

–Era preferible que lo hiciera –contestó Verity mientras tejía con tanta rapidez que a Bree le costaba seguir los vaivenes de la aguja–. No te conviene que la gente te relacione conmigo. Además, no me gustan las multitudes.

–¿Es a causa de los chicos?

Verity siguió mirando fijamente la labor, pero sus manos se detuvieron.

–¿Por qué lo preguntas?

–Los chicos son ruidosos. No permiten que haya paz, silencio ni intimidad.

–Yo nunca quise tener intimidad. La paz y el silencio son parte de mi ser. Y ha sido así durante toda mi vida. Gracias a eso sobreviví tanto tiempo a mi matrimonio. –Volvió a poner sus dedos en movimiento–. No habría podido hacerlo si hubiese tenido hijos.

–¿Lo lamentas?

–¿El no haber tenido hijos? Considerando las circunstancias, no quería tenerlos de mi marido. Con otro hombre y en otra vida, tal vez. Pero en ésta ya es tarde. Ni siquiera unos alienígenas que me secuestraran lo conseguirían. Además, ya no estoy en edad de engendrar hijos. Y sí –agregó–, he llegado a disfrutar de la intimidad.

La otra mujer que Bree sabía que valoraba su intimidad tanto como Verity era Julia. En realidad, presentía que Julia le decía tanto acerca de sí misma como a los demás, y no era mucho, pero el traje de novia había creado un lazo entre ambas. A Bree le gustaba estar con Julia. Adquirió la costumbre de conversar un rato con ella cada vez que pasaba por delante de la floristería. Quiso el destino que ese día Julia estuviera probando el efecto de un enorme lazo rosado alrededor de un florero lleno de tulipanes rosas y blancos; era un regalo para la esposa del barbero, que acababa de dar a luz a una niña. Bree la observó un minuto antes de preguntar.

–Cuando preparas arreglos florales como éste, ¿no recuerdas el momento en que nacieron tus propios hijos?

–A veces –contestó Julia. Enderezó el lazo–. Fue una época muy especial.

–¿Fue duro?

–¿Dar a luz? –Julia sonrió–. No. Era una buena causa.

–El parto puede ser largo y doloroso.

Julia hizo una mueca.

–Lo peor llega al final –dijo–, y entonces te suministran drogas para aliviar el dolor. ¿Dicen que las drogas les hacen mal a los bebés? Pues nuestros hijos no parecen haber sufrido ningún mal. En mi tiempo, las madres no tenían tanta vocación de mártires. Después del nacimiento de los hijos, sí. Su crianza era nuestra principal ocupación. Muchas veces se trataba de algo que anteponías a tus propios intereses. ¿Pero en el momento del parto? No. La ignorancia era una bendición.

–¿Como una especie de premio por haber sobrevivido al embarazo?

–A mí me gustaba mucho estar embarazada. –Julia apartó el florero, lo miró y luego lo volvió hacia Bree.

Pero Bree estaba tratando de convencerse de que no deseaba estar embarazada.

–He oído historias terribles.

–Porque has hablado con la gente equivocada –repuso Julia. Hizo una pausa, alzó las cejas en un gesto esperanzado y, bajando la voz, preguntó–: ¿Estás embarazada?

–¡Dios mío, no! Acabo de casarme. Es demasiado pronto para tener un hijo. Me han sucedido tantas cosas y con tanta rapidez que me hace falta tiempo para adaptarme a la nueva realidad. Me gusta trabajar y estar a solas con Tom, y, de todos modos, él todavía está tratando de decidir qué hará con respecto a su trabajo, de manera que no me parecería justo imponerle hijos en este momento.

–No creo que los hijos fueran una imposición para ese hombre –señaló Julia.

Bree sabía que tenía razón, lo cual no la ayudaba mucho. Confiaba en el juicio de Julia, pero necesitaba una aliada. Así que sacó el tema a colación con Jane. Estaban muy cerca la una de la otra, inclinadas sobre la barra del restaurante, cuando ya se habían ido la mayoría de los clientes de la hora del almuerzo.

–¿Te preocupa que pase el tiempo? ¿Piensas alguna vez en ese asunto del reloj biológico?

–Todo el tiempo –respondió Jane tras dejar escapar un suspiro–. Pero ¿qué puedo hacer? Los hombres no me encuentran atractiva como a ti.

–Aún no has conocido al hombre indicado. Algún día lo harás. –Bree lo creía. Jane era una persona demasiado buena para tener que vivir sola.

–Algún día –dijo Jane, suspirando–. Pero entonces tal vez sea demasiado vieja para tener hijos.

–Podrías adoptar. Las madres solteras lo hacen. Mira Michelle Pfeiffer. O Rosie O'Donnell. Considerando lo que son los hombres, de todos modos a veces es mejor que una mujer lo haga sola.

–¿Que haga sola el qué? –preguntó Dotty, sentándose en el taburete vecino.

Jane le dirigió una mirada a Bree que decía «Debiste advertirme de que ella andaba por aquí», pero Bree ni siquiera se había dado cuenta.

–Tener hijos –informó Lee Ann, que al pasar se había enterado de la conversación–. Miradme a mí. Yo lo he hecho sola, ¿no os parece? Se alejó antes de que nadie pudiera contestar.

–Miradla –musitó Dotty–. ¡No, no lo hagáis! Con ese peinado no me parece un buen ejemplo de madre. Además, está bien que una joven de Hollywood de cara bonita adopte una criatura. A esas mujeres no les preocupa tener que pagar las cuentas.

–A mí tampoco –dijo Jane en voz baja, mirando a Bree–. Tengo un hogar. Puedo pagar las facturas del gas, la electricidad y el teléfono.

Dotty se echó hacia atrás y fijó los ojos en ella. Sólo cuando Bree miró a Dotty, Jane también lo hizo.

–No te preocupes, mamá. No voy a tener un hijo.

–¡Eso espero! ¡Por el amor de Dios, Bree! ¿Ahora que te has casado le estás metiendo esas ideas en la cabeza? Bueno, para empezar Jane no va a tener ningún hijo, y además tú tampoco deberías tenerlo hasta que pase un tiempo. Acabas de casarte. No sabes si tu matrimonio durará.

–Durará –le aseguró Jane.

–Ha hablado la experta en matrimonio y en hijos –dijo Dotty.

–Hablábamos de adopciones –la corrigió Jane.

–¡Tampoco te atrevas a hacer eso! Yo no estoy en condiciones de criar otro niño.

–Si se tratara de mi hijo, yo me encargaría de criarlo.

–¿Lo mismo que te encargas de cocinar? –preguntó Dotty.

Bree trató de calmar los ánimos.

–Verity decía...

–¿Verity? –Dotty se volvió hacia ella–. Esa mujer no puede decir nada que valga la pena. Tú hablas demasiado con ella, Bree. La alientas.

–¿A hacer qué?

–A venir al pueblo. De acuerdo; no podemos impedirle que asista a las reuniones de la comunidad, pero no tiene por qué entrometerse en nuestras actividades. La gente se niega a comprar lo que ella hace. Nos pone nerviosos a todos. ¿Y haberse presentado en tu casamiento? –Dotty retrocedió–. Si la novia hubiera sido yo, te aseguro que no me habría gustado nada.

–Verity es inofensiva –dijo Jane antes de que Bree pudiera impedírselo.

–Eso demuestra lo poco que sabes –señaló Dotty–. Has estado presente mientras ella decía tonterías.

–Sólo lo hace para escandalizarnos.

–¿Ah, sí? ¿Quién te lo ha dicho?

–Yo –confesó Bree.

–¡Bree! –exclamó Dotty–. ¿Acaso no sabes que Jane se cree todo lo que le dicen?

–Verity se muestra sensata cuando uno habla a solas con ella –dijo Bree.

–¿Es eso lo que estás haciendo? ¿Es ella quien te ha metido en la cabeza esas ideas de adoptar una criatura? –Dotty resopló–. ¡Dios nos proteja de los idiotas! –Se puso en pie con impaciencia–. ¿Vienes Jane?

En el momento en que Dotty se alejaba, Bree le tocó el brazo a Jane, que susurró:

–Un día no podré contenerme más. ¡La odio! –Se llevó un dedo a la boca y se mordió una uña.

–No la odias. Es tu madre –dijo Bree.

Jane le rodeó el cuello con un brazo. Estaba arrepentida.

–Lo siento –musitó–. Sé que nunca tuviste madre. Ella está en lo cierto, soy una egoísta.

–Si fueras egoísta te habrías ido de tu casa hace mucho tiempo –dijo Bree–. Presenta una solicitud para que te acepten en la Escuela de Arte.

–¿En la Escuela de Arte? –De repente Jane parecía aterrada–. Eso no es más que un sueño.

–Conviértelo en realidad. Hazme caso. Te aceptarán.

–Nunca me has dicho eso antes.

–Pues debí hacerlo.

–Tengo treinta y cinco años. Sería la mayor de la clase.

–Apuesto a que no lo serías. Pero aun cuando lo fueras, ¿qué importancia tendría? Preséntate, Jane. Te aceptarán.

–¿Y después qué? ¿Con qué pagaré mis estudios? ¿Con qué viviré?

–¡Jane! –llamó Dotty desde la puerta del restaurante.

Bree retuvo a Jane para impedir que se marchara.

–Existen becas. Puedes trabajar. Puedes conseguir todo eso. Y entonces serás libre.

Jane parecía desalentada.

–Júrame que pensarás en ello –insistió Bree.

Jane asintió y corrió tras Dotty, pero a mitad de camino se detuvo y se volvió. Su expresión era de furia.

–No hagas caso de lo que te dijo el médico acerca de tener hijos. No esperes más, Bree. Serás la mejor madre del mundo.

De modo que Flash no quería tener hijos porque en parte seguía siendo un niño. Eso no era aplicable a Bree que nunca había sido una niña como el resto. Verity, por su parte, no había tenido hijos porque no se habían dado las circunstancias adecuadas, lo cual tampoco era el caso de Bree. Ella estaba casada con el hombre perfecto, vivía en el lugar perfecto y tenía la cantidad necesaria de amor, dinero y ganas de ser madre.

A Julia, bendita sea, no sólo le había gustado estar embarazada, sino también dar a luz, lo que dejaba sin efecto gran parte de las quejas que Bree había escuchado. Y Julia tenía razón con respecto a Tom. Ser padre no sería para él una imposición. Deseaba profundamente formar una familia. Se sentiría el hombre más feliz del mundo.

Y Bree sabía que ella también sería feliz. Jane tenía razón. Podía ser una madre excelente. Carecía de importancia el que no hubiera tenido una madre propia de quien aprender. Le encantaban los niños. Amaba a Tom. Amaría a un hijo de él.

La manera de conseguirlo, sin embargo, no parecía sensata, porque si el médico tenía razón y no podía concebir, la única manera de lograrlo era a través de un deseo. Pero aún no sabía si los deseos eran reales. El incendio había sido tachado de accidental. La mujer del restaurante se había ido hacía ya mucho tiempo. ¿Dos deseos desaprovechados? ¿O ninguno?

Bien, de manera que tal vez pudiese formular un deseo y no sucediera nada. Entonces sabría con seguridad que los deseos no eran reales, adoptarían un bebé y asunto terminado.

No obstante, si los deseos eran reales y ése era el tercero, ¿qué ocurriría? A partir de ese momento podría vivir feliz con Tom y su hijo, y agradecerle todos los días a Dios por haberle dado el valor de arriesgarse. O podía morir.

Ése era un extraño pensamiento. Y completamente infundado. No tenía pruebas de que moriría. Ni siquiera sabía de dónde había sacado esa idea.

Pero, si existía esa posibilidad, por remota que fuera, ¿desear un hijo era un acto irresponsable? Su hijo crecería sin madre. Tom tendría que soportar la carga de criarlo solo. En Panama, sin embargo, había mucha gente que los quería. El casamiento se lo había demostrado. Y Tom no era Haywood. Era fuerte y capaz. Si quedaba solo para criar al hijo de ambos, contaría con ayuda. Bree no quería morir. Quería vivir con Tom. Quería vivir con el hijo de ambos. Pero si no se arriesgaba a expresar un deseo, tal vez no existiera ningún hijo.

¿Qué debo hacer?, le preguntó al ser de luz. Pero no obtuvo respuesta. ¿Son ciertos los deseos? ¿Debo animarme a pedir un hijo?

En el fondo era una cuestión de egoísmo. Tener un hijo de Tom era lo único que podía lograr que su vida fuese más completa de lo que ya era. Trató de convencerse a sí misma de no hacerlo; se dijo que lo que tenía con Tom era mucho más que lo que la mayoría de las mujeres podían soñar. Se dijo que podían adoptar un bebé; se dijo que no valía la pena correr el riesgo de formular un tercer deseo.

Después vio a Tom en la asamblea comunitaria, conversando sobre las ventajas e inconvenientes de mantener la postura del pueblo bajo el sistema del servicio civil, y durante todo el tiempo que habló mantuvo las manos a la espalda. Con ellas hacía gestos graciosos para entretener a dos niños inquietos sentados en la fila de atrás. Y entonces Bree supo que podía debatirse para siempre pero la verdad era que, en el fondo de su corazón, ya había tomado una decisión. Estaba harta de ser sensata y cautelosa. No se podía vivir esperando siempre lo peor. En ese momento de su vida prefería el optimismo y la esperanza. Más que ninguna otra cosa, deseaba darle un hijo a Tom. No necesitaba cerrar los ojos para imaginar a esa criatura. La veía con la claridad del día, lo mismo que sentía su propio júbilo. El júbilo justificaba el riesgo. De manera que lo hizo. Esa noche, cuando terminó la asamblea del pueblo, mientras estaba en el cuarto de baño, y antes de reunirse con Tom en la cama, entrelazó los dedos junto al mentón, cerró muy fuerte los ojos y susurró:

–Deseo... tener... un hijo de Tom. –Imaginó al ser de luz y repitió–: Deseo... tener... un hijo de Tom.

Durante largos minutos permaneció allí, con el corazón latiéndole con fuerza ante la gravedad del paso que acababa de dar. Pero el deseo había sido formulado. No podía retractarse. Temblorosa, lo imaginó ascendiendo hasta una estrella y encontrando al ser de luz. Y mientras pensaba en éste, comprobó que su luminosidad era tan fuerte como siempre, y tranquilizadora. Poco a poco su corazón dejó de golpear dentro del pecho y sus temblores dieron paso a una completa tranquilidad. Inspiró profundamente y dejó escapar el aire con lentitud. Se peinó, se alisó la bata de seda y, con una sonrisa en los labios, fue a reunirse con Tom.

Sucedió esa noche. Bree estaba convencida de ello a causa de la sensación de plenitud que experimentó después, cuando se tendió junto a su marido. Estaban desnudos y cubiertos de sudor. Gracias a un ser microscópico que casi no era nada, el cuerpo de Bree resplandecía.

No se lo dijo a Tom, ni esa semana ni la siguiente, cuando un test doméstico le confirmó que la pequeña mota de calor que cada día resplandecía con más fuerza en su interior, era cierta. Tampoco se preocupó. Había asumido un compromiso. No había manera de volverse atrás.

Entre reparar los daños causados por los rigores del invierno, hacer los preparativos para el garaje que pensaba construir, y jugar al recién casado con Bree, transcurrió un mes muy lleno de ocupaciones antes de que Tom le preguntara a ella por sus reglas. Bree suponía que con el tiempo se lo preguntaría. Siempre estaba pendiente de esos días durante los que ella se sentía indispuesta.

–¿Cómo es posible que no me haya dado cuenta?

–No te diste cuenta porque no me ha venido. Tengo una falta.

Bree hablaba en voz baja, tratando de contener su excitación, pero apenas si lo conseguía.

–¿De cuánto es la falta? –quiso saber él.

–De dos semanas. –Bree no pudo disimular su entusiasmo–. ¿Tú qué crees?

–Creo que deberías comprobarlo.

–Ya lo hice. Estoy embarazada. Pero se supone que no puedo estarlo.

Tom no hizo ningún esfuerzo por contener su alegría, que era exactamente lo que Bree quería oír.

–Quizá los médicos se hayan equivocado –dijo–. No sería la primera vez. ¿Has llamado al doctor?

Ella asintió.

–¿Por qué no me lo dijiste? –preguntó Tom–. ¿Qué te ha dicho?

–Me visitará dentro de dos semanas. Y si no te lo dije antes fue porque no deseaba que nos creásemos falsas expectativas. Me ha dicho que sería una verdadera excepción.

Bree se aferraba a ese pensamiento. Una excepción era algo improbable que pocas veces sucedía, pero que a pesar de todo podía suceder. Era algo que desafiaba las probabilidades pero que podía haber sucedido por su cuenta, sin necesidad de que ella expresara ningún deseo.

Tom la abrazó. Le brillaban los ojos.

–¡Es increíble! –exclamó.

Ella volvió a asentir, esta vez con una amplia sonrisa.

Tom apoyó una mano sobre el vientre de Bree y susurró:

–¿Lo sientes?

Su mirada era maravillosa, por no mencionar el temor que reflejaba su voz. Era como si ella acabara de concederle el regalo más preciado del mundo, y en ese momento Bree se alegró profundamente de haber formulado ese deseo, fuese el tercero o no.

Bree le cubrió la mano con una de las suyas.

–Todavía es demasiado pequeño para que pueda sentirlo, y sin embargo lo siento. Es un lugar cálido que está en medio de todo lo que tengo aquí dentro. Lo he sentido desde que sucedió.

–¿Lo has sentido? ¿Y no me dijiste nada?

–Creí que sólo se trataba de felicidad, de amor.

Él dejó escapar un suspiro, le tomó el rostro entre las manos y, mientras le acariciaba las mejillas con los pulgares, dijo:

–Has hecho que mi vida cambie por completo, Bree. Estés o no embarazada, me has salvado de un destino horrible. ¿Cómo podré agradecértelo?

Como una manera de contestar su propia pregunta, Tom dedicó esas dos semanas a convertir a Bree en el centro de su vida. Todas las mañanas le llevaba el desayuno a la cama, le regalaba flores, pasaba su tiempo libre en el restaurante, le decía infinidad de veces lo hermosa que era. En la cama se mostraba apasionado pero solícito, aunque Bree no tenía necesidad de ser cautelosa en ese sentido. Su hijo había echado raíces, no sería desalojado, y ella deseaba a Tom. Siempre que él se volvía hacia ella, Bree estaba lista para recibirlo. Aun cuando saliera de un sueño profundo, al sentir su duro miembro contra ella, se excitaba de inmediato. Su cuerpo estaba más sensible que nunca, sus pechos más llenos, su sexo, más húmedo. Tenía orgasmos frecuentes y excelentes.

Tom la mimaba. Bree adoraba cada segundo de esa vida.

La «estación del barro» terminó cuando los días de abril se alargaron y la tierra se fue endureciendo de forma gradual. Tom y Bree pasaban mucho tiempo sentados en el banco junto al arroyo, escuchando el murmullo del agua, oliendo la promesa de la primavera en la tierra húmeda, observando el regreso de las aves migratorias.

Bree ya sabía lo que era la felicidad, pero esas dos semanas dieron un nuevo significado a esa palabra. Compartía con Tom un júbilo que era inocente y completo. Si Dios había puesto al hombre sobre la tierra con el propósito de que procreara, en ese momento les estaba sonriendo. La vida de ambos era rica en satisfacciones y en amor. Bree se preguntaba si todo eso podía ser verdad.

Tom no dudó ni por un instante del embarazo de su mujer. Todo lo sucedido desde esa noche de octubre había sido inesperado, de modo que aquello era algo más. ¡Pero qué maravilloso! Él se sintió el hombre más feliz de la tierra cuando Bree fijó una fecha para el casamiento, pero esa felicidad aumentó el día de la boda cuando ella apareció hermosa como un hada en la iglesia, caminó por la nave central en dirección a él, y le sonrió con los ojos arrasados en lágrimas cuando él le deslizó la alianza en el dedo. Apenas hacía dos meses que estaban casados, hacía apenas seis que se conocían, pero Bree era parte tan completa de su vida como su propio corazón. Y ahora, un hijo. Un hijo de Bree. De Bree y de él.

Paul Sealy no salía de su asombro. Al volver a sentarse detrás de su escritorio después de examinar a Bree, miró a uno y a otro, meneó la cabeza y dijo:

–¿Cómo explicar lo que ha sucedido? Soy ginecólogo desde hace veinte años, y he observado que la falta de fertilidad es un problema cada vez más frecuente. Pero éste no era uno de esos casos. Se trataba de las consecuencias de una herida que impedía la concepción. He visto docenas de casos así. En algunos, la cirugía solucionó el problema. Simon y yo conversamos sobre el asunto. No creímos que en este caso la cirugía ayudara, por eso ni siquiera la propusimos. –Miró a Bree–. Jamás le habríamos infligido el dolor de hacerle creer que no podía tener hijos si no hubiéramos estado seguros de que la posibilidad de que eso sucediera era de más del noventa y nueve por ciento. –Frunció el entrecejo, intrigado–. Por lo general soy bastante acertado cuando hago un diagnóstico.

–¿De verdad tenía el noventa y nueve por ciento de posibilidades en contra?

–En su caso yo habría dicho que había un noventa y nueve coma cinco por ciento de posibilidades en contra de un embarazo.

–De modo que puede decirse que soy una excepción –señaló Bree.

–En efecto.

–¿Está completamente seguro de que mi mujer espera un hijo? –preguntó Tom.

Sabía que ella estaba segura, lo veía en la convicción de sus ojos y en su sonrisa, lo sentía en su mano, que él sostenía con fuerza, pero quería volver a oírlo.

–Por supuesto que lo estoy –afirmó el médico, todavía sin salir de su asombro–. Las señales están allí. Se halla en la sexta semana de embarazo. ¡Si supiera cuánto lamento el dolor que pudimos haberle causado! Nos equivocamos de manera lamentable.

¡Afortunadamente se disculpa!, pensó Tom. Bree estuvo a punto de no casarse con él a causa de ese error de los médicos. Tenía ganas de ahorcarlos por ello, de ahorcarlos o de ponerles un pleito, aunque estaba convencido de que Bree no permitiría que hiciese ninguna de las dos cosas. Sentada a su lado era la encarnación de la benevolencia.

–El dolor ya no existe ahora que hay un bebé –dijo ella, serena.

Tom compartiría esa serenidad en cuanto supiera un poco más.

–¿Quiere decir que no hay órganos afectados? –le preguntó al médico.

–Por lo visto, no.

–¿Puede correr peligro el bebé?

–En teoría al menos, no. Pero opino que debemos planear un parto por cesárea.

–¿Por qué?

–El útero de su mujer ha sufrido una seria intervención. No ha tenido demasiado tiempo para recobrarse. No me gustaría arriesgarme a una ruptura durante los difíciles trabajos del parto. Sin embargo, una cesárea no es ningún problema. Ni siquiera usaremos anestesia general. –Frunció el entrecejo y murmuró–: ¡Yo estaba tan seguro! –Meneó la cabeza y pareció volver a la realidad–. No preveo ninguna complicación. Usted es una mujer sana, Bree. Después del accidente, su recuperación fue asombrosa.

Ella le dirigió a Tom una mirada en la que le decía que él era en parte responsable de ello. Él no pudo disimular lo orgulloso que se sentía.

Sealy cogió su talonario de recetas y una pluma.

–Le administraré vitaminas. Debe consumir una dieta equilibrada. La visitaré una vez al mes hasta que se cumpla el séptimo mes de embarazo, y a partir de allí con mayor frecuencia. –Miró la historia clínica de Bree y luego consultó un calendario–: Calculo que dará a luz… –Contó las semanas y, con una sonrisa, añadió–: Pues sí, alrededor de la Navidad. Diría que hay algo de magia en ese hecho.

«Diría que hay magia en ese hecho…»

Tom recordó una y otra vez esas palabras durante el camino de regreso de Ashmont, y con creciente preocupación. Si Bree compartía esa preocupación, no se le notaba. Se mostró alegre durante todo el trayecto. Lo único que la angustió fue que Tom se negara a permitir que se sentara muy pegada a él y que le pusiera el cinturón de seguridad del asiento del acompañante, pero cogió una de las manos de su marido entre las suyas, como si de no hacerlo pudiera alejarse flotando. Y ni por un instante dejó de sonreír.

Fue casi suficiente para hacerlo olvidar. Cuando ella se volvió hacia él con una sonrisa, Tom sintió la fuerza de ésta en lo más profundo de su ser. Vivía para hacerla feliz.

Pero no podía dejar de recordar las palabras del médico. Y él necesitaba saber.

–¿Bree?

–¿Y si es un varón? –dijo ella con voz soñadora.

Indefenso, Tom sonrió.

–¿Qué pasa si es un varón? –preguntó.

–Se parecerá a ti.

–Podría parecerse a ti.

–¡No! –gimió Bree, aferrando la mano de él–. Yo quiero un pequeño Tom.

Sólo de pensar en ello Tom se sintió tan orgulloso que creyó que explotaría. Pero todavía quedaba ese otro asunto.

–¿Bree?

–Lo llamaríamos Tom ¿verdad? ¿Tom, hijo?

–Tal vez fuese mejor que tuviera un nombre exclusivamente suyo. El apellido de mi madre era Wyatt.

–Wyatt –repitió Bree–. ¡Es un gran nombre! Y si es niña podríamos llamarla Chloe.

–Chloe. ¿De dónde has sacado ese nombre?

–De ninguna parte. Pero me gusta. Chloe Gates. Durante años soñé con cambiar mi nombre por el de Chloe, pero nunca conseguí abandonar el de Bree. Es una de las cosas que recibí de mi madre.

Tom sabía que ella pensaba mucho en su madre, y más aún desde el incidente en el restaurante. Incluso había hablado con un investigador privado que en el pasado le había ayudado en varios casos, pero tenían muy pocos elementos para llegar a saber si el segundo deseo de Bree se había cumplido o no.

–Tu madre no se llamaba Bree.

–No, pero fue el nombre que eligió para mí. Mis abuelos siempre lo odiaron. No cambiarlo fue una de las pocas cosas en que mi padre no les dio el gusto. Eso y haber ido a Boston. Siempre he creído que Bree es el diminutivo de algún otro nombre, como Brianna o Britanny. O Bridget. ¿Te imaginas si me llamara Bridget?

Tom no se lo podía imaginar. Detuvo la camioneta en el arcén. Ella se volvió para mirar por el parabrisas trasero.

–¿Qué pasa?

Tom la miró a los ojos.

–Necesito saber algo –dijo–. ¿Deseaste este bebé?

–¡Por supuesto que lo deseé! –exclamó Bree–. Lo deseé más de diez veces. Es lo que más quiero en el mundo.

–Pero ¿formulaste un deseo? Ya sabes a qué me refiero. ¿Utilizaste para esto tu último deseo?

–Ya oíste al doctor Sealy. Dijo que no era imposible que quedara embarazada.

–¡Bree!

Ella no dijo nada. No era necesario. La expresión de su rostro lo decía todo.

–¿Por qué, Bree? ¿Por qué?

Tom suspiró, presa de un miedo profundo. Le pasó un brazo alrededor del cuello, le acercó el rostro a su hombro y cerró los ojos.

–Porque serás el mejor padre del mundo y porque quiero tener un hijo tuyo –repuso ella–, y también porque se me concedieron tres deseos y se suponía que los utilizaría. No sé de dónde saqué la idea de que el mundo terminaría una vez que formulaba el tercer deseo. No lo sabemos y, de todos modos, cuanto más pienso en ello, más me convenzo de que estamos locos al creer en eso de los tres deseos. La vida no es así. Cuando sacas una moneda de la oreja de Joey, es una cuestión de la habilidad que tienes en las manos. Eso es la magia, una ilusión, y siempre tiene una explicación racional. De modo que, sí, formulé un deseo, pero no es por eso por lo que estoy embarazada. Estoy embarazada porque te amo, y porque lo deseábamos mucho y porque seremos unos padres excelentes y porque tú me excitas tanto que cuando hacemos el amor mi cuerpo está completamente abierto. Contra eso ninguna herida puede.

Tom rió aun sin desearlo.

–¡Dios! ¿Qué puede hacer la ciencia médica contra una lógica como la tuya?

–Hablo en serio.

–Yo también. –Tom dejó de reír. De repente el miedo se transformó en algo que vivía y respiraba en su interior–. ¿Y si estuvieras equivocada? ¿Y si los deseos fuesen ciertos? ¿Y si realmente significara que...? –No pudo terminar la frase.

–No voy a morir –le aseguró ella en voz baja.

Al oír aquellas palabras el miedo de Tom pareció desvanecerse. La abrazó y susurró a su oído:

–Si llega a sucederte algo, nunca me lo perdonaré. No quiero vivir sin ti. No puedo. Eres lo mejor que me ha ocurrido en la vida, el motivo de todo lo bueno en que me he convertido.

Ella negaba lentamente con la cabeza, pero Tom estaba convencido de lo que decía.

–Lo eres –añadió–. Eres mi corazón y mi alma. Eres mi conciencia. Cuando estoy contigo, me siento en paz como nunca antes en mi vida. No me siento competitivo. Cuando estoy contigo soy una persona honesta, feliz. Me enamoré de ti, no de la idea de tener un hijo. No necesito un hijo. Sería completamente feliz si pudiéramos seguir viviendo tal como hemos vivido durante los últimos meses. El bebé no tendría sentido sin ti.

Ella se apartó de él bruscamente.

–¡No digas eso! –exclamó con un brillo de furia en los ojos–. ¡No pienses en eso! Se parece a lo que pensaba mi padre. No quiero que un hijo mío sea criado así. –Hizo una pausa y, en tono implorante, agregó–: ¿No lo comprendes? Esto es lo que define nuestro amor. Es lo que seguirá viviendo después de que los dos hayamos desaparecido. Todos tenemos que morir, Tom. Tarde o temprano tenemos que morir.

Tom vio sus lágrimas y no pudo evitar emocionarse. Siempre le ocurría cuando ella lloraba.

–¡Oh, Bree! –musitó.

–Es cierto.

–Pero yo quiero que sea tarde.

–Lo será.

–Ojalá hubieras hablado antes conmigo –dijo él.

Tal vez hubiese podido convencerla de que no lo hiciera, pensó. Podría haberle sugerido que trataran de que ella quedara embarazada sin necesidad de que expresara un deseo. Por supuesto que desde noviembre habían hecho el amor docenas de veces. Él jamás se puso un preservativo, y ella no había concebido.

Al comprenderlo, el miedo de Tom creció.

–Habrías dicho que no –señaló ella.

–Es probable –admitió él.

–Habríamos discutido. He reflexionado mucho acerca de ello, Tom. Te aseguro que lo hice. Analicé todas nuestras conversaciones, y las mejores fueron aquellas en que queríamos tener un hijo, pero también aquellas en que hablábamos de no intentarlo y quedarnos siempre con la duda. Dejar pasar diez años y seguir sin saber, lamentándonos, hasta que fuese demasiado tarde para intentarlo. –Levantó el mentón en un gesto de desafío–. Además, se trata de mi cuerpo.

En ese momento Tom maldijo a las mujeres liberadas, pero tuvo la sensación de haber caído en la trampa, porque ya todo estaba decidido. Quería enfadarse con Bree, pero la amaba demasiado para eso. Dejó escapar un suspiro y dijo:

–Bien. De todos modos, ya está hecho. Has quedado embarazada.

–¡Y soy tan feliz! –exclamó ella–. Te pido que también tú lo seas.

–¿Cómo no voy a serlo? –preguntó Tom–. Siempre que no piense, claro.

Sin embargo, por encima de todas las cosas, Tom era una persona reflexiva. Más aún, era una persona que no dejaba nada librado al azar, y en esto se había basado su éxito como abogado. Era capaz de analizar un caso desde todos los ángulos, de desmenuzar cada argumento e idear una estrategia que, nueve veces de cada diez, daba resultado.

De modo que se puso a reflexionar. Estaba en juicio la validez de los tres deseos de Bree. El demandante era su propia paz espiritual. La meta consistía en probar, más allá de toda sospecha razonable, que alguno de esos tres deseos no había sido concedido.

Tal como él interpretaba el testimonio del inspector de la compañía de seguros, la causa del incendio jamás podría ser demostrada.

Si se tenía en cuenta la sorpresa que se había llevado el médico, lo mismo sucedía con el embarazo.

La única evidencia que no había sido establecida con claridad, y que por lo tanto resultaba la más prometedora, era la identificación positiva de la madre de Bree.

14

Tom tenía las mejores intenciones. Llamó a su amigo detective y le encomendó el caso. Tras algunas investigaciones, el detective le informó que la escasa información que había sobre la madre de Bree en los archivos del hospital de Chicago no conducían a ninguna parte, lo cual significaba que, o bien la mujer había proporcionado datos falsos, o bien que las señas que había dado eran tan poco específicas que no quedaban rastros de ella. Tom le encargó que siguiera trabajando sobre mujeres de Nueva York que conducían pequeños automóviles Mercedes rojos, mujeres que posiblemente estuvieran involucradas en litigios y que viajaban a Montreal por asuntos de negocios.

Después, la vida lo distrajo.

En primer lugar, influyó el clima. A mediados de mayo el cielo era claro y el sol cálido, florecían los manzanos, los árboles se cubrían de brotes y verdeaba la hierba. Aparte de terminar un garaje para dos coches en un extremo del terreno, había una serie de trabajos que hacer, como poner red metálica en las ventanas para protegerlas de las tormentas, cortar los árboles que crecían demasiado cerca de la casa y segar el césped tras arrancar los hierbajos. El año anterior, cuando Tom estaba solo y angustiado, esos trabajos hacían las veces de terapia para él. Ahora, constituían un placer. En segundo lugar, estaba Bree. ¿Cómo podía Tom dejarse llevar por negros temores cuando ella era tan feliz? Sonreía aun cuando sintiese náuseas por la mañana o cansancio por la tarde. Redujo su jornada laboral a cuatro horas, y el resto del tiempo lo pasaba en casa, con él, siempre sonriente. Si en algún momento pensaba en un final trágico para la historia que ambos vivían, no lo decía. Estaba animada y se veía hermosa. El amor que Tom le profesaba crecía con cada día que pasaba. En tercer lugar, estaba el teléfono. Las llamadas para solicitar asesoramiento legal eran cada vez más frecuentes. Procedían de un radio cada vez más amplio de ciudades, y eran efectuadas por particulares o pequeños empresarios que tenían problemas lo suficientemente nuevos como para superar los conocimientos de los abogados locales. Algunos de estos casos exigían que se llevasen a cabo investigaciones. Descubrió que pensar constituía un desafío, una manera fácil de volver a la práctica legal después de haber estado alejado de ella por un tiempo, pero nunca cobraba a sus clientes, pues eso habría convertido el desafío en un trabajo en lugar de un ejercicio intelectual. Si era necesario seguir un caso, se lo encomendaba a Martin Sprague.

Martin resultó una agradable sorpresa. Era trabajador y tenaz, y con esas virtudes compensaba lo que le faltaba en creatividad. A Tom le satisfacía dirigir los casos por intermedio de Martin, no porque éste necesitara el trabajo, sino porque Tom ya era oriundo de Panama y los panamenses se apoyaban los unos a los otros.

En cuarto lugar, estaba su familia. No veía la hora de hablarles de Bree y del hijo que ambos esperaban, pero no creía que pudiese soportar que su padre se negara de nuevo a hablar con él, sobre todo cuando lo que tenía que decirle era algo tan trascendente. De manera que compró una cámara fotográfica y comenzó a escribirles. Las primeras cartas fueron cortas y directas. Incluían fotos de Bree y de él, y aunque Tom deseaba recibir una respuesta, no la esperaba. Enviaba una carta todas las semanas. A principios de junio empezó a mandar fotografías de la casa con el porche recién pintado y otras de Bree junto al arroyo. También remitía notas para sus hermanos, pequeñas y alegres, para que supieran que pensaba en ellos.

De vez en cuando hablaba por teléfono con su hermana. Ella había dado a luz a un varón y sí, Harris Gates lo había aceptado. Le agradeció a Tom la ropa de bebé que le había mandado. Pero no lo invitó al bautismo de su hijo.

Tom no la culpaba. Su presencia no habría sido bien recibida. Pero no le reprochó nada a Alice. Por el contrario, decidió interesarse más a menudo por el estado de la madre y el bebé.

A finales de junio el investigador llegó a un punto muerto. Había reunido gran cantidad de información acerca de las empresarias de Nueva York de la edad indicada que conducían un Mercedes rojo, pero Bree no consiguió identificar ninguna de las fotografías que le mostraron.

–No me sorprende –dijo el detective–. Tal vez el coche sea del marido de la mujer o de su jefe. También puede ser alquilado. He comprobado en hoteles y moteles de Montreal, pero no he encontrado rastros de una cliente que condujese un automóvil de esas características durante el día en cuestión, y en cuanto a los hoteles caros, guardan sus datos bajo llave. Los tiempos han cambiado, Tom. Gracias a los pleitos que tipos como tú les han puesto a esa clase de lugares, han decidido cerrar la boca. Y en cuanto al asunto de los litigios, nada. Tal vez ese día la mujer hubiese estado hablando de una amiga.

Tom no estaba tan desilusionado como creyó que estaría. Al igual que le ocurría a Bree, empezaba a creer que el embarazo se debía a causas naturales, lo cual significaba que la mujer del restaurante no era la madre de ella y que el incendio de South Forest había sido pura coincidencia. Pensar así era lo más sensato.

Pero justamente porque era un hombre sensato, Tom también era cauteloso. Obtuvo segundas y terceras opiniones de médicos de Nueva York, que estudiaron la historia clínica de Bree y coincidieron con Sealy y con Meade en que aunque las posibilidades de que Bree quedara embarazada eran poco probables, no había que desecharlas por completo. Después de los estudios que Paul le hizo a Bree en mayo, los médicos de Nueva York también coincidieron con él en que Bree era más sana que muchas futuras madres. Le aseguraron a Tom que tenía un corazón fuerte y que no veían ninguna necesidad de que fuese trasladada a Nueva York para el parto.

De manera que Tom descartó la teoría de los tres deseos y aceptó la de las causas naturales. Sin duda, él quería creer en ello, porque su vida al lado de Bree era maravillosa. Pocas veces se separaban, y sólo por pocas horas. A menudo él permanecía en el restaurante mientras ella trabajaba, y casi nunca estaba solo en el reservado. Ahora tenía amigos. Amigos de Bree, pero también amigos propios. La gente que lo buscaba sabía que lo encontraría allí. Si se trataba de un asunto legal, Tom tomaba notas en una servilleta de papel. Si el tema era social, se relajaba y escuchaba con atención. En ambos casos se sentía más feliz que nunca y, además, estaba cerca de Bree.

Ella era su espíritu afín. Tom no conocía otras palabras que definieran mejor su situación. Bree pensaba y sentía igual que él. En el fondo de sus corazones, los dos estaban hechos para vivir en un pueblo pequeño como aquél. Ella lo sabía desde siempre. Él sencillamente tardó más en aprenderlo.

La inteligencia de Bree era sólo una de las cosas que Tom amaba en ella. Nunca había mantenido una relación tan equilibrada. Cuando él tenía ganas de leer, ella también. Cuando ella tenía hambre, él se moría de ganas de comer. Cuando él quería caminar por el bosque, ella se le adelantaba. Cuando ella tenía ganas de tomar el sol, él ya había dispuesto las tumbonas antes de que Bree se cambiara de ropa. Caminaban descalzos y se besaban bajo los árboles. Conversaban y reían, cada uno adivinaba los pensamientos del otro y pocas veces discutían. Ella era la mejor amiga de Tom. Él jamás había imaginado que una esposa podía ser eso y cada día las cosas marchaban mejor.

Julio les trajo verdes más intensos y un sol más cálido. El Cuatro de julio los fuegos artificiales iluminaron el cielo de Panama, marcando una interminable serie de celebraciones de verano. Hubo conciertos en la plaza, noches cálidas en que se tendían sobre mantas para escuchar el coro del instituto del pueblo, barbacoas en el terreno que se extendía detrás del edificio del ayuntamiento, partidos de softbol en el patio del colegio, y aun durante las veladas en que no existían planes especiales, la gente se reunía para charlar al aire libre.

Tom compró una cámara fotográfica más sofisticada. Nunca se desprendía de ella. Fotografió a Bree de perfil por la mañana, con una mano sobre el vientre, en el que ya era evidente la presencia del bebé, y una mirada soñadora en los ojos. Acababa de empezar a usar ropa de futura mamá. Para ella todavía era pronto, pero el resto de la ropa le iba ya muy ceñida, y, además, agregaba con orgullo, se sentía embarazada y quería que se le notara. Tom la fotografió también en todos los lugares de la casa, con Flash y Lee Ann en el restaurante y riendo con Jane y con Julia en un banco de la plaza. Fotografió al barbero a través del escaparate de su peluquería, el camión del horno de pan cuando lo cargaban para las entregas del día y a los trabajadores de la cervecería Sleepy Creek bebiendo un botellín al final de la jornada en el aparcamiento de la fábrica.

En verano el restaurante ofrecía limonada fresca, helados de yogur y *cappuccinos* con hielo. El menú de Flash proponía dos ensaladas con cada plato especial. Frente al restaurante se instalaban mesas donde la gente comía bocadillos.

Los sonidos de Panama eran de cortadoras de césped, aspersores y risas; los olores, de hierba húmeda, de sol cubierto de neblina y de pollo asado. Sin embargo, para Tom la esencia de la estación era el camión de la heladería de Panama con sus campanillas y sus polos a la antigua usanza.

Había comenzado agosto cuando Martin Sprague llamó por teléfono para invitar a Tom a reunirse con él en su despacho. Hablarían, como era previsible, de un caso al que Tom se había referido. Era la primera vez que Martin invitaba a éste a su oficina.

En el segundo piso del edificio donde estaba la sede del banco, el despacho de Martin consistía de dos habitaciones que daban a la plaza. En una de ellas trabajaba una secretaria que no se encontraba presente cuando Tom llegó. La otra estancia era para Martin. Olía a papeles viejos y todo tenía el aspecto de que allí trabajaba un hombre que estaba más ocupado de lo que esperaba. Había carpetas en lugares extraños, junto a libros de los que sobresalían papeles que hacían las veces de punto de lectura. En el rincón, un viejo ventilador giraba lentamente. Lo único que parecía nuevo era el ordenador ubicado sobre una mesa pequeña, y que tenía tan aspecto de invitado como Tom.

–No es nada del otro mundo –dijo Martin, mirando alrededor–, pero es cuanto necesito.

Le señaló a Tom una de las dos sillas de respaldo recto y fue a sentarse detrás del escritorio. Después de sacar un pañuelo y enjugarse la frente, se puso en pie de un salto y abrió la puerta de una pequeña nevera.

–¿Le apetece una bebida fría?

–Sí, gracias.

A pesar del ventilador, hacía calor en la estancia. Había cuatro ventanas abiertas, dos a cada lado de la pared que había detrás del escritorio, pero no soplaba una gota de brisa. Tom vestía camiseta y pantalones cortos, el uniforme de Panama en verano. Martin era el único hombre de la ciudad que lucía traje en todas las estaciones del año. Ese día, llevaba camisa de mangas cortas.

–Puedo ofrecerle cerveza o… cerveza –dijo. Se enderezó y le tendió a Tom uno de los dos botellines que acababa de sacar de la nevera. Después volvió al escritorio y abrió la carpeta más cercana–. El asunto Ulrich –dijo–. He recibido sus notas. Tiene razón. Es un caso típico de discriminación por edad, pero el problema es que lo que usted sugiere implica poner un pleito, cosa que yo no hago. De modo que he estado pensando que podría llamar a Don Herrick a Montgomery, y que él podría llevar el caso a los tribunales, pero luego se me ocurrió que eso no tendría sentido cuando usted vive aquí, en el pueblo, y todo indica que piensa quedarse. Porque va a quedarse, ¿verdad?

Tom observó que Martin parecía inquieto, pero se trataba de una inquietud muy distinta de la del día en que, meses antes, le había advertido que él era el abogado del pueblo. Esta vez notó más curiosidad que reticencia.

–Sí, me quedaré –respondió.

Martin apartó la carpeta del caso Ulrich y eligió otra de una pila de expedientes que había al lado. La abrió y, sin mirar a Tom, dijo:

–He hecho algunas llamadas. Usted ejerció la abogacía en Nueva York durante más de cinco años, de manera que no tiene que someterse a ninguna prueba para hacerlo aquí. Debe presentar una solicitud y asistir a un curso de escribanía. Eso significa trabajar tres meses bajo las órdenes de un abogado local, alguien como yo. Y le diría que es lo que, en la práctica, ya está haciendo. –Levantó la botella de cerveza pero volvió a apoyarla sobre el escritorio sin haber bebido. Cogió con ambas manos los papeles que tenía delante y añadió–: Bien, ¿qué le parece?

Tom estaba estupefacto.

–Y no me venga con que desconoce las leyes locales –gruñó Martin, que seguía sin mirarlo–, porque a estas alturas ya las conoce de memoria. En pocos meses ha hecho tanto trabajo para mí, como el que realiza un pasante en todo en un año. ¿Leyes locales? ¡Demonios! Los casos se refieren cada vez más a leyes federales, y no me diga que la mayor parte de esos asuntos no están dentro de su especialidad, porque ha sabido llevarlos muy bien. Usted fue el que consiguió que la compañía papelera eludiera la oferta de compra, y eso no entraba en su especialidad; pero hay otros asuntos que sí lo son. ¿Qué me dice?

Tom apoyó la botella de cerveza fría contra la muñeca.

–Cuando vine a Panama no era mi intención ejercer de abogado.

–Eso fue lo que dijo.

–No eran sólo palabras. Hablaba en serio. No tengo interés en quitarle el trabajo.

–Recurren a usted por casos diferentes –repuso Martin–. Casos a los que no puedo ni quiero enfrentarme. Seguirán recurriendo a mí para que redacte sus testamentos y sus escrituras, y para que solucione sus problemas con las hipotecas y sus contratos de alquiler, pero si no consigo que alguien me ayude con el resto... –Miró, confuso, los papeles que cubrían el escritorio–. Pues recurrirán a algún otro. Se me ocurre –miró brevemente a Tom–, que usted podría hacer lo suyo y yo lo mío, ambos nos beneficiaríamos. ¿Comprende a qué me refiero?

–Creo que sí.

–¡Diablos! Si nosotros no hacemos el trabajo, lo harán otros, y yo preferiría que el dinero quedara en nuestros bolsillos. Por supuesto que no ganará lo que ganaba en Nueva York, ni los casos serán iguales, pero usted ya conoce los problemas que suelen presentarse aquí. Son bastante sencillos, en comparación. Quizás incluso los encuentre aburridos.

Tom lo dudaba.

–Llevo una nueva vida aquí –dijo–. No quiero trabajar como lo hacía en Nueva York. –En realidad, pensaba que el ejercicio de la abogacía en Panama sería mucho más divertido que en Nueva York.

–Trabajó en todos esos casos y nunca me ha pedido un dólar –señaló Martin.

–No lo hago por el dinero.

–Eso no está bien. Podemos llegar a un acuerdo. Usted rellene una solicitud para ingresar en el colegio de abogados de Vermont y haga su pasantía conmigo. Después de deducir los gastos, se quedará con todo el dinero que produzcan sus casos. –Martin se echó atrás con una expresión que decía: «Es lo que hay».

Tom descubrió que estaba sonriendo. Como acuerdo, era asombrosamente simple.

Martin se enjugó la frente.

–Puedo ubicarlo en el escritorio de al lado y pasar a Celia a la habitación del pasillo.

–En casa tengo un estudio. Puedo trabajar allí. –Tom miró el ordenador–. ¿Eso funciona?

–Imagino que sí. No confío en esos chismes. Mire, ésta no es la planta cincuenta de un rascacielos. Es el segundo piso de un edificio sin aire acondicionado en un pueblo que sólo cuenta con bomberos voluntarios. Nuestros clientes no lucen traje y corbata, y si quiere invitarlos a almorzar, tiene que ir al local de Flash o a ninguna parte. Aquí no somos refinados, pero tenemos necesidades de tipo legal.

–Trato hecho –dijo Tom, encantado.

Martin parecía sorprendido.

–¿No quiere pensárselo mejor?

–No. Lo encuentro muy satisfactorio.

Martin frunció el entrecejo.

–No crea que podrá hacer la pasantía conmigo y después abrir su propio bufete en la misma calle, porque en nuestro acuerdo incluiré una cláusula que impida toda clase de competencia. Y tampoco crea que podrá mudarse a esta oficina y hacerse cargo de todo dentro de un par de años, cuando yo la palme, porque sólo tengo sesenta y seis años. No pienso palmarla.

–Espero que no. Lo último que me interesa hacer son testamentos, hipotecas y contratos de alquiler. Me encargaré de los otros casos.

–¿Se conforma con eso?

–Sí.

Martin se puso de pie y le tendió la mano. Tom se la estrechó y así dieron el asunto por zanjado.

Por increíble que pudiera parecer, Martin sonrió. Fue una sonrisa extraña, dura pero afable, de satisfacción. Cerró la carpeta del caso Ulrich, se la pasó a Tom y se echó hacia atrás en su silla.

–Ahí hay otra cosa que necesito que haga. –Bebió un trago de cerveza, depositó el botellín sobre el escritorio y se pasó una mano por el pelo ralo–. Es una situación difícil. Hay una mujer en Des Moines que quiere contratar mis servicios. La madre vive aquí. Julia Dean.

Ante la mención de Des Moines, Tom enseguida imaginó que se trataba de Julia.

–¿Sí?

–Eliot está enterado de esto. No hace mucho le telefoneó su hijo. Me dijo que habló de ello con usted.

Tom asintió.

–Le dije que si quería alegar mala administración del fondo fiduciario, el hijo tendría que recurrir a las autoridades de Des Moines.

–Ha decidido no hacerlo hasta contar con pruebas en contra de su madre. –Martin hizo una mueca. Lanzó un gruñido de desaprobación–. El punto de vista de la hija es contratar a alguien para que vigile a Julia e informe de su inestabilidad emocional.

–¿Inestabilidad? –Si Martin no hubiese estado tan serio, Tom habría soltado una carcajada–. Bree y Julia se han hecho muy amigas. Por lo que he podido observar, Julia es una mujer completamente estable.

–Yo también lo creo –repuso Martin–, pero supuse que si no aceptaba el asunto, la hija contrataría a algún otro, y preferí darle posibilidades de defensa a Julia. O que se las dé usted.

–Nosotros no somos psiquiatras –apuntó Tom.

–La hija no pidió un psiquiatra. Dijo que bastaría con cualquiera que tuviera un par de ojos. Añadió que contratara a quien se me ocurriera, y lo estoy contratando a usted, como quien dice.

En sus tiempos Tom había defendido a muchas personas culpables. Era su deber obligar al fiscal a demostrar que el acusado era culpable más allá de toda duda razonable. En el camino había hecho picadillo a los testigos que declaraban en su contra, desacreditado testimonios creíbles y deshonrado a gente inocente. En ocasiones, después esos testigos se veían en dificultades. Conocía casos de algunos que habían perdido su trabajo como resultado de las dudas que él había arrojado sobre sus declaraciones, otros cuyos matrimonios se habían resentido, y eso por mencionar sólo los casos que conocía. Durante los primeros meses de su exilio en Panama había pensado mucho en los que no conocía y se había sentido aún más culpable.

Decidido a no repetir sus pecados, no se puso de malhumor ante la posibilidad de tener que vigilar a Julia Dean. Eso no serviría en un pueblo pequeño como Panama donde la gente veía cosas y hablaba. Las correspondencias que Julia recibía ya eran motivo de bastantes chismes. No quería dar pábulo a más. Julia era una mujer querida por todos. Flash no era el único a quien fascinaba su trabajo, y ella llegaba con puntualidad al restaurante los martes y viernes para cambiar las flores de las mesas. Tom jamás había oído hablar mal de ella, nunca había visto nada que delatase que estaba mal de la cabeza, y mucho menos que justificara el que se la definiese como emocionalmente inestable. No quería que la hiriera ni siquiera la mínima sospecha, por indirecta que fuera.

De manera que lo primero que hizo fue llamar a la hija con la esperanza de que una conversación la tranquilizaría, pero Nancy Anderson estaba angustiada. Procedió a repetir gran parte de lo que Eliot le había comentado a Tom la primera vez que habían hablado sobre el asunto.

–Desde la muerte de mi padre, mamá no ha sido la misma. Cuando le pregunto qué le ocurre, niega que le suceda nada, pero yo conozco a mi madre, señor Gates. Toda la vida ha odiado viajar. Siempre le gustó quedarse en casa. Después, muere mi padre y ella hace sus bártulos y se muda al otro extremo del país, a un pueblo donde no conoce a nadie.

–Ahora conoce aquí a mucha gente. Tal vez sólo le hiciera falta un cambio.

–Siempre odió los cambios.

–La muerte de su padre la obligó a cambiar –señaló Tom. No estaba jugando al psiquiatra, sino que, sencillamente, expresaba lo que le dictaba el sentido común–. Es posible que no haya podido soportar la idea de quedarse allí y seguir haciendo la vida de siempre, pero sin su marido.

–No. Se trata de otra cosa. ¡Estaba tan decidida cuando se mudó! Fue como si de la noche a la mañana algo se hubiera roto en su interior. Y además está el asunto del fideicomiso.

–¿Usted o su hermano necesitan dinero? ¿Es ése el problema?

–No, pero ¿y si algún día nos hiciera falta? Mi padre nos legó eso a nosotros. Había suficiente para que ella pudiera vivir de los intereses, sólo que no es lo que está haciendo. Sin embargo, no es ése el principal motivo por el que hacemos esto –insistió–. Estamos preocupados.

Tom no lo puso en duda. A juzgar por su tono de voz, Nancy Anderson estaba verdaderamente intranquila y un poco herida en sus sentimientos.

–No tiene por qué preocuparse. Ella lleva una vida muy agradable aquí.

–Pero ¿una floristería...?

–¿Eso también le parece extraño en su madre?

–No. Siempre tenía el jardín lleno de flores. Le encantaba cuidarlas. Las flores ejercen un extraño influjo sobre ella. La vuelven loca. En ocasiones salía al jardín y se ponía a bailar. Supongo que comprenderá por qué estoy preocupada.

Tom había visto a Bree bailar entre las flores silvestres que crecían junto al arroyo. Todavía conservaba el recuerdo, claro como el día, y dulce.

–¿Está saliendo con algún hombre? –preguntó la hija de Julia–. Porque si detrás de todo esto hay un hombre que le está sacando el dinero, sería verdaderamente motivo de inquietud.

–No conozco la existencia de ningún hombre. Si lo hubiera, ya se habría corrido la voz. Recuerde que en los pueblos pequeños el chismorreo es un verdadero azote. ¿Usted le ha hecho preguntas acerca del dinero?

–No puedo. Creerá que es lo único que me importa, y le aseguro a usted que no lo es.

–¿Qué quiere que hagamos nosotros, exactamente?

–Que la vigilen. El jefe de policía se negó a hacer nada. De manera que estoy dispuesta a pagar para que alguien haga el trabajo. Quiero que la observen de cerca y vean cómo está.

–¿Por qué no lo hace usted misma? ¿Por qué no toma un avión y viene a verla?

–Quise hacerlo en cuanto se mudó a Panama, pero ella me pidió que no lo hiciera. Cada vez que menciono esa posibilidad, dice que es más fácil que venga ella a visitarnos. Creo que oculta algo.

–Es posible que en eso no haya nada ilegal.

–Y puede también que lo haya. Queremos saber por qué está haciendo lo que hace.

Tom sospechaba que una conversación sincera entre madre e hija solucionaría el problema, pero él no era la persona más apropiada para proponer semejante cosa. Su padre se negaba a hablar con él, y Tom no había vuelto a llamarlo. Ciertas situaciones entre padres e hijos suponían grandes riesgos emocionales, sin importar la edad de aquellos que se viesen involucrados.

–Debo decirle, señora Anderson –le advirtió Tom–, que Julia tiene muchos amigos en este pueblo. Se la conoce como una mujer buena, honesta y digna de confianza. No creo que encuentre por aquí a nadie dispuesto a decir que es emocionalmente inestable. –Al comprender que Nancy Anderson podría recurrir a otro si no lograba lo que quería, decidió ganar tiempo diciéndole–: Averiguaré todo lo que pueda. Mientras tanto, me gustaría que considerara la posibilidad de que su madre sólo haya tenido necesidad de cambiar de ambiente. ¿Está de acuerdo?

Después de dejar a Bree en el restaurante, Tom siguió hasta la floristería. En la puerta un cartel advertía que Julia estaba en el jardín trasero arrancando hierbajos. Y allí la encontró, sentada entre los arriates, con aspecto perfectamente feliz. Un deformado sombrero de paja le cubría la cabeza y una abeja zumbaba en torno a ella.

Era una mujer atractiva, delgada y de estatura normal. Su cabello castaño estaba salpicado de canas, seguía siendo abundante. Cuando se lo recogía sobre la cabeza, lo cual hacía con frecuencia cuando entregaba flores en el restaurante, parecía diez años más joven que los cincuenta y tantos años que debía de tener. Su plácida expresión contribuía a ello.

Tom sonrió. Julia le gustaba. Más aún, se identificaba con ella. Ella también había llegado a Panama sin conocer a nadie y se forjó allí una vida. ¿Emocionalmente inestable? De eso nada. A juzgar por su aspecto, esa mujer era sólida como una roca.

Cuando ella lo vio, Tom miró las nubes y dijo:

–Está corriendo un riesgo.

–¿Riesgo de qué? –contestó ella con una sonrisa–. ¿De mojarme? No me derretiré. En esta época del año prefiero esto a trabajar a pleno sol. ¿Cómo está Bree?

–Muy bien. Acabo de dejarla en el restaurante.

–Me ha dicho que ya no siente náuseas por la mañana.

–¡Por fin!

–Supongo que era peor para usted que para ella. Los hombres sufren durante el embarazo de sus mujeres.

–Gracias.

Julia echó hacia atrás la cabeza para verlo mejor desde debajo del ala del sombrero.

–¿Ha venido a comprar flores?

–He venido a verla a usted. –Ahuyentó una abeja–. ¿Podemos conversar mientras usted trabaja?

–¡Por supuesto! –contestó ella, pero hizo a un lado el escardillo y se quitó los guantes. Por un instante pareció intranquila–. ¿Sucede algo?

Tom se sentó sobre la hierba, cerca de ella.

–Martin Sprague recibió una llamada de su hija. Está preocupada por usted.

Julia asintió y suspiró.

–¿Por qué será que no me sorprende?

–No comprende por qué está haciendo lo que hace.

–¿Qué quería que hiciera Martin?

–Que le diera una opinión imparcial sobre su salud mental.

–¿Para qué? –preguntó Julia, y luego agregó–: No me conteste. Pasé casi treinta años malcriando a Nancy y a Scott. Ellos no consiguen entender por qué no sigo haciéndolo.

–¿Y por qué no sigue haciéndolo?

–Porque son adultos. Nancy tiene treinta años y Scott veintiocho. Los dos están casados y son padres. No me necesitan. O al menos no deberían necesitarme.

–Su hija asegura que usted cambió mucho después de la muerte de su esposo.

–Sin duda. La muerte de Teddy fue lenta y dolorosa. Sólo tenía cincuenta y dos años. Yo lo amaba desde que tenía diez años. Tras su muerte tuve necesidad de encontrar un lugar donde todo no me lo recordara.

–¿Y por qué Panama?

–Porque aquí no había floristería.

–¿Buscó en otros lugares?

–No fue necesario que lo hiciera cuando encontré Panama. –Julia ahuyentó una abeja con un grácil movimiento de la mano–. Mis hijos creen que ésta fue una decisión súbita por mi parte. Tal vez no comprendan la verdad, que es que durante los últimos meses de la vida de Teddy, él estuvo tan enfermo y para mí fue tan doloroso permanecer sentada junto a su cama, que lo único que me permitió sobrevivir fue soñar despierta. Estudié mapas y forjé mis planes. Amaba a Teddy más que a nada en el mundo, y con él enterré parte de mi ser, pero el resto de lo que quedaba de mí tenía necesidad de cambiar de aires. ¿Le parece que es un despropósito?

A Tom no se lo parecía. Y tampoco le parecía estar escuchando la voz de una mujer mentalmente perturbada. Julia tendió la mano y arrancó un hierbajo, que arrojó dentro de una bolsa. Se restregó las manos, la una contra la otra, y preguntó:

–¿Le habló del fideicomiso?

Tom asintió.

–Eso los tiene muy molestos –dijo ella–. ¡No lo dicen directamente, claro! Dicen frases como: «¿No supone correr un grave riesgo abrir un negocio a tu edad?» como si yo ya tuviera un pie en la tumba. Supongo que en realidad la culpa es mía. Cuando supimos que Teddy se estaba muriendo y tratamos de hacernos a la idea, yo les hablaba todo el tiempo del fideicomiso porque quería que supieran que su padre les había asegurado un futuro. En ese sentido, tal vez tampoco comprendan la verdad.

–¿Cuál es la verdad?

–Que Teddy quiso que yo dispusiera de ese dinero como quisiera. Lo dejó por escrito. Tengo una copia de ese documento. Y también nuestro abogado tiene una. Mis hijos se niegan a recurrir a él porque era un amigo íntimo de Teddy y de mí, y temen que se ponga de mi parte. Pero ambos tenemos copias de ese documento. –Julia hizo una pausa y añadió–: Compré mi casa de Panama con lo que me pagaron por mi casa de Des Moines, pero recurrí al fideicomiso para abrir la floristería. Queda más que suficiente para mis hijos. –Volvió la mirada hacia Tom, como en busca de su comprensión–. Durante años, les di todo lo que pude, sin importar lo mucho que me sacrificara. Durante años ellos fueron lo primero. Creo que ahora ha llegado mi turno.

–¿Se lo ha dicho a Nancy?

–En términos más suaves. Pero ella se niega a oír, y su hermano la aguijonea.

–¿Le gustaría que yo hablara con ella, que le explicara lo que ocurre?

–¿Lo haría? –dijo Julia, esperanzada.

–¿Debo mencionar el documento que le dejó su marido?

–Si es necesario, sí. –Ella sonrió, dándole las gracias en silencio–. Usted es un buen hombre, Tom. Su esposa es muy afortunada. Creo que a pesar de lo que diga la gente, usted le hubiese gustado al padre de Bree.

–Era un hombre duro.

–Frustrado, por lo que he oído.

–Sufrió un gran desengaño amoroso. Nunca consiguió olvidar a la madre de Bree.

Un trueno distante obligó a Julia a volver la cabeza.

–Tal vez si hubiera sido un hombre más fuerte –dijo cuando volvió a mirar a Tom.

–O si ella hubiera sido una mujer más fuerte –apostilló él–. ¿Qué puede haberle pasado a una mujer para que se alejara y nunca mirara hacia atrás?

–Imagino que debe de haber tenido un buen motivo.

–¿Un buen motivo?

–Las cosas no siempre son lo que parecen, Tom –repuso Julia–. Piense en sus propios motivos para haber venido hoy aquí. Mis hijos dicen que debo de estar mal de la cabeza por haberlos dejado. Pero los motivos que le di son sensatos, ¿no es así? De modo que tal vez la madre de Bree también haya tenido sus motivos.

Tom se rascó la cabeza.

–Quizá –dijo–, pero me cuesta creer que haya sido una santa.

–Ninguno de nosotros es un santo. Por lo general, la verdad está en alguna zona intermedia.

Tom se echó hacia atrás.

–Y en este caso, ¿dónde está esa zona intermedia, como usted la llama? ¿Qué puede justificar que una mujer deje a su hijita con el padre y desaparezca de la faz de la tierra?

Julia parecía confusa.

–Pues no lo sé –admitió.

–Intente adivinarlo.

Ella frunció el entrecejo, meneó la cabeza y se encogió de hombros.

–Tal vez ella haya tenido otros lazos –dijo–, otras responsabilidades.

–No hay lazo que pueda ser más fuerte que el que une a una madre con su hija. A menos que ella ya tuviera una familia propia. Pero si fuera así, no tenía por qué liarse con Haywood Miller.

–Usted habla igual que mis hijos –susurró Julia con tristeza–. Si yo no supiera que no es así, en este momento creería estar conversando con uno de ellos.

–De acuerdo, admito que tal vez esté prejuzgando. Pero me enfurece por Bree. Si la mujer no era libre, no debió andar con Haywood. Si estaba casada, era infiel a su marido.

–Así parece; sin embargo, no conocemos los detalles.

–He tratado de enterarme de los detalles –dijo Tom con gravedad–. He tratado de localizarla, pero no pude. Ha hecho un trabajo espléndido cubriendo sus huellas.

–¿Después de cuántos años?

Él tuvo que conceder que treinta y tres años eran mucho tiempo, y como por entonces no existían los ordenadores un rastro no debía ser difícil de cubrir. Prácticamente se desvanecería solo.

Se oyó otro trueno, todavía distante, pero más fuerte que el anterior. Julia levantó la voz.

–Concéntrese en lo que sí sabe –dijo–. Compruebe si de eso saca algo útil.

–Lo único que sabemos con seguridad es que la mujer era de California, que conoció a Haywood en Boston y que dio a luz a Bree en Chicago.

–¿Estuvieron juntos durante el tiempo que duró el embarazo?

–La gente asegura que sí.

–¿Y dónde estaba el marido de ella?

Tom soltó un suspiro de frustración.

–Dígamelo si lo sabe –repuso.

Julia interpretó sus palabras en un sentido literal.

–Supongo que en otra parte completamente distinta. Tal vez haya sido representante de una firma comercial, o estuviese en el ejército. –Frunció el entrecejo–. Eso debe de haber sido en la década de los sesenta, ¿verdad?

–A principios de los años sesenta.

Una expresión de dolor cruzó por el rostro de Julia.

–En 1962 murieron los primeros de nuestros hombres en Vietnam.

Tom quedó impresionado por la expresión de la mujer.

–Creía que había sido después.

–No. Empezó entonces. –Julia sonrió con tristeza–. No es un misterio que yo lo sepa, Tom. Mi marido estuvo entre los primeros que enviaron a Vietnam. No se imagina lo que es no saber, lo horrible de la preocupación. Conocí a mujeres cuyos maridos desaparecieron en acción. Es devastador. Hace que una se sienta sola y perdida.

–¿Y lo suficientemente vulnerable como para caer en brazos de otro hombre? ¿Es eso lo que está sugiriendo?

–¿No le parece posible?

–Incluso así –insistió Tom, inclinándose hacia delante, para lo cual tuvo que doblar las piernas y apoyar los codos sobre las rodillas–. Aun cuando admitamos la posibilidad de que una viuda de guerra encontrara consuelo con otro hombre, ¿por qué dejarlo una vez que hubo tenido un hijo de él?

–Con toda honestidad, Tom, ¿cómo puedo saberlo? Lo único que sugiero es que usted está haciendo lo mismo que hacen mis hijos. Supone lo peor, igual que ellos; pero tal vez la madre de Bree tuviera motivos para hacer lo que hizo. –Hizo una pausa y añadió–: Pongamos por caso que a una mujer le dicen que su marido ha muerto en la guerra y después resulta que el informe era equivocado, que no estaba muerto y que vuelve. Sucede, ¿sabe? Y suceden cosas mucho más extrañas aún. En ese caso, ¿seguiría estando tan furioso?

Tom suavizó la expresión, pero sólo un poco.

–Aun así, aun si hubiera una explicación tan fantástica para aclarar el asunto, ¿justifica el dejar pasar treinta y tres años sin una sola palabra? Estamos como al principio. Aun en el caso de que esa mujer haya tenido un motivo para irse, ¿cómo puede abandonar a una criatura sin dejar rastros?

Julia asintió, comprensiva.

–Tiene razón –dijo–. Las posibilidades son interminables. Podríamos especular durante siete días enteros. Sin contar con más detalles, ni siquiera estamos en condiciones de saber con seguridad por qué abandonó a su hija. –Hizo una nueva pausa, y fue como si quisiera defender a la mujer tal como se había defendido a sí misma instantes antes–. ¿Ha considerado la posibilidad de que ésta no haya sido tan sólo la decisión de la mujer? Tal vez el padre de la criatura haya tenido algo que ver. Tal vez él la haya obligado a marcharse.

–¿Y por qué iba a hacer eso?

–Porque se sentía herido, o enfadado. Usted es hombre. Dígamelo a mí. Tal vez el haberle negado todo contacto con su hija haya sido su manera de castigarla.

–Pero Haywood murió hace tres años –argumentó Tom–. ¿Por qué no se presentó ella desde entonces?

–Quizá también haya muerto. O es probable que se haya presentado sin nosotros saberlo.

–¿Se refiere a la mujer del restaurante? Usted se encontraba allí y oyó todo lo que ella dijo. Usted estaba convencida de que no era la madre de Bree.

–Quizá no lo haya sido. Todo el tiempo entran y salen desconocidos del restaurante. La madre de Bree pudo ser cualquiera de ellos. Por lo que nosotros sabemos, es posible que ella haya pasado por Panama desde que Haywood murió, nada más que para ver a Bree y saber cómo le iba. Por lo que sabemos, tal vez haya venido muchas veces a lo largo de los años, antes de la muerte de Haywood.

–¿Sin identificarse?

–Por supuesto. Sería arriesgado identificarse después de tanto tiempo, ¿no le parece?

–¿A causa de Bree? Bree es la mujer más buena y generosa del mundo.

–Usted no la vio con esa mujer, Tom –dijo Julia–. Estaba muy enfadada. Nunca la he visto así antes.

–¿Y lo considera extraño?

–Por supuesto que no. Le dolió no tener madre. Tiene derecho a sentirse furiosa.

–Imagino que sí –repuso él.

Con la primera gota de lluvia, Tom se puso de pie. Julia lo imitó y dijo:

–No envidio a esa mujer. Es una situación muy triste. –Se inclinó para recoger sus herramientas de jardinería.

Tom cogió la bolsa llena de hierbajos y se encaminó hacia la floristería. Cuando comenzó a llover más fuerte, echaron a correr hacia el local, en el que entraron riendo.

–Vaya aguacero –comentó Julia sacudiendo su sombrero mientras miraba la lluvia–. Pero mis flores lo necesitaban. Me han encargado que prepare los arreglos florales para una boda que habrá en Montgomery la semana que viene. Quiero que los lirios estén perfectos.

–¿El negocio va bien?

–Muy bien.

–¿Disfruta con lo que hace?

–Sí. Siempre me han gustado las flores. Póngame en una habitación con rosas frescas y es como si me emborrachara.

Tom imaginó a Julia bailando borracha entre arriates cubiertos de flores, y recordó el motivo por el que estaba ahí.

–Llamaré a Nancy y le contaré nuestra conversación –dijo–. Es probable que la convenza de que se tranquilice un poco. Y sería aún mejor que ustedes dos se sentaran y hablasen. Si quien la incita es el hermano, necesita que alguien le haga ver el otro lado de la historia. ¿Cuándo piensa volver a verla?

–El día de Acción de Gracias.

–¿No le gustaría hacerlo antes?

Julia meneó la cabeza.

–Ella también está enfadada porque le dije que este año no iría a pasar la Navidad con ella. Lo he hecho todos los demás años, pero éste quiero estar aquí. Por nada del mundo me perdería el nacimiento del bebé de Bree.

Al pensar en la Navidad, Tom se sintió a la vez fascinado y aterrorizado.

–El bebé nacerá por cesárea. Creí que el médico le daría una fecha, pero no ha sido así. Quizá debería usted volver a pensar en ir a ver a su hija.

–No. Quiero estar aquí.

Tom decidió no insistir. Algo en los ojos de Julia le indicó que no se dejaría convencer.

En cuanto llegó a su casa, Tom telefoneó a Nancy Anderson. Le describió la visita que acababa de hacerle a Julia y se esmeró en destacar que la había visto muy bien. Cuando Nancy mencionó el fideicomiso una primera vez y luego una segunda y una tercera, él le habló del documento firmado por su padre. Ella parecía casi aliviada. Tom imaginó que se alegraba de tener un argumento para contrarrestar la desconfianza de su hermano.

En opinión de Tom, un buen abogado nunca debía involucrarse con sus clientes de manera personal. Era una regla básica. Pero, en realidad, Nancy no era clienta suya, puesto que ninguna suma de dinero había cambiado de manos, y sentía una enorme simpatía hacia Julia. De manera que si Nancy decidía ir a ver a su madre se ofreció a ir a buscarla al aeropuerto.

15

A principios de septiembre, Tom escribió:

Querido papá:

Resulta difícil creer que el Día del Trabajo haya pasado. Las fotografías que te envío corresponden a los festejos del pueblo: una gran barbacoa que tuvo lugar en un terreno sembrado de calabazas. Las calabazas todavía no estaban listas para ser cosechadas, pero justamente de eso se trataba; se presentó todo el pueblo para animarlas a madurar.

La primera fotografía es de Bree, con nuestros amigos los Little y su pequeño hijo Joey. En la segunda también está Bree con el trío que dirige el pueblo: de izquierda a derecha, el jefe de policía, el director de correos y la secretaria del ayuntamiento. En la tercera fotografía, Bree está con sus amigos Angus, Oliver y Jack, y con su jefe, Flash. Flash es un gran tipo. Te gustaría. En este momento está un poco disgustado porque Bree ha decidido trabajar menos horas, y la verdad es que no me gusta que esté de pie todo el día cuando en realidad no hay ninguna necesidad de que trabaje.

Ella no quería que te enviase la siguiente fotografía. Dice que se ve gorda. Yo opino que parece embarazada y hermosa. Acaba de comenzar su sexto mes de embarazo. Ha aumentado cinco kilos y se siente muy bien. Nos encanta escuchar los latidos del corazón del bebé. El médico teme que vayamos a verlo demasiado seguido tan sólo para que nos preste el estetoscopio, y creo que no está descaminado. Esos latidos son algo increíble. También lo son los movimientos del bebé. Ahora ya los vemos, forman una especie de onda. Supongo que después de tener seis hijos uno se acostumbra a todo eso, pero no olvides que para mí éste es el primero.

Creo que te alegrará saber que he vuelto al ejercicio de la abogacía. El abogado del pueblo y yo trabajamos juntos. Por el momento hago las veces de pasante, dado que todavía no soy miembro del colegio de abogados de Vermont. Sin embargo, ya he hecho la correspondiente solicitud y espero prestar juramento dentro de pocos meses.

Practicar el derecho aquí es distinto de hacerlo en Nueva York. Los casos no son nada espectaculares, pero se refieren a personas reales con problemas reales. En ese sentido son más gratificantes. Además, trabajar aquí me permite llevar una vida más tranquila. Tengo un estudio en casa que se encuentra a cinco minutos del bufete de mi socio. Y en realidad sólo trabajo a tiempo parcial, de manera que puedo pasar el resto del día con Bree. Quiero estar involucrado en la crianza de mi hijo.

Cuando por fin abrí las cajas que tenía apiladas en mi estudio, encontré las fotografías de familia que hice enmarcar cuando me gradué. Entre ellas hay una tomada el día de mi graduación en el instituto. ¿La recuerdas? Estábamos en el porche delantero preparándonos para salir y Minna vino desde la casa de al lado para sacar la fotografía de modo que en ella también apareciera mamá. Es una de las pocas que existen de toda la familia. La tengo sobre el escritorio. Espero que estés bien. Pronto te volveré a escribir.

Te quiere,

TOM.

A mediados del mismo mes, Bree le escribió a Alice:

Querida Alice:

Te agradezco que nos hayas enviado la fotografía del pequeño Jimmy. Es precioso. Se parece mucho a ti, y también en cierto modo a Tom. Tom se quedó mirando la foto durante largo rato. Imagino que sabrás lo que significa para él que se la hayas mandado.

El bebé nacerá en tres meses y medio. Yo paso de una impaciencia terrible que me impide quedarme quieta a un terror espantoso; pero de eso no le hablo a Tom, porque sería una tontería, ¿no lo crees? Es decir, me refiero a que los médicos atienden partos todo el tiempo. ¿Qué puede ir mal? Hicimos una amniocentesis, de manera que sabemos que la criatura es sana, pero no preguntamos por su sexo. Preferimos que sea una sorpresa. ¿No encuentras maravilloso que nuestros hijos vayan a llevarse menos de un año de diferencia?

Hemos estado preparando la habitación del bebé. Tom ha pulido y plastificado el suelo. Pintó el cielo raso de blanco y las paredes de amarillo. Yo he dibujado una cenefa con motivos de payasos utilizando azul marino, blanco y rojo, así quedará bien tanto si es varón como si es niña. Lo creas o no, Tom permaneció junto a la escalera durante todo el tiempo que me llevó hacerlo. Tenía miedo de que me cayera.

También hemos empezado a comprar algunas cosas. Gracias por las recomendaciones que nos hiciste sobre el cochecito. Lo compramos, y también una cuna. Es blanca. Cada vez que la miro no puedo evitar echarme a llorar.

Sé que Tom ya te lo ha pedido, pero quiero decirte que también a mí me encantaría que nos visitaras. Soy hija única. Me encanta la idea de tener una cuñada. En la habitación para huéspedes hemos dispuesto una cama y una cuna para Jimmy. Ya sé que tu padre desaprobaría el que vinieras, pero si encuentras la manera de evitar que se enfade, te pido que lo intentes. Para mí significaría mucho conocerte antes de que nazca mi hijo. Y también significaría mucho para Tom. Te enviaremos los pasajes en cuanto lo digas. Podrías volar hasta Burlington o Boston. Podríamos ir a buscarte a cualquiera de los dos aeropuertos. Sólo avísanos. Los árboles están comenzando a echar hojas. Aquí todo es una belleza. Por favor, ven.

Abrazos,

BREE.

P. D. Me pica muchísimo la piel del vientre. ¿Se te ocurre alguna sugerencia?

A principios de octubre, Tom escribió:

Querido Nathan:

Disfruto al recibir tus pequeñas notas. Como estoy tan alejado del ambiente, no me enteré de que han despedido a mi editor favorito, y tampoco sabía que hubiesen vendido la editorial. Hasta ignoraba que el libro de Ben Harp llegó a integrar la lista de best-séllers. Me alegro por él y me alegro por ti. Tal vez alguien como Ben consiga que no me sigas enviando mensajes por correo electrónico. Ben es joven y lleno de vida. Si todavía no se lo has vendido a Hollywood, estoy seguro de que lo harás. Lo que escribe es bueno.

Sé que te dije que consideraría la posibilidad de volver a escribir, y lo he hecho. He decidido que por el momento no escribiré, Nathan, y tal vez no vuelva a hacerlo nunca. No trates de convencerme de lo contrario ni de que sienta celos de Ben o de quien sea.

He vuelto a mi trabajo de abogado. Sí, aquí. No te sobresaltes tanto. Es como volver a mis raíces, y me gusta. Bree espera un hijo en diciembre, de manera que tengo muchas cosas que me mantienen ocupado. Nunca he sido tan feliz. Te pido que tú también lo seas por mí.

Tuyo,

TOM.

A mediados de octubre, Tom escribió:

Querido papá:

Bree y yo estuvimos en Nantucket el fin de semana pasado. Las fotografías que te envío las saqué allí. La que aparecemos los dos la tomó el dueño de la pensión donde nos alojamos. Es un lugar encantador, pequeño y silencioso, ubicado en un camino privado que lleva a la playa. Dedicamos horas enteras a caminar y recorrer la ciudad. Bree nunca había estado en Nantucket, y me hizo sentir como si yo tampoco hubiese estado, tal era su entusiasmo.

Sucedió algo extraño. Cuando nos detuvimos en una cafetería, me reconoció una mujer que hace unos años me había hecho una entrevista para *Vanity Fair*. Se nos acercó enseguida y empezó a hacer preguntas. Hace dos años se las habría contestado. Esta vez me negué. Tal vez la haya ofendido, pero no me importa. He terminado con esa clase de vida. Lo único que pensé fue que se estaba entrometiendo en el tiempo que compartía con mi mujer. Bree es maravillosa. Empieza a tener un enorme aspecto de embarazada y le cuesta mantenerse todo el tiempo en actividad, como hacía antes, pero no se queja. Es una maravilla; la mujer más cálida, inteligente y cariñosa que he conocido. Creo que no la merezco. Estoy tratando de enmendar los errores que he cometido en el pasado.

En Nantucket tuvimos motivos para celebrar. Fue el primer aniversario del accidente que nos unió. Me aterroriza pensar en lo cerca que estuve de perderla. Si Bree hubiera muerto esa noche, yo jamás habría conocido esta clase de amor. Por supuesto que de no haberlo conocido no lo habría echado de menos, ¡pero vaya si me hace pensar!

Si tú sentías por mamá lo que yo siento por Bree, comprendo que te haya dolido tanto lo que hice. Si un hijo mío alguna vez le hiciera eso a Bree, yo también me enfurecería. Lo único que te puedo decir es que no lo sabía, y que lo lamento.

Te adjunto una pequeña pintura hecha por uno de los artistas de la isla. El paisaje de las dunas es el que vemos todos los días. Espero que, a través del cuadro, percibas lo que sentimos.

Tu hijo,

TOM.

P. D. Sólo faltan nueve semanas para que nazca el bebé.

Ocho semanas antes de la fecha del parto, Bree estaba sentada en la cocina, por cuyas ventanas el sol entraba a raudales, cuando sonó el teléfono. Hizo a un lado el periódico que estaba leyendo y levantó el auricular.

–¿Hola?

–¿Bree? –dijo una voz desconocida–. Soy Alice.

Bree contuvo el aliento.

–¡Alice! –Sólo conocía a una Alice–. ¡Alice! –exclamó con nerviosismo–. ¿Cómo estás?

–Me siento una especie de traidora, pero aparte de eso estoy bien. He conseguido que mi editor me enviara a Boston para asistir a un seminario. Acabo de aterrizar.

–¿En Boston? –exclamó Bree–. ¡Tom se llevará una gran alegría! ¿Vendrás a casa? ¿Por dónde podemos pasar a recogerte? ¿De cuánto tiempo dispones?

–Tres días. He traído conmigo al bebé.

–¡Dios mío! ¡Tom se morirá cuando se entere! Acaba de salir para encontrarse con su socio en el pueblo. Lo llamaré de inmediato. Estaremos en camino en menos de una hora. Debiste avisarnos antes de partir. Habríamos estado esperándote en el aeropuerto.

–No sabía si me animaría a telefonearos. No estoy segura de estar haciendo lo correcto.

–¡Por supuesto que estás haciendo lo correcto!

–A mi padre no le gustaría nada.

–No estás obligándolo a venir.

–Pero no os he avisado...

–¿Bromeas? ¡Hace meses que Tom sueña con tu visita! –Y Bree también, sobre todo últimamente–. ¿Te alojarás en nuestra casa?

–No quisiera importunaros.

–¡Pero qué dices! ¿Por dónde debemos pasar a recogerte?

Convinieron en que se encontrarían en el hotel donde se realizaba el seminario. Cuando ellos llegaron, los esperaba en el vestíbulo del hotel. Era tan menuda como Bree la imaginaba, con el pelo castaño y los ojos tan grises como los de Tom. El bebé estaba dormido y parecía muy pequeñín.

Bree quedó fascinada por la expresión que puso Tom al ver a su hermana. Era una combinación de anhelo, amor e intenso alivio. Se detuvo en cuanto entró. Alice se puso de pie. No se acercó a ellos, pero la inseguridad que demostró hizo desaparecer la de Tom. Cruzó el espacio que los separaba en segundos, la tomó en sus brazos con bebé y todo, y los abrazó a ambos durante un largo rato, en silencio.

Las cuarenta y ocho horas que pasaron juntos no podían haber sido más perfectas. Mientras Boston iba quedando atrás, kilómetro a kilómetro, también iban quedando atrás los sentimientos que los habían mantenido separados. Cuando llegaron a Panama, toda incomodidad había desaparecido. El pueblo era un lugar que parecía inmune al pasado.

Tom quería mostrarle a Alice la plaza del pueblo, la iglesia donde él y Bree se habían casado, el bufete situado en el edificio del banco. Bree quería mostrarle el edificio del ayuntamiento, donde tuvo lugar la recepción del casamiento, y el restaurante. Alice quería ver el bungaló, el banco junto al arroyo, el campo sembrado de calabazas...

Lo vieron todo. El clima era perfecto. La gente del pueblo los saludaba al verlos pasar y se les acercaba cuando se detenían. El entusiasmo de Alice era idéntico al orgullo de Tom. Y ambos eran idénticos a la felicidad de Bree, quien ni siquiera podía envidiar la intimidad de Tom con su hermana, porque Alice la trataba con el mismo cariño que a él. En muy poco tiempo ambas tenían la sensación de que se conocían desde siempre.

Pasaron momentos en el bungaló y momentos en el restaurante. Tom se dedicó a cuidar de Jimmy mientras Bree llevaba a Alice a conocer a Julia, y cuando debían regresar, sonrieron y se encaminaron hacia la casita de Verity en el bosque.

Alice era una muchacha alegre y entusiasta. Bree la adoraba.

¿Y el bebé? ¿Qué podía decir Bree de él? Era una criatura dulce y encantadora que sólo pedía pañales secos, la leche de su madre y un poco de atención de vez en cuando. Tom le dio mucho más que eso; el tío y el sobrino eran un verdadero espectáculo. Si a Bree le quedaba alguna duda acerca del riesgo que implicaba haber formulado un tercer deseo para tener un hijo, desapareció al ver a Tom tendido en el suelo observando fascinado a su sobrino.

Pero, desgraciadamente, Alice tuvo que marcharse de Panama. A medida que, kilómetro a kilómetro, se acercaba Boston, la tristeza fue apoderándose de ellos.

–¿Le dirás a papá que nos viste? –preguntó Tom.

–Todavía no. Pero él no es indiferente. Lee tus cartas, más de una vez. Y estudia las fotografías.

–Si lo llamara, ¿crees que hablaría conmigo?

–No lo sé. Va dos veces a la semana al cementerio, y cuando regresa parece aún más duro. Trataré de convencerlo, Tom. Es lo único que puedo prometerte. –Abrazó a su hermano y luego a Bree.

–Gracias –susurró Bree–. El haberte visto lo ha hecho muy feliz. Y también a mí.

Alice sería una tía magnífica para su hijo. Para Bree fue un enorme alivio saber que Tom y el bebé tendrían una familia si algo le llegara a suceder a ella.

A finales de octubre, Bree dejó de trabajar como camarera en el restaurante. Iba todos los días, pero sólo trabajaba ante el ordenador o atendía el teléfono. Antes y después de eso, permanecía sentada conversando con sus amigos.

–Sólo faltan dos meses –dijo Jane. Estaban sentadas ante la barra tomando un desayuno tardío–. ¿No estás impaciente?

–No te imaginas cuánto.

–Tienes buen aspecto.

–Me siento bien.

Y era cierto, Bree se sentía fuerte, enérgica y feliz. Tan feliz que en algunos momentos no podía contener las lágrimas. Era un sueño despertar todos los días junto a Tom, y mucho más despertar embarazada a su lado. Julia tenía razón cuando hablaba de la alegría del embarazo, aunque Bree suponía que la identidad del futuro padre debía establecer una enorme diferencia. Tom amaba su cuerpo de embarazada. Rara vez pasaba una noche sin quitarle el camisón para pasar los dedos lentamente por su vientre. Le encantaba que tuviera los pechos llenos, le encantaba que tuviera el ombligo hinchado y la línea que se le formaba debajo. Le encantaba aplicar la oreja contra su vientre y escuchar, y a ella le encantaba acariciarle el cabello y los hombros mientras los miraba a ambos, padre e hijo. Sin embargo, no podía dejar de experimentar una sensación de temor. Ya iba a ver al médico dos veces al mes. Éste le aseguraba que todo marchaba bien. La criatura estaba más grande y activa. Pero diciembre se acercaba.

–Quiero que todo salga bien –le confió Bree a Jane.

–¿Y por qué no iba a salir bien?

Bree jugueteó con las migas que tenía en el plato.

–¿Recuerdas lo que te conté de los tres deseos?

Jane asintió.

–Creo que éste fue uno de ellos.

–¿El bebé?

–Después del accidente, los médicos me dijeron que no podría tener hijos.

–¡Oh, Bree! ¡No me lo dijiste!

–No se lo dije a nadie. Ni siquiera quería pensar en ello; pero se lo dije a Tom antes de que nos casáramos. Se puso furioso cuando le confesé que había deseado un hijo.

–¿Por qué? ¿Qué mejor deseo que ése?

–Es posible que sea mi tercer deseo. –Al advertir por la expresión de Jane que ésta seguía sin comprender, Bree agregó–: Una parte de mi ser cree que fui devuelta a la tierra para Tom y formular esos tres deseos, y que moriré una vez que se me conceda el tercero.

–¡Eso es una locura! –exclamó Jane. Bajó la voz, pero añadió con la misma excitación–: ¡No lo digas, no lo pienses siquiera!

–No puedo evitarlo –se lamentó Bree. La mayor parte del tiempo creía que su embarazo se debía a causas naturales, pero no había manera de que consiguiese estar completamente segura de que la causa no era la realización del tercer deseo–. Prométeme que estarás al lado de Tom y de mi hijo si algo llegara a ocurrirme.

–¡Ni siquiera menciones esa posibilidad...!

–Prométemelo, Jane. Eres mi mejor amiga. Quiero que me lo prometas.

–Estaré allí, pero no será necesario. No sucederá nada. Darás a luz sin problemas. Y después, tú y yo nos sentaremos aquí y nos reiremos al recordar tus temores. –Se estremeció–. ¡Dios mío, Bree, lo que has dicho es espantoso!

Bree, sin embargo, se sentía mejor después de haber recibido la promesa de Jane. Los funestos presentimientos desaparecieron. En su lugar quedaron imágenes alegres. Y la hicieron sonreír.

–Ahora estoy bien.

Ansiosa, Jane cambió de tema.

–La fiesta en celebración de tu parto será en casa de Abby. Ella insistió, y como los Nolan tienen la casa más bonita de las que dan a la plaza, y puesto que la niñera de Abby podrá cuidar también de los demás niños, nos ha parecido bien. Será el viernes que viene a las cinco. ¿Te parece bien?

–No es necesario que hagáis eso.

–Por supuesto que es necesario. Además, ya está decidido. Todo el mundo está enterado. No vamos a cancelarla. –Jane se interrumpió y volvió la cabeza.

Bree miró alrededor y sonrió al ver a Verity apoyada contra el taburete contiguo.

–¡Hola! ¿No quieres sentarte a desayunar con nosotras? –Levantó una mano para llamar a Lee Ann.

–No puedo quedarme –repuso Verity–; pero me preguntaba si sabrías de qué sexo es tu bebé. Te estoy tejiendo una manta para él.

–¡Oh, Verity! –exclamó Bree, emocionada.
–Quiero que sea del color indicado.
–Te lo agradezco, pero no conozco el sexo de mi hijo.
Verity asintió.
–Entonces la haré de un color que le siente bien tanto si es niño como si es niña. –Se marchó sin agregar palabra.
Mientras Bree la miraba partir, Dotty ocupó su lugar.
–Me parece muy bien que no se lo hayas dicho. Lo último que necesitas es algo hecho por Verity.
–Se lo habría dicho si supiera el sexo de mi bebé. Me encantaría tener algo hecho por Verity. Es una mujer de un gran talento.
–Es rara.
–Es mi amiga. –Bree se volvió hacia Jane y añadió–: Le habéis avisado de la reunión del viernes, ¿verdad?
–Sí, la he invitado.
–¿Que la invitaste? –se escandalizó Dotty–. Me aseguraste que no lo harías.
–Tú me dijiste que no la invitara, pero yo no te di una respuesta.
–¡Eres imposible! –exclamó Dotty, y se alejó con una mirada de disgusto.
Jane no apartó la vista de su taza de té.
–No soy más imposible de lo que lo es ella.
–No te compares con Dotty, por favor.
–He presentado la solicitud –anunció Jane.
Pasó un momento antes de que Bree supiera a lo que se refería.
–¿A la escuela de arte? ¡Genial!
–No sé si lograré ingresar.
–Lo harás.
–No sé si podré conseguir una beca.
–La conseguirás.
Jane dejó escapar un suspiro.
–Espero que sí. No puedo aguantar por mucho más tiempo, Bree.
–No tendrás que seguir aguantando. ¡No sabes cuánto me alegra que lo hayas hecho! ¿Cuándo te enterarás de la respuesta?
–Después del 15 de diciembre.
Eso alegró aún más a Bree. Significaba que ella lo sabría antes de la llegada del bebé, lo cual significaba que podría ayudar a Jane si

Dotty ponía pegas, cosa que sin duda sucedería. Dotty era una mujer muy difícil.

Bree se inclinó hacia su amiga y le preguntó al oído:

–¿Tu madre no tendrá algún otro plan para el viernes a las cinco?

Dotty asistió a la reunión; Verity no. Después Bree se quedó pensando en ello. Preocupada, al día siguiente se dirigió a la casita de su amiga.

En cuanto abrió la puerta, advirtió que Verity parecía insegura. Invitó a pasar a Bree y comenzó a preparar té, pero ni por un instante miró a Bree a los ojos, de manera que ésta dijo:

–Ayer te eché de menos. ¿Por qué no fuiste a la reunión?

Todavía sin mirarla a los ojos, Verity respondió:

–Porque aún no había terminado de hacer lo que quería regalarte. –Lo dijo como si eso fuese todo, cosa que Bree puso en duda.

–Podrías haber ido de todas maneras. No era necesario que llevaras un regalo.

Verity sirvió el té.

–Dotty te dijo algo, ¿verdad? –preguntó Bree.

Verity colocó sobre la mesa un plato con trozos de pastel de calabaza.

–¿Por qué le haces caso, Verity? Dotty es una de esas personas de las que me hablaste que tienen una mente cerrada.

Verity se echó atrás en su asiento y hundió los hombros.

–Me aseguró que tú no querías que yo fuera. Añadió que jamás me dirías nada porque eres demasiado buena. –Levantó la mirada–. Yo sé que eres buena.

–¡Por supuesto que quería que estuvieras allí! Y así se lo dije a Dotty. Le dije que tú y yo somos amigas. Lo lamento, Verity. Dotty es una auténtica bruja.

Verity no pudo evitar reír.

Transcurrió un minuto antes de que Bree tomara conciencia de lo que acababa de decir. Entonces ella también rió.

–Lo es –añadió–. Pero tú no. –Se puso seria–. Te aseguro que yo quería que estuvieras allí. Quiero que todos sepan que somos amigas.

La sonrisa de Verity se tornó triste.

–No te beneficiaría en nada.

–Eso soy yo quien debe decidirlo. No me importa lo que la gente piense de nuestra amistad.

–A tu marido quizá le importe.

–¿A Tom? ¡Qué tontería! Cuando le comenté lo que sospechaba que había hecho Dotty, me dijo... no puedo repetirlo porque fue muy grosero.

Verity parecía una auténtica sureña, sentada allí con su juego de té de porcelana y sus servilletas de hilo. Todavía tenía aspecto de bohemia. Pero era refinada y sensible.

–Dotty no es la única –dijo–. Hay otras que comparten sus sentimientos. Ahora tú debes pensar en tu hijo. Tal vez ella tenga razón. Tal vez el bebé esté mejor si duerme cubierto por la manta que le haya tejido alguna otra.

Bree tendió una mano sobre la mesa para tocar el brazo de Verity.

–Me honraría que mi bebé tuviera una manta tejida por ti. Le traería suerte.

Verity la miró como si desease creer en sus palabras.

–Es posible que a mi bebé le haga falta un poco de suerte –agregó Bree en voz baja, irguiéndose–. Si éste es mi tercer deseo, no sé lo que sucederá.

Deseó que Verity supiera leer las hojas de té que quedaban en el fondo de su taza.

–Hiciste lo correcto –le aseguró Verity–. He visto la expresión de Tom cuando te mira. Esa expresión es lo más cercano a lo sagrado que tenemos aquí en la tierra.

–¿Y si muero? –preguntó Bree. No podía preguntárselo a nadie más de manera tan directa.

–Ya has muerto una vez –contestó Verity–. Trata de recordar cómo era.

–Lo intento todo el tiempo, pero no lo consigo.

–Las imágenes terrenales te lo impiden.

Sí. Bree suponía que ésa debía de ser la causa. El júbilo de la vida la había distanciado del ser de luz. Quería sentirse normal.

Pero no era normal. Nunca lo sería.

–Respira hondo –sugirió Verity–. Cierra los ojos. Despeja tu mente.

Bree respiró hondo. Cerró los ojos. Despejó su mente. Al cabo de un minuto, Verity volvió a hablar en voz muy suave.

–Ahora recuerda lo que sucedió esa noche.

Esa noche. Bree recordó haber caminado por la nieve. Vio el jeep de Tom subir por la colina y, al mirar hacia el otro extremo de la plaza, vio la camioneta que se acercaba hacia ella fuera de control. Volvió a vivir el miedo que tuvo durante el último minuto, sintió el dolor que le produjo el golpe, se vio tendida en la mesa de operaciones, a segundos de la muerte.

Entonces algo se apoderó de sus pensamientos. Sin hacer un esfuerzo consciente por recrear el momento, sintió que abandonaba su cuerpo y que se elevaba por encima del cielo raso del quirófano. Y entonces levantó la vista, atraída por una luz cada vez más brillante que lo inundaba todo. Allí estaba el amor, la paz, la felicidad.

Bree se sintió más fuerte de pronto. Su miedo desapareció ante la belleza del lugar donde se encontraba. Allí, cualquier cosa era posible. Todos los resultados eran positivos. Fuera lo que fuese que sucediera, era lo que debía ser.

Ya más tranquila, respiró hondo y con lentitud. Abrió los ojos, somnolienta pero renovada. Fijó su mirada en Verity.

–Gracias –murmuró con una sonrisa.

La noche del día de Acción de Gracias, Tom escribió:

Querido papá:

Estoy sentado en la sala, con la chimenea encendida y Bree dormida a mi lado. Hoy ha sido un gran día. En Panama el día de Acción de Gracias involucra a todos sus habitantes, así aquellos de nosotros que no tenemos una familia numerosa no nos sentimos tan solos. Lo cual no significa que no pensemos en lo que hubiera podido ser. Lamento que no hayamos podido estar allí con todos vosotros. Lamento que no nos hayas dejado ir. Respeto el que todavía no estés listo para verme. A pesar de todo, es duro. Bree está llegando al término de su octavo mes de embarazo. A partir de esa fecha el médico no quiere que viaje en avión, y después del nacimiento del bebé tendremos que quedarnos quietos durante un tiempo. Me habría gustado que la conocieras, y que ella te conociera a ti, antes del nacimiento de nuestro hijo. Bree no tiene ningún familiar, aparte de mí. Desea profundamente formar una familia.

Ya sé que estás enfadado con Alice porque nos visitó, pero quiero que sepas que durante las largas conversaciones que mantuvimos, nunca te criticó. En ningún momento dijo que le parecía mal que estuvieras enfadado conmigo. No creas que vino porque yo la insté a ello, pero su visita me recordó que no os tengo a todos vosotros.

A Bree le encantó tenerla con nosotros y quiere que vuelva. Ojalá la próxima vez lo haga con tu consentimiento. Ojalá tú también vengas, si no ahora, por lo menos cuando haya nacido el bebé. Mi ofrecimiento de mandaros los pasajes sigue en pie, y para todos los que queráis venir. Mi casa es pequeña. Aquí no habría lugar para todos, pero en el pueblo tenemos amigos que alojarían encantados a los que no cupieran.

Me comporté mal, papá. Mi comportamiento, aun antes de que mamá enfermera, fue deplorable. Y después, lo que hice fue imperdonable. Ahora mamá se ha ido. A ella ya nunca podré pedirle perdón. Nunca podré conversar de esto con ella. Pero me gustaría hablar de ello contigo. No te pido que olvides. Ni siquiera te pido que me perdones. Lo que te pregunto es si no podemos hacer las paces y tal vez revivir los buenos viejos tiempos, al menos en parte. Tú eres el único abuelo que tendrá mi hijo.

Te quiere,

TOM.

Dos semanas después, Bree se sentía en paz. El médico dictaminó que se encontraba en un excelente estado de salud a pesar de que todavía faltaba un tiempo para el parto, y ya no la atormentaban las dudas. Había decidido que nada la deprimiría, y nada lo conseguía. A pesar de que había engordado nueve kilos, disfrutaba por primera y única vez de ser una mujer ociosa.

El momento era perfecto para ello. Le cedieron el mejor asiento del restaurante para que observara el certamen de deslizamientos en East Maine, y fue la primera en probar los dulces durante la fiesta anual organizada por la iglesia para recaudar fondos. Pasaba horas leyendo delante de un gran fuego o con Verity, aprendiendo a tejer.

Ese día estaba observando a Julia colocar flores en los pequeños floreros negros de las mesas, cuando la puerta del local se abrió. Como la hora del almuerzo había terminado y todavía faltaba bastante para que empezara la de la cena, los recién llegados no podían pasar inadvertidos. Bree no se volvió. Su voluminoso vientre le impedía hacerlo con facilidad y, después de transcurridos los primeros segundos, le llamó la atención el que Julia estuviese pálida y con los ojos muy abiertos. Sus manos quedaron suspendidas encima de las flores. Las bajó con lentitud.

–¡Dios mío! –exclamó–. ¡Oh, Dios mío!

Dirigió una mirada de temor a Bree y salió del reservado.

Sólo entonces Bree se volvió. La recién llegada era una mujer, más o menos de su misma edad, de abundante cabellera oscura, mejillas arreboladas y aspecto sencillo y doméstico. Julia la abrazó, luego le tomó una mano y vaciló por un instante antes de acercarse con ella a Bree. Más nerviosa de lo que ésta jamás la hubiera visto, dijo:

–Bree, ésta es mi hija Nancy. Nancy Anderson, Bree Miller.

Tom pasó la tarde en Montpelier, negociando con los fiscales federales en un intento de impedir el enjuiciamiento de un cliente suyo acusado de fraude postal. Llevaba consigo un teléfono celular, lo mismo que Bree. Habían acordado que ella lo llamaría si comenzaba a tener dolores de parto, pero el teléfono no sonó.

Cuando Tom llegó a su casa, Bree estaba poniendo la mesa. En cuanto lo vio, dejó de hacerlo y lo abrazó.

–¡Nunca adivinarás lo que ha sucedido! –exclamó–. Como por arte de magia se presentó la hija de Julia. Nunca antes había estado en Panama. Julia se puso tan pálida que creí que había visto un fantasma.

Tom no había tenido noticias de Nancy desde que le sugirió que hiciera una visita a su madre.

–¿La hija de Julia? ¡Eso es fantástico! Confío en que Julia se haya repuesto de la sorpresa.

–Le llevó un rato. Han tenido sus más y sus menos. Al principio Julia se mostró muy cautelosa. –Le dirigió una amplia sonrisa–. Y tú, ¿cómo ha sido tu día?

Tom rió. Le encantaba que ella le preguntara eso cada vez que volvía a casa. La besó en la boca y le acarició el vientre.

–Duro como una piedra. ¿Siguen las contracciones?

–Sí, pero me siento bien.

–¿Te duele?

–No. Tom, van a venir a cenar.

–¿Quiénes? –Él demoró un instante en comprender–. ¿Aquí? –Contó los lugares de la mesa–. Bree, supongo que no estarás cocinando.

–Eso fue lo que dijo Julia, pero ya está todo preparado. Flash mismo nos preparó tres platos. Lo único que tenemos que hacer es calentar la comida y servirla.

–Ya lo haré yo.

–Sabía que dirías eso –susurró ella mientras le aflojaba el lazo de la corbata.

Tom se desabrochó el botón de la camisa.

–¿Y qué tal es la hija?

–Muy agradable.

–Pareces sorprendida.

–Lo estoy. –Bree frunció el entrecejo y luego agregó con timidez–: Creo que me he sentido un poco celosa. He tenido a Julia siempre a mi disposición y de repente aparece esta desconocida. Pero Nancy estaba aún más nerviosa que Julia. Me sentí mal por ella. Conversamos un rato en el restaurante, luego Julia la llevó a enseñarle el pueblo. Vendrán a las siete.

Esa noche algo impresionó a Tom, pero no atinaba saber de qué se trataba. Ni él ni Nancy mencionaron la conversación que habían mantenido. Ella se mostraba amable y por lo visto tranquila después de haber comprobado la clase de vida que llevaba su madre. Julia parecía feliz, y hasta aliviada por la llegada de su hija. Bree estaba encantada de poder hacer algo por Julia, quien tanto había llegado a significar para ella.

Tres mujeres, todas sonrientes, conversando afablemente, disfrutando de la velada. Por supuesto, Tom sacó su cámara. Nancy no se quedaría por mucho tiempo en Panama. Las fotografías de su visita serían algo especial.

Al cabo de una semana terminó el carrete fotografiando a Bree en el momento de mayor esplendor de su embarazo. Dejó la película para que la revelaran, pero cuando pasó a recogerla estaba tan preocupado por los preparativos para la Navidad y preguntándose cuándo comenzarían los dolores del parto de Bree, cómo lograrían llegar al hospital si nevaba, y si Bree estaría bien, que ni siquiera echó un vistazo a las fotografías.

16

Las primeras nevadas llegaron el 21 de diciembre. Los copos eran casi tan grandes como los de aquel desgraciado día hacía ya catorce meses. Sin embargo, esta vez el pueblo estaba preparado. Durante el día se limpiaron los caminos y se les echó arena, sobre todo los más cercanos a West Elm. Todo el mundo sabía que Bree estaba por dar a luz, y nadie quería que el coche no pudiese avanzar cuando por fin le llegara la hora.

A Tom no le entusiasmaba la idea de conducir bajo la nieve, pero Bree debía ver al doctor Paul Sealy esa tarde y no estaba dispuesto a faltar a la cita. Un rato antes de llegar al centro médico, decidió que si Paul aseguraba que se acercaba la hora del parto, allí se quedarían.

Paul le aseguró que Bree aún no había comenzado la dilatación del cuello del útero.

Eso puso nervioso a Tom. Había leído en Internet que algunas mujeres morían a causa de dificultades provocadas por la falta de dilatación. Por supuesto que esas mujeres vivían en países del tercer mundo, pero de todos modos era preocupante.

–¿Eso supone algún problema? –le preguntó a Sealy con tranquilidad, para no alarmar a Bree, aunque ella parecía más tranquila que él.

–Ninguno –le aseguró Paul–. A veces conocemos la fecha exacta en que una mujer concibió y sin embargo nos equivocamos en la fecha del parto. Todas las mujeres son distintas. Todos los embarazos son distintos. Incluso es posible que no dé a luz hasta dentro de diez días.

Tom pensó que Paul podía realizar ya mismo la cesárea y poner así fin a tanta incertidumbre, pero no hizo preguntas a causa de esa otra duda que tenía enquistada en lo más profundo de su mente. No estaba preparado para el nacimiento de su hijo. Quería pasar más tiempo con Bree, los dos solos.

Lentamente y con mucho cuidado la condujo de regreso a su casa por los caminos cubiertos de nieve. Pasaron por delante del salón del ayuntamiento donde, a pesar del tiempo desapacible, estaba por dar comienzo el baile que se festejaba para celebrar la llegada del invierno, pero ninguno de los dos quería participar de la fiesta. Preferían estar solos. Tom encendió el fuego de la chimenea de la sala de estar, preparó una comida saludable y puso algo de música. Más que bailar se mecieron, se restregaron el uno contra el otro y rieron. Después se tendieron abrazados en el sofá y contemplaron las llamas.

–Tenemos pañales –dijo Bree, repasando por tercera vez la lista de lo que necesitaban–. Tenemos la bañera para el bebé y toalla. Tenemos polvos de talco y loción para el bebé. Tenemos libros infantiles. Tenemos ropa para el bebé y, por si acaso, leche en polvo...

A Tom no le gustó esto último.

–Shhh –susurró mientras la abrazaba con más fuerza.

–Es en previsión de que no tenga suficiente leche –aclaró ella.

–La tendrás –dijo él.

¿Cómo no iba a tener suficiente leche? Era una mujer perfecta. Tenía los pechos plenos, y el vientre firme y redondo. Durante las últimas semanas, cuando la relación sexual entre ambos habría sido incómoda, se proporcionaron placer de distintas maneras. Los orgasmos de Tom fueron intensos, y a juzgar por los gemidos de Bree, los de ella también lo eran. Él jamás había tenido mujer más atractiva y encantadora en los brazos. Sin embargo, su cámara fotográfica no lograba captar el espíritu de Bree, y Dios era testigo de que él lo había intentado. Pero las imágenes en dos dimensiones no lograban transmitir el corazón de aquella mujer, su alma. Ella proporcionaba profundidad a la vida de Tom, y optimismo, e inocencia y bondad.

Una vez más, Tom se preguntó si no debería haber insistido en que diera a luz en Nueva York. Pero Bree estaba feliz allí. Tenía fe en Paul. Y después de haberlo conocido mejor, Tom también confiaba en él.

–Te quiero –susurró ella contra la boca de su marido.

Tom la abrazó en silencio. Tenía un nudo en la garganta que le impedía hablar.

El 22 de diciembre, Bree ayudó a decorar la casa (la palabra «ayudó» era un término relativo, puesto que él no le permitía hacer casi nada). Ella habría discutido si pensara que existía una remota posibilidad de ganar la discusión, pero Tom le aseguró que no la había, de manera que Bree tuvo que conformarse con dirigir las operaciones.

Lo que no quiso perderse fue la diversión que suponía ir al bosque. Estuvo allí, muy abrigada, junto con Tom y Ben Little, eligiendo el árbol que quería, vitoreando mientras lo talaban, guiándolos de regreso a casa y, una vez dentro, ayudándolos con indicaciones hasta que el árbol estuvo colocado en su lugar en la sala de estar. Ella decoró las ramas más bajas y Tom las más altas, y lo decoraron con lazos más grandes que los del año anterior. Cuando llegó el momento de colocar la estrella, Tom sentó a Bree sobre sus hombros y la sostuvo con fuerza mientras ella lo hacía. Fueron momentos encantadores. Sobre todas las puertas colgaba un ramo de muérdago, grandes velas aromáticas perfumaban todas las habitaciones y en la casa resonaban dulces villancicos. Los amigos los visitaban para beber ponche y sidra caliente, como si celebrasen las fiestas antes de tiempo, todo lo cual era un sueño convertido en realidad para Bree. Adoraba los sonidos y los olores de la Navidad, ahora todos reales como no lo habían sido esa noche de octubre, catorce meses antes, cuando estaba de pie en la nieve frente al restaurante, soñando. Su vida era rica e intensa. No había nada que quisiera y no tuviera. Se sentía bendecida... y eso fue antes de ver el regalo que Tom le hizo. Llegó poco antes del anochecer, con un gran lazo rojo sobre el brillante techo del mismo color: su propio todoterreno, a estrenar y de lujo.

–Con un asiento para el bebé –señaló Tom.

Y allí estaba, asegurado al asiento trasero del coche. Bree no consiguió articular palabra. Nunca habían encontrado un momento para ir a comprar su automóvil. Éste no era una prioridad, pues siempre iban juntos a todas partes en la camioneta de Tom. Bree ni siquiera soñaba con que él le hiciera un regalo como aquél. Durante largo rato permaneció inmóvil, admirando el regalo de su marido.

–¿Te gusta?

–¡Me encanta!

Le arrojó los brazos al cuello y lo abrazó con la mayor fuerza posible, considerando que el bebé se interponía entre ambos. Segundos después, se instaló al volante y tendió una mano hacia Tom.

–Dame las llaves. Voy a dar una vuelta.

Tom negó con la cabeza.

–¡Tom! –protestó ella–. ¡Vamos, Tom!

–Después de que nazca nuestro hijo.

–Te aseguro que no le haré ningún daño. Conduciré muy despacio.

–Ni siquiera alcanzas el volante.

–¡Por supuesto que lo alcanzo! –contestó Bree, demostrándoselo. Tenía los brazos casi rectos, pero no importaba–. Sólo quiero ir hasta donde comenzaba el sendero de entrada.

Finalmente, lo convenció. Tom le permitió incluso que condujera hasta el final de la calle. Bree no cabía en sí de alegría.

En la mañana del 23, Tom despertó cubierto de sudor frío. Acababa de soñar que el lado de la cama que ocupaba Bree estaba helado, y rápidamente extendió una mano para comprobarlo. Allí estaba ella, cálida y despierta. Él la acercó hacia sí.

–Estás temblando –susurró Bree.

Está aquí, se dijo Tom. Siempre estará aquí.

–¿Desde cuándo estás despierta? –preguntó él.

–Desde hace un rato. Te estaba mirando dormir.

Él apoyó una mano sobre el vientre de su mujer.

–¿Cómo está el bebé?

–Muy cómodo y contento.

–Es un chico inteligente que sabe lo que es bueno.

–¿Qué has soñado?

–Nada importante.

A Tom no le hacía falta soñar para cubrirse de sudor frío. Le bastaba con un pensamiento. Podía evitarlo durante la mayor parte del tiempo concentrándose en los preparativos para la Navidad, pero mientras dormía no había forma de controlarlo.

Bree le acarició la cara.

–Todo irá bien.

–Lo sé.

–Dentro de una semana seremos padres –dijo ella, y se le iluminaron los ojos.

Tom se llevó la mano de ella a la boca, la besó y la mantuvo allí.

–Lo hemos hecho todo bien –razonó ella–. Para el bebé y para mí. No han encontrado el menor problema en ninguno de los dos. Será un parto perfecto, para los tres. Lo sé. Lo siento aquí dentro. –Se llevó una mano al corazón.

¿Qué podía decir Tom ante eso? No podía hablarle de la sensación ominosa que lo embargaba. Era completamente opuesta a la absoluta convicción que había tenido la noche del accidente, mientras esperaba en el hospital con Flash. En ese momento tenía la certeza de que ella estaría bien. Pero ahora estaban en juego cosas mucho más importantes. Entonces, ¿a qué venía esa premonición? Y, ¿qué podía decirle a Bree?

Nada, excepto:

–¿De modo que se llamará Wyatt si es varón y Chloe si es niña?

Ella asintió con una sonrisa.

–Quiero un bautismo importante al que asistan todos –dijo–. Julia será la madrina.

–Creía que sería Jane...

–Jane va a ingresar en la escuela de arte. Dotty todavía no lo sabe. Será una tía maravillosa que visitará a nuestro hijo, pero Julia estará aquí. Tiene el tiempo necesario y un amor más que suficiente. Significaría mucho para ella... Y he estado pensando en otra cosa. ¿Por qué no vendemos el terreno de South Forest?

–¿Estás segura? Podemos esperar un poco más. Yo no pienso irme de aquí.

–Estoy completamente segura. Tú sabes administrar el dinero. Inviértelo bien para nuestro hijo. Y llama a Alice en cuanto nazca. Ella se lo dirá a tu padre. Y él nos llamará. Sé que lo hará.

–Les mandaste unos regalos muy bonitos.

Bree sonrió.

–Fue fácil.

–Todos acompañados por su correspondiente carta.

–Tenía tiempo de sobra. Tú no me dejas hacer nada. –Hizo una pausa y con una sonrisa aún más amplia, agregó–: Me encanta el todoterreno, Tom. Gracias. Estoy impaciente por que veas mi regalo.

–¿Qué es?

–No pienso decírtelo. Llegará mañana por la mañana.

–Dame una pista al menos.

–Si lo hago, lo adivinarás.

–Te prometo que no lo adivinaré.

Bree soltó una carcajada. Le pasó el pulgar por el mentón, lo subió por la mejilla de Tom hasta llegar a la cicatriz, luego le recorrió con él la frente y se lo hundió en el pelo. Lo hacía a menudo, y lo miraba como si fuera lo mejor que le había ocurrido en la vida, y eso nunca dejaba de llenar de orgullo a Tom. Si había vivido una existencia anterior a la de Vermont, no la recordaba. Nunca se había sentido tan satisfecho, tan realizado, tan querido.

El regalo llegó durante la mañana del 24. Era una gran cortacésped que parecía un pequeño tractor; el último otoño él había jurado que compraría una, pero con tanto ajetreo se le había olvidado.

–Te veo cortando el césped con el bebé sobre las rodillas –dijo Bree–. ¿Me prometes que lo harás?

Tom se lo prometió. No tenía elección. Imaginó la escena y le encantó el regalo. Lo que no le gustaba era la sensación que le producía, al hablar de padrinos y bautismos, el comprobar que la casa estaba llena de comestibles más que suficientes para mantenerlos vivos durante meses. Era como si Bree estuviera tomando medidas para cuando no estuviera.

–No hagas eso –susurró él, acariciándole el pelo y acercando el rostro de ella hacia el suyo.

Ella no simuló ignorar a qué se refería, sino que, con los ojos arrasados en lágrimas, lo cogió con fuerzas por las muñecas.

–¡Oh, amor mío, te quiero tanto!

Las palabras, las lágrimas, el contacto de sus manos, todo conmovió profundamente a Tom. Con intensidad y decisión, le dijo:

–Precisamente por eso estaremos bien. Tú misma lo dijiste. Hemos tomado todas las precauciones posibles. El bebé estará bien. Tú estarás bien. –Tom apretó el rostro de Bree contra su pecho.

–Estoy cansada de esperar –susurró Bree en una queja muy poco corriente en ella–. Quiero que todo termine de una vez, Tom.

–Falta muy poco, mi vida. Muy poco.

Algunos días pasaban a una velocidad increíble, otros parecían arrastrarse. Bree estaba tranquila un minuto y temblorosa al siguiente. Hacía y deshacía el bolso con las cosas del bebé, y otro tanto con el que contenía las suyas. Lavaba la escasa ropa que ella y Tom habían usado desde la colada del día anterior, les quitaba el polvo a mesas que no habían tenido tiempo de juntarlo, ponía en marcha el lavavajillas, hacía la cama. Revisaba por décima vez el congelador para asegurarse de que estuviera lleno de comestibles. Llamaba a Flash. Llamaba a Julia. Llamaba a Jane. Llamaba a Alice. Todo estaba hecho. Apenas era el mediodía.

Se encontraba en la sala de estar y se preguntaba qué hacer consigo misma cuando Tom dijo:

–Abre tus regalos.

Éstos estaban envueltos en papeles de alegres colores y colocados al pie del árbol; eran regalos para ella, regalos para él, para el bebé.

Ella meneó la cabeza.

–No. Esperaré hasta la mañana.

–¿Recuerdas que el año pasado no lo hiciste?

Sonriente, ella le pasó los brazos alrededor de la cintura.

–El año pasado fue mi primera Navidad. He madurado desde entonces. Pero si estás tan impaciente, abre los tuyos.

–Ya he recibido mi regalo, además de éste –contestó Tom, dándole una palmadita en el vientre–. ¿Quieres ir a almorzar al restaurante?

Fue una gran idea. Pasaron allí dos horas. Una película que daban en el cine del pueblo la entretuvo durante otras dos. Cuando regresaban a casa, oscurecía. El día era tormentoso y gris, pero era la víspera de la Navidad. Los árboles de la plaza estaban iluminados con bombillas de colores. En todas las ventanas había una vela encendida. La iglesia estaba bañada en luz blanca; el aire, lleno de humo de leña y de olor a pino.

Cuando rodeaban la plaza, Bree se sintió como si se encontrara muy lejos de los festejos, aun cuando estaba en medio de ellos. Se sentía aturdida, confusa.

Una vez de regreso en casa, Tom encendió la chimenea. Bree se quedó dormida contra su marido y despertó con la sensación de pesar diez toneladas. Llegó la hora de la cena, pero no le apetecía comer nada. Se limitó a mordisquear mientras Tom comía, y lo tranquilizaba a cada rato para que no se preocupara.

Pensaban asistir a los servicios religiosos de medianoche, junto con el resto de los habitantes del pueblo. Ella acababa de tomar una ducha y estaba de pie frente al armario cubierta por su bata, sin decidir aún qué ropa se pondría, cuando rompió aguas. Durante un minuto permaneció inmóvil, mirando hacia abajo, sabiendo lo que acababa de suceder, pero paralizada. Al cabo reaccionó con un suspiro entrecortado.

–Tom. ¡Tom! –llamó.

Mucho antes de ver el charco en el suelo y el pánico pintado en el rostro de Bree, a Tom le alertó la alarma que percibió en su voz. Pero el miedo de su mujer le permitió permanecer tranquilo.

–¿Qué sientes? –preguntó.

–Me siento mojada –contestó ella.

–¿Tienes contracciones?

–Todavía no.

–Bien –dijo él.

Sabía qué debía hacer. Hacía días que lo ensayaba mentalmente. Después de guiarla hasta el cuarto de baño y ayudarla a secarse, la ayudó a sentarse en el inodoro, le advirtió que no se moviera y telefoneó a Paul Sealy.

Bree seguía sentada en la taza dcl váter cuando él regresó, lo cual demostraba el miedo que tenía. Tom le tomó el rostro entre las manos.

–Paul ya está en camino. –Le besó los ojos y la nariz–. Ahora tenemos que vestirte.

Ella asintió y trató de ayudar, pero eran tan grandes sus temblores que fue muy poco lo que pudo hacer.

A Tom no le importó. Tenía energía de sobra para ambos.

–Pierna izquierda... Ya la tengo... Ahora la derecha... Muy bien. –Y cuando la parte de abajo estuvo lista hizo lo mismo con la de arriba–. Ese otro brazo... Muy bien. Ahora pásalo por encima de la cabeza. ¡Bien! –La peinó con los dedos–. ¿Estás bien?

Ella asintió.

–Sí –musitó.

Cuando Bree estuvo en la camioneta con el cinturón de seguridad puesto, empezó a sentir pequeñas contracciones.

–¿Y si nace sin darnos tiempo a llegar al hospital? –preguntó con voz vacilante.

–Llegaremos a tiempo –la tranquilizó él.

–Conduce rápido.

Tom la mantuvo cogida de la mano durante todo el trayecto y se la besaba de vez en cuando. Condujo con la mayor rapidez posible. No le habría importado que lo detuviera un policía y que se ofreciera a escoltarlos, pero era Nochebuena. Dudaba que esa noche hubiera patrullas, por lo menos en esa parte del condado. Las casas estaban iluminadas. Llenas de gente. Los caminos estaban desiertos. La última vez que Tom había hecho ese camino por la noche estaba aterrorizado por la posibilidad de que Bree muriese. En ese momento, una parte de su ser tenía ese mismo temor.

–Te quiero, Tom –dijo ella con voz trémula.

–Todo irá bien, Bree. Nuestro hijo está por nacer. Es el mejor regalo de Navidad del mundo.

–Navidad. ¡Oh, Dios mío! –Bree soltó un suspiro tembloroso y sonrió–. Es nuestra última oportunidad de apostar. ¿Qué crees? ¿Wyatt o Chloe?

–El que sea tendrá todo mi amor.

–Apuesta, Tom. Sólo por divertirnos. El que pierda cambia los pañales a medianoche durante una semana.

–Creo que será Wyatt.

–Yo también. Y ahora ¿qué sucede con la apuesta?

–Cambiaremos juntos los pañales.

A Tom le gustó la idea, pero de inmediato se concentró en lo que tenía entre manos. Aparcó frente a la entrada principal, donde volvió a asaltarlo el miedo que siempre trataba de dominar, y una vez más se preguntó por qué no habría llevado a su mujer a Nueva York, donde los mejores médicos del mundo le habrían transmitido la seguridad de que Bree viviría. La respuesta llegó con la aparición de Paul Sealy y las enfermeras que ambos conocían y en quienes confiaban, y que de inmediato ayudaron a Bree a sentarse en una silla de ruedas. Tom se negó a permitir que lo separaran de ella. Sujetó con fuerza su mano mientras la subían adonde estaba la sala de partos, y sólo la soltó para ponerse la bata sin la cual no podía entrar en aquélla. Después se inclinó sobre Bree y le habló con suavidad durante las contracciones cada vez más prolongadas, tratando de tranquilizarla y de tranquilizarse a sí mismo, mientras todo el tiempo temía estar en un tren que bajaba sin control por una colina, sin la menor esperanza de detenerlo, sin la menor posibilidad de volver a controlarlo. Con demasiada rapidez, Bree fue preparada, cambiada y conducida a la sala de partos. Con demasiada rapidez la anestesiaron, comenzaron a controlar sus constantes vitales y la cubrieron dejando el vientre al descubierto.

–Te quiero –susurró al oído de Bree. Ni por un instante dejaron de mirarse. Cuando los ojos de ella se llenaron de lágrimas, él las secó con sus besos. Después, con una sonrisa, añadió–: Eres hermosa. ¡Y tan fuerte!

–¿Qué hace el médico? –preguntó ella.

–Está sacando el bebé.

Le apartó algunos mechones oscuros de cabello de las mejillas, que estaban pálidas pero maravillosamente cálidas.

–No lo siento.

–¿Recuerdas que él dijo que no sentirías nada? Es el efecto de la anestesia.

–Te quiero –musitó Bree.

Él le enjugó las lágrimas con las manos. Entonces, oyeron que alguien exclamaba, satisfecho:

–¡Vaya, vaya! Parece que aquí tenemos un saludable y perfectamente formado... niñito... que se está... preparando... para llorar.

El llanto resonó, fuerte y largo. Bree sonrió pero Tom no pudo contener las lágrimas. Acarició a su mujer, la besó, feliz de verla contenta y sana, de que fuera suya.

–¡Un niño! –susurró.

–¡Oh, qué alegría! –exclamó Bree.

Su risa terminó en una profunda inhalación cuando la enfermera apareció a su lado con un bebé en brazos. Era colorado y arrugado y saltaba a la vista que necesitaba con urgencia que lo limpiasen, pero era lo más hermoso que Tom había visto jamás. De pronto cayó en la cuenta de que esa criatura de carne y hueso, ese pequeño ser humano, era obra de él y de Bree.

Le temblaban las manos cuando tomó el bebé de brazos de la enfermera, pero nada habría podido impedirle que alzara a su hijo. Alzar a su hijo de pocos minutos de vida había sido para él una fantasía, pero sólo a medias. Satisfizo la otra mitad al ponerlo en brazos de Bree.

Ella lloraba de nuevo, pero sonreía tanto como él. Tom sintió el corazón ligero, y no era de extrañar. Acababan de librarlo del peso enorme que llevaba sobre los hombros. Bree estaba viva. Viva. Y ellos tenían un hijo.

Aproximadamente a la hora en que comenzaban los servicios religiosos de medianoche, llevaron a Bree en silla de ruedas a una habitación no muy distinta de la que había ocupado un año antes. Sin embargo, esta vez el ambiente era festivo. Ella estaba completamente despierta y llena de energía. No le importaba que una vez que desapareciera el efecto de la anestesia comenzara a sentir el dolor de la herida. Amaba a Tom. Amaba a su hijo. Y estaba viva.

Desde la cama alcanzaba a ver la cara de Tom, quien permanecía de pie junto a la cuna del bebé, ubicada a los pies de la cama. Adoraba la expresión reverente de su marido, adoraba el placer y el sentimiento de gratitud que lo embargaban. Amaba la vida y hasta amaba la vida futura que había después de la muerte, que aumentaba su aprecio por todo aquello. Se sentía audaz y fuerte, y tan feliz que si hubiera muerto en ese mismo instante su muerte habría sido mucho más dulce que la de la mayoría de las personas.

No quiso analizar este último pensamiento. Muy poco después llegaron Julia y Jane. Sospecharon lo que sucedía al ver que Bree y Tom no se presentaban en la iglesia, y cuando llamaron a la casa sin obtener respuesta, se dirigieron enseguida al centro médico. Como era un día de fiesta y ambas habían jurado que después de Tom eran las personas más próximas al corazón de Bree, la enfermera les permitió pasar.

–¡Es hermoso! ¡Una auténtica belleza! –exclamó Jane.

Julia no habló, pero la expresión de su rostro y de sus ojos decía lo mismo, y cuando se acercó a Bree y le tomó la mano con fuerza, Bree oyó aún más. Julia era feliz. Estaba contenta por Bree y contenta por Tom. Estaba orgullosa del bebé, a pesar de no saber todavía que Bree quería que ella fuera la madrina de Wyatt. Ese deseo estaba en la nota que acompañaba el regalo que ella había dejado en la casa de Julia para que lo abriera la mañana de Navidad.

Minutos después, llegó Flash. Tras él se presentaron Liz y Abby. A nadie le preocupaba la hora. Era la víspera de Navidad y no podía haber sucedido nada mejor. Bree era inmensamente feliz y no sentía el menor dolor, con su marido sentado a su lado y su hijo dormido en la cuna, a los pies de la cama.

A las dos de la mañana, la enfermera pidió a todos, excepto a Tom, que se marcharan. A las tres Bree le dijo a Tom que se fuese a dormir.

–¡No necesito dormir! –exclamó él.

Tenía una mano apoyada sobre la cabeza de Bree y con la otra le sostenía una mano. Era evidente que no quería moverse de allí.

–En ese caso, quien necesita dormir soy yo.

–Me quedaré a mirarte mientras duermes.

–Si sé que estás aquí no conciliaré el sueño; pero si ninguno de los dos duerme, ¿quién se encargará mañana de cuidar del bebé? Yo no podré hacer mucho y me sentiré muy mal sabiendo que tú no has dormido nada. Además, hasta dentro de un rato el bebé no hará nada más. –Ya se lo había puesto en el pecho a pesar de que aún no tenía leche. Tom acababa de cambiarle el primer pañal. Ambos habían lanzado exclamaciones al contemplar cada centímetro del cuerpecito de Wyatt, desde los pequeños deditos de las manos y los pies, hasta la boca, que era la de Bree, los ojos, que eran los de Tom, y la mata de cabello castaño que sólo Dios sabía de dónde salía–. Duerme unas pocas horas. Después llama a Alice y a tu padre. Pon un carrete en la cámara fotográfica y vuelve a las ocho. Tal vez a esa hora ya me permitan levantarme. Podrás ayudarme a ir al cuarto de baño, como en los viejos tiempos, ¿recuerdas?

Tom no se movió.

Ella le sacudió la mano.

–No tengas miedo, que no me iré de aquí –le dijo en tono de broma.

Tom dejó escapar un suspiro de alivio.

–¿De verdad? –La besó y luego se acercó a la cuna para besar a su hijo. Cuando volvió a acercarse a Bree para besarla otra vez, con voz vacilante por la emoción, dijo–: Eres la mujer más maravillosa del mundo. –Le tomó las manos entre las suyas y se las llevó a los labios–. ¿Sabes qué estoy imaginando en este momento?

Ella meneó la cabeza.

–Imagino lo que será envejecer a tu lado –dijo él–. Ver crecer a Wyatt y verlo tener sus propios hijos. Caminar despacio por el pueblo cuando ya no podamos hacerlo con rapidez. Sentarnos juntos en el porche, al sol, cuando nuestros viejos huesos necesiten un poco de calor. ¿No son imágenes increíbles?

Lo eran. Permanecieron en la mente de Bree hasta mucho después que Tom se hubo marchado y la hicieron sonreír en la noche. Hasta entonces no se había atrevido a pensar en el futuro, pero ahora podía hacerlo, y esos pensamientos le produjeron cierta serenidad. Y la serenidad creció en su interior como una luz brillante y optimista parecida a la del ser de luz que había hecho que todo aquello comenzase.

¿Serían reales los deseos? Ella creía que sí. Concibió un hijo porque lo deseó, lo cual significaba que no debía tener más hijos, pero eso ya no importaba. Tenía a Tom y al hijo de éste, y una felicidad que no conocía límites. El ser de luz fue bueno con ella. Le debía un agradecimiento profundo.

Cerró los ojos y lo conjuró. Esa vez no tuvo que esperar. Estaba allí mismo, y lo más probable era que lo hubiera estado durante toda esa noche. Bree sintió el amor, la aprobación y la calidez de su sonrisa. Ella le devolvió la sonrisa cuando él le abrió los brazos en señal de bienvenida. Sintiéndose radiante y etérea, maternal y amada, Bree soltó un suspiro largo, lento y profundo, y subió para que la abrazara.

17

Tom no podía dormir. Lo intentó sólo porque Bree se lo había pedido, pero cada pocos minutos miraba el reloj para ver qué hora era, se levantaba y caminaba por la casa, orgulloso y ya más tranquilo. Quería regresar enseguida al hospital, pero sabía que Bree necesitaba dormir. De manera que preparó la cámara fotográfica para sacar la primera foto de su hijo.

Cuando se disponía a colocar la cámara dentro de su caja, recordó el último carrete que había hecho revelar y aún no había mirado. El sobre seguía cerrado sobre la repisa de la cocina. Sacó las fotografías y miró enseguida las de una Bree de aspecto beatífico y vientre prominente. No pudo evitar una sonrisa.

Sin dejar de sonreír ante el pensamiento de haber fotografiado juntos a madre e hijo, echó un vistazo al resto de las fotografías tomadas durante la visita de Nancy Anderson. Estaba llegando a las últimas cuando su sonrisa desapareció. Volvió a mirar las últimas con creciente atención. En todas aparecían Nancy, Julia y Bree juntas. En cada una de ellas las tres mujeres tenían sonrisas idénticas y, de pronto, lo comprendió todo. Julia había sabido que la mujer del restaurante no era la madre de Bree... Julia que le había ofrecido a Bree su propio vestido de novia... Julia en el jardín de su casa, defendiendo ante Tom a la madre de Bree... Julia ofreciendo apoyo y ayuda a medida que progresaba el embarazo de Bree.

Tal vez se hubiera sentido un poco enfadado si todo no hubiese sido tan perfecto en su mundo, pero era hora de perdonar. Y quería que Bree supiera la verdad.

Cogió el teléfono para llamarla, cambió de idea y subió corriendo a tomar una ducha. Estaba acabando de vestirse, decidido a ir al hospital, entrar en la habitación de Bree y hacer lo posible por contener su excitación hasta que ella despertara, cuando sonó el teléfono.

Eran las cinco de la mañana. Levantó el auricular con una sonrisa, convencido de que debía de ser su encantadora esposa, que había vuelto a adivinar sus pensamientos. Pero no era ella.

–Señor Gates, habla el doctor Lieber, del centro médico. –La voz del médico era tensa–. Creo que debería venir.

–¿Qué ocurre? –preguntó Tom en tono perentorio.

–Le aseguro que lo necesitamos aquí.

A Tom le dio un vuelco el corazón.

–¿Qué sucede? –insistió.

–Me temo que tenemos un problema.

–¿Qué clase de problema?

–Con su esposa. Ha sufrido un ataque.

Durante un minuto, Tom ni siquiera pudo respirar.

–¿Un ataque?

–Un infarto.

–¡Oh, Dios! –exclamó Tom–. ¿Está viva?

–Creo que debería venir.

–¡Le he preguntado si está con vida! –aulló Tom.

Hubo una pausa, luego el médico respondió en voz baja:

–No. Hicimos todo lo que pudimos, pero cuando la encontramos ya hacía demasiado tiempo que había muerto. Lo lamento.

El frío se extendió por el cuerpo de Tom. Era como si tuviera hielo en las venas.

–¿Vendrá? –preguntó el médico.

Tom tragó saliva con dificultad.

–Sí. Estaré ahí en quince minutos.

Colgó el auricular, se quedó mirando el teléfono, se pasó una mano por el pelo, parpadeó.

Tres deseos. Uno pidiendo calor, otro pidiendo a su madre, el tercero pidiendo un hijo. ¿Y después del último?

Debe de haber un error, se dijo. Bree tuvo un parto perfecto, estaba maravillosamente bien dos horas antes. Además, era imposible que hubiera tenido un infarto. Era demasiado sana para eso. Era demasiado joven para eso.

De pronto sintió náuseas. ¿Habrían querido hacerle una broma?

No era posible. Nadie sería capaz de hacer una broma así, sobre todo en la mañana de Navidad. Pero si no se trataba de una broma, tal vez fuese un error. Decidió que debía de ser eso, cogió las llaves de encima de la mesa de la cocina y salió a toda prisa de la casa. Ya estaba en la camioneta cuando se le ocurrió que debía telefonear a Julia. Dejó la puerta del vehículo abierta y corrió hacia la casa; ya estaba con el auricular en la mano cuando cambió de idea. No podía llamar a Julia. Bree no había muerto. Se trataba de un error, sin duda. Condujo a una velocidad que no se había atrevido a alcanzar la noche anterior, pero ahora Bree no estaba en la camioneta y ganar tiempo era de la mayor importancia. Debía llegar al centro médico para aclarar la situación.

Aparcó frente a la entrada principal, entró y fue corriendo al primer piso. Una sola mirada a las caras sombrías reunidas en la sala de las enfermeras bastaron para que el pánico hiciese presa de Tom.

Paul Sealy se apartó del grupo. Cogió a Tom por el brazo, abatido.

–La enfermera fue a verla a las tres y media. Bree y el bebé estaban dormidos. Cuando al cabo de menos de una hora volvió, Bree había fallecido.

Tom no lo comprendía.

Y por lo visto Paul tampoco.

–Su corazón sencillamente se detuvo –añadió el médico–. No hubo ninguna advertencia. Tratamos de reanimarla con el desfibrilador, pero ya era tarde. Debió de morir poco después de las tres y cincuenta.

Tom frunció el entrecejo. Se mesó el cabello.

–No sé qué puede haber sucedido –agregó Paul–. Según los estudios que le hicimos, su corazón está perfecto.

–¿Dónde está? –preguntó Tom, a punto de quebrársele la voz.

–En su habitación. Pasamos el bebé a la *nursery*. Él se encuentra perfectamente.

Tom oyó lo que le decía. Ya se encaminaba hacia la habitación donde había dejado viva a Bree apenas unas horas antes. Se detuvo por un instante al llegar a la puerta. Está dormida, se dijo. Eso es todo. Dormida. En tres pasos Tom estuvo junto a la cama, pero cuando tocó la mejilla de su esposa supo la verdad. Estaba fría como el hielo. Le tocó el cuello, un brazo, una mano. Todo frío, demasiado frío.

Tomó una de sus manos para darle calor y susurró su nombre. El rostro de Bree parecía de cera, sus pestañas se veían tan oscuras sobre las mejillas como su cabello sobre la almohada. Su nariz era delicada, el mentón levemente redondeado. Tenía los labios curvados en una sonrisa suave y dulce.

Parecía serena, incluso feliz, y hermosa, demasiado hermosa para estar muerta.

–¡Oh, cariño! –musitó Tom llevándose la mano de Bree a la boca. Percibió el perfume de lilas que ella se había aplicado la noche anterior, y el olor a antiséptico donde el anestesista le había colocado la aguja del gota a gota.

Mientras él permanecía allí, el olor a antiséptico desapareció y sólo quedó la suavidad de las lilas. Contra esa mano, Tom lanzó un gemido largo y profundo.

No se trataba de una broma. Ni de un error. Bree, su Bree, se había ido.

El tiempo pareció detenerse. Tom permaneció sentado junto a ella en la cama, sosteniendo su mano, acariciándole el brazo, besándole las mejillas. Le dijo que la amaba. Se llevó la mano de Bree al cuello y contempló su rostro, memorizando cada facción, su forma y su textura. Luchó por aceptar que ella no volvería a despertar y a dedicarle esa sonrisa que él adoraba.

En algún momento, Paul entró en la habitación. En voz baja, preguntó:

–¿Puedo hacer algo por ti?

Presa de una furia irracional, Tom se volvió hacia él. «¿Qué sucedió? –quería gritar–. Ella estaba en tus manos, a tu cuidado, ¿por qué no estabas aquí? ¿Por qué no vino alguien a comprobar su estado antes de lo que lo hizo? Tú sabías que ya había muerto una vez. ¡Lo sabías! ¿Cómo es posible que le hayas hecho todos esos estudios y no hayas advertido que padecía del corazón?»

Pero la furia de Tom se desvaneció al comprender que el corazón de Bree había sido fuerte. Sólo pudo contestar con una frase llena de dolor:

–Tráela de vuelta.

Paul se pasó una mano por el cuello.

–Daría cualquier cosa por poder hacerlo. Los pocos pacientes a quienes he perdido murieron a causa de accidentes, enfermedades terminales o vejez. Hasta ahora nunca había perdido a alguien como Bree.

Tom tampoco. Le tocó la mejilla. El frío de su piel lo atravesó, encerrando cosas en lo más profundo de su ser.

–¿Quieres que avise a alguien? –preguntó Paul.

Julia. Tom debía llamar a Julia; pero todavía no estaba totalmente preparado para compartir a Bree. De manera que negó con la cabeza.

A las siete, Tom aún no se había movido como no fuera para acariciar a Bree, su pelo, su cadera, una pierna. Tenía los pies fríos. En cierta ocasión le había dicho que siempre tenía los pies fríos. Tom recordó que él le había contestado que su madre aseguraba que la calidez de toda mujer se centraba alrededor de su corazón.

Y también la del hombre, pensó él en ese momento. Tenía el corazón roto. Y el calor que contenía había escapado por esa fisura. Él estaba casi tan frío como Bree.

–¿Tom? –preguntó una voz atemorizada a sus espaldas. Julia estaba en la puerta, pálida y temblorosa. No apartaba la mirada de Bree–. Desperté hace una hora con una sensación muy extraña. Algún motivo me impulsó a venir. Me detuvieron en la recepción.

Se acercó sin dejar de mirar a Bree. En la mano llevaba un pequeño regalo. El paquete cayó al suelo sin que nadie lo advirtiera cuando ella tendió la mano para tocar el rostro de Bree.

Entonces se volvió hacia Tom.

–Fue su corazón –explicó él.

–No. Está dormida. Y sonríe porque tiene sueños felices.

Tom sacudió la cabeza.

–¡Cómo es posible! –exclamó Julia–. Era una mujer sana y fuerte. Ya nadie muere por tener un hijo. Al menos aquí.

Se volvió hacia la puerta como si tuviese la intención de llamar a un médico para que viese qué le ocurría a Bree.

Tom la detuvo con una frase ronca.

–Es demasiado tarde. Se ha ido.

–¡No!

–Sí. He estado con ella desde poco después de las cinco. Ya no está entre nosotros.

Julia sacudió la cabeza; seguía negándose a aceptar la realidad, pero cuando volvió a mirar a Bree, se echó a llorar.

Tom la abrazó, por consolarla y para consolarse a sí mismo. Julia y él compartían algo. Ambos amaban profundamente a Bree. Las lágrimas de Julia expresaban el dolor de Tom de una forma que a éste, congelado por dentro, le resultaba imposible.

Después de unos instantes, Julia se echó hacia atrás y se enjugó las lágrimas con un pañuelo de papel.

–Iba a decírselo hoy –musitó–. Lo escribí todo para ella, para que lo leyera, todo lo que sucedió hace tantos años, mis motivos y lo que yo sentí. –Miró a Tom y añadió–: Tú adivinaste la verdad. ¿Fue después de la conversación que mantuvimos en el jardín?

–No. Lo supe hace unas horas. Estuve mirando las fotografías que os tomé a Bree, a Nancy y a ti. Las tres os parecéis muchísimo.

Tom pensó que el tiempo verbal era incorrecto ahora.

Julia tocó a Bree en el hombro. Alisó el camisón que llevaba con increíble suavidad, acarició la piel de su hija. Su sonrisa era tan triste que si el corazón de Tom hubiese seguido intacto, se habría deshecho en ese momento.

–¡Oh, Bree! –susurró Julia–. Tan hermosa desde el principio… –El tono de su voz era tranquilizador–. ¡Me asusté tanto al enterarme de que estaba embarazada! Pero después de meses de pensar sólo en la muerte, ella era vida. La quise durante todo el tiempo en que la tuve en mi interior, y también Haywood la quería. Me hizo olvidar lo ocurrido en Vietnam. Juntos inventamos una vida falsa para engañarnos. Fui muy feliz cuando Bree nació. De alguna manera, pensé, todo saldrá bien.

Guardó silencio. Tom se llevó una mano de su mujer a los labios y la besó. Levantó la mirada y se preguntó si Bree sabría que él y Julia estaban allí y si estaría escuchando lo que ésta le contaba. Deseaba fervientemente que así fuera.

–¿Tu familia estaba enterada de lo de Bree? –preguntó.

Julia lanzó un fuerte suspiró.

–¡Dios mío, no! Éramos católicos. Yo había cometido adulterio, y no lo hubiesen comprendido. Yo había viajado al Este para estar con la mujer de uno de los compañeros de Teddy durante la guerra, y ellos ni siquiera entendieron eso. Teddy era un desaparecido en acción. Ellos creían que yo debía estar en casa, esperando sentada junto al teléfono. Pero me resultaba terriblemente opresivo. Llamaba a casa una vez por semana para saber si había noticias. No soportaba hacerlo más a menudo. Bree tenía dos semanas cuando me enteré de que habían encontrado a Teddy. Lo trasladaron a un hospital de Alemania. Había perdido una pierna y sería necesario cuidarlo mucho. Yo no sabía qué hacer.

–¿Amabas a Haywood? –preguntó Tom, como lo hubiera hecho Bree.

–¿Como amaba a Teddy? –Julia volvió a sonreír con tristeza antes de volver a mirar a Bree–. Haywood era alguien en quien pensar cuando no podía tolerar pensar en Teddy. –Le temblaba la voz–. Pero amaba a Bree. La amaba. –Nuevas lágrimas corrieron por sus mejillas. Con gesto reverencial trazó un círculo desde la mejilla de Bree, pasando por su frente y por la otra mejilla hasta llegar al mentón–. ¡Bree! –susurró–. ¡Oh, Bree! Tal vez si hubiera sido mayor o más segura de mí misma... Estaba convencida de que Teddy había muerto. Cuando me enteré de que no lo estaba, ¡me sentí tan culpable! Había faltado a mis votos matrimoniales mientras mi marido vivía una verdadera pesadilla. El dolor que me produjo abandonarla me pareció un justo castigo por lo que había hecho.

–¿Alguna vez dudaste de haber actuado bien?

–Todo el tiempo. Pero al principio Teddy estaba enfermo, y después nació Nancy y luego Scott, y pasaron los años, entonces hubiera sido aún más difícil decirles lo de Bree. Además, Haywood me prohibió que me pusiera en contacto con ella. Me amenazó con contarlo todo si lo hacía. Debía esperar hasta que él muriera. Teddy falleció un mes antes que él. –Se estremeció–. Una coincidencia espeluznante.

Nada sorprendía ya a Tom.

–Durante todo este tiempo –agregó Julia, compungida–, durante los largos años que he estado aquí, no le dije nada a Bree. Tenía miedo de que me rechazara. Me bastaba con verla. De manera que no dije una sola palabra hasta el día en que ella creyó que esa otra mujer era su madre, y ni siquiera entonces le expuse toda la verdad.

Tom quedó impresionado por la precisión con que se habían cumplido los deseos de Bree. El día exacto en que deseó conocer a su madre, Julia se acercó a ella.

–¿Naciste en California? –preguntó Tom.

–Cerca de Sacramento.

–¿Quién era Matty Ryan?

–Yo. Ryan es mi apellido de soltera. Martina es mi segundo nombre. Cuando era una niña todo el mundo me llamaba Matty. Todos menos Teddy. Para él siempre fui Julia.

–¿Por qué el nombre de Bree?

–Mi padre se llamaba Bryce. –Julia acarició la cabeza de su hija–. Haywood al menos le permitió conservarlo. Yo no estaba segura de que lo hiciera. Cuando me enteré de que seguía siendo Bree, significó mucho para mí. Mi padre era un hombre corpulento, con una espesa cabellera castaña. –Le tembló el mentón–. ¡Oh, Bree! –susurró–. Debería habértelo dicho. –Sollozó con suavidad. Tom levantó el paquete que había caído al suelo. Era pequeño. Lo apoyó contra su esposa.

–Creo que Bree lo sabía. Me habló de lo mucho que significabas para ella. Quería que fueses la madrina de nuestro hijo.

Los sollozos de Julia aumentaron. Habló con voz queda desde detrás del pañuelo que apretaba contra su nariz.

–¡Fui tan feliz esta mañana temprano! –exclamó–. Como no podía dormir, abrí el regalo de Bree... Era un álbum para fotografías infantiles..., junto con esta nota.

Sacó un papel del bolsillo y se lo tendió a Tom, que leyó:

> Querida Julia:
>
> Este regalo en realidad es para mi hijo, para que tengas un lugar donde poner sus fotografías. Digo mi hijo porque estoy segura de que será varón. Te querrá mucho. Sabrá que siempre puede recurrir a ti cuando tenga algún problema. Sabrá que lo quieres. Y como yo también sé todo eso, para mí sería un honor que aceptaras ser su madrina. Me honraría que pensaras en el bebé, en Tom y en mí como tu familia en Panama.
>
> Has llegado a ser muy especial para mí. No puedo explicar por qué, pero cuando estamos juntas siento algo especial. Siempre me haces sentir mejor, aun cuando no me siento mal. Te he necesitado sobre todo durante estos últimos meses. Estar embarazada me ha resultado un poco ate-

rrante. Y tú me ayudaste a sobreponerme. Tengo mucha suerte de que estés aquí. Gracias por ser mi amiga.

Te quiere,

BREE.

Tom se quedó mirando la nota durante algunos instantes, luego la dobló con cuidado y se la devolvió a Julia. Apoyó una mano en el hombro de ésta, pero transcurrió un rato antes de que estuviera en condiciones de hablar.

–No sabía que había escrito eso. Me alegra que lo haya hecho.

Pero aquellas conmovedoras palabras hicieron que se sintiese más vacío que nunca. Cuando Julia logró dejar de llorar, preguntó:

–¿Dónde está el bebé?

–En la *nursery*.

–¿Has estado allí?

–No.

–Te ayudaré, Tom. ¿Me lo permitirás?

¿Qué elección le quedaba? Ni siquiera podía comenzar a pensar en el bebé. No podía pensar en el futuro, así de simple. Más de una vez había presenciado cómo un acusado era condenado a cadena perpetua. Siempre había tratado de imaginar lo que sería tener que enfrentarse a años interminables de una vida fría y estéril. Y en ese momento, por primera vez, al fin lo comprendía.

El problema de los pueblos pequeños era que uno no tenía mucho para elegir. En Panama había una sola funeraria y un solo cementerio. Tom hizo los arreglos necesarios desde el hospital y permaneció junto a Bree hasta que llegó el coche fúnebre. Él sólo podría alejarse cuando ella se fuese.

Convencido de que era lo que ella hubiese deseado, llevó al bebé a su casa. Las enfermeras lo vistieron con la ropa que contenía el bolso y lo envolvieron en mantas para que no tuviera frío. Julia lo apretó contra su pecho mientras Tom conducía la camioneta. Juntos lo colocaron en la cuna elegida por Bree y durante un rato muy largo Tom permaneció de pie, mirando alrededor.

Bree estaba allí, en la lámpara en forma de conejo que había sobre la cómoda, en los cuadros enmarcados, en el móvil en forma de tortuga que colgaba sobre la cuna. Había probado una docena de mecedoras hasta que decidió cuál de ellas era la más cómoda, una blanca con un almohadón azul marino y amarillo. Con todo amor, la colocó junto a la ventana.

¿Dónde estás, Bree?, se preguntaba Tom, presa del pánico. Te necesito aquí. No puedo hacer esto solo.

Desconcertado, fue de una habitación a otra, tenso y confuso. Bree estaba en todas partes, sobre la cómoda del dormitorio, en el armario del cuarto de baño, en las paredes de su estudio, en los estantes de la librería de la sala de estar y en el mostrador de la cocina. Su perfume lo guiaba, el eco de su voz lo seguía. A cada rato él se volvía a mirarla y no la encontraba. La soledad se cerró sobre él, estéril y oscura.

Entonces sonó el timbre de la puerta principal. Era Flash, que parecía tan confuso como Tom. Tras él entró Jane sollozando desconsolada. Segundos después se presentaron su madre y Emma. A medida que la noticia corría por el pueblo, llegaron otros: Liz, Abby, Martin y Lee Ann; Eliot, Earl y sus esposas, el pastor que poco menos de un año antes había casado a Tom y a Bree. Ninguno parecía consciente de que era la mañana de Navidad. El dolor de todos era profundo; la compasión, evidente.

A mediodía la casa estaba repleta de gente del pueblo que quería expresar sus condolencias. Llegaron los amigos de la infancia de Bree, llegaron los amigos de la infancia de su padre, llegaron amigos más nuevos, llegaron clientes del restaurante. Unos abrían la puerta para dejar entrar a los demás. Atendían el teléfono. Llevaban comida, aunque Tom no podía probar bocado. Le daban sus respetos, lloraban, hablaban en voz baja de Bree. Cuando ellos se iban, llegaban otros. Amigos y conocidos abrazaban a Tom. Todos estaban conmovidos.

La única nota de alegría era el bebé. Los visitantes que subían a la planta superior, volvían sonrientes.

–Es un niño hermoso –le comentó uno de ellos a Tom.

–Será alto y apuesto como el padre –dijo otro.

En cuanto a Tom, no sabía qué sentía con respecto a su hijo. Estaba tan cansado y aterido que se lo confesó a Jane cuando ella lo encontró solo en la cocina. Tom había estado disponiendo unas bandejas sobre el mostrador, un trabajo inútil considerando la cantidad de mujeres que había en la casa y que se encargaban de la comida, pero él no sabía qué otra cosa hacer consigo mismo. No podía reír, no podía llorar. El que una vez había sido un maestro a la hora de mantener conversaciones intranscendentes, en ese momento no habría sabido qué decir.

–Estoy enterada de lo de los deseos, Tom –confesó Jane–. Bree me lo contó. Le preocupaba la posibilidad de que sucediera esto.

Tom se pasó una mano por el pelo.

–Ella sabía más que yo. Debí escucharla.

–No lo sabía con seguridad. Sólo estaba preocupada. ¡Pero deseaba tanto tener el bebé! Lo concebía como una ofrenda para ti. Te aseguro que Bree no habría querido que te sintieras culpable de nada.

–¿Cómo no sentirme culpable? Ella me devolvió la vida, ¿y qué hice yo? Le quité la suya.

–No lo hiciste.

–Murió por darme un hijo.

–Ella eligió libremente.

–De acuerdo. –Tom respiró hondo y añadió–: Pero ojalá no lo hubiera hecho. Debería habérmelo consultado. Yo la habría elegido a ella antes que al bebé.

–El niño es inocente, Tom. No lo culpes de lo que ha ocurrido.

Tom no hacía más que repetirse lo mismo. Habría sido demasiado fácil decir que si no hubiese sido por el bebé, Bree aún estaría allí. Tan fácil, tan cruel, y moralmente tan equivocado.

Tom suspiró.

–No sé si podré hacerlo.

–¿Hacer el qué?

–Vivir sin Bree.

–Ya has vivido antes sin ella.

–Y convertí mi vida en un infierno.

–Ahora tienes un hijo. Él te mantendrá en la buena senda.

Tom miró el jardín que Bree adoraba, miró el bosque que Bree tanto quería, y el arroyo a cuya orilla tan feliz se sentía.

–Yo estaba enamorado de Bree –dijo–. Quería que fuéramos padres juntos. Sin ella todo será distinto.

–¿No quieres a tu hijo, Tom? –preguntó Jane.

–Sí, lo quiero. –Volvió a respirar hondo, esta vez con mayor fuerza–. Pero ¿cómo es posible asimilar una cosa como ésta? ¿Con quién se puede enfadar uno? ¿A quién echar las culpas? ¿Qué hacer?

Se oyó un golpe suave en la puerta trasera. A través del cristal, Tom vio a Verity y, sintiendo una extraña necesidad de conectarse con ella, le abrió la puerta. Ella abrazaba un paquete envuelto en papel de regalo. Al ver que la mujer vacilaba y miraba para ver quién más estaba en la casa, Tom se apresuró a pedirle que entrase.

Al principio Verity no dijo nada, ni siquiera parecía capaz de hablar. Tenía una expresión de dolor tan intensa en los ojos, que Tom comprendió por qué quería que estuviese allí con él.

–No es frecuente que uno encuentre en la vida a personas como Bree –dijo ella por fin con su suave acento sureño cargado de dolor–. Murió demasiado pronto.

–No hago más que preguntarme si no podría haber impedido que esto sucediera.

–Entonces somos dos los que nos hacemos la misma pregunta.

–Murió por hacer lo que quería.

Tom tuvo ganas de refutar aquella afirmación, pero no pudo. Recordó el rostro muerto de Bree. Esa serenidad, esa sonrisa lo acompañarían siempre.

–Quería que usted fuera feliz –dijo Verity.

–¿Sin ella?

–No estaba segura de eso, de manera que decidió correr el riesgo. Y no lo lamentó.

–Pero ahora he quedado solo con su hijo.

–También es hijo suyo.

–El pequeño necesita a Bree.

–No puede tenerla.

–¿Quién va a quererlo y a criarlo como lo hubiera hecho ella?

Tom sabía quién. Lo que no sabía era cómo.

Verity dirigió una mirada nerviosa a Jane y luego más allá, cuando de repente se presentaron Dotty y Emma.

–Debo irme –susurró, volviéndose.

Tom la cogió por un brazo y señaló el paquete que llevaba en la mano.

–¿Qué ha traído?

–Eso puede esperar –respondió ella.

De repente, Jane estuvo junto a Tom.

–¿Usted hizo algo para el bebé, no es cierto? –intervino Jane.

Verity parecía confusa.

–No es nada importante. Me hubiese gustado terminarlo para la reunión del otro día.

–Siento que no haya asistido. Bree quería que estuviera con nosotros –dijo Jane–. Yo también lo quería. Cualquier cosa que le haya dicho mi madre fue mezquino y completamente equivocado.

Se oyó un murmullo de indignación a sus espaldas, pero Jane hizo caso omiso.

Tom también simuló no haberlo oído. Bree admiraba a Verity. Hubiera querido recibir ese regalo.

–Al bebé y a mí nos gustaría tener lo que usted hizo –dijo Tom, venciendo su sentimiento de indefensión.

Tras vacilar todavía por un instante, Verity le entregó el paquete. En realidad, los paquetes eran dos. El más pequeño quedaba oculto debajo del otro. En cuanto los hubo entregado, Verity abrió la puerta y se fue.

Detrás de Tom se oyó la ácida reflexión de Dotty.

–Por lo menos tuvo el suficiente sentido común de usar la puerta trasera.

Tom miró a Jane, quien le devolvió la mirada. Como si en silencio se hubieran puesto de acuerdo, él depositó los paquetes sobre la mesa de la cocina.

–¿No queréis que os guarde esos paquetes? –preguntó Emma.

Pero Tom ya estaba abriendo el más grande de los dos, el que estaba envuelto en un alegre papel con motivos infantiles. Imaginó a Bree arrancando el papel con ansiedad y estuvo tentado de hacer lo mismo. Dentro del paquete había papel de seda. Lo quitó y sacó una manta. Era del tamaño de una cuna y estaba tejida en colores azul marino, amarillo y blanco para que hiciera juego con la habitación del niño. Era mucho más hermosa que cualquiera que él y Bree hubieran visto a la venta.

–¡Es una maravilla! –exclamó Jane, pasando una mano sobre la lana tejida.

Dotty no pudo contenerse.

–¿Habrá creído que el bebé no tenía ya una manta para la cuna? –inquirió.

–La que tiene ahora no está hecha a mano –replicó Tom–. Prefiero usar ésta. Es lo que Bree hubiera querido.

–Si no fuera por esa mujer, Bree estaría viva.

Tom miró a Dotty.

–¿Por qué dice eso?

–Verity Green la alentó a quedar embarazada. Bree tenía demasiada edad para ser madre por primera vez.

–¡Mamá! ¡Eso es una locura! Además, tú misma le dijiste que...

–¡Oh, cállate!

–No, no pienso callarme –contestó Jane irguiéndose hasta quedar aún más alta que su madre–. Bree hizo lo que quería. Nadie la obligó a hacer nada. Si corrió riesgos fue porque no quería seguir viviendo con miedo. Me ha llevado un tiempo, pero ahora comprendo sus sentimientos.

Dotty asintió.

–De modo que ingresarás en la escuela de arte –dijo–. Si no vas con cuidado terminarás igual que Bree.

–Es mejor eso que vivir con miedo.

Dotty se puso roja de ira.

Emma se la llevó de la cocina diciendo:

–Está angustiada. Ya entrará en razones.

Jane empezó a seguirlas con la cabeza gacha, pero se volvió hacia Tom.

–¡Ya era hora de que entrara en razones! Sí, voy a ingresar en la escuela de arte. Y ahora no sólo lo haré por mí, sino por Bree. –Se le llenaron los ojos de lágrimas. Se llevó una mano a la boca. A continuación añadió con voz quebrada–: ¡La echaré tanto de menos!

Tom no podía hablar. Volvía a abrirse el vacío en su vida, el vacío provocado por la ausencia de Bree. Deseó poder llorar. La emoción que lo embargaba le dolía.

Entonces Jane le entregó el paquete más pequeño. Estaba envuelto en papel de regalo y tenía prendida una tarjeta con su nombre escrito con la letra de Bree. El primer impulso de Tom fue ponerlo al pie del árbol con los demás. Aún no podía enfrentarse a los regalos.

Eran los últimos que recibiría de Bree. Una vez que los abriera, se habría ido.

Pero algo le obligó a tomar el paquete y abrir la tarjeta.

> Querido Tom:
>
> Le he pedido a Verity que me enseñara a tejer. No lo hago muy bien, pero éste es el resultado. He trabajado en ello durante todas las tardes que pasé últimamente en casa de Verity. Por si no te das cuenta de lo que es, te explico que se trata de una bufanda. No la mires muy de cerca. Está llena de errores. Pero te aseguro que tiene más amor que errores.
>
> Te adoro,
>
> BREE.

Tom pasó la noche en la habitación de su hijo, con la bufanda alrededor del cuello. El agotamiento le permitió quedarse dormido sobre la alfombra, junto a la cuna donde su hijo dormía. Despertó cuando lo hizo el bebé, a quien cambió y alimentó tal como Julia le había enseñado. Después, como lo habría hecho Bree, se sentó en la bonita mecedora blanca y lo meció hasta que el pequeño volvió a dormirse, pero en todo ese tiempo su mujer no lo llamó, ni le vio sonreír.

De repente tuvo conciencia de que todas las conversaciones y especulaciones acerca de seres de luz y tres deseos estaban muy bien, pero que la muerte era algo real, científicamente verificable y definitivo.

Se meció con más fuerza, buscando consuelo sin encontrarlo. Con cada minuto que pasaba echaba más de menos a su mujer.

El dolor de su ausencia.

El miedo al futuro.

Sentía terror. Verdadero terror. La enterrarían a la tarde siguiente. No sabía cómo podría permanecer allí de pie, helado hasta los huesos y solo como no lo había estado nunca, y observar.

Pero no estuvo solo. Cuando llegó, una multitud ya estaba reunida en el cementerio, junto a la iglesia, y luego, mientras él esperaba a la entrada, el coche fúnebre debió abrirse paso a lo largo de caminos atestados de más gente. Por lo visto, allí estaban todos los habitantes del pueblo. La gente tendía la mano para tocar el ataúd, se ofrecía para cargar con él por el angosto sendero del cementerio, o daba palmadas en el hombro o la espalda a Tom, quien seguía al féretro.

Eso impidió que él tuviera tanto frío como había temido. Era un día gris. El suelo del cementerio estaba cubierto por treinta centímetros de nieve. A pesar de haberse puesto un traje oscuro, un abrigo y la bufanda color burdeos que Bree había tejido para él, Tom tenía la cabeza y las manos desnudas.

Junto a la tumba, la gente se cerró a su alrededor. Tom apenas tuvo conciencia de dónde estaba; sólo supo que todos se hallaban cerca de él y que les importaba lo sucedido. El pastor habló con sencillez. El solista del coro cantó maravillosamente. Tom no apartaba la mirada del ataúd de Bree. Le habían puesto el vestido de novia que había llevado para el casamiento. Julia insistió en que así fuera. Tom siempre la recordaría tal como había estado ese día, su primer amor inocente, y también el último, y el único.

En el momento en que se preparaban para bajarla a la tumba, Tom tuvo un momento de pánico. Estiró una mano hacia el féretro como si pretendiera alejar a su mujer de la irreversibilidad de la muerte. Pero la madera estaba fría. Lo que Bree era, su esperanza, su vitalidad, su amor, no se encontraban allí. Esa realidad le pesó como una losa sobre los hombros. Privado de toda felicidad, Tom dio un paso atrás. Bajaron el cajón con lentitud. Mientras observaba, Tom sintió un dolor tan intenso que comenzó a temblar.

Entonces, de repente, un único rayo de sol atravesó las nubes y tocó la madera, dándole un suave color castaño y la calidez que él buscaba. Tom cerró los ojos, volvió a abrirlos y la calidez permaneció en su interior. Su espíritu pareció elevarse. Con tanta seguridad como cualquier sueño que hubiera tenido en la vida, sintió la presencia de Bree. Comenzó con la calidez de aquel improbable rayo de sol, se introdujo por debajo de la bufanda que le rodeaba el cuello y siguió adelante. Tom lo sintió en las personas que lo abrazaban, una tras otra antes de salir del cementerio. Lo vio en la iglesia blanca donde se habían casado, en la plaza del pueblo donde habían reído, por las calles donde habían caminado. Supo que también lo encontraría en el bungaló de West Elm donde dormía su hijo bajo la mirada vigilante de su abuela.

Bree era su espíritu afín, y eso ni la muerte podía cambiarlo. Era el rayo de sol en un día oscuro, lo fue para él desde el principio, y seguía estando con él, haciéndole trampas a la muerte a su manera tan imaginativa. De hecho, Tom sentía tan intensamente su presencia que, cuando la multitud por fin se dispersó, él esperaba verla allí.

Pero en lugar de Bree, a corta distancia y de pie sobre la nieve, estaba su padre.

Tom sintió que algo se resquebrajaba en su interior. Tuvo la vaga conciencia de que Alice también estaba allí, y tres de sus hermanos, pero era su padre quien atraía su mirada, su padre el que se acercó a él, su padre el que no se detuvo hasta que estuvo junto al hijo y luego permaneció un minuto en silencio.

Tom no sabía con seguridad qué estaba viendo en ese momento, porque tenía los ojos arrasados en lágrimas, pero de pronto volvió a sentir amor, dolor y necesidad. Sintió pesar y arrepentimiento, sintió que lo aceptaban, y de repente volvió a tener diez años y regresaba a su casa, un lugar de amor incondicional.

Un brazo extendido fue toda la invitación que le hizo falta. Abrazó con fuerza a su padre, enterró la cara en el cuello de un abrigo que despedía el olor cálido y familiar del hogar aún después de tantos años de ausencia, y lloró como no había podido llorar antes. Lloró por Bree, por su madre, por todo lo que había perdido en el vértigo del éxito. Y su llanto surgió en sollozos de los que se hubiese avergonzado si su padre hubiera hecho el menor movimiento para separarse de él. Pero aun cuando Tom dejó de llorar, su padre seguía estrechándolo entre sus brazos.

Luego los demás se les unieron. Tom abrazó a sus hermanos en silencioso agradecimiento, y derramó más lágrimas con Alice, quien conocía a Bree y lamentaba su pérdida. Los condujo hacia la tumba, porque sabía que era algo que Bree apreciaría, y por la tibieza interior que lo invadió, supo que así era. Después los invitó a su casa, lo que hizo que experimentase de nuevo esa sensación de calidez.

En ese momento sintió una nueva urgencia. Por corto que fuera el camino que los separaba de su casa, se impacientó. Una vez allí, dejó a su familia con los amigos más íntimos que habían vuelto a reunirse en el bungaló y subió corriendo por la escalera rumbo a la habitación de su hijo. Julia estaba inclinada sobre la cuna, frotando la espalda de la criatura. Tom se dio cuenta de que ella había llorado. Y supo el instante exacto en que ella advirtió que él también lo había hecho.

–Acabo de darle de comer –explicó–. Ya casi se ha dormido. –Estudió la cara de Tom con alivio y comprensión, le apretó el brazo y salió.

El bebé estaba acostado bajo la manta que Verity había tejido. Tom la apartó y lo alzó, con una mano bajo la cabeza y la espalda y otra bajo el culito del bebé, que no puso objeción alguna. No hizo muecas ni se movió con nerviosismo. De hecho, apenas abandonó la posición fetal, sino que se limitó a abrir lentamente los ojos.

Tom sintió la calidez de su mirada y en ese instante Bree volvió a estar con él. El bebé tenía su boca, sus mismas orejas, la forma de su rostro, y su carácter pacífico. Eran cosas que ella le había transmitido.

Wyatt las emplearía bien. Pero también tenía otras cosas que recordaban a Tom, como sus ojos, su nariz y su mentón, además de un cerebro que lo llevaba a mover los dedos de una manera suave, como si fuese perfectamente consciente de ello.

Tom se lo colocó sobre un brazo y deslizó uno de sus dedos dentro de esos dedos pequeños que enseguida se aferraron a él. Se sentó en la mecedora y comenzó a mecerse con lentitud y tranquilidad.

Bree aprobaba lo que hacía. Tom sentía la fuerza de su amplia sonrisa. ¿Y si eso no tuviera sentido? No importaba, lo sentía de todas maneras. Cuando ella sonreía así, él se sentía fuerte. Sentía que podía llegar a ser un buen padre, que podía ser una buena persona, que después de todo podría sobrevivir y conseguiría que ella se sintiera orgullosa. Cuando Bree sonreía así, él tenía fe.

–Es un niño muy bonito –dijo una voz desde la puerta.

Tom levantó la mirada.

–Se llama Wyatt.

Harris Gates se acercó.

–No cabe duda de que es una mezcla de vosotros dos. Sé que no llegué a conocer a Bree, pero he visto sus fotografías. Parecía una buena persona.

–La mejor –puntualizó Tom. Respiró hondo, más hondo que nunca desde la muerte de Bree. El dolor seguía allí, pero ahora era tolerable–. Es sorprendente. Hace dos años ni siquiera conocía su existencia. En realidad, nuestra relación sólo duró catorce meses. A veces pienso que estábamos predestinados. Tal vez esos meses fueran todo lo que debíamos tener. –Acarició el pelo castaño y sedoso del bebé. Se le volvieron a llenar los ojos de lágrimas, pero no se avergonzó por ello–. A menudo he pensado que ella sólo había vuelto a la vida para que yo me redimiera.

–¿Y no lo has hecho?

¿Lo había hecho? Le dio a Bree una casa que ella adoraba, joyas, una ceremonia de casamiento, una luna de miel, un automóvil. Había sido su cocinero, su camarero, su chófer. La escuchó cuando hablaba. Estuvo con ella de la mañana a la noche, tomando placer del placer que Bree sentía. La convirtió en el centro de su universo y la amó profundamente.

¿La redención sería tan agradable? Todo era posible.

–Ella me escribió una nota –dijo el padre de Tom–. Acompañaba el regalo que me envió. En ella decía que jamás había creído que alguien pudiera hacerla tan feliz. ¿Estaba equivocada?

Tom observó al bebé. La pequeña mejilla estaba apoyada contra la bufanda tejida por su madre. Tenía los ojos cerrados, la boca apretada. Tom recordó una expresión parecida en el rostro de Bree, una expresión que se convertía en una sonrisa de fascinación cuando él la despertaba con un beso.

–No, no se equivocaba –respondió.

–¿Lo hiciste sólo por el accidente? ¿Por qué tenías la sensación de que estabas en deuda?

–No. Fue a causa de ella. Porque la amaba. Porque quería hacerla feliz. Porque al hacerla feliz, yo también era feliz. –Tom se sintió egoísta al decir esto último–. ¿Así que te parece que sigo siendo el mismo de antes?

Su padre negó con la cabeza.

Tom le estudió el rostro. La edad lo había enflaquecido y poblado de arrugas, pero seguía siendo un rostro sólido, que se merecía que la gente lo admirase. Su madre sin duda lo había hecho. Tom la había visto buscarlo a través de la ventana de la sala de estar cuando caía el día. Hasta lo vio hacerlo esa última vez, cuando él se negó a admitir lo enferma que ella estaba.

–Cometí algunos errores terribles.

–Sí –contestó su padre–. Los cometiste. –Se hizo el silencio por un instante, seguido de un torbellino de palabras–. Pero yo también los cometí. Debí aceptar antes tus disculpas, debí conocer a Bree. Perdí la ocasión de hacerlo, y ahora es demasiado tarde.

Al pensar en ello, mientras tenía a su hijo en brazos y lo miraba dormir, Tom recordó las palabras escritas en la tarjeta que acompañaba su bufanda. «No la mires muy de cerca –había escrito Bree–. Está llena de errores. Pero te aseguro que tiene más amor que errores.»

Más amor que errores. Supuso que de eso se trataba la vida. Su Bree había sido una mujer muy sabia. Tocó con suavidad la fontanela del bebé. El pulso que allí latía era poco más que un murmullo, pero extraordinariamente dulce. Echó la cabeza hacia atrás y miró el cielo raso. Era blanco, como él lo había pintado, y más brillante a la luz de la lámpara que Bree había adquirido. En esa luz volvió a sentir la cercanía de ella, y sonrió.

EPÍLOGO

Las fotografías son algo maravilloso. Captan momentos que de otro modo se perderían y los conservan para siempre. Algunos dicen que las fotografías carecen de vida. Yo afirmo que no. Cuando la cámara se encuentra en manos capaces, la fotografía adquiere vida y capta un mundo de emociones. La casa de Tom Gates está llena de fotos así. Siempre me sorprendo cuando voy a cuidar a Wyatt y encuentro más tomas en exhibición. Por lo general, son nuevas fotografías de Wyatt, por supuesto. Tom nunca se cansa de fotografiarlo. Pero hay otras, enmarcadas, que no son recientes. Se trata de las de Bree.

Verán, la intención de Tom es doble; por un lado documenta la vida de Wyatt con él para que Bree la vea, y por otro la vida de Bree con él para que la vea Wyatt.

Sin duda pensarán ustedes que Bree en realidad no puede verlas. Es probable, aunque también es probable que pueda. He visto a Tom preocupado durante un minuto por algún motivo, y al siguiente respirar hondo y tranquilizarse. No lo dice, pero sé que está pensando en Bree. ¿Significa eso que ella está presente en esta casa?

No puedo decir que no lo esté.

En realidad fue ella quien empezó con este asunto de las fotografías, y no me refiero al álbum que me regaló. Entre los regalos que dejó envueltos al pie del árbol de Navidad había uno especial para Wyatt. Contenía un marco, una especie de trípode con tres fotografías suyas tomadas por Tom durante el lamentablemente breve matrimonio de ambos. Nadie que las vea puede por menos que sonreír. Captan todo lo que era Bree, su calidez, su espíritu, su amor por la vida.

Tom tardó meses en sentirse capaz de abrir los últimos regalos de Navidad. Mucho después de haber sacado el árbol de la casa, los mantuvo apilados. Afirmaba que tenía los únicos regalos que quería; su hijo y la bufanda tejida por su mujer. Sólo con la llegada de la primavera, y cuando florecieron los narcisos amarillos que Tom había plantado sobre la tumba de Bree un frío y oscuro día de enero, él se sintió con fuerzas suficientes para abrir el resto de los paquetes. Había libros que a Tom le interesaba leer, una placa para que colocara en la puerta del bufete y un par de guantes para conducir. Había también un maletín de piel con sus iniciales, y un pequeño corazón de cristal que no servía para nada, pero que a Bree le había gustado. Aún ahora, cinco años después, Tom lo lleva todos los días en el bolsillo.

Los primeros meses posteriores a la muerte de Bree fueron los peores para él. A menudo lo encontraba sentado en la mecedora, con el bebé dormido contra su pecho, los ojos llenos de lágrimas y una expresión de dolor en el rostro. Como si ella fuese una pierna amputada, seguía sintiendo que Bree estaba allí, y volvía a sufrir cuando reparaba en que no era así. Con el tiempo se hizo a la idea de que lo que quedaba de ella era puro espíritu.

Eso no significa que haya dejado de echarla de menos. Durante el primer año pasaba muchas horas en la casa, jugando con Wyatt, sí, pero incapaz de salir y divertirse. A mí me sucedió lo mismo después de la muerte de Teddy. La sensación de vacío, de culpa por haber sido la que sobrevivió, el miedo al futuro sin él eran sobrecogedores. Sobre todo cuando llegaban las fiestas y no tenía a mi lado lo que más quería en el mundo. De vez en cuando Tom salía a pasear con Wyatt y trataba de mostrarse animado, pero quien lo observara se daba cuenta de que no era así.

Dos cosas hicieron que esa situación cambiara. No, fueron tres. No, cuatro.

En primer lugar, el pueblo. No cabe duda de que los panamenses son tercos. Vigilaron de cerca a Tom, siguieron llevándole comida hasta mucho después del funeral, lo visitaban con frecuencia para ver cómo estaba y elogiar los progresos y la belleza de Wyatt. Aun cuando él se resistía, incluyeron a Tom en sus planes, lo protegieron cuando por fin la prensa lo localizó, lo trataron como si hiciera años que vivía en el pueblo. Le hicieron sentir de todas las maneras imaginables, pero en silencio, que no estaba solo.

En segundo lugar, la familia de Tom. Su hermana y sus hermanos marcharon dos días después del funeral, pero el padre se quedó un tiempo con él. El fin de la desavenencia significó muchísimo para Tom, y más aún a medida que Wyatt crecía. Cada cierto número de meses recibía la visita de un Gates o de otro. Cada vez que Tom sentía que hacía demasiado tiempo que no se veían, preparaba a Wyatt y ambos volaban a la casa paterna. La familia había sido la columna vertebral para Tom durante su infancia. Ahora volvía a serlo.

En tercer lugar estaba el trabajo. Martin era el mejor socio que Tom podría haber tenido. Tal vez se hubiera sentido amenazado cuando descubrieron la verdadera identidad de Tom, pero ese sentimiento había desaparecido por completo cuando murió Bree. En realidad, los papeles de ambos se invirtieron. Martin se convirtió más en ayudante que en mentor. Bajo la tutela de Tom, llevó a cabo los trabajos que exigían desplazamientos y que Tom se sentía incapaz de hacer durante los primeros días oscuros de su viudez. Cuando Tom se sintió en condiciones de volver a ejercer la abogacía, lo esperaba un trabajo creciente, tanto que él y Martin se vieron obligados a asociarse con otro abogado. Pero aun entonces Tom se negó a trabajar a jornada completa. Quería tiempo para criar a su hijo.

Sí, Wyatt. Wyatt fue el cuarto factor y tal vez el más importante para conseguir que Tom se recuperara. ¿Cómo no sonreír y reír ante una criatura como ésa? Me preocupaba la posibilidad de que el dolor de Tom convirtiera a Wyatt en un chico serio y triste, pero sucedió lo contrario. Wyatt sonrió, hizo gracias y habló antes de lo previsto. Y le encantaba la compañía de la gente. No cabía duda de que quería a su padre más que a nadie en el mundo, pero cuando éste lo llevaba al restaurante, lo que ocurría con frecuencia, el niño no cabía en sí de alegría. A los tres años ya tenía una sonrisa que mataba y un insólito conocimiento de los estados de ánimo de los demás. Había heredado el encanto de Tom y la naturaleza extrovertida de Bree; era intrépido, enérgico e imaginativo. Más que nadie y que ninguna otra cosa, obligó a Tom a volver al mundo de los vivos.

Tom tiene docenas de fotografías de Wyatt distribuidas por toda la casa y docenas más dentro de gruesos álbumes que son tan populares como cualquier historia a la hora de acostarse. «¿Recuerdas ésta, papá? Abuela, mira ésta: somos tú y yo. Vuelve a contármelo papá, quiero que me hables de la vez que me tomaste esta fotografía.» Algunas son fotos en colores, otras en blanco y negro. En algunas Wyatt aparece solo, en otras jugando con amigos, en el restaurante ayudando a Flash a preparar helado, cosechando frambuesas con Verity, celebrando con Jane su graduación en la escuela de arte.

A Jane le ha ido bien. Está trabajando como dibujante en los tribunales para un periódico de Boston y sale con un detective que fue testigo en uno de los casos en que ella intervino. Dotty asegura que al detective sólo le interesa el dinero de su hija, pero dado que Jane no tiene mucho dinero y que el detective procede de una familia que posee el triple que ellas, dudo que sea así. Además, el investigador es amigo de Tom, éste lo conoce y asegura que es un buen hombre.

Tom protege a Jane.

Protege a Verity.

También me protege a mí. Ni siquiera me traicionó durante los primeros días después de la muerte de Bree. Mi parentesco con ella fue un secreto que compartimos. Él sentía que era yo quien debía decirlo, y que hacerlo era mi derecho. Me dio tiempo. No me metió prisas. Mi presencia en la vida de Wyatt no despertó sospechas. La gente sabía que Bree y yo estábamos muy unidas. Como madrina del niño, era lógico que ayudara a cuidar de él.

Y antes de seguir adelante, quiero aclarar algo. Ayudé. Eso es todo. Nunca hubo dudas acerca de quién era el principal responsable de la crianza de Wyatt. Desde el principio, Tom hizo todo lo que los hombres de mi generación pocas veces hacen. Le cambiaba los pañales y lo alimentaba, lo bañaba y jugaba con él, le enseñaba y lo corregía. Nunca trató de evitar un trabajo, por desagradable que fuera. Cada vez que el crío estaba enfermo, era más cariñoso que nunca con él.

Wyatt sabe que soy su abuela. Lo sabe desde que tuvo edad suficiente para comprenderlo, porque por entonces ya lo sabía todo el pueblo. ¡Cómo gozaron los chismosos con ese tema! La noticia corrió con la rapidez del rayo y no todos los comentarios fueron bondadosos. Durante un corto tiempo volví a ser una persona de fuera, la mujer que había traicionado a Haywood y a Bree, la que había llegado al pueblo con «intenciones ocultas» y que durante cuatro años no fue capaz de confesar la verdad. Sin embargo, en ese momento fui sincera. Desnudé mi alma y acepté la censura del pueblo como parte de mi penitencia. Cuando llegaron la comprensión y el perdón, supe que Panama era en verdad mi hogar. Sin embargo, todo eso vino después de otro mal trago. Antes de hablar con la gente del pueblo debía decirles la verdad a Nancy y a Scott. Fue duro. Hacía mucho más tiempo que les ocultaba la verdad a ellos que a la gente de Panama. Nancy fue la primera en aceptar la realidad, y era comprensible, puesto que había conocido a Bree y le tenía cariño. Mientras ella podía identificarse con mi desesperación ante la idea de la muerte de Teddy, Scott se identificó con su padre y le costó más aceptar mi infidelidad. Por cierto que Scott es muy competitivo. Cuando Nancy comenzó a visitarme en Panama, no estuvo dispuesto a permitir que ella lo superara, de manera que también empezó a venir a verme. Para ese momento el fideicomiso reflejaba una saludable alza en la bolsa y empezaba a crecer Scott se tranquilizó.

Aquí, en Panama, llevo una buena vida. Mi trabajo como florista sólo me exige hasta donde yo quiero que me exija, lo cual significa que puedo quedarme con mi nieto todos los días en que Tom debe ausentarse por motivos de trabajo. Por supuesto que Tom siempre se disculpa. Respeta el hecho de que yo tenga un negocio del que debo ocuparme, y si ya no lo quisiera por muchas otras cosas, lo querría por eso. Pero para mí es una alegría poder hacer por Wyatt mucho de lo que no pude hacer por Bree. Se me ha concedido una segunda oportunidad, y eso significa mucho.

Veo que el fin también se acerca en otro frente. Tom necesita una mujer. Wyatt sólo tiene cinco años, pero pronto será mayor y querrá pasar gran parte de su tiempo con sus amigos. Tom lo sabe. Le ha enseñado a Wyatt tanto acerca de Bree, que la mención de su madre es una parte importante de la existencia de la criatura. Eso será siempre así, para ambos. Pero tienen necesidad de seguir adelante.

Cuando me enfado al recordar que Bree murió muy joven, pienso en el accidente de esa noche del mes de octubre. En esa oportunidad, murió. De no haber vuelto a la vida no nos habría conocido ni a Tom ni a mí. Jamás habría experimentado el júbilo que tuvo. No habría dejado atrás algo de sí en Wyatt. De modo que considero que esos catorce meses fueron un regalo. Y Tom también ha llegado a pensar así. Ahora sabe que puede sobrevivir sin Bree. Puede ser un buen padre, un excelente abogado y llevar la clase de vida de la que Bree se habría sentido orgullosa. Ella es una parte esencial de él, pero así como aceptó entregar su vida para darle un hijo, Tom sabe que a ella no le gustaría que envejeciera solo.

Una nueva mujer acaba de mudarse al pueblo, una viuda con una hija adolescente y con una exitosa empresa de análisis estadísticos que piensa dirigir desde su casa. La casa es encantadora y ha sido recién construida en el antiguo terreno de los Miller en South Forest. Sí, Tom tardó todo este tiempo en decidirse a hacer algo con el terreno. Lo mantuvo como estaba durante dos años después de la muerte de Bree, por fin hizo sacar los escombros del incendio y lo tuvo vacío durante otros dos años antes de hacer edificar esa casa. Por supuesto, quería vendérsela a cualquiera. Finalmente, incluso ayudó a esa mujer a obtener una hipoteca. Ella se llama Diana, pero le dicen Dee.

¿Opinan ustedes acaso que es una coincidencia?

En un tiempo tal vez yo también hubiese opinado lo mismo, pero eso era antes de los tres deseos de Bree.

Se preguntarán ustedes si esos deseos eran verdaderos.

Tienen motivos para ello. Una chispa de la caldera en mal estado pudo provocar el incendio. Bree me había visto en el pueblo durante tres años antes de desear conocer a su madre, y más de un médico le dijo a Tom que existía la posibilidad de que la intensa emoción que ella había experimentado ante el nacimiento de su hijo pudo haber provocado el ataque cardíaco a pesar de que su corazón estaba sano.

Entonces, ¿era verdad ese asunto de los deseos? Nunca lo sabré con certeza. Lo único que sé es que Bree creía que lo era. Durante esos últimos catorce meses de su vida, llegó a pensar que cualquier cosa era posible.

Me gusta creer que es así.

[illegible]

[illegible]

[illegible]

[illegible]

[illegible]

Título de la edición original: *Three Wishess*
Traducción del inglés: Valeria Watson,
cedida por Plaza & Janés Editores, S. A.
Diseño: Eva Mutter

Círculo de Lectores, S. A. (Sociedad Unipersonal)
Travessera de Gràcia, 47-49, 08021 Barcelona
www.circulolectores.com
1 3 5 7 9 0 0 0 2 8 6 4 2

Depósito legal: B. 48518-1999
Fotocomposición: gama, s. l., Barcelona
Impresión y encuadernación: Printer industria gráfica, s. a.
N. II, Cuatro caminos s/n, 08620 Sant Vicenç dels Horts
Barcelona, 2000. Impreso en España
ISBN 84-226-8149-8
N.° 33357